Eine junge Frau wird tot aufgefunden. Ein kleiner Junge verschwindet spurlos. In beide Fälle ist Wiggo Nyman, Fahrer bei einer Cateringfirma, auf merkwürdige Weise verwickelt. Doch hat er wirklich etwas damit zu tun? Und stehen die beiden Vorfälle überhaupt in einem Zusammenhang? Für Inspektor Cato Isaksen eine komplizierte Geschichte, denn er kann ihm zunächst weder das eine noch das andere Verbrechen nachweisen.

*Unni Lindell*, 1957 geboren, hat 1986 ihren ersten Jugendroman veröffentlicht. Seither hat sie über 20 Bücher geschrieben – Romane, Kinder- und Jugendbücher, Kriminalromane, Novellen und eine Gedichtsammlung. Die Autorin hat viele Preise und Auszeichnungen erhalten, ihre Bücher erscheinen in insgesamt vierzehn Ländern. Unni Lindell lebt mit ihrer Familie in der Nähe von Oslo.

*Unsere Adresse im Internet: www.fischerverlage.de*

Unni Lindell

# DER EISMANN

## Krimi

Aus dem Norwegischen von
Gabriele Haefs

Fischer
Taschenbuch
Verlag

Veröffentlicht im Fischer Taschenbuch Verlag,
einem Unternehmen der S. Fischer Verlag GmbH,
Frankfurt am Main, Juli 2009

Die norwegische Originalausgabe erschien unter dem
Titel ›Honningfellen‹ im Verlag Aschehoug & Co., Oslo
© 2007 H. Aschehoug & Co. (W. Nygaard), Oslo
Für die deutsche Ausgabe:
© S. Fischer Verlag GmbH, Frankfurt am Main 2009
Satz: Pinkuin Satz und Datentechnik, Berlin
Druck und Bindung: Norhaven A/S, Viborg
Printed in Denmark
ISBN 978-3-596-18280-0

In fingerschmalen Gängen hausen einsame
Bienen zwischen den Grashalmen. Kniend
halte ich ein Auge an eine Öffnung und begegne einem Auge,
rund und grün, untröstlich wie eine Träne
(...)
heiratet die Bienenkönigin in deinem Jahr den Winter.

*Sylvia Plath*

*Die Wut kam wie eine Welle angerollt. Vertraut, hart und dynamisch, von nirgendwoher. Sie schlug immer wie ein Blitz ein, entzündete einen Brand, der nicht gelöscht werden konnte. Es war ein Gefühl, wie in ein schwarzes Loch hineinzutreten, keine Bremsen. Nur diese vielen reißenden Gefühle. Die Hände, die erhoben werden, die Muskeln, die sich bewegen, die Hitze im Hass, wenn der Schlag fällt. Verdammtes Ungeziefer, einfach herzukommen und zu glauben, man könnte machen, was man will. Zulangen, Platz erheischen. Wie nennt man das noch? Egoismus, Egozentrik oder einfach pure, schiere Unverschämtheit. Das Wasser in der Kanne hat die gleiche Farbe wie Glas. So ist es immer, die Dinge sind nicht so, wie sie aussehen. Wasser ist kein Glas.*

*10. Juni (14:42 Uhr)*

Vera Mattson fuhr sich müde über die breite Stirn. Ihre Haare, die sie im Nacken zu einem unordentlichen Knoten zusammengesteckt hatte, waren nicht mehr von kräftigem Schwarz, sondern wiesen Silberfäden und hellere braune Strähnen am Mittelscheitel und an den Haarwurzeln auf.

Sie saß auf dem angemalten Küchenstuhl, hatte die Hände um die braune Kaffeetasse geschlossen und schaute durch den Spalt zwischen den Küchengardinen. Ihr Blick war auf die gegenüberliegende Wellblechgarage gerichtet, wo die Rotdornhecke dicht herangewachsen war und von Efeu durchwebt wurde. Neben ihr auf dem Tisch lag ein vor Schmutz grauer Wischlappen. Von der Fensterbank blätterte die Farbe ab. An diesem Tag war draußen keine Polizei zu sehen, kein Schäferhund, der an der Leine riss und schnupperte und mit dem Schwanz hin- und herschlug. Da mussten sie ihre Untersuchungen doch beendet haben?

Sie starrte hinüber auf das gelbe Haus auf der anderen Straßenseite. Die Kletterrosen hatten frische grüne Blätter, und die Knospen waren dabei, sich zu öffnen, rot vor der gelben Wand. Die Tochter der Nachbarn und ihre stämmige Freundin mit den roten Haaren sprangen wieder auf dem Trampolin. Ihre Stimmen glitten, hysterisch schrill, durch den Spalt im Fenster. Sie konnte sehen, wie die Mädchen sprangen, auf und nieder, auf und nieder. Sie sah sie immer für einen Moment, über und unter den blaulila Fliederzweigen. Die Mädchen trugen Jeans und winzige Oberteile, die den halben Bauch frei ließen. Dass die Eltern heutzutage nicht mehr dafür sorgten, dass die Kinder sich anständig anzogen. Und warum waren die Mädchen mitten am Tag zu Hause? Hatten sie schon Sommerferien, oder mussten sie zu Hause bleiben, weil eine Woche zuvor das mit dem Jungen geschehen war?

Plötzlich war das Geräusch wieder da. Vera Mattson behielt den lauwarmen Kaffee für einen Moment in der Mundhöhle, ehe sie ihn hinunterschluckte. Das irritierende Gebimmel des näherkommenden Eiswagens mischte sich mit dem Geschrei der Mädchen. Pling, plong. Pling, plong. Pling, plong. Dann wurde es ganz still.

Der Eiswagen kam jeden Montag, und er ärgerte sie jedes Mal geradezu grenzenlos. Nicht nur, dass ihr das monotone Klingeln einen fast körperlichen Schmerz verursachte, da war auch noch die durch den Wagen hervorgerufene Unruhe. Die Leute, die angeströmt kamen, Rufe und Geschrei. Sie mochte keine Störungen. Vera Mattson stellte mit einem leisen Knall die Kaffeetasse auf den Tisch und schaute ihre dicken Finger an. Manches konnte sich in Sekundenschnelle ändern.

Das Bild des vor einer Woche verschwundenen Jungen war überall, im Fernsehen und in den Zeitungen. Sie schloss für einen Moment die Augen und sah das Kind vor sich, die weißen Haare und den halboffenen Mund mit den viel zu großen Schneidezähnen. Sie war die Letzte gewesen, die ihn gesehen hatte.

Sie erhob sich, ging zur Brottrommel hinüber und öffnete sie. Nur zwei kleine Stücke Knust übrig, da musste sie sich auf den Weg in den Laden machen, was sie einfach schrecklich fand. Ihr Übergewicht war ein Problem. Sie mochte auch keine Menschen treffen. Sie trug noch immer ihren Wintermantel, obwohl jetzt Sommer war. Der war eigentlich nicht so dick, vor allem war er verschlissen. Und sie trug Socken in den Schuhen und benutzte ihr altes Einkaufsnetz aus Nylon.

Nun war wieder die Klingel des Eiswagens zu hören. »Das geht gut, mir geht es gut«, sagte sie sich und hielt sich die Ohren zu. Sie ging in den kleinen Windfang hinaus. Dort blieb sie stehen und betrachtete ihr Gesicht im Wandspiegel. Die

Spiegelfläche war vom Alter braun gefleckt. Ihr Gesicht war so ausdruckslos und so wenig entgegenkommend, dass sie ihrem eigenen Blick am liebsten ausgewichen wäre. Sie hatte sich in den letzten zehn Jahren nicht sonderlich verändert. Alles andere änderte sich, sie jedoch nicht.

Sie hatte den Polizisten mehrmals gesagt, dass sie in nichts hineingezogen werden wollte. Aber die hatten sie nicht in Ruhe gelassen. Sie hatten herumgenervt, sie solle ihnen erzählen, was sie wusste. Aber sie wisse doch *nichts*, hatte sie gesagt. Was sollte sie denn wohl wissen?

Sie hatte immer wieder dasselbe erklärt, dass sie die drei Jungen an jenem Tag wirklich gesehen hatte. Dass sie sie angeschrien hatte, weil sie wie üblich die Abkürzung durch ihren Garten nehmen wollten. Alles schrecklich irritierend, hatte sie den Ermittlern anvertraut. Sie machte kein Hehl daraus, als sie nun danach gefragt wurde. Die Jungen hatten sie in den Wahnsinn getrieben, weil sie sich immer wieder an ihrer Wand vorbeigedrückt hatten. Dass es ihnen Spaß machte, sie zu schikanieren, stand ebenfalls fest. An dem Tag, an dem der Weißblonde verschwunden war, hatte sie die Tür aufgerissen, war aus dem Haus gestürzt und hatte hinter ihnen hergebrüllt, geschrien, jetzt reiche es wirklich, sie werde sich an die Eltern wenden und überhaupt. Aber zwei von den Jungen waren schon über den umgestürzten Zaun hinten im Garten geklettert und auf der Böschung verschwunden, zum Oddenvei hinunter. Der dritte, dieses weißblonde Teufelsbalg, zögerte und blieb stehen. Dann kam er wieder zurück. Ihr Geschrei hatte gewirkt. Voller Angst und verwirrt blieb er stehen, als seien seine Beine einige Meter von ihr entfernt im Boden verwachsen. Das dauerte nur einen kurzen Moment. Er riss einen Fliederzweig von ihrem Strauch. Sie starrte ihn wütend an, während seine kleinen Hände den violetten Zweig zerlegten. Er rieb die Finger hin und her, sodass die winzigen Blütenköpfe zerpulvert in Richtung Boden rieselten.

Das alles war auf den Tag genau eine Woche her. Die Polizei meinte, sie habe Patrik Øye vermutlich als Letzte gesehen. Sie hatte natürlich keine Ahnung von seinem Namen gehabt, bis die Polizei bei ihr angeklopft hatte. Sie hatte den Ermittlern alles erzählt; dass er kehrtgemacht hatte und wieder zurückgekommen und danach aus dem Tor gelaufen war, verschwunden zwischen den Torpfosten, dass er über den Kiesweg davongelaufen war, denselben Weg, den er gekommen war. Sie hatte ihnen erzählt, dass sie ihn danach nicht wieder gesehen hatte. Und dass die viel zu große Schultasche auf seinem Rücken auf und ab gehüpft war, schwarz und beige, mit einem grünen Querstreifen.

*10. Juni (15:16 Uhr)*

Signe Marie Øye stützte sich auf einen Ellbogen und blieb in dieser Haltung liegen. Auf dem Tisch stand ein Glas Wasser. Neben dem Glas lag eine weiße Serviette mit einem braunen Fettfleck. Sie starrte die geschlossene Verandatür und den die Glasscheibe blau färbenden Himmel an. Das intensive Sommerlicht machte die Stunden auf eine übelkeiterregende und aufdringliche Weise gelb.

Plötzlich war ihre Schwester wieder da. Sie nahm ihre Hand. »Komm jetzt«, sagte sie. »Setz dich auf. Ich habe ein Omelett gemacht.«

Ihr Mund fühlte sich trocken und fremd an. Ihre Schwester redete die ganze Zeit von Essen. Eine Freundin hatte angerufen und angeboten, den Rasen zu mähen. Die Rasenfläche war schon wild überwuchert. Es war ein warmer Frühling gewesen, aber was spielte das Gras schon für eine Rolle, jetzt, wo Patrik verschwunden war?

Sie zwang sich dazu, sich aufzusetzen. Ihre Schwester stellte einen Teller vor sie hin, setzte sich neben sie aufs Sofa und fing an, sie zu füttern. Mit kleinen gelben Stücken wurde sie gefüttert. Signe Marie Øye kaute langsam, als sei ihr Mund noch etwas anderes als ein Mund.

Sie hatte nicht geschlafen, schon seit langem nicht mehr. Nicht in dieser Nacht und auch nicht in der Nacht davor.

Plötzlich hörte sie draußen ein Auto. Sie wandte den Kopf und lauschte. Der Motor pulsierte einen Moment im Leerlauf, dann wurde er in den Rückwärtsgang geschaltet, und der Wagen setzte ein Stück zurück. Sie hörte, wie er wieder auf die Straße hinausfuhr und verschwand. Dann war es also wieder nicht die Polizei, die ihr etwas über Patrik sagen konnte. Er war jetzt seit einer Woche verschwunden. Seit einer ganzen Woche.

Die Luft war schwer, kein Lufthauch regte sich. Das Fenster stand offen. Das Rauschen des Verkehrs auf der E 18 flutete wie ein gleichmäßiger Strom ins Zimmer und mischte sich mit dem Klingeln des näherkommenden Eiswagens.

Sie war seinen Schulweg hundert Mal abgegangen, hin und her. Viele waren auf den kleinen Wegen unterwegs, ältere Menschen auf einem Spaziergang, junge Mütter mit Kinderwagen, Schulkinder und Menschen mit Hunden an der Leine. Sie waren dort unterwegs, als ob nichts passiert wäre. Sie senkte den Kopf, wenn sie Bekannten begegnete. Sie war mehrmals oben bei der Schule gewesen, hatte dort gestanden und das Gebäude gemustert, war den Selvikvei hinuntergegangen, bis ganz zum Ende, wo die Straße plötzlich bei den beiden großen Gärten endete. Dort, wo die geheime Abkürzung begann.

Sie war zwischen den Torpfosten hindurchgegangen und hatte an der Tür des braunen Hauses geklingelt, wo die alte Dame wohnte, die ihn, laut der Polizei, als Letzte gesehen hatte. Aber niemand hatte aufgemacht. Nur eine weiße Katze hatte auf der Treppe gesessen und sich geputzt. Sie hatte mit den Leuten gesprochen, die in dem gelben Haus mit dem großen Trampolin wohnten. Patrik hatte das Trampolin erwähnt, dass er und Klaus und Tobias einmal heimlich darauf gesprungen waren. Aber die Mädchen, die dort wohnten, hatten sie verjagt. Patrik hatte Angst vor großen Mädchen. Er hatte vor so vielen Dingen Angst, vor Arzt und Zahnarzt. Vor wütenden Erwachsenen und Severus Snape aus den Harry-Potter-Filmen. Und er hatte Angst vor fremden Hunden. Und vor gefährlichen Männern. Das hatte *sie* ihm beigebracht.

Sie hatte immer Angst gehabt, ihr Sohn könne von einem hohen Baum fallen. Patrik kletterte so gern auf Bäume. Sie hatte ihn leblos auf dem Boden oder im Wasser gesehen, wie er mit dem Gesicht nach unten dahintrieb, die weißen Haare wie wogendes Gras um seinen Kopf.

Aber niemand konnte ihr sagen, was am 3. Juni passiert war. Patrik war einfach verschwunden, irgendwo auf dem kleinen Kiesweg zwischen den beiden Gärten war er verschwunden. Die Polizei sagte, jemand müsse ihn in ein Auto gelockt oder gezerrt haben. Sie sah ihn in klaren Bildern vor sich. Die weißen Haare. Das Gesicht, die Art, wie er lachte. Sie hatte der Polizei das Foto gegeben, das im vergangenen Jahr im August von ihm gemacht worden war, am ersten Schultag.

Am Abend vor seinem Verschwinden hatte Patrik sich mit Klaus und Tobias um den Fußball gezankt. Sie hatte die Jungen durch die Verandatür gehört. Patrik hatte im Tor stehen wollen, aber einer der anderen hatte das ebenfalls gewollt. Sie hatten wütend durcheinandergerufen, und dann waren die beiden Freunde gegangen. Patrik hatte an diesem Abend nicht schlafen gehen wollen. Er war sauer und müde gewesen. Als sie ihn endlich ins Bett gepackt hatte, hätte sie ihm etwas vorlesen sollen, aber ihr hatte die Kraft gefehlt. Sie war ihm nur mit der Hand durch die weißen Haare gefahren und hatte gesagt, er müsse jetzt schlafen.

Am nächsten Morgen war er wieder munter gewesen. Sie hatte die Kaffeetasse wie immer unter dem Wasserhahn ausgespült und ihm zugerufen, er müsse sich beeilen, sonst werde er zu spät zur Schule kommen. Das war *der-letzte-Morgen* gewesen. Alles war in ihre Erinnerung eingebrannt. Das Fenster, das offenstand, die Sommerluft, die sich wie ein dünner Silberfaden anfühlte, als sie durch die Zimmer strich. Und dann hatte sie Patrik in die Schule gefahren.


*11. Juni (9:15 Uhr)*

In der Wohnsiedlung Frydendal in Asker war weit und breit kein einziges Kind zu sehen. Die Kinder waren schon längst in Schulen und Kindergärten verschwunden. Hauptkommissar Cato Isaksen verließ den Parkplatz in seinem zivilen Dienstwagen. Er warf einen Blick in den Rückspiegel und betrachtete sein scharf geschnittenes Gesicht mit den zwei Tage alten Bartstoppeln. Fünfzig zu werden war nicht einfach. Aber er sah nicht so schlecht aus. Sein ältester Sohn, Gard, war immerhin schon zweiundzwanzig. Der mittlere Sohn, Vetle, war vor einer Stunde zur Schule gegangen, und Bente war gleich darauf mit ihrem Fahrrad mit dem grellrosa Korb verschwunden. Sie hatte Frühdienst im Pflegeheim und glaubte, sie werde rechtzeitig zu Hause sein, um das Abendessen zu kochen.

Auf dem Beifahrersitz lag, ordentlich zusammengefaltet, die Tageszeitung Aftenposten. Auch an diesem Tag nahm das Bild des acht Tage zuvor aus Høvik bei Bærum verschwundenen Siebenjährigen die halbe Vorderseite ein. Cato Isaksen warf einen Blick auf das hübsche Jungengesicht. Er war froh darüber, dass nicht er diesen Fall bearbeiten musste. Irgendwer musste den armen Jungen entführt haben. Wenn er gefunden würde, dann wohl kaum lebend.

Cato Isaksen bog auf die E 18 ab und fuhr auf die äußerste Fahrspur. Er überholte vier Wagen und wechselte dann auf die rechte Spur über. Er war spät dran, hatte aber beschlossen, in seiner ersten Woche bei der Arbeit ein wenig vorsichtig zu sein. Er war sechs Wochen krankgeschrieben gewesen, nachdem er lange Zeit Raubbau mit seinen Kräften getrieben hatte. Zuerst war sein Kollege Preben Ulriksen in Thailand ertrunken, dann war sein jüngster Sohn in einen schwerwiegenden Fall hineingezogen worden, den Cato bearbeitet hatte. Ein Mörder hatte seinen Hass auf ihn gerichtet, als er dessen Fall gelöst hatte, und hatte sich auf unheimliche Weise in Catos Familienleben hineingedrängt. Er hatte den Siebenjährigen von der Schule abgeholt, um sich zu rächen. Am Ende hatte der Mörder sich umgebracht, und Georg war in einer Hütte in der Schrebergartenkolonie Sogn gefunden worden. Das alles war ein reiner Albtraum gewesen, und am Ende hatte Cato sich zum ersten Mal in seiner polizeilichen Laufbahn beurlauben lassen müssen.

Er war gerade erst an den Arbeitsplatz zurückgekehrt, als auch schon wieder neue Sorgen auftauchten. In seiner Abwesenheit hatte seine Chefin Ingeborg Myklebust eine neue Ermittlerin für sein Team angestellt, eine Nachfolgerin für Preben Ulriksen. Ohne sich vorher mit Cato zu besprechen. Marian Dahle hieß die Neue. Sie war ein Adoptivkind aus Korea, wirkte verschlossen und war leicht übergewichtig. Dahle hatte bisher in der Ordnungsabteilung gearbeitet, genauer gesagt in der Zeugenbefragungsstelle. Aus einem Alltag, in dem sie Zeugen vorlud, hatte sie also einfach so auf die Mordsektion überwechseln sollen. Allein das ... schon bei ihrer ersten Begegnung hatte er geahnt, dass Unangenehmes bevorstand. Aber er wollte ihr eine Chance geben. Er hatte zu wenig Leute in seinem Team und konnte eine neue Kraft wahrlich brauchen.

Obwohl es schon auf halb zehn zuging, deutete sich bei Lysaker ein Stau an. Cato Isaksen musterte sich abermals im Rückspiegel. Was sah er wütend aus! Er seufzte tief. Als Erstes war er, bei seiner Rückkehr zur Arbeit, sofort zu seiner Chefin gelaufen und hatte sich über die Neue beklagt. Ingeborg Myklebust hatte sich damit entschuldigt, dass sie ihn während der Zeit seiner Krankschreibung nicht habe stören wollen, weshalb sie sich nicht bei ihm gemeldet hatte. Das war natürlich eine plausible Entschuldigung, aber er durchschaute sie. Cato wusste, dass es ihr nur zu gelegen kam, sich nicht mit seinen Ansichten auseinandersetzen zu müssen. Vor allem, da seine Ansichten oft nicht mit ihren übereinstimmten.

Das Team hatte sehr gut gearbeitet, ehe Marian Dahle dazugekommen war. Cato Isaksen war seit Jahren Ermittlungsleiter für Roger Høibakk, Asle Tengs, Randi Johansen und Ellen Grue gewesen. Sie respektierten ihn, hörten ihm zu und machten ihre Arbeit.

Er hatte ihnen immer zu hundert Prozent vertraut, aber auch das schien jetzt gefährdet zu sein. Denn Asle Tengs hatte sich geweigert, mit ihm über Marian Dahle zu diskutieren. Und Randi Johansen hatte sich sichtlich unwohl in ihrer Haut gefühlt, als Cato Isaksen ihr gegenüber das Thema zur Sprache gebracht hatte. Randi hatte ihn sonst in jeder Hinsicht immer loyal unterstützt. Also hat Dahle das Team schon spalten können, dachte er und bremste hinter dem Wagen vor ihm. Er spürte einen wütenden Schmerz in der linken Schläfe.

Roger Høibakk war als Einziger auf seiner Seite gewesen. Prämenstruelle Hormonbombe, hatte er die Neue genannt, die sich bereits vor der Presse geäußert hatte, nachdem die Polizeileitung erklärt hatte, es gäbe keine Mittel mehr für die Analyse biologischer Spuren, als ob *sie* davon eine Ahnung hätte. Randi hatte sie zwar in Schutz genommen und gesagt, sie sei um einen Kommentar gebeten worden, aber dennoch. Die Gabe der Frechheit ist Marian Dahle offenbar reichlich gegeben worden, dachte Cato Isaksen und bog am Verkehrsknotenpunkt beim Osloer Hauptbahnhof nach links ab. Am Ufer ragte die neue Oper aus Glas und Beton auf.

*11. Juni (20:54 Uhr)*

Elna Druzika verließ das leere Lagerhaus und blieb für einen Moment mit dem Schlüssel in der Hand stehen. Über ihrer Schulter hing die senfgelbe Tasche, die ihre Mutter für sie gewebt hatte. Elna ließ den Schlüssel in das kleine Seitenfach fallen. Ihre Handgelenke taten weh. Noch immer hörte sie in Gedanken das Klirren der Teller und der Essensgeruch hatte sich in ihren Haaren und in ihrer Kleidung festgesetzt. Sie fühlte sich immer unbehaglich, wenn sie abends allein im Cateringlokal war, aber an diesem Abend war es ihr besonders unangenehm gewesen. Den ganzen Nachmittag hatte die Angst ihr die Kehle zugeschnürt, zuerst, als sie die Nougatkuchen mit Vanille fertiggemacht hatte, dann, als sie in der Kantine serviert hatte, und schließlich, als sie das weiße Porzellan gespült, die Essensreste weggeworfen und die Arbeitsflächen gesäubert hatte. Die Bilder aus dem Kühlraum hatten sich in ihrem Gehirn festgesetzt und ihren Atemrhythmus verändert.

Auf dem Platz vor dem Haus war alles still. Die Wellblechplatten, die unten an der Straße angebracht waren, um sie vor Lastwagen und Gabelstaplern zu schützen, knackten leise. Die Sonne, die sie tagsüber aufgewärmt und gedehnt hatte, war jetzt hinter den Lagerhäusern verschwunden. Die Platten kühlten nun ab. Kein Mensch war zu sehen, nur die Gewerbegebäude, die nebeneinander aufragten und einen viereckigen Hofplatz bildeten, auf dem nur noch zwei Autos standen. Das eine gehörte der Wachgesellschaft, sie erkannte es wieder. Dahinter aber stand ein rotes Auto. Sie erinnerte sich daran, auch das schon einmal gesehen zu haben, wusste aber nicht mehr, wo.

Sie ging vorsichtig die Stahltreppe hinunter. Die machte ein singendes Geräusch, wann immer Elna einen Fuß auf eine weitere Stufe setzte. Sie musste sehen, dass sie zu Inga nach Hause kam.

Der Anblick, der sich ihr einige Stunden zuvor geboten

hatte, als sie das steifgeforene Paket unter dem hintersten Regal im Kühlraum hervorgezogen hatte, hatte ihr fast den Atem verschlagen. Jemand hatte versucht, unter dem Regal einen schwarzen Müllsack zu verstecken, hinter einigen leeren Isoporkästen. Sie war in die Hocke gegangen und hatte den Sack herausgezogen und ihn betastet, war aber mitten in der Bewegung erstarrt. Sie hatte den Sack geöffnet und hineingeschaut. Darin lag ein kleiner Körper. Der Anblick hatte sich in ihrem Bewusstsein festgeätzt. Sie wandte sich rasch ab, richtete sich auf und schob mit dem Fuß den schwarzen Müllsack wieder unter das Regal. Fast im selben Moment war ein Flugzeug über das Dach gedonnert, und dann hatte plötzlich Noman Khan dagestanden, gleich hinter ihr. Sie hatte irgendetwas gestammelt, hatte hektisch darüber geredet, dass sie die Zutaten noch nicht abgewogen habe, dass die Kuchen aber rechtzeitig fertig sein würden. Allesamt, und dass sie zwei mit Marzipan glasieren und mit Pralinen dekorieren würde, um sie besonders schön aussehen zu lassen. Ja, ja, ja, hatte er gesagt und eine irritierte Handbewegung gemacht. Er hatte sie gereizt gemustert und sie gebeten, zuerst die Honigkuchen fertigzumachen. Dann war er gegangen.

Plötzlich wurde die Tür zum Speisesaal der Fahrer aufgerissen, und das Geräusch ihrer Stimmen und ihres Lachens legte sich wie eine störende Decke über ihr Bewusstsein.

Und plötzlich war er da, hinter ihr. Dicht bei ihr. Sie hatte sich umgedreht. Sie hatte zu viel gesehen, das konnte sie seinem Gesichtsausdruck entnehmen. Sie konnte nicht sprechen, konnte nicht einmal flüstern. Du darfst *nicht* ... hatte er gesagt und sie gepackt. Nein, hatte sie gesagt. *Nicht einmal zu Inga.* Aber sie wusste, dass er begriffen hatte, doch, sie würde mit Inga sprechen. Sie sprach mit Inga über alles.

Er zog sie zu sich und schob sie hinter das Regal. Sie riss sich los, aber er kam hinter ihr her und stieß sie gegen die Wand. Packte ihre Oberarme und schüttelte sie. Sie versuchte, sich zu befreien, und das gelang ihr auch, aber als sie gerade loslaufen wollte, riss er sie zurück. Dann legte er die Hände um ihren Hals, doch plötzlich wurden die Doppeltüren mit lautem Scharrgeräusch geöffnet, und jemand fuhr mit einem Gabelstapler ins Gefrierlager. Er ließ sie los und wich zurück, verschwand draußen in der Sonne und war nicht mehr zu sehen.

Danach, als sie wieder am Spülbecken stand, ging ihr wirklich auf, dass etwas auf gefährliche Weise anders war. Was sollte sie tun? Da, wo sie herkam, hatte man Leben und Tod dichter am Leib als in Norwegen. Als sie zu Hause die Katzen begraben hatte, hatten die Gesichter ihrer kleinen Schwestern gelassen gewirkt. Katzen gebe es genug, wie die Mutter immer sagte. Aber Tiere und Menschen waren ja nicht dasselbe.

Danach war Noman zu einer Besprechung gefahren, und Ahmed hatte weiter mit dem Gabelstapler im Lager gearbeitet. Sie hörte das Rauschen des Motors bis in die Cateringküche. Nur sie und Milly waren noch da. Milly redete und redete, wie sie das immer machte. Aber es fiel Elna schwer, sich zu konzentrieren. Sie schätzte Selbstbeherrschung als eine Tugend, aber hier ging es um etwas anderes. Sie musste einfach mit Inga sprechen. Doch Inga servierte heute auf der Sommerfeier einer großen Computerfirma in Sjølyst. Sie würde erst später zu Hause mit ihr reden können.

*

Elna Druzika klemmte die Tasche, die sie von ihrer Mutter bekommen hatte, dicht an ihren Leib, wie einen Rettungsring. Sie überquerte mit raschen Schritten den Hofplatz und ging auf die in das große Metalltor eingelassene Tür zu. Bald würde sie das Gelände verlassen haben. Sie warf einen Blick auf die Uhr. Ihr Bus ging in zehn Minuten.

In diesem Moment fing sie im Augenwinkel eine Bewegung auf. Die Gewissheit lief ihr Rückgrat hoch bis in den Nacken. Sie hörte, dass jemand in einem der hier abgestellten Autos den

Zündschlüssel umdrehte. Der Motor sprang an. Sie rannte nicht gleich los. Sie schien sich an einem anderen Ort aufzuhalten. Sie hörte, wie der Wagen hinter ihr schneller wurde. Sie drehte sich nicht um, sondern lief los und richtete ihre Blicke auf das nur noch wenige Meter entfernte Tor. Jemand fuhr langsam neben sie und öffnete die Tür zum Beifahrersitz, aber sie wollte sich nicht in das Auto setzen. Sie dachte *langsam und ganz normal gehen, als ob nichts passieren kann*. Aber im Bruchteil einer Sekunde brachte das Brüllen des Motors sie zu der Gewissheit, dass sie sich irrte. Das hier war kein Spiel. Er war so verzweifelt, dass er sie umbringen würde. Sie würde sterben. Sie öffnete den Mund zu einem Schrei, aber sie brachte keinen Ton heraus.

Als der Wagen sie anfuhr, jagte ein Strom von Bildern an ihrem inneren Auge vorbei. Das alte Pferd, und der ramponierte Wagen vor dem Haus, zu Hause in Bene. Die sonnenwarmen Holzwände, grau vor Alter. Und die hartgetrampelte Erde draußen. Die Blumen an der Mauer und das Eis im Winter an den Fensterscheiben. Die Mutter Fanja und die Schwestern. Und der Bruder. Die Wolken, die wie weiße Seide über dem Dach lagen. Die Stille und der Mond im Herbst vor dem schwarzen Himmel. Die Straße, die sich krümmte, die am Weidenrost endete, wo der Acker begann. All das strömte einen kurzen Moment vor dem Tod durch ihr Bewusstsein, ungefähr wie die kurze Pause zwischen zwei Herzschlägen.

Ihre Gedankenreihe nahm ein Ende. Ihr Gehör versagte und der raue Asphalt verschwand in einem klaren weißen Licht.

Marian Dahle stand vornübergebeugt da, die Arme übereinandergeschlagen und die Schultern ein wenig hochgezogen. Sie hatte einen schmalen Mund, eine kleine Nase und hohe Wangenknochen. Ihre pechschwarzen Haare waren zu einem dünnen Pferdeschwanz gebunden. Sie war zweiunddreißig Jahre alt, sah aber aus wie achtzehn.

Hinter den Rußglasscheiben des Polizeigebäudes hatte die Sonne bereits eine schwere, stillstehende Wärme produziert. Es war der 12. Juni und Marian Dahle musste um zehn im Gericht sein. Rasch durchblätterte sie die Unterlagen, die vor ihr auf dem Tisch lagen. Sie arbeitete jetzt seit genau einem Monat in der Mordsektion, und es war eine lehrreiche Zeit gewesen. Es war spannend und herausfordernd, einen Platz in Cato Isaksens Ermittlerteam zu haben, und sie hatte die Zeugenvorladungen recht satt gehabt. Das hier war viel interessanter. Das hier hatte sie sich gewünscht; mit Menschen zu arbeiten, die am Rande von *etwas* standen, die sich zu weit hervorgewagt hatten. Es lag ihr, Puzzlestücke zusammenzulegen, technische Teilchen. Sie war damit aufgewachsen, immer auf der Hut zu sein, immer den sich ankündigenden Ereignissen zuvorkommen zu müssen. Deshalb hatte sie ein negatives Denkmuster entwickelt, das ihre Phantasie in negative Bahnen lenkte. Die Distanz zu den Mördern und Mörderinnen, mit denen sie hier zu tun haben würde, würde nicht unbedingt groß sein. Das war ein großer Vorteil. Einzig die Tatsache, dass der Ermittlungsleiter wieder da war, trübte ihre Freude. Er hatte sich als absolute Enttäuschung erwiesen. Cato Isaksen war kein bisschen entgegenkommend und liebenswürdig, wie die anderen behauptet hatten. Jedenfalls nicht zu ihr. Aber er hatte sich offenbar zusammengerissen und sie wenigstens willkommen geheißen.

Marian Dahle mochte Menschen nicht sonderlich gern. Ihr Boxer Birka war ihr Rettungsring. Der Hund schlief nachts in ihrem Bett. Birkas regelmäßiger Atem ließ auch Marian Dahle jede einzelne Nacht wie einen Stein schlafen. Das Wichtigste war, dass sie gute Arbeit leistete. Jetzt würde sie sich kurz mit der Technikerin Ellen Grue treffen, dann den Hund ausführen, der im Auto wartete, und danach zum Gericht fahren.

Randi Johansen hatte ihr anvertraut, dass Cato Isaksen sauer war, weil er bei ihrer Einstellung nicht gefragt worden war. Er sei leicht zu verletzen und könne dann undiplomatisch wirken, aber Marian dürfe nicht verraten, dass Randi das gesagt hatte. Es habe sowieso nichts mit Marian zu tun, hatte Randi hinzugefügt, deshalb solle sie es nicht persönlich nehmen. Sie hatte noch gemeint, der Ermittlungsleiter werde Zeit brauchen, aber Marian nahm es eben doch persönlich. Sie war keine, die Menschen Zeit ließ. Darüber war sie längst hinaus. Aber sie hatte nicht vor, ihm zu zeigen, dass seine abweisende Haltung ihr naheging. Diese Freude gönnte sie ihm nicht. Sie hatte schon Schlimmeres erlebt.

Die Kälte, die Cato Isaksen ausstrahlte, kam ihr so stark vor, dass sie sofort in die Defensive gegangen war. Ihr war herausgerutscht, dass sie den Ehrgeiz hatte, die Beste zu werden, und dass sie wisse, dass sie es schaffen könnte. Randi Johansen und Roger Høibakk waren dabei gewesen. Randi hatte sie aufmunternd angelächelt, während Roger das Zimmer mit skeptischer Miene verlassen hatte. Marian hatte gespürt, wie ein Frösteln durch ihren Körper lief, denn plötzlich, für einen kurzen Moment, war einfach alles wieder da. Dieses Gefühl, das bestimmte Gefühl, nichts wert zu sein. Sie hatte all ihre Willensstärke aufbieten müssen, um dem Ermittlungsleiter in die Augen sehen zu können. Alles im Leben ist leicht, wenn man nur so tut, als wäre es leicht, dachte sie bitter. Das war ihr Mantra gewesen, seit sie erwachsen geworden war und endlich von zu Hause weggekonnt hatte. Aber es machte ihr Angst, zu spüren, wie zerbrechlich alles war, wie entsetzlich verletzlich und empfindlich sie trotz allem war. Wenn die angsterfüllte Unruhe zuschlug, glich sie es damit aus, dass sie ihrer Umgebung voller Härte entgegentrat. Alles ist nicht die ganze Zeit Rock'n'Roll, dachte sie, aber niemand konnte *durch* sie hindurchsehen.

*

Die Technikerin Ellen Grue stand auf dem Gang und unterhielt sich mit Roger Høibakk, als ihr Telefon klingelte. Auf dem Display sah sie, dass die Gerichtsmedizin anrief. Und es war dann auch wirklich Professor Wangen. Er war der netteste der Gerichtsmediziner, ein grauhaariger, schlanker Mann von Anfang fünfzig, ein leidenschaftlicher Sportler mit einem freundlichen, einnehmenden Wesen. Er kam wie immer direkt zur Sache. Eine junge Frau war am Vorabend in einem Gewerbegebiet bei Alnabru angefahren worden und dabei ums Leben gekommen. Die Meldung war gegen einundzwanzig Uhr bei der Verkehrspolizei eingelaufen, und die Leiche war routinemäßig zur Obduktion gebracht worden. Und jetzt meinte der Gerichtsmediziner, dass die Tote nicht nur beim Unfall entstandene Verletzungen aufwies, sondern an ihrem Körper auch deutliche Spuren von Gewaltanwendung zeigte. Ob Ellen Grue so nett sein und sofort zur Gerichtsmedizin kommen könnte?

»Kein Problem«, sagte sie, und nachdem sie Roger gebeten hatte, Cato Isaksen zu informieren und Marian Dahle zu sagen, sie müsse mit einem der anderen Techniker über den Bericht für den Fall sprechen, der an diesem Tag vor Gericht kommen würde, lief sie in ihr Büro und zog ein belegtes Brot aus der Tasche. Sie hatte an diesem Tag keine Zeit zum Frühstücken gehabt, und ihr war ein wenig schlecht. Sie konnte nur hoffen, dass sie nicht schwanger war. Ihr Mann, den sie drei Jahre zuvor geheiratet hatte, war beträchtlich älter als sie und hatte erwachsene Kinder. Ellen Grue sah keinen Grund, noch weitere Menschen in die Welt zu setzen. Sie würde nie im Leben Mutter werden. Wenn sie bei der Arbeit eins gelernt hatte, dann das.

\*

Die Luft bebte unter der Decke, wo das insektenartige stählerne Kunstwerk von Licht bedeckt war.

Cato Isaksen warf einen Blick auf die endlose Schlange von Menschen, die auf einen Pass warteten. Die Automaten, an denen Nummernzettel gezogen wurden, piepten und ein Kind schrie wie am Spieß. Er rannte nach links, vorbei an der Rezeption, schob seine Ausweiskarte durch den Scanner und nahm den Fahrstuhl in den vierten Stock. Inzwischen war es schon fast zehn.

Cato Isaksen betrat sein Büro, ging zum Fenster und machte es auf. Ein Sonnenfleck zitterte an der Wand hin und her und landete auf dem Papierstapel, der aus den Unterlagen zu zwei Messerstechereien und einer mutmaßlichen Brandstiftung bestand, bei der ein kleiner Junge das Haus seines Stiefvaters angesteckt hatte.

Obwohl er erst seit einer Woche wieder zur Arbeit ging, war sein Tisch bereits von Unterlagen übersät. Auf der anderen Straßenseite, hinten bei der Kirche, sah er eine Gruppe Jugendlicher langsam vorübergehen. Die Sommerferien rückten näher. In einer Woche würden die Schulferien beginnen, und Bente und die Jungen würden in ein Ferienhaus fahren, das sie in Stavern gemietet hatten. Er selbst wollte Anfang Juli nachkommen.

Roger Høibakk öffnete die Tür und schob seinen dunklen Kopf ins Zimmer. »Auch heute spät zur Arbeit«, bemerkte er spöttisch und lächelte. »Ellen ist zur Gerichtsmedizin gefahren. Möglicherweise ein neuer Fall. Eine junge Frau, die oben in Alnabru angefahren worden und dabei ums Leben gekommen ist. Sie hat am Körper Spuren, die nicht vom Unfall herstammen können. Marian Dahle raucht übrigens heimlich. Das habe ich eben gesehen. Sie stand mit ihrem Hund auf dem Parkplatz.« Roger Høibakk grinste und war verschwunden.

*Sieh an, sie rauchte heimlich.* Und Cato Isaksen hatte sie erst kürzlich dabei ertappt, wie sie mitten in der Arbeitszeit ihren Hund Gassi führte. Der Hund war ein Boxer, braun gesprenkelt und dunkel, mit weißer Zeichnung. Er hatte gefragt, ob sie vorhabe, den Hund auch weiterhin mit zur Arbeit zu bringen. Sie war ihm aggressiv ins Wort gefallen und hatte gesagt, sie habe gehört, er gelte als tüchtiger, aber ein wenig schwieriger Vorgesetzter. »Wenn ich meine Arbeit mache«, hatte sie gesagt, »kann es dir doch egal sein, ob mein Hund im Auto sitzt. Mir gehört der weiße Kastenwagen unten in der Garage. Und da sitzt sie eben meistens. Ich nutze meine Mittagspause, um mit ihr spazieren zu gehen, und ich rauche nicht, im Gegensatz zu vielen anderen, dafür verbrauche ich also keine Zeit.« Diese Worte hatte sie ihm an den Kopf geworfen. Sie nahm wirklich kein Blatt vor den Mund. Und wer hatte wohl gesagt, *er* sei schwierig?

Der Hund hatte sich an ihr Bein geschmiegt und gespannt gewartet, ob sie ihm einen Befehl erteilen würde. Cato Isaksen mochte Hunde nicht besonders, er selbst hatte einen roten Kater namens Marmelade, ein faules und ziemlich dickes, langhaariges Vieh. Automatisch hatte er ihr vorgehalten: Wenn sie nicht die richtige Einstellung hätte, würde es sehr schwierig für sie werden, in seinem Team zu arbeiten. »Wir sind ein positiv zusammengesetztes Team, und wenn du hier Eisbrecher sein, wenn du deine eigene Suppe anrühren willst, dann hast du hier nichts zu suchen«, hatte er gesagt.

»Ich habe die richtige Einstellung.« Sie hatte ihn mit ernster Miene gemustert. »Aber ich bin nicht zum Spielen hier. Und ich bin nicht an den Umgang mit Weibern gewöhnt.«

Cato Isaksen hatte sie eine halbe Minute lang schweigend angestarrt, während in seinem Bauch die Wut brodelte.

Sie schwieg. Der Hund saß in sich zusammengesunken da und schien zu wissen, dass die Stimmung alles andere als gut war.

Weiber, sie hatte sie Weiber genannt. Nachher war er auf sich selbst wütend gewesen, weil er alle seine Karten auf einmal ausgespielt hatte. Marian Dahle war seitwärts in die Abteilung geraten, ohne seine Einwilligung, und damit würde er vermutlich leben müssen. Preben Ulriksen war schon irritierend genug gewesen. Preben aus Bærum, aber Hand aufs Herz, er fehlte ihm. Preben hatte ihm so einiges anvertraut, hatte zu einer Art Freundschaft eingeladen. Was Cato Isaksen nicht angenommen hatte. Und dann war er einfach ertrunken. Es tat weh, daran zu denken.

Die Fahrt zum Krankenhaus dauerte nicht ganz eine Viertelstunde. Ellen Grue fuhr ins Parkhaus. Sie warf einen Blick auf ihr Gesicht im Rückspiegel und strich ihre dunklen Haare zurecht, ehe sie den Wagen abschloss und die Treppe zum Haupteingang hochstieg. Sie meldete sich an der Rezeption und ging dann durch den hellen Gang, zu der Tür, die in das im Untergeschoss befindliche gerichtsmedizinische Institut führte.

Der ganz besondere, süßliche Geruch von Tod und Verwesung schlug ihr schon in der Garderobe entgegen, wo sie ihre eigene Kleidung ablegte und dann die grüne Baumwollhose und das dazugehörige Oberteil anzog. Die weißen Fliesen an den Wänden waren blank gescheuert. Hier und dort hatten sich fast unsichtbare Ränder aus Scheuerpulver auf den glatten Flächen abgelagert. Sie zog die weichen Stoffschuhe aus ihrem Schrank und streifte blaue Plastiksocken darüber.

Vor der Tür des Obduktionssaals zog sie den gelben Kittel, die Plastikhaube und die Handschuhe an.

Professor Wangen erwartete sie am hintersten Tisch. Er legte seinen blauen Klemmblock auf die Kante des Waschbeckens. »Hallo, Ellen. Wie geht's?«

»Gut.« Ellen Grue warf einen Blick auf den Leichnam auf dem Tisch. Die matten Fenster, die auf die Rückseite des Krankenhausgebäudes blickten, ließen graues Licht ins Zimmer. Die Neonröhren unter der Decke brannten.

»Elna Druzika. Lettin«, sagte der Gerichtsmediziner und nannte Geburtsort und Geburtsdatum. »Sie war also dreiundzwanzig Jahre alt. Eine lettische Freundin von ihr, die offenbar im selben Betrieb arbeitet wie die Verstorbene, war mit jemandem von der Ordnungsabteilung hier und hat sie identifiziert.

Du bittest natürlich die Kollegen von der Mordsektion, sich mit ihr in Verbindung zu setzen. Ihr Freund wollte sie nicht sehen.«

Ellen Grue nickte und merkte, dass ihr schon wieder schlecht wurde. Ihr brach der kalte Schweiß aus. Professor Wangen musterte sie mit besorgter Miene. »Bist du nicht so ganz in Form?«, fragte er.

»Nein«, sagte sie. »Mir ist schon den ganzen Tag schlecht.«

»Irgendwas, das gerade umgeht?«, fragte er.

»Ich hoffe jedenfalls, dass es etwas ist, das vorübergeht«, sagte sie ironisch und lächelte müde.

Professor Wangen nickte verständnisvoll und berichtete nun von seinen Entdeckungen. Der vorläufige Obduktionsbericht werde schon am selben Nachmittag vorliegen, sagte er.

»Es gibt keine Anzeichen von Vergewaltigung, und schwanger scheint sie auch nicht zu sein.«

Dazu sagte Ellen Grue nichts. Die nackte junge Frau auf dem Tisch sah recht normal aus. Die braunen, halblangen Haare waren aus dem blutlosen Gesicht gestrichen. Ihr Körper war weiß, die Haut talgig, wie das bei Toten eben so war. Die kleinen Brüste hatten bleiche Warzen.

Das Opfer wies auf der linken Körperseite und am Kopf arge Verletzungen auf. Die Tote war gewaschen worden und die Wunden zeichneten sich jetzt deutlich ab. Der Gerichtsmediziner zog seine Handschuhe zurecht. »Sie ist fotografiert worden und die Verletzungen sind beschrieben. Wir haben Fragmente des Wagenlacks und Glas aus den Scheinwerfern in nummerierten Tüten. Sie ist von einem roten Wagen angefahren worden.«

»Schön«, sagte Ellen Grue. »Dann schicken wir die Lackreste zur Analyse nach Deutschland und hoffen, dass sie uns sagen können, was es für eine Automarke war.«

»Sie hat alle für einen solchen Unfall typischen Verletzungen: Knochenbrüche, Wunden im Gesicht, große Schürfwunden am

Rumpf und so weiter.« Ellen Grue nickte und sah, dass das Opfer außerdem noch deutliche Druckspuren an den Oberarmen und bläuliche Ringe um die Handgelenke aufwies.

»Ja, und jetzt sieh mal her«, sagte Professor Wangen nun und beugte sich über die Tote.

»Punktblutungen und Blutergüsse um den Hals. Jemand hat sie gepackt und energisch zugedrückt. Man sieht hier auf der Seite, wo die Halshaut am dünnsten ist, Fingerabdrücke. Aber die Flecken am Hals sind ihr vor ihrem Tod zugefügt worden, und sie waren nicht tödlich. Sie ist außerdem an den Oberarmen festgehalten worden. Die Spuren sind so kräftig, dass ich annehme, dass ein Mann sie festgehalten hat. Sie hat vermutlich versucht, sich von ihm freizumachen. Dann hat er ihre Handgelenke gepackt, damit sie nicht weglaufen konnte. Das muss nur wenige Stunden vor dem Unfall passiert sein, die Flecken sind nicht ganz reif. Sie würden noch dunkler aussehen, wenn sie einen oder zwei Tage hätten heranwachsen können.«

Die Sonne schien auf die Windschutzscheibe, und er musste die Schutzklappe herunterziehen, um überhaupt etwas sehen zu können. Es war so heiß im Auto, dass er kaum atmen konnte. Er fühlte sich durch und durch unwohl. Wiggo Nyman drückte auf den Knopf, der das Fenster öffnete, und begegnete seinem Blick in dem kleinen Spiegel auf der Rückseite des Sonnenschutzes. Er hatte ein dünnes Gesicht und schöne blaue Augen. Auf der einen Wange saßen drei große Aknenarben. Seine Haare unter der blauen Schirmmütze waren blond und struppig. Er trug Jeans und ein weißes Unterhemd. Er seufzte tief und fuhr sich müde über die Augen, schaltete das Blinklicht ein, bog bei der Grundschule in Lysejordet ab und hielt an den üblichen Stellen, dort, wo die Reihenhausbebauung einsetzte.

Die Asphaltkante zerbröselte langsam. Das Gras, das am Straßenrand wuchs, schien eine Brutstätte für Mücken zu sein. Einige Meter weiter veranstalteten einige Kinder an einem kleinen roten Tisch eine Kuchenlotterie. Zwei von ihnen kamen auf den Eiswagen zugelaufen. Wiggo Nyman legte die Handbremse ein, beugte sich aus dem Fenster und bat die Kinder, noch einen Moment zu warten. Er musste erst eine kleine Pause machen. Die Kinder trotteten zu dem roten Tisch zurück.

Es roch fettig, nach dem Öl, das er früher an diesem Tag in den Motor gekippt hatte. Er hatte den Wagen mit der fetzigsten Stereoanlage. Johnny Cash sang »Run Softly, Blue River«. Wiggo Nymans Nacken war so verspannt, dass er sich kaum umdrehen konnte. Er ließ den Kopf gegen die Nackenstütze sinken und starrte dann mit leerem Blick durch die Windschutzscheibe.

Wenn es eine Möglichkeit gegeben hätte, an diesem Tag

nicht zu fahren, dann hätte er sie genutzt. Aber so laufe das eben nicht, hatte sein Chef gesagt. Auch wenn Elna am Vorabend tödlich verunglückt war, so war er doch nicht krank. Wer hätte seine Tour übernehmen sollen? Er kannte die festen Anfahrpunkte doch in- und auswendig.

Er wusste genau, welches Haus welche Farbe hatte, ob die Tür rot, blau oder grün war. Und welche Mütter mit welchem Kinderwagen zu welchen Haltepunkten kam. Es waren ganz identische Häuser in ganz identischen Straßen.

Er nahm die Zigarettenpackung vom Armaturenbrett und klopfte eine Zigarette heraus. Er gab sich Feuer, hielt die Zigarette aus dem offenen Fenster und rückte seine Mütze gerade.

Die eifrigen Kinderstimmen von der Kuchenlotterie strömten durch das Fenster. Er sah Elna vor sich und hörte ihre Geräusche. Das Klirren von Messern und Gabeln in der Geschirrschublade. Das Wasser aus dem Wasserhahn, wenn sie den Wischlappen auswrang. Er warf einen Blick auf die Uhr, er war bereits zehn Minuten zu spät. Da machte er lieber, dass er in Gang kam. Er drückte die Zigarette auf der Packung aus und warf sie aus dem Fenster, drückte auf den Knopf, der das Klingelsignal auslöste, und sprang aus dem Wagen. Die schrille Glocke bohrte sich durch Mark und Bein. Die Kinder am roten Tisch jubelten glücklich auf und kamen wieder angelaufen.

Sie johlten vor Freude, als er die doppelten Hecktüren öffnete und in den Laderaum stieg. Das Klingeln machte ihn nervös. Er musste die Lautstärke so weit drosseln, dass er im Auto stehen konnte, ohne dass seine Ohren wehtaten. Die Kälte und der süße Geruch von Himbeeren und Honig schlugen ihm entgegen. Die Kinder standen draußen und sprangen auf und ab, um in den Wagen blicken zu können. Er hob drei Eiskartons aus dem Kühlregal. Das »Happy Star«-Logo auf den Kartons war blau und rosa gedruckt, auf den Kartons waren gelbe Sternchen verteilt. Er sah nicht nach, welchen Geschmack er erwischt hatte, er presste die Kartons einfach gegen seine Brust und stellte sie auf dem Boden ab. Wenn er daran dachte, was Elna passiert war, lief es ihm eiskalt den Rücken hinunter. Tot, sie war tot. Alles war plötzlich verändert. Er musste lernen, das zu verdrängen. Die alten Augenblicke mussten durch neue ersetzt werden. Er durfte nicht daran denken. Allen Menschen gegenüber war er wie Eisen. Es war, wie im Wasser zu sein. Wie Menschen durch Wasser zu sehen.

Die erwachsene Kundschaft kam jetzt auch, zuerst zwei junge Mütter mit Kinderwagen, dann kleine Gruppen von Jugendlichen auf dem Heimweg aus der Schule, einige kleine Jungen, vier Mädchen und ein einzelner alter Mann mit einem Stock. »Himmel, das ist ja vielleicht heiß«, stöhnte der alte Mann und zog sich den Schlips vom Hals. Wiggo Nyman sprang aus dem Wagen, ging nach vorn und stellte das Klingelsignal ab. Bilder jagten durch sein Gehirn. Er merkte, dass er wütend und reizbar war. Wenn die Kundschaft nur bald fertig wäre, dann würde er die Hecktür zuschlagen und losfahren und den Wagen leeren. Danach würde er sofort zu seiner Mutter und seinem Bruder nach Maridalen fahren und ihnen erzählen, was Elna geschehen war. Er brachte es nicht über sich, es ihnen am Telefon zu sagen. Nach Hause zu Mutter und Bruder zu kommen, war das Einzige, woran er jetzt dachte. Er sah das weiße Haus mit der abblätternden Farbe vor sich, die beiden roten Scheunen und den Katzenzaun, die Küche und die Korbstühle unter der Eiche. Er musste dieses Bild festhalten, um überleben zu können. Er sah vor sich den Waldweg mit dem trockenen Sand und die vielen Wiesenblumen am Wegesrand. Die grünen Felder lagen wie Flickenteppiche hintereinander, voll von gelbem Raps. Und die hohen Ahornbäume dort, wo der Wald anfing. Vor allem aber hätte er sich am liebsten von seinen Gedanken weggeschlafen.

Als eine der jungen Mütter ihn fragte, welche Eissorte er empfehlen könnte, mochte er sich nicht sofort zu einer Antwort herablassen. Wenn die Leute sich nicht entscheiden konnten, war das wirklich nicht sein Problem. Als die Frau die Frage wiederholte, sagte er, das Himbeereis sei lecker, aber die Frau blieb trotzdem stehen und betrachtete die an der Tür befestigten Bilder der Eissorten, ohne sich entscheiden zu können. Er bat die nächste Kundin, vorzutreten.

Cato Isaksen starrte wütend eine Fliege an, die vor dem Fenster brummend hin und her flog. Die Tür wurde aufgerissen. Es war Roger. »Ellen hat angerufen«, sagte er. »Offenbar war das wirklich Mord, die junge Dame oben in Alnabru.«

Cato Isaksen nickte und bat ihn, hereinzukommen. »Was hältst du eigentlich von ihr«, fing er an.

»Von der Dame in Alnabru?«

»Nein.«

»Von Ellen?«

»Nein, von Marian Dahle natürlich.«

Roger Høibakk grinste und ließ sich in einen Sessel fallen. »Wie schon gesagt, sie ist eine Hormonbombe.« Er lächelte, zog den Kamm aus der Tasche und fuhr sich damit durch die Haare.

»Die anderen mögen sie, Randi und Asle. Ja, Ellen auch, glaube ich.«

»Aber du hast trotzdem recht, Chef, mir kommt sie vor wie eine undefinierbare Störung.«

»Sie hat uns Weiber genannt.« Cato Isaksen ließ den Kugelschreiber fallen, den er in der Hand gehalten hatte, und der kullerte über die Tischplatte. »Sie wird unser ganzes Arbeitsmilieu ruinieren.«

Roger Høibakks Lippen kräuselten sich zu einem Lächeln. »Aber in einem Punkt hat sie wirklich recht, die Mordsektion ist zu einem Weiberrevier geworden. Warte nur ab, bis die Gehälter auf ein anständiges Niveau angehoben werden, dann kommen die Jungs schon zurück. Ich habe übrigens gestern ein Angebot auf eine Wohnung abgegeben, aber ich habe sie nicht bekommen.«

»Die Gehälter werden auf kein anständiges Niveau angehoben.« Cato Isaksen erhob sich. Ein Sonnenstrahl wärmte seine Hand. »Wie viel hast du geboten?«

»Zwei komma zwei Mill.«

Cato Isaksen musterte seinen Kollegen und seufzte. Er öffnete das Fenster und ließ die brummende Fliege frei. »Ich war nur ein paar Wochen weg, und wenn ich zurückkomme, ist hier verdammt nochmal alles verändert, aber ich werde wohl versuchen müssen, Ruhe zu bewahren.«

Roger Høibakk sah ihn an. »Ja, du musst versuchen, Ruhe zu bewahren. Ich habe übrigens vergessen zu sagen, dass wir Gerüchten zufolge noch einen Zuwachs für unser Team bekommen werden.«

»Wer zum Teufel behauptet das?«

»Gerüchte, habe ich doch gesagt.« Roger Høibakk zuckte mit den Schultern. Im selben Moment klingelte sein Telefon. Er drehte sich im Sessel herum und meldete sich.

Er spürte, wie die Frustration sein Rückgrat prickeln ließ. Jetzt musste es wirklich reichen. »Ich begreife nicht, was unsere Chefin sich so denkt«, murmelte er. »Wenn Ingeborg Myklebust mich loswerden will, dann soll sie ihren Willen haben.«

Roger Høibakk schaute ihm verdutzt hinterher, als er aus dem Zimmer und dann über den Gang stürzte.

Wollte sie ihn degradieren? Cato Isaksen eilte grußlos an zwei Kollegen vorbei. Jetzt reichte es wirklich. Die Luft auf dem Gang war warm und trocken. Der Übelkeit erregende Geruch nach grüner Seife verschwand nach und nach durch die offenen Fenster. Wenn sie das vorhat, dann gehe ich doch gern, dachte er wütend. Sie kann ihren Willen haben.

Cato Isaksen klopfte kurz an die Glastür der Abteilungsleiterin, riss die Tür dann auf und ging hinein. Ingeborg Myklebust drehte sich mit ihrem Sessel um, strich sich die roten Haare glatt, nahm die Brille ab und blickte ihn fragend an. »Setz dich«, sagte sie, aber Cato Isaksen blieb stehen. »Das ist nicht nötig«, sagte er. »Ich habe nur eine kurze Frage. Angeblich bekommen wir noch jemanden in mein Team, stimmt das?«

Ingeborg Myklebust nickte. »Ja, wir haben eine Stelle bewilligt bekommen.«

»Es stimmt also?«

»Es stimmt. Ich habe es gerade bestätigt bekommen, und es passt doch gut, jetzt, wo Sommerferien sind und überhaupt. Ich wollte eben übrigens zu dir kommen. Wollte mir nur noch vorher einen Fall ansehen. Wir haben drei Kandidaten, und zwei von ihnen können sofort anfangen. Du hast zu entscheiden, Cato.«

Er holte laut Luft. »Also habe neuerdings ich zu entscheiden?« Er musste sich in Acht nehmen, um nicht zu weit zu gehen. Soweit ihm das überhaupt gelang, musste er sich hier professionell zeigen. Er konnte es sich aber nicht verkneifen zu fragen: »Und wen du hast dir diesmal ausgesucht?«

Ingeborg Myklebust ignorierte die Frage. »Du hast zu entscheiden, habe ich doch gesagt. Wir haben die Wahl zwischen zwei Männern und einer Frau. Mir ist es egal, wen du nimmst.«

»Schön«, sagte er. »Wen schlägst du vor?« Er trat dichter an sie heran. »Mit Frauen reicht es jetzt«, sagte er provozierend. »Könnten wir Marian Dahle möglicherweise auswechseln?«

Ingeborg Myklebust musterte ihn nachsichtig. »Nein, natürlich nicht. Mit Marian Dahle musst du einfach leben. Als ich sie eingestellt habe, wusste ich doch nicht, wann du zurückkommen würdest. So ist es nun einfach. Ich weiß, dass sie eine sehr verbale und eigene Person ist, aber sie leistet gute Arbeit.«

»Verbal, so kannst du das auch nennen. Dass sie ihren Hund mit zur Arbeit bringt, das will ich mir ganz einfach nicht bieten lassen.«

»Nein, das kann ich an sich gut verstehen.«

»Du findest also auch, dass wir das nicht erlauben werden?«

»Wenn der Hund ihre Arbeitskapazität mindert, bin ich ganz deiner Ansicht.« Ingeborg Myklebust zog ihre Halskette gerade. »Du musst ihr eben sagen, was Sache ist, Cato. Ihr habt gerade einen neuen Fall bekommen, wenn ich das richtig verstanden habe.«

»Ja, Ellen ist gerade auf dem Rückweg von Wangen.« Cato spürte, dass sein Zorn sich langsam legte. »Eine junge Frau, die oben in Alnabru angefahren worden und dabei ums Leben gekommen ist. Sie hatte offenbar Spuren von Gewaltanwendung am Körper. Also nehmen wir an, dass sie nicht ganz zufällig verunglückt ist.«

»Gut«, sagte sie. »Hier sind die drei Kandidaten.« Sie klickte Bilder auf den Computerschirm.

Cato Isaksens Entschluss war rasch gefasst. Er entschied sich für den achtundzwanzig Jahre alten Tony Hansen. Der war 1,80 groß und hatte blonde Haare und einen Ohrring. Er war durchaus nicht bildschön, sah aber fesch und athletisch aus und kam aus Groruddalen. Nach allem, war über ihn zu lesen stand, nahm er sich nicht wahnsinnig wichtig. Cato Isaksen brauchte nicht noch mehr Leute, die sich wahnsinnig wichtig nahmen. »Hansen ist der richtige Mann für mein Team«, sagte er. Ingeborg Myklebust nickte zustimmend.

Cato Isaksen berief eine Eilbesprechung ein. Die taktischen Ermittler versammelten sich in dem warmen Besprechungszimmer. Asle Tengs und Randi Johansen hatten sich schon gesetzt. Roger Høibakk und Cato Isaksen kamen gleichzeitig ins Zimmer, jeder mit einem Pappbecher in der Hand. Marian Dahle war noch im Gericht. Sie warteten auf Ellen Grue, die ihnen den vorläufigen Befund vorlegen würde.

»Wir bekommen übrigens noch jemanden ins Team«, sagte Cato Isaksen als erstes. Er setzte sich ans Tischende und trank einen Schluck heißen Kaffee. »Tony Hansen, er ist gerade bei Myklebust, danach kommt er dann her.«

»Der ist sicher schwul«, sagte Roger Høibakk grinsend. »Dann haben wir alles, Chefin und Adoptivkind. Das Bild wäre komplett, wenn wir dann auch noch so einen hätten.«

Randi Johansen musterte ihn mit leichter Verzweiflung. »Bitte.« Cato Isaksen unterdrückte ein Lächeln. »Was hier kommt, ist ein echter kleiner Polizeiknabe«, meinte er zufrieden.

Tony Hansen war garantiert eine gute Wahl, anders als Marian Dahle, die einen Hund hatte, heimlich rauchte und im schickimickisierten Grünerløkka wohnte. Aufreizende Kombination, hatte Cato Isaksen beschlossen.

Asle Tengs schaltete sich ein. »Das passt doch hervorragend. Ich hoffe, er rechnet nicht damit, in diesem Jahr Urlaub zu bekommen. Ich fahre in zwei Wochen nach Frankreich.«

»Aber der Name«, sagte Roger Høibakk. »Tony Hansen, das klingt doch wie ein Knastbruder.«

»Er hat alle Qualifikationen«, teilte Cato Isaksen mit. »Der wird sich gut hier einpassen. Und das brauchen wir. Er kommt aus der Ordnungsabteilung und hat ganz besondere Qualitäten, er hat ein kleines Kind und seine Freundin arbeitet in einem Kiosk. Ein total normaler Mensch, ganz einfach. Ich kann mich nicht die ganze Zeit mit Dahle streiten. Ihr müsst mir ein wenig helfen«, sagte er und schaute Asle Tengs bittend an.

»Dir helfen, wie denn?«

»Mich unterstützen, meiner Meinung sein. Ihr wisst schon.«

»Deiner Meinung sein.« Asle Tengs atmete durch den Mundwinkel aus. »Dahle war total in Ordnung, bis du zurückgekommen bist.« Er ließ sich auf dem Stuhl zurücksinken.

Cato Isaksen starrte ihn gereizt an. »Ja, aber der Köter, der muss jedenfalls weg.«

»Birka tut niemandem etwas.« Jetzt war Asle Tengs sauer. »Um ehrlich zu sein, finde ich sogar, der Boxer ist gut für unsere Abteilung. Er ist ganz einfach angenehm.«

»Angenehm«, wiederholte Cato Isaksen sarkastisch. »Also echt, Asle.«

Auch Randi Johansen nahm den Hund in Schutz. Cato Isaksen stellte fest, dass Marian Dahle fast mit dem ganzen Team auf einer Wellenlänge war, und das hinterließ einen bitteren Geschmack in seinem Mund. Wenn er nur von Anfang an dabei gewesen wäre, dann wäre alles sicher einfacher gewesen. Jetzt hatte Marian in gewisser Weise einen Vorsprung erhalten, und sie nahm zu viel Platz ein. Auf einmal kam er sich selbst wie ein fremdes Element vor.

Plötzlich stand sie in der Tür. Cato Isaksen riss sich zusammen und lächelte sie an. Denn etwas hatte Marian an sich, sie strahlte Qualität aus. *Aber es ist zu früh*, dachte er. *Sie hat uns noch nicht bewiesen, dass sie etwas kann.*

Ellen Grue kam ins Zimmer, sie aß eine Banane und befand sich in Begleitung des frischeingestellten Polizeibeamten Tony Hansen. Er wurde überwältigend herzlich empfangen und vom restlichen Team willkommen geheißen. Er lächelte stolz und setzte sich neben Randi Johansen. Er dankte für den Kaffee, den Marian Dahle ihm reichte.

»Jetzt wirst du sofort ins tiefe Wasser geworfen«, sagte Cato Isaksen. »Aber eigentlich ist das doch nur gut. Wir werden jedenfalls so schnell nicht arbeitslos werden, so wie es aussieht. Also, willkommen hier bei uns.«

Der Ermittlungsleiter setzte sich gerade. »Wir haben einen neuen Fall und müssen gleich loslegen. Junge Frau, auf Alnabru tödlich angefahren. Ihre Verletzungen können nicht alle von dem Unfall stammen. Die Polizei wurde gestern Abend, gegen 21:00 Uhr, von einem Sicherheitswärter informiert, der gerade in der Nähe war. Bitte sehr, Ellen, erzähl du weiter.«

Ellen Grue räusperte sich und lächelte Tony Hansen kurz zu. Sie registrierte die kindliche Konzentration, die er ausstrahlte. Sie versetzte Ellen in gute Laune. »Wir sichern gerade die Spuren oben im Gewerbegelände.« Sie drehte sich um und warf ihre Bananenschale in den Papierkorb in der Ecke. Die

Schale traf genau die gewünschte Stelle. »Es handelt sich um eine Lettin, Elna Druzika, 23 Jahre. Wir haben schon einen – sehr vorläufigen – Obduktionsbericht. Es sieht nicht gerade gut aus«, fügte sie hinzu. »Der Unfall geschah am Dienstag, dem 11. Juni, abends, also gestern. Das Opfer weist die typischen Verletzungen auf, die bei einem solchen Unfall entstehen. Knochenbrüche, Gesichtsverletzungen, große Schürfwunden am Rumpf und so weiter. Aber sie weist auch Verletzungen auf, die nicht vom Unfall herstammen können, blaue Flecken um beide Handgelenke, Druckspuren an den Oberarmen und einige schwache Blutergüsse am Hals. Zuerst sah ja alles nach einem unglücklichen Unfall mit Fahrerflucht aus, aber die erwähnten Verletzungen haben nun eben dazu geführt, dass wir hinzugeholt worden sind. Ich habe schon dafür gesorgt, dass die Lackreste des Autos und die Glasscherben von dem Autoscheinwerfer sofort nach Deutschland zur Analyse geschickt worden sind. In einer Woche müssten wir wissen, was für Lack und was für eine Sorte Glas das ist, und dann können wir uns an Autohändler machen und die Automarke feststellen. Wir haben also einiges zu tun.«

Roger Høibakk spielte an seinem Telefon herum. »Der Wagen, der sie angefahren hat, muss doch an der Front eine Menge Spuren davongetragen haben.«

»Ja, er war vermutlich rot«, sagte Ellen Grue.

»Ich habe mich auch ein wenig umgehört«, sagte Randi Johansen und las aus ihren Unterlagen vor. »Der Sicherheitswärter hat sich auf dem Gewerbegelände aufgehalten, als der Unfall geschah, er erzählt, dass vor dem Tor ein großer roter Wagen stand, als er dort eintraf. Aber ihm ist nichts Besonderes aufgefallen, er hat sich weder Marke noch Autonummer gemerkt. Da stand eben einfach ein rotes Auto, sagt er. Wenn es ein ausländisches gewesen wäre, wäre ihm das sicher aufgefallen, meinte er, deshalb war es wohl in Norwegen registriert. Er hörte, wie der Wagen anfuhr, und er hörte, wie die Frau aufschrie.

Er stürzte zum Fenster und sah das Auto hinter der Kurve verschwinden und die Frau auf dem Boden liegen. Er hat sofort den Notruf verständigt. Er ist der einzige Zeuge.«

Randi Johansen schaute in die Runde und berichtete dann weiter: »Elna Druzika stammte aus einer kleinen Stadt, die etwa hundert Kilometer von Riga entfernt liegt. Bene heißt sie. Sie hat in Norwegen keine Verwandtschaft, aber sie hat einen Freund und eine gute Freundin, Inga Romualda. Auch die stammt aus Lettland und ist ungefähr im gleichen Alter wie die Verstorbene. Sie ist seit zwei Jahren hier, Elna Druzika dagegen war vor ungefähr einem Jahr hergekommen. Beide arbeiten für eine Cateringfirma, deren Lokale sich im besagten Gewerbegebiet befinden. Die beiden teilen eine Wohnung auf Karihaugen. Da Druzika aus einem EU-Land stammte, brauchte sie keine Aufenthaltsgenehmigung, nur eine Arbeitsgenehmigung. Die hatte sie allerdings nicht.«

Marian Dahle schaltete sich ein. »Ich habe schon beim Finanzamt angerufen. Da ist sie nicht registriert, also sieht es aus, als ob sie schwarz gearbeitet hätte.«

Cato Isaksen musterte sie verärgert. »Warst du denn heute nicht bei Gericht?«

»Doch, aber ich hab unterwegs vom Auto aus angerufen. Ich habe auch mit Randi telefoniert.«

Randi Johansen sah für einen Moment verunsichert aus. Roger Høibakk grinste. Tony Hansen beobachtete alles voller Interesse.

»Und es gibt bestimmt keine weiteren Zeugen?« Roger Høibakk beugte sich über den Tisch vor und sah Randi Johansen an, die den Kopf schüttelte. »Es ist ein geschlossenes Gewerbegebiet, aber der Bruder des Cateringchefs hat offenbar eine halbe Stunde vor dem Unfall in einem Büro nebenan irgendwelche Papiere abgeholt.«

Åsa Nyman bückte sich und goss Trockenfutter in die Näpfe. Die Katzen strömten herbei, als sie das klirrende Geräusch hörten. Sie blutete an der Wade. Eines der getigerten Luxustiere aus Frogner war plötzlich mit einer der anderen Katzen aneinandergeraten. Sie hatte nach dem Tier getreten und es angefaucht, und da hatte es sich an ihre Wade angeklammert und ihren braunen Strumpf zerfetzt. Am Ende hatte es sich unter einem Stuhl versteckt. Dort war es in sich zusammengekrochen, hatte sie aus seinen bernsteingelben Augen angestarrt und gefaucht und die scharfen Raubtierzähne zu einem wütenden Lächeln gebleckt.

Åsa Nyman merkte, dass sie erschöpft war. Sie war im vergangenen Jahr schrecklich dünn geworden. Aber es war noch zu früh, um in Rente zu gehen. Sie war trotz allem erst dreiundsechzig. Was sie am meisten ärgerte, war, dass sie jetzt im Sommer so viele abweisen musste, manche bestellten schon ein Jahr im Voraus. Offenbar machte sich die Werbung »Ein Miezenheim im Wald« bezahlt.

Nachts waren die Katzen in kleinen Käfigen eingeschlossen. Die Käfige waren selbstgezimmerte Kästen, die aufeinanderstanden und mit Maschendraht voneinander abgetrennt waren. Tagsüber liefen die meisten Katzen im eingezäunten Gelände frei herum, abgesehen von den allerwildesten Streithähnen und den Feiglingen und Angsthasen, die sich verängstigt und mit erstarrten Bewegungen am Maschendraht entlangschoben und lieber den ganzen Tag beschützt in ihrem kleinen Verschlag sitzen wollten.

Katzen waren ja so individuell. Manche wirkten wie niedliche Spielzeugtiere, die hin und her sprangen und niemals genug

Jux und Spaß haben konnten. Andere lagen zusammengerollt, verschlossen und mit deprimiertem Blick in den alten Sesseln, die unter dem Vordach aus Wellblechplatten standen. Vielleicht waren sie beleidigt, weil ihre Besitzer sie fremden Menschen überlassen hatten, während sie selbst irgendwo am Mittelmeer ihre Ferien genossen.

Als sie einen Wagen näherkommen hörte, richtete sie sich auf. Åsa Nyman fuhr sich rasch durch die kurzen grauen Haare und hielt sich zum Schutz vor der tiefstehenden Abendsonne die Hand über die Augen. Wiggo kam. Aufgrund der offenen Landschaft zu beiden Seiten der Straße war sein weißer Volvo schon aus der Ferne zu sehen.

Sie humpelte aus dem Gehege. Zog ein Stück Küchenpapier aus der Tasche und machte das Tor aus Maschendraht sorgfältig hinter sich zu. Schließlich durfte keine der Katzen weglaufen. Das war nur sehr wenige Male passiert. Erst vor einer Woche war eine Katze verschwunden. Sie war unter dem Zaun durchgekrochen und hatte hinten in der Scheune Rattengift gefressen. Hatte auf dem verdreckten Holzboden gelegen, mit Stroh im Fell und Blut um das Mäulchen. Neben der Katze hatte eine Mäuseleiche gelegen. Der Gestank von Tod und Verwesung hing noch in den warmen Holzwänden. Wiggo hatte den Tierleichnam in einen Müllsack gesteckt und dann mitgenommen, als er gefahren war. Er hatte versprochen, ihn in irgendeinem Abfallcontainer zu deponieren. Die Besitzer durften die Wahrheit nicht erfahren. Es war besser, zu behaupten, die Katze sei entlaufen. Einmal, einige Jahre zuvor, war deshalb eine Entschädigungsklage eingelaufen. Als ob Geld helfen könnte, wenn man ein geliebtes Tier verlor. Solche Leute hatten doch keine Ahnung. Sie gab sich schließlich alle Mühe, aber Tiere waren nun einmal Tiere. Man konnte nie genau wissen, was mit ihnen passieren würde.

Der Volvo fuhr auf den Hofplatz und hielt neben ihr. Er zog eine Wolke aus aufgewirbeltem Straßenstaub hinter sich her.

Ihr Sohn sprang heraus und ließ die Wagentür ins Schloss knallen. Mit der einen Hand presste er eine Packung Zigaretten zusammen. Åsa Nyman sah sofort, dass etwas nicht stimmte. Wiggo wirkte mürrisch, und sein Gesicht war bleich und verhärmt. Sie kannte diese Zeichen. Der graue Staub verzog sich jetzt vom Hofplatz.

»Mama«, sagte er und starrte ihre blutige Wade an.

»Was ist los, Lieber? Ich habe einige Stunden im Katzengehege gearbeitet.« Åsa Nyman wischte Straßenstaub von ihrer geblümten Kittelschürze, dann bückte sie sich und presste das Stück Küchenpapier gegen die Wunde in ihrer Wade. »Vorhin sind zwei aneinandergeraten. Ich glaube fast, ich muss den Tierarzt kommen lassen. Eine hat einen hässlichen Biss im Hinterbein abgekriegt.«

Wiggo Nyman sah seine Mutter an. Ihre Haut war von der Sonne braungebrannt. Sie hatte dicke Tränensäcke unter den Augen.

»Elna ist tot«, sagte er.

Åsa Nyman richtete sich auf. Seine Worte durchfuhren sie wie ein Blitz. Das hier war einer der Momente, die sich der Seele für immer einprägten.

»Sie wurde von einem Idioten angefahren, der Fahrerflucht begangen hat. Die Polizei will mit mir sprechen.«

Ein Windstoß ließ die großen Zweige der Bäume langsam auf und ab wogen, sodass die Nachmittagssonne plötzliche Lufttupfen in den kleinen Bach hinter dem Haus malte, wie Gefahrensignale.

»Wann denn?« Åsa Nymans Hand umklammerte das blutige Stück Papier.

»Morgen vormittag, im Polizeigebäude.«

»Nein, wann ist es passiert?«

»Gestern Abend.«

Sie schloss die Augen und spürte, wie der Schock sich durch ihren Körper hindurcharbeitete. Das hier konnte sie nicht ertragen, sie war so müde. Der älteste Sohn, Henning, stellte keine solchen Ansprüche ans Leben. Er war einfach nur mit ihr hier zusammen zu Hause, und dabei war er schon fast zweiunddreißig. Aber Wiggo ... und Elna. Als Wiggo mit Elna nach Hause gekommen war, hatte *etwas* sich so zusammengefügt, wie es richtig war. Sie hatte keine großen Wünsche für ihre Söhne, hatte das nie gehabt. Was würde jetzt passieren?

Åsa Nyman drehte sich um und legte die wenigen Schritte zu den grünen Gartenmöbeln zurück, die unter der großen Eiche standen. Das überwältigende Gefühl von Katastrophe setzte sich jetzt fest. Sie ließ sich in einen der wettergegerbten Korbstühle fallen und dachte, dass dieser Sommer, der fast noch nicht angefangen hatte, kurz werden würde. Noch immer zerdrückte ihre Hand den Papierfetzen. Wiggo setzte sich in den anderen Sessel.
»Sie wurde von einem Idioten angefahren, der dann Fahrerflucht begangen hat«, sagte Wiggo erneut. »Gleich vor der Firma.«
Wiggo hatte sich verändert, seit Elna in sein Leben gekommen war. Sie hatte nicht viel von ihm erwartet. Man wusste einfach nie so recht, was man von ihm halten sollte. Es war erst zwei Monate her, dass er Elna zum ersten Mal mit nach Hause gebracht hatte. Sie war ein wunderbares Mädchen gewesen, ein wenig älter als er, aber das spielte ja keine Rolle. Elna hatte ein grünes Kleid und ein Kopftuch getragen. Sie hatte ganz offen gewirkt, hatte Åsa voll in die Augen geschaut. Sie hatte ein wenig altmodisch ausgesehen, als ob sie aus einer anderen Zeit stamme. Ihre Hände waren Arbeitshände, mit kurzen Nägeln und rauer Haut. Das hatte Åsa sofort registriert. Sie hatte keine Ringe an den Fingern getragen. Als Erstes hatte Åsa sie für eine Polin gehalten, aber dann hatte

sie sich als Lettin entpuppt. Sie war stolz auf ihre Intuition gewesen. Vielleicht kein Wunder, dass sie die osteuropäischen Signale aufgeschnappt hatte, wo sie doch in den vierziger und fünfziger Jahren in Finnland aufgewachsen war und mit mittlerem Namen Lemikki hieß.

»Das ist einfach nur entsetzlich«, flüsterte sie schließlich und schaute zu ihrem Sohn auf. »Gib mir eine Zigarette. Ich muss mich nur kurz sammeln können, ich will nicht, dass das stimmt. Ich hatte doch gehofft … es gibt so viele schlechte Mädchen.« Die Tränen strömten über ihre Wangen. »Aber die Polizei wird ihn doch finden?«

»Ja«, sagte Wiggo mürrisch. »Das weiß ich.« Er schob sich eine Zigarette zwischen die Lippen und zündete die für seine Mutter bestimmte daran an. »Natürlich finden sie ihn.«

Er starrte seine Mutter an. Die warmgelbe Abendsonne schien auf ihre hellgrauen kurzen Stoppelhaare. Sie trug braune Strümpfe und dicke graue Wollsocken in ihren ausgelatschten roten Pumps, obwohl es doch so heiß war.

Wiggo zog energisch an seiner Zigarette und musterte den zerfetzten Strumpf seiner Mutter.

Sie fuhr sich über einen Arm. »Elna hat mir einmal gesagt, dass sie sich fürchtete. Dass da ein Mann …«

»Erzähl mir etwas, das ich noch nicht weiß.« Wieder zog Wiggo an seiner Zigarette. Er war eifersüchtig auf den Mann aus Lettland gewesen. Einen erwachsenen Mann von über vierzig, keinen Jungen wie er selbst. Elna war anfangs in ihn verliebt gewesen. Er hatte sie offenbar vollständig mit Beschlag belegt, aber dann hatte sie angefangen, sich vor ihm zu fürchten. Wiggo hatte sie dazu gezwungen, immer wieder von diesem Mann zu erzählen. Er hatte sich damit gequält, sich die beiden vorzustellen. Sie hatte ihn einmal gefragt, ob er eifersüchtig sei. Er hatte alles abgestritten, aber das war gelogen gewesen. Er war eifersüchtig gewesen. Er hatte diese Vorstellungen verdrängt, hatte versucht, sie unter die vielen anderen Schichten seiner Gedanken zu schieben.

Plötzlich machte seine Mutter eine Handbewegung. »Du weißt doch, Henning ... das ist doch so, als ob wir hier die ganze Zeit Winterschlaf hielten. Und Elna ... die hatte ich so gern.«

»Es ist verdammt nochmal nicht meine Schuld, dass Henning nie eine Frau findet.«

»Nein, deine Schuld ist das nicht«, sagte sie rasch. »Und so hatte ich das auch nicht gemeint.« Sie fing an, an den lockeren Bastfäden der Armlehne herumzuzupfen. Sie hatte Elna bitten wollen, bei ihrem nächsten Besuch ihre lettische Freundin mitzubringen. Aber den würde es jetzt ja nicht geben.

Die am Unfallort von der toten Elna Druzika aufgenommenen Fotos waren auf dem ganzen Tisch verteilt. Sie hatte die Arme zur Seite gestreckt und presste die Beine aneinander. Sie sah aus wie ein Kreuz. Sie trug keine Ringe an den Fingern mit den kurzgeschnittenen Nägeln und die Blutlache umgab ihren Kopf wie ein kleiner See. Eine Hand umklammerte krampfhaft eine senfgelbe gewebte Tasche.

Die Fotografien waren aus unterschiedlichen Winkeln aufgenommen worden, einige aus nächster Nähe, andere aus größerer Entfernung.

Tony Hansen und Marian Dahle nahmen sich jeweils ein Bild. Marian Dahle starrte die Tasche der Toten an. Es war nicht schwer zu sehen, dass sie selbstgemacht war. Man konnte außerdem den Namen der Toten ahnen, der ganz oben an der hellen Kante eingewebt war.

Tony Hansen musterte den Zug von Nichts im Gesicht der jungen Frau, die weitoffenen Augen, die ins Leere starrten, den halboffenen Mund. Ihr Schädel war auf einer Seite eingeschlagen. Zerschmettert und wie eine Bierdose zusammengepresst. Plötzlich ging es Tony Hansen auf, was in Zukunft seine Arbeit sein würde. Etwas ganz anderes, das hier, als die Fälle, mit denen die Ordnungsabteilung sich beschäftigte.

Er warf das Foto auf den Tisch und schaute zu Cato Isaksen hinüber. Der war vertieft in die mit Nadeln an der einen Wand befestigten Großaufnahmen aus dem Obduktionssaal. Die Todesgalerie, wie Roger Høibakk es nannte. Dort lag Elna Druzika nackt und weiß auf dem blanken Tisch, von Blut und Asphaltfragmenten befreit.

Cato Isaksen machte ein mürrisches Gesicht. Bente hatte

angerufen und gefragt, ob er an diesem Tag zum Essen nach Hause kommen würde. Das würde er natürlich nicht. Er hatte soeben mit zwei Journalisten gesprochen und versucht, sie davon zu überzeugen, dass die Polizei bisher noch niemanden verdächtigte und keine Ahnung hatte, was für eine Sorte von Auto Elna Druzika angefahren und getötet hatte, abgesehen davon, dass das Auto rot gewesen war. Alle Halter von roten Autos, die sich zum fraglichen Zeitpunkt in der Gegend aufgehalten hatten, wurden gebeten, sich zu melden.

Er nahm ein Bild von der Todesgalerie herunter und musterte die Details. Noch immer, nach all diesen Jahren, ließ der Anblick eines toten Menschen ihn nicht gleichgültig. Er erinnerte sich noch an viele der Toten, lange, nachdem der Fall abgeschlossen war. Er konnte jederzeit die verletzten Körper mit den Stichwunden, Schussverletzungen oder geronnenen Blutresten vor sich sehen. Aber auch Bagatellen konnten sich seiner Erinnerung einprägen. Bilder vom Muster einer Kleidung, zerfetzte Strümpfe, Schmuckstücke und Handtaschen. Das waren die Details des Todes. Kleinigkeiten, über die man in Illustrierten lesen konnte, auf einer Seite arrangiert und als die angesagte Frühjahrs- oder Herbstmode angepriesen.

Die Abteilungschefin Ingeborg Myklebust schaute ins Zimmer. »Voll im Gang, wie ich sehe«, bemerkte sie zufrieden. Sie war von der Besatzung ihrer Abteilung überzeugt. Das von Cato Isaksen geleitete Team wies alle Qualitäten auf, die nötig waren, um diesen Fall wie auch die, die danach kommen würden, zu lösen. Denn ein Ende nahm das alles nie. Sie selbst würde in zehn Tagen in Urlaub gehen, und dann würde es gut sein, zu wissen, dass in der Abteilung alles seinen geregelten Gang ging. Sie hoffte, dass Catos Frustration über die Einstellung von Marian Dahle sich legen würde. Er brauchte sicher nur ein wenig Zeit. »Geht es gut?«, fragte sie und sah Tony Hansen an. Roger Høibakk drängte sich an ihr vorbei ins Zimmer.

»Ja, sehr gut«, sagte Tony Hansen verlegen.

Roger Høibakk zog einen Stuhl zurecht und nahm sich eine Großaufnahme der Toten.

»Hier läuft alles aufs Wunderbarste«, meinte Cato Isaksen sarkastisch.

Marian Dahle fing Ingeborg Myklebusts Blick auf. »Wir fahren jetzt gleich nach Alnabru«, sagte sie.

»Gut«, sagte die Abteilungsleiterin und zog sich zurück. Dahle war eine überaus interessante Ermittlerin. Aber vielleicht hatte sie zu große Ähnlichkeit mit Isaksen selbst, vielleicht war das der Grund für die Spannungen zwischen den beiden.

An den nächsten Tagen waren sie mit den Vernehmungen der Leute beschäftigt, die auf irgendeine Weise etwas mit Elna Druzika zu tun gehabt hatten. Cato Isaksen verteilte die Aufgaben an sein Team. Tony Hansen sollte sich bewähren dürfen, zusammen mit Asle Tengs. Sie sollten mit dem Besitzer der Cateringfirma sprechen, wo die Tote gearbeitet hatte. Noman Khan hieß er. Sein Bruder, Ahmed Khan, betrieb die gleich nebenan gelegene Eiswagenfirma und hatte eine halbe Stunde vor dem Unfall dort irgendwelche Papiere abgeholt. Noman Khan hatte schon einem Kollegen von der Ordnungsabteilung erzählt, dass Elna Druzika ein wenig nervös gewirkt hatte, als er sie einige Stunden vor dem Unfall bei einem Diebstahl draußen im Gefrierlager ertappt hatte. Er hatte jedenfalls geglaubt, dass sie etwas stehlen wollte. Immer wieder verschwanden Lebensmittel und andere Dinge. Sie hatte nervös über Kuchen und Verzierung und Backen geredet. Sie habe sich seltsam verhalten, sagte er.

»Und dann redet ihr mit der älteren Dame, die dort arbeitet.« Cato Isaksen sah Asle Tengs an. »Milly Bråthen heißt sie. Zwei Eiswagenfahrer haben ihre Wagen so gegen neunzehn Uhr draußen abgeliefert. Mit denen müsst ihr ebenfalls sprechen.«

Marian Dahle und Randi Johansen sollten mit Wiggo Nyman sprechen, dem Freund der Toten, der als Eiswagenfahrer arbeitete.

Cato Isaksen selbst wollte sich mit Roger Høibakk auf Inga Romualda konzentrieren, die Freundin der Toten. Diesen fünf Personen und dazu dem Sicherheitswächter, der als Erster am Unfallort gewesen war, galt die Aufmerksamkeit der Polizei jetzt in erster Linie. Cato Isaksen bat seine Leute, vor allem festzustellen, ob eine von diesen Personen Zugang zu einem roten Auto hatte oder wusste, ob jemand in Elna Druzikas Bekanntenkreis ein rotes Auto fuhr.

\*

Inga Romualda wohnte in einer kleinen Wohnung in einem zweistöckigen heruntergekommenen Wohnhaus in Karihaugen. Cato Isaksen hielt vor dem Haus auf der Straße. Roger Høibakk stieg aus und betrachtete das Gebäude, das in einer abscheulichen hellgrünen Farbe angestrichen war und zwischen der Schnellstraße und einem Supermarkt lag. Hinter dem Laden hatte eine Neubausiedlung sich fast bis an die Straße herangefressen.

Cato Isaksens Telefon klingelte. Er schlug die Autotür zu und hob das Telefon an sein Ohr. Es war VG, er erkannte die Nummer. Der Journalist wollte wissen, ob es etwas Neues gebe.

»Nein«, sagte Cato Isaksen kurz angebunden und gab Roger Høibakk die Wagenschlüssel.

»Also echt, irgendwas müsst ihr doch wissen«, beharrte der Journalist.

»Nein, hab ich doch gesagt. Wir werden eine Pressekonferenz abhalten, sowie wir etwas erzählen können. Und jetzt habe ich keine Zeit mehr, um mir dir zu reden.« Er klappte sein Telefon zusammen und steckte es in die Tasche.

Nun wurde die altmodische Holztür geöffnet. Zwei junge Frauen kamen heraus. Die eine hatte hohe weiße Stiefel, ein kurzes, hellblaues Kleid und gebleichte Haare. Roger Høibakk drehte sich nach den beiden um. »Was ist das denn hier für ein Haus«, fragte er und sah Cato Isaksen an. Der zuckte mit den Schultern und musterte die vier an der Wand angebrachten Briefkästen. Keiner davon war mit einem Namensschild versehen.

Sie stiegen die ausgetretene Treppe hoch. Roger Høibakk

drückte auf den Klingelkopf. Nach einer kleinen Weile wurde die Tür von einer hübschen jungen Frau mit rundem, kindlichen Gesicht geöffnet. Inga Romualda trug ein blaues langärmliges T-Shirt und eine beige Leinenhose. Ihre blonden Haare waren sehr kurz geschnitten. Sie war barfuß.

Cato Isaksen und Roger Høibakk stellten sich vor und baten um ein kurzes Gespräch. Inga Romualda ging vor ihnen her in die kleine Wohnung. Sie drehte sich um, sah die Ermittler mit müder, ernster Miene an und bat sie auf ziemlich gutem Norwegisch, auf dem braunen, zweisitzigen Sofa Platz zu nehmen.

Im Zimmer gab es nicht viele Möbel, auch ein Teppich fehlte, aber auf den Fensterbänken standen viele Möbel und eine Reihe von Kräutern füllte ein Regal in der kleinen Kochnische.

Inga Romualda brach in Tränen aus. »Wiggo hat mich gestern Abend um kurz nach halb zehn angerufen und gesagt, dass er von diesem Sicherheitswächter erfahren hatte, dass Elna tot ist. Ich musste sie identifizieren, sagte die Polizei, bestätigen, dass sie es war. Ich war da oben ... im Krankenhaus ...«

Cato Isaksen musterte sie mit freundlicher Miene.

»Sie haben es also von Wiggo Nyman erfahren, von ihrem Freund.«

Inga Romualda nickte. »Ja.«

»Wo war er, als er Sie angerufen hat, wissen Sie das?«

»In einer Tankstelle.« Sie schlug die dünnen Hände vors Gesicht und holte laut schluchzend Luft. »Ich werde Ihre Fragen beantworten, aber ich begreife nicht, was geschehen ist. Jetzt kenne ich keinen Menschen in Norwegen. Ich bin so traurig. Ich habe solche Angst.«

»Wir können verstehen, dass das hier sehr schwer für Sie ist.«

»Ich musste sie sehen, Wiggo wollte das nicht. Ich musste es tun.«

»Es war gut, dass Sie sie identifiziert haben. Vielen Dank«, sagte Roger Høibakk ernst.

»Da, wo das Auto sie angefahren hat, war doch so viel Platz. Wieso musste es da ausgerechnet sie treffen?«

Cato Isaksen schaute sich um. »Wo schlafen Sie hier eigentlich?«

»Wir ziehen das Sofa aus«, sagte Inga Romualda müde. »Die Bettwäsche liegt im Schrank. Aber sie hat auch bei Wiggo übernachtet, meistens sogar.«

»Wiggo Nyman wohnt also auch in diesem Haus?«

»Ja, gleich nebenan. Es gehört Noman Khan und seinem Bruder. Wir dürfen billig hier wohnen. Aber wenn Wiggo nicht hier war, wenn er seine Mutter besuchte, dann hat sie hier zusammen mit mir übernachtet. Wir haben uns das Sofa geteilt. Es lässt sich ausziehen.«

Roger Høibakk erhob sich. Cato Isaksen blieb sitzen und beugte sich vor. »Die anderen, die hier im Haus wohnen, kennen Sie die?«

»Nein, die kenne ich nicht.«

»Sind die aus Norwegen?«

»Nein, die Frauen unten sind Russinnen.«

»Haben Sie irgendwelche Bekannte, die einen roten Wagen fahren?«

»Elna nicht. Ich auch nicht«, sagte Inga Romualda. »Wir hatten nur einander, und Elna hatte Wiggo. Ich bringe Ihnen etwas zu trinken. Es ist so heiß. Aber auf der Schnellstraße ist so viel Lärm, deshalb habe ich das Fenster nicht offen.«

»Und Sie wissen nichts über ein rotes Auto?«

Inga Romualda schüttelte den Kopf. »Wiggos Auto ist weiß. Und Milly hat keins. Noman und Ahmed haben elegante, graue Wagen. Ein rotes hat niemand.«

»Und Ihnen ist in letzter Zeit an Elna nichts Besonderes aufgefallen, sie war nicht verstört oder traurig oder böse oder was auch immer?«

Inga Romualda nahm eine Flasche, auf deren Etikett schwarze Johannisbeeren und Kirschen abgebildet waren und die einen roten Verschluss aufwies, aus dem kleinen Kühlschrank und mischte für die Ermittler zwei Glas Saft mit Wasser. Sie drehte sich um und kam mit den Gläsern in den Händen auf sie zu. »Nein, Elna war nie böse. Aber vielleicht war sie traurig. Ich weiß nicht. Sie hat jedenfalls viel über ihre Mutter und ihre Schwestern gesprochen, dass es für die so schwer war. Sie war an den letzten Tagen vielleicht auch stiller als sonst. Oder vielleicht nicht. Ich weiß es nicht.«

Sie reichte jedem der Polizisten ein Glas. »Ich weiß nicht«, sagte sie noch einmal. »Ich habe gestern anderswo gearbeitet, habe bei einem Betriebsfest serviert. Elnas Mutter in Lettland musste immer schrecklich viel arbeiten, und sie hatten nie Geld. Und Elna hatte drei Schwestern und einen Bruder. Aber der Bruder machte sich nicht gerade nützlich.«

»Wann haben Sie Elna zuletzt gesehen?« Cato Isaksen trank einen Schluck Saft und starrte aus dem Fenster in einen knallblauen Himmel ohne die geringste Andeutung einer Wolke.

»Ich bin so gegen halb zwei gegangen. Da waren Milly und Elna da. Ich habe den Bus nach Sjølyst genommen und abends den Bus zurück, wie immer. Elna wollte später nachkommen, sie war noch nicht fertig. Es war viel zu tun; die ganzen Sommerfeste, die gerade stattfinden.«

»Und diese Milly?«

»Die arbeitet nur unregelmäßig. Sie hat Elna immer Kleider ihrer Enkelkinder gegeben, und Elna hat die an ihre kleine Schwester geschickt.«

»Sie haben also nicht gleichzeitig Feierabend gemacht, Elna und Sie?«

»Doch, meistens schon. Nur eben gestern nicht.« Wieder schlug sie die Hände vors Gesicht und brach zum dritten Mal in Tränen aus.

»Es tut mir leid«, sagte Cato Isaksen. »Setzen Sie sich.« Er erhob sich, legte beschützend den Arm um die junge Frau und führte sie zum Sofa. »Wir haben es nicht eilig. Also lassen Sie sich ruhig Zeit. Wir wüssten gern, ob Sie glauben, dass Elna irgendwelche Feinde hatte. Vielleicht jemanden, den sie von früher her kannte?«

Roger Høibakk fiel auf, dass Inga Romualdas Gesichtsausdruck sich veränderte, als sei ihr plötzlich etwas eingefallen. Sie sah die beiden Ermittler lange an, dann schüttelte sie den Kopf. »Tut mir leid«, sagte sie.

Danach wurde alles viel schwieriger. Beide Polizisten hatten den Eindruck, dass Inga Romualda ihnen etwas verschwieg. Sie mussten ihr jede Auskunft mühsam entlocken. Und wenn sie etwas sagte, dann schien sie sich selbst zuzuhören und sich langsam bestätigen zu lassen, dass Elna Druzika möglicherweise von ihrer Vergangenheit eingeholt worden war. Von einem Mann, vor dem sie entsetzliche Angst gehabt hatte.

»Wie lange hatte sie diesen Mann schon gekannt?« Roger Høibakk sah sie an. Die Ahnung, dass sie sich jetzt etwas näherten, das sich als sehr wichtig erweisen könnte, wurde in ihm immer stärker. »Erzählen Sie von ihm«, sagte er freundlich.

Inga Romualda wirkte verängstigt. »Ich weiß nicht«, sagte sie leise. »Sie hat gesagt, sie könnte nie wieder nach Hause zurück, dann würde Juris sie finden und schlagen. Aber ich habe zu Elna gesagt, dass er nicht herkommen würde. Er wusste doch nicht, wo sie war. Aber sie hat immer geglaubt, dass er sie finden würde.«

Cato Isaksen runzelte die Stirn. »Sie hatte also einen ehemaligen Partner, der gewalttätig war?«

Inga Romualda runzelte die Stirn. »Sie waren nie zusammen. Er war alt, schon vierzig. Er war ein Nachbar aus Bene. Verheiratet, hatte Kinder. Aber sie hatten eine kurze Beziehung gehabt. Dann wollte Elna nicht mehr, und er wurde schrecklich wütend. Das war alles. Er hat sehr viel getrunken. Er ist kein guter Mensch. Und sie musste fort.«

»Wissen Sie auch seinen Nachnamen?«

»Juris Tschudinow. Wir in Lettland mögen die Russen ja

eigentlich nicht. Vor allem nicht solche wie ihn. Elna hat gesagt, dass er auch ihre Mutter bedroht hat. Aber jetzt scheint er nicht mehr in Lettland zu sein. Sie hatte Angst, dass er herkommen könnte. Dass er sie finden würde.« Ihre Augen wurden dunkel. »Kann ich aus Norwegen ausgewiesen werden?«

»Weshalb denn?«, fragte Cato Isaksen und sah sie an. »Sie haben doch schließlich kein Verbrechen begangen. Denn Sie haben doch sicher kein Auto?«

»Nein, nein«, sagte sie und fing erneut an, zu weinen. »Aber ich habe Angst.«

Cato Isaksen sah sie an. »Sie scheinen wirklich große Angst zu haben«, sagte er. »Ist dieser Mann denn auch für Sie gefährlich?«

»Nein«, sagte sie. »Ich bin ihm nie begegnet. Ich komme aus Riga. Elna und ich haben uns hier kennengelernt, in Norwegen.«

»Sie arbeiten vielleicht schwarz für Noman Khan, kann das sein? Sie bezahlen keine Steuern und haben auch keine Aufenthaltsgenehmigung?«

Das helle Gesicht rötete sich .

»Sie brauchen diese Frage nicht zu beantworten«, sagte Cato Isaksen. »Wir werden uns an Ihren Chef wenden. Es ist nicht Ihre Schuld, und es hat nichts mit unserem Fall zu tun. Wie viel verdienen Sie pro Stunde?«

»Neunzig Kronen.«

Cato Isaksen sah Roger Høibakk an. »Und außerdem bezahlen Sie hier Miete?« Er musterte sie fast vorwurfsvoll.

Inga Romualda nickte. »Es gibt nirgendwo Sicherheit«, sagte sie, und ihre Miene veränderte sich. Ihr schien erst in diesem Moment aufzugehen, dass sie wirklich allein war.

»Ich wollte Elna sagen, ›ich hab dich lieb‹«, flüsterte sie. »Aber ich habe es nicht gemacht, und jetzt ist es zu spät.«

Der Vernehmungsraum erinnerte an ein Klassenzimmer, an so einen kleinen engen Sonderraum, wo zusätzlicher Unterricht erteilt wurde. Er hatte die Schule gehasst. Dort hatte es kein Versteck gegeben. Man wurde gewissermaßen in einem scharfen weißen Licht unter Aufsicht gehalten.

Wiggo Nyman musterte die beiden Ermittlerinnen. Alles in diesem heißen Zimmer war unangenehm. Die beiden Polizistinnen gefielen ihm nicht. Sie stellten sich vor, aber er hatte ihre Namen sofort wieder vergessen. Die eine war blond und ziemlich hübsch, die andere war dunkel und hatte ein breites, asiatisches Gesicht.

Er setzte die gleiche träge Miene auf wie früher, wenn die Lehrer ihn nach den Hausaufgaben befragt hatten.

Die Polizistin musterte ihn mit ernstem Gesicht und fragt, ob es stimme, dass er im Engervei in Karihaugen wohne. Er nickte und merkte, wie seine Mundhöhle sich mit Speichel füllte.

Sie schaltete das Tonbandgerät ein und nahm sein Geburtsdatum sowie das Datum und den Zeitpunkt der Vernehmung auf. Dann nannte sie ihren Namen ein weiteres Mal. Sie hieß Marian Dahle.

»Wir werden Sie als Zeugen vernehmen und Ihr Alibi überprüfen. Das tun wir bei allen, die in irgendeiner Beziehung zu der Verstorbenen gestanden haben. Wir hoffen, dass Sie uns helfen können. Jetzt lassen wir zuerst etwas zu trinken kommen.«

Er sah an ihr vorbei die Wand an, blickte nicht auf, als ein junger Polizist Mineralwasser und Gläser brachte. Die Jalousien vor den Fenstern waren halb heruntergelassen und es gab Vorhänge mit einem grünen Muster, aber keine Bilder an den Wänden.

Er wusste nicht so recht, wie er sich verhalten sollte. Ob er lange oder kurze Antworten geben, ob er abweisend oder positiv wirken sollte.

»Ich weiß doch nichts«, sagte er, während Marian Dahle die Gläser füllte und der blonden Polizistin am Fenster eins reichte. Er hörte, wie schwach seine Stimme war. »Aber mir ist klar, dass der Fall ernst ist«, fügte er hinzu und nahm das Glas, das sie ihm hinhielt.

»Die Kollegen von der Technik sind immer noch am Unfallort beschäftigt«, sagte Marian Dahle. »Wir warten auf eine genauere Darstellung des Ereignisverlaufs. Aber wir wissen, dass Elna Druzika gestern Abend angefahren worden und dabei ums Leben gekommen ist. Wir nehmen an, dass es ein rotes Auto war. Haben Sie ein rotes Auto oder kennen Sie jemanden, der ein rotes Auto hat?«

Wiggo Nyman schüttelte den Kopf. »Nein«, sagte er.

»Stimmt es, dass der Sicherheitswächter Sie gestern Abend gegen 21:20 Uhr angerufen und dass er da erzählt hat, dass Elna Druzika bei einem Verkehrsunfall ums Leben gekommen war?«

»Ja, das stimmt.«

»Wo hielten Sie sich da gerade auf?«

»Als der Wächter angerufen hat?«

»Ja«

»Auf einer Tankstelle.«

»Welcher Tankstelle?«

»Statoil, oben bei Storo.«

»Was haben Sie da gemacht?«

»Kam aus Maridalen zurück. Hatte bei meiner Mutter vorbeigeschaut. Wir haben da einen kleinen Hof.«

Marian Dahle nickte.

»Hat Ihre Mutter ein Auto?«

»Ja. Einen Polo. Der ist grün.«

»Haben Sie Geschwister?«

»Einen Bruder, zehn Jahre älter als ich.«

»Hat der ein Auto?«

»Nein, der wohnt noch immer zu Hause. Er fährt das von unserer Mutter.«

»Können Sie ein wenig über Ihre Arbeit in Alnabru erzählen, was machen Sie dort, was sind Ihre Aufgaben und so weiter?«

»Ich arbeite seit zwei Jahren für Direkt-Eis, ich habe mit neunzehn angefangen. Die Arbeit ist schon in Ordnung, das muss ich wirklich sagen. Ich fahre vier Tage in der Woche. Hab verschiedene Touren mit vielen festen Anlaufpunkten. Ich verkaufe Eis direkt vom Wagen aus.«

»Und am fünften Tag und an den Wochenenden, was machen Sie da?«

»Dann helfe ich zu Hause aus, meine Mutter hat eine Katzenpension. Ich hole und bringe Katzen und so.«

»Elna Druzika hat ebenfalls in Karihaugen gewohnt, nicht wahr?«

»Im selben Haus wie ich. Da gibt es viele Einzimmerwohnungen. Da wohnen alle möglichen Leute. Wir haben Wand an Wand gewohnt.«

»Und Elna Druzika hat gleich nebenan von Direkt-Eis gearbeitet?«

»Ja, in einer Catering-Firma.«

»Und diese beiden Firmen gehören zwei Brüdern, wenn wir das richtig verstanden haben?«

»Ja, Noman hat die Cateringfirma und Ahmed die Eisfirma.«

»Und Sie hatten also eine Beziehung zu Elna, sagt ihre Freundin. Sie waren ein Paar.«

»Das schon ... ja, ich muss das wohl bestätigen, aber ein Paar ... ich weiß nicht.«

Plötzlich bekam der Blick der blonden Polizistin etwas Mitfühlendes. Wenn sie so saß und ihm ihr Profil zukehrte, dann sah er, wie klein ihre Nase war. Sie drehte sich ihm wieder zu.

»Nein, wir wollten nicht gerade heiraten, um es mal so zu sagen«, sagte er und fingerte nervös an seiner Uhr herum.

»Wir verstehen ja, dass das hier nicht leicht für Sie ist«, sagte Marian Dahle. »Aber wir müssen diese Vernehmung durchführen. Wann haben Sie gestern Feierabend gemacht?«

»Zwei Stunden, bevor es passiert ist.«

»Was für ein Auto fahren Sie?«

»Einen alten Volvo.«

»Welche Farbe hat der?«

»Der ist weiß.«

»Und Sie sind auch gestern mit diesem Volvo gefahren?«

Wiggo Nyman nickte.

»Kann jemand das bestätigen?«

Er zuckte kurz mit den Schultern. »Weiß nicht, ich parke immer auf dem Platz vor dem Weißwarenlager.«

»Dem Weißwarenlager?«

»Außerhalb des Geländes. Wir dürfen nicht vor dem Catering- und Eislager halten. Da muss Platz für Eiswagen und Lieferwagen sein.«

»Was wollten Sie auf der Tankstelle?«

»Ich war bei meiner Mutter gewesen, ich wollte mir nur eine Cola kaufen.«

»In der letzten Zeit, ist Ihnen da aufgefallen, ob Elna traurig war, auf irgendeine Weise anders?«

»Nein. Wissen Sie, was das für ein Auto war, ich meine … werden Sie feststellen …«

»Wir werden die Lackreste und die Glasscherben analysieren und vermutlich können wir dann feststellen, was es für eine Automarke war, ja. Das dürfte kein Problem sein. Warum sind Sie zu Ihrer Mutter gefahren?«

»Ich wollte sie nur kurz besuchen … ist das verboten?«

»Nein, aber Sie haben gesagt, dass sie montags bis donnerstags für Direkt-Eis arbeiten. Das bedeutet doch, dass Sie für Ihre Mutter am Wochenende tätig sind, und das Wochenende beginnt am Freitag.«

Wiggo Nyman schluckte. Sein Adamsapfel bewegte sich an dem schmalen Hals deutlich sichtbar. »Ich besuche sie auch sonst oft. In der Saison fahre ich oft bis neun Uhr abends Eis aus, aber gestern war ich etwas früher fertig, deshalb habe ich die Eiskartons ins Lager gebracht, und dann bin ich gefahren. Es kommen Klagen, wenn der Eiswagen zu spät bimmelt. Die Kinder wollen dann nicht ins Bett.«

»Und Elna?«

»Die war noch auf der Arbeit, als ich gefahren bin. Reinigte gerade die Arbeitstische und machte solche Dinge. Milly war auch da. Wir sind oft zusammen nach Hause gefahren. Aber da ich ja nach Maridalen wollte ...«

»Und wie war sie, als Sie gefahren sind?«

»Ganz normal«, sagte er eilig. »Etwas anderes kann ich nicht behaupten.« Für den Bruchteil einer Sekunde hatte Marian Dahle ein Gefühl. Die trockene Wärme der Lüftungsanlage traf ihr Gesicht. Wiggo Nyman griff immer wieder zu dem Ausdruck »etwas anderes kann ich nicht behaupten«. So, als ob er sich von seinen Antworten distanzieren wollte.

»Stimmt es, dass Inga Romualda gestern nachmittag anderswo gearbeitet hat?«

»Ja. Sie wissen, dass ein Verrückter es auf Elna abgesehen hatte?«

»Juris Tschudinow.«

»Ja, so kann er geheißen haben.«

»Glauben Sie, dass er sich in Norwegen aufhalten könnte?«

»Das kann schon sein.«

»Sind Sie ihm begegnet?«

»Nein. Sie hatte Angst, dass er sie finden könnte«, sagte Wiggo Nyman, beugte sich vor und stützte die Ellbogen auf den Tisch.

Randi Johansen registrierte, dass Cato Isaksen draußen durch den Gang lief. Er warf durch die Glaswand einen Blick zu ihnen herein, dann eilte er weiter. Sie notierte auf ihrem Block, dass sie überprüfen musste, ob Nyman wirklich zum angegebenen Zeitpunkt die Tankstelle besucht hatte. Und sie wollte feststellen, ob Inga Romualda an diesem Nachmittag tatsächlich in Sjølyst tätig gewesen war.

Marian Dahle nickte, als Zeichen, dass jetzt Randi die Vernehmung übernehmen sollte. Die erhob sich. »Elna ist zwar durch den Unfall ums Leben gekommen«, sagte sie. »Aber früher an diesem Tag hatte jemand sie gewürgt. Hatten Sie sich gestritten?«

»Hä?« Wiggo Nyman starrte die blonde Frau an. Er konnte nur noch glotzen. »Gestritten? Nein«, sagte er überrascht. »Hat irgendwer das behauptet?«

Keine der beiden Ermittlerinnen antwortete. Seine Frage blieb in der Luft hängen.

»Jemand hatte sie sehr hart angepackt«, sagte Marian Dahle dann.

»Ja, aber, davon weiß ich nichts!« Er schlug die Hände vors Gesicht. Wiggo Nyman wiegte sich hin und her und sprach in seine Hände. »Ich hab es doch nicht mal über mich gebracht, sie anzusehen, auch wenn die Polizei das so wollte. Ich bring so was nicht. Und ich kapier das alles überhaupt nicht mehr. Ich muss aufs Klo, darf ich aufs Klo gehen?«

Marian Dahle nickte. Wiggo Nyman sprang auf. »Gleich rechts auf dem Gang«, sagte sie.

Cato Isaksen schaute in das Vernehmungszimmer und sah Randi an. »Wie läuft es?«

Randi Johansen drehte sich zu Marian Dahle um. »Was meinst du, Marian?«, fragte sie.

»Wir reden später darüber.« Cato Isaksen zog sich zurück und verschwand auf dem Gang.

Randi seufzte. Catos vorurteilsbeladenes Verhalten Marian gegenüber machte ihr zu schaffen. Sie kannte Cato gut, nachdem sie so viele Jahre mit ihm zusammengearbeitet hatte.

»Der ist doch das pure Pulverfass«, sagte Marian gelassen.

»Cato?«

»Nein, Nyman. Ein kalter Fisch und ein berechnendes Pulverfass«, erklärte sie und fügte hinzu: »Es ist etwas mit seiner Mimik. Vibrationen, winzigkleine, an den Nasenflügeln. Wangenknochen, die sich anspannen.« Sie drehte sich zum Fenster hin. »Ich kenne das. Ich war selbst schon mal so weit.«

Randi lächelte. »Wie weit?« Marian hatte immer ihre Analyse bereit, deutete alle Menschen.

Dann sagte Marian plötzlich etwas, das Randi überraschte. Denn Marian war niemand, der über sein Privatleben redete. Niemand wusste besonders viel über sie, abgesehen davon, dass sie allein lebte.

»Ich habe auch eine Wut in mir, verstehst du, von der ich nicht weiß, woher sie kommt. Oder doch, ich weiß es schon. Es hat natürlich etwas mit meiner Kindheit und der Adoption und diesem ganzen Kram zu tun. Du hast keine Ahnung, was für eine Wut ich früher zusammenbrauen konnte.« Marian lächelte kurz. »Ich wurde für verrückt gehalten, aber dann bin ich doch lieber zur Polizei gegangen.«

Randi Johansen erwiderte das Lächeln. »Und deine Eltern?«

»Über die rede ich so wenig wie möglich«, sagte Marian abweisend.

»Sollen wir heute nach der Arbeit essen gehen?«, fragte Randi.

»Hast du nicht ein kleines Kind zu Hause?«

»Die ist nicht mehr so klein. Sie wird bald vier. Mein Mann kümmert sich liebend gern um sie.«

Marian Dahle lächelte. »Dann ist es abgemacht«, sagte sie.

Wiggo Nyman kam zurück und ließ sich lässig wieder auf den Stuhl fallen.

»Eigentlich sind wir fertig für heute«, sagte Marian Dahle. »Aber ganz zum Schluss, wissen Sie etwas, irgendetwas, das für uns von Bedeutung sein kann, irgendeine Idee?«

Er schüttelte den Kopf.

»Dann machen wir ein andermal weiter«, sagte Marian und wechselte einen Blick mit Randi.

Marian verfügt über eine einzigartige Fähigkeit, in alle Richtungen zu denken, wenn sie mit jemandem im Vernehmungsraum sitzt, dachte Randi. Sie hatte schon zwei Vernehmungen mit Marian zusammen durchgeführt. Marians Gehirn schien dann die unsichtbaren Denkfäden der Vernommenen zusammenzuführen. Und sie spielte niemals alle ihre Karten auf einmal aus, sie legte Schicht für Schicht bloß. Wichtig war außerdem, rechtzeitig aufzuhören, um den Faden dann bei einer späteren Gelegenheit in einer neuen Vernehmung wieder aufzugreifen.

»Er ist wirklich ein Pulverfass«, wiederholte Marian Dahle, als Wiggo Nyman mit dem Fahrstuhl nach unten verschwunden war, wobei seine Autoschlüssel in seiner Hand gehangen hatten.

Randi Johansen musterte sie verwundert. »Mir kam er eigentlich ziemlich ausgeglichen vor, in Anbetracht der Lage«, füge sie hinzu.

Randi sah Marian an. Etwas war seltsam an der Art, wie diese Situationen analysierte. Schon in den wenigen Wochen hier hatte sie dem Ermittlungsteam viele neue Impulse und konkrete Resultate gebracht. Erst vor wenigen Tagen hatte sie einer Frau das Geständnis entlockt, ihren Schwiegervater umgebracht zu haben. Es war ein unangenehmer Fall, in einem schwierigen Milieu und die Polizei hatte keine Beweise gehabt. Marian hatte die Frau nach einer Vernehmung nach Hause gefahren, war dann mit ihr zum Polizeigebäude zurückgekommen und die Frau hatte den Mord gestanden.

Wie Marian das machte, hatte Randi noch nicht verstanden.

Marian schien kein anderes Leben zu haben, alles schien sich um die Arbeit und die Ergebnisse zu drehen. Und um den Hund, der ihr nicht von der Seite wich, zur Freude oder zum Ärger der anderen.

*Mit dem Geschmack von Sternen!* Die Buchstaben auf beiden Seiten der hellblauen Eiswagen standen in einer rosa und dunkelblauen Sprechblase. Um sie herum waren winzige gelbe Sterne verstreut. Ellen Grue warf einen Blick in einen der beiden Wagen, die noch nicht losgefahren waren. Auf dem Armaturenbrett lag der Tourplan, auf dem die Straßen untereinander aufgelistet waren, Poppelvei, Sørengvei, Blomstervei und Skogfaret. Die Liste war lang und neben jedem Straßennamen standen zwei Uhrzeiten. Eine für den Beginn des Eisverkaufs, eine für die Weiterfahrt des Wagens. Auf die Doppeltür hinten waren Bilder der Eissorten und ihre Namen gedruckt. Das Erdbeereis hieß Virgo, das Himbeereis Vela, das Schokoladeneis Corvus.

Die Hitze vor dem Lagerhaus war unerträglich und die obligatorischen Schutzanzüge der Techniker machten die Sache auch nicht besser. Die Polizei hatte die Stelle, an der die Tote gelegen hatte, mit Kreide markiert und die Umgebung mit rotweißen Bändern abgesperrt. Aber da der Unfall genau in der Einfahrt geschehen war, hatten sie einen Durchgang lassen müssen, damit die Eiswagen hereinfahren, Waren laden und dann das Eis ausfahren konnten. Es war mitten am Tag, und die anderen zehn Wagen waren im Einsatz.

Eine Stahltreppe führte zu einer Tür hoch, auf der auf einem roten Schild NOMANS CATERING stand. Ellen Grue stieg die wenigen Stufen hoch und öffnete die Tür. Harscher Essensgeruch schlug ihr entgegen. Sie blieb gleich bei der Tür stehen und musterte eine ältere Frau mit einer Schürze und einer durchsichtigen weißen Haube, die zwischen den Backöfen und dem Spülbecken hin und her lief. »Polizei oder was?«, fragte sie. Ellen Grue nickte und stellte sich vor, während sie ihre Plastikhandschuhe auszog.

Der Raum war länglich und hatte oben unter der Decke einige schmale Fenster. Zwei der Fenster standen offen und Ellen Grue sah, wie schmutzig sie waren. Die vertrockneten Abdrücke von Regentropfen hatten auf dem Glas ein bräunliches Muster hinterlassen. Die Wand hinter dem Stahltisch wies eine Art dunklen Gelbton auf, während der Boden von grauem Linoleum bedeckt war.

Sie musste vor allem mit dem Besitzer der Cateringfirma sprechen, aber dazu war es offenbar noch zu früh. Der Mann saß noch immer mit Asle Tengs und Tony Hansen im Hinterzimmer in der Vernehmung.

Die ältere Frau sah traurig aus, als sie jetzt ein Tablett voller fertig gebratener Frikadellen anbrachte.

Ellen Grue wurde hungrig vom Anblick des vielen Essens. Ihre Übelkeit hatte sich gelegt, aber vielleicht sollte sie doch in einer Apotheke vorbeischauen und sich einen Schwangerschaftstest besorgen, woran sie lieber nicht denken wollte.

»Milly«, sagte die Frau mit dunkler Stimme. »Milly Bråthen.« Sie stellte das Tablett auf den Tisch und wischte sich die Hände an ihrer Schürze ab. »Ich habe es ja die ganze Zeit gesagt, dass das für Elna schlimm war. Da hat etwas nicht gestimmt, und das war nicht gut.«

»Es wäre nett, wenn Sie mit den Kollegen darüber sprechen könnten«, sagte Ellen Grue und nickte zur verschlossenen Tür zum Hinterzimmer hinüber. »Die da drinnen kümmern sich um diese Dinge. Ich soll mir hier nur ein Bild von den Räumlichkeiten machen.«

»Ja, ja«, sagte Milly Bråthen und fing an, Zutaten abzuwiegen. »Wieso denn das, eigentlich? Was wollen Sie denn hier drinnen rausfinden? Sie ist doch draußen totgefahren worden.«

»Wir müssen uns den großen Zusammenhang ansehen«, sagte Ellen Grue.

»Ja, ja. Noman ist jedenfalls ein eitler Trottel«, flüsterte Milly. »So ein Geck mit teuren Autos und sauteuren Schuhen. Herrgott, von dem, was seine Schuhe kosten, könnte ich einen Monat leben.«

Plötzlich stand Inga Romualda in der Tür. Sie nickte Ellen Grue kurz zu. »Ich halte es zu Hause nicht aus«, sagte sie und streifte ihre hellgelbe Sommerjacke ab. »Ich kann nicht atmen, wenn ich da allein rumsitze.«

»Ja, ja, mein Mädel«, sagte Milly Bråthen. »Das kriegen wir schon wieder hin, du und ich.«

Inga Romualda sah die ältere Frau dankbar an, band sich einen Chiffonschal um die Haare, wusch sich in aller Eile die Hände und lief zur Aluminiumanrichte, wo sie ein Paar dünne Plastikhandschuhe überstreifte und anfing, mit einem Messer mit runder Klinge Honigcreme auf einem flachen Kuchen zu verteilen. Milly Bråthen ließ die Frikadellen in eine große Schüssel rutschen. »Jetzt ist sie tot, das arme unschuldige Mädel. Was hatte sie denn wohl Schlimmes gemacht? Nichts, hat sich kaputtgearbeitet, so war das. Und ich hab es ja die ganze Zeit gesagt, lauft nicht allein hier auf dem Gelände rum. Wenn abgeschlossen ist, weiß man doch nicht, wer sich hier rumtreibt. Hier sind immer irgendwelche Typen, und die taugen nichts. Damit kenne ich mich aus.«

Inga Romualda legte das Messer weg und zog die dünnen Plastikhandschuhe wieder aus.

Milly Bråthen fuhr sich müde über das Gesicht. »Diese Eiswagenfahrer. Die kommen doch dauernd her, um sich die Mädels anzusehen. Nicht wahr, Inga? Der Ronny redet jedenfalls dauernd von euch.«

»Wer ist Ronny?«, fragte Ellen Grue.

»Mein Enkel. Arbeitet als Fahrer. Hab diesen Job hier über den Jungen gekriegt.«

»Machen denn irgendwelche von den Eiswagenfahrern Probleme?«

Inga Romualda seufzte tief. »Nicht doch«, sagte sie. »Die sind nett.«

»Warum hat sie Lettland verlassen?«, Ellen Grue konnte sich diese Frage nicht verkneifen.

»Die Familie, Elnas Familie, wollte, dass sie irgendwohin ging, am liebsten nach Norwegen oder Schweden. Denn Sie wissen doch ... zu Hause gibt es nicht gerade viel Geld. Aber ihre Mutter wollte auch, dass sie wieder nach Hause kam«, sagte sie leise. »Sie hatte Angst, Elna könnte etwas passieren.«

Ellen Grue nahm dankbar eine Frikadelle, die Milly Bråthen ihr auf einer Gabel reichte.

»Warum denn, warum hatte sie diese Angst?«

Inga Romualda schüttelte rasch den Kopf. »Nein«, sagte sie. »Die hatte sie eben.«

»Und ihr Vater?«

»Der ist tot. Aber sie hatte da etwas mit einem verheirateten Mann. Der war nicht nett, hat sich nicht mal gewaschen. Er ist wütend auf sie.«

»Wenn die sich nicht mal waschen, dann raus mit ihnen«, sagte Milly Bråthen schroff. »Männer sind doch Schweine. Aber das kann ich hier in diesem Haus nicht laut sagen.« Sie nickte zur Tür hinüber. »Das sind doch Muslime, wissen Sie. Schwein zu sagen ist schlimmer, als bei uns in der Kirche zu fluchen.« Sie grinste.

Inga Romualda hob das Messer hoch und spülte es unter dem Wasserhahn ab. »Er hat gesagt, dass er herkommen wird.«

Ellen Grue schluckte das letzte Stück Frikadelle hinunter und betrachtete Inga Romualdas bleiches Gesicht. »Und ist er schon in Norwegen?«

Inga Romualda schüttelte den Kopf. »Ich weiß nicht.«

»Waren sie in diesem Sommer überhaupt noch nicht in der Sonne?«

»Nein.« Inga Romualda wischte sich die Hände an der Schürze ab. »Ich habe die ganze Zeit gearbeitet.«

»Wir schuften uns hier alle noch krank. Ich hab denen immerhin gesagt, dass ich im Juli Urlaub haben will. Aber auch hier wird die Lage sich sicher beruhigen, wenn erst mal die Ferien angefangen haben. Meine Enkelin ist drei und mit ihr will ich Zeit verbringen. Kinder sind Gold, wissen Sie. Die Elna hatte viele Geschwister, das kleinste war auch erst drei Jahre alt. Sie hätten mal die Bilder sehen sollen, die sie mir gezeigt hat. Sie wohnten in einem alten scheußlichen Haus weit draußen auf dem Lande. Elna hatte hier eigentlich nichts zu suchen. Sie war zu gut dafür. Sie hätte zu ihrer Mutter nach Hause fahren sollen.«

»Meinen Sie, dass Sie hier ausgenutzt werden?«

»Ich sage nicht mehr, hab ich doch gesagt. Wir schuften uns hier alle ohnehin krank, aber Elna, die hat nie nein gesagt. Ist abends noch allein hier geblieben. Und dann der Wiggo. Was soll jetzt bloß aus dem Wiggo werden?«

Åsa Nyman verspürte eine tiefe Angst, als sie den silbergrauen Wagen zwischen den Feldern sah. Es war der 13. Juni. Dreizehn war eine Unglückszahl. Sie wusste sofort, dass dort die Polizei kam. Wiggo hatte sie gebeten, zu sagen, dass er an dem Abend, an dem Elna verunglückt war, kurz zu Hause vorbeigeschaut habe, obwohl das gar nicht stimmte. Er sei nur ein wenig umhergefahren, hatte er gesagt, habe bei einer Tankstelle gehalten und überhaupt. Aber die Polizei könne falsche Schlüsse ziehen, und diese Belastung könne er nicht ertragen, zusätzlich zu dem Schock und Verlust. *Die Polizei macht doch immer Jagd auf Leute, die sie verdächtigen kann.*

Åsa Nyman ging in den Windfang und wartete, stand auf dem hellgrünen und blauen Flickenteppich. Sie stand auf Socken da und schob die Haustür auf. Es war so dunkel, wie es das an einem Juniabend überhaupt werden konnte, mit schweren grauen Wolken und tiefliegendem Dunst, der in Schwaden über das Feld zog, dort, wo der Wald anfing. Das Wetter war ganz plötzlich umgeschlagen. Jetzt jagte ein weißes Licht über den Himmel. Gleich darauf donnerte es, es kam jedoch kein Regentropfen. Ein kühler Wind beruhigte die Katzen und sie liefen ruhelos in ihren Käfigen hin und her.

Åsa Nyman fuhr sich müde über die Stirn. Jetzt hörte sie, wie der Wagen sein Tempo drosselte und hielt. Der Teppich hatte am Ende, bei der Haustür, einige feuchte Erdflecken. Sie starrte abwechselnd ihre grünen Gummistiefel und das Gewehr an, das in der Ecke hinter der Tür stand. Sie dachte, es sei doch typisch, dass Henning gerade an diesem Abend nicht zu Hause war. Wo er doch sonst niemals wegging. Aber in den letzten Tagen trieb er sich abends herum. Sie wusste nicht, wohin er ging, und ob er sich mit jemandem traf. Wollte auch nicht quengeln. Er wurde doch bald zweiunddreißig. Da musste er am Feld entlanggehen und im Wald verschwinden dürfen. Wenn er das denn wollte.

Henning hatte beim Abendessen stumm wie eine Auster auf seinem Stuhl auf der anderen Seite des Tisches gesessen und in der Zeitung geblättert. Er hatte nicht viel essen mögen. Auch sie hatte keinen Appetit gehabt. Sie aßen sonst immer viel und lange, sie und Henning. Henning war nicht dick, aber er war groß. Leider kam er auf seinen Vater, während Wiggo ihr ähnelte.

Als sie die beiden Polizistinnen hereinbat, sah sie für einen Moment ihr Spiegelbild. Sah ihre verängstigten Augen, die Einsamkeit, die Schwere, die auf ihrer Halsgrube lastete.

Die Polizistinnen stellten sich vor, sie hießen Randi Johansen und Marian Dahle.

Die Damen gingen ins Wohnzimmer und setzten sich in die Sessel. Sie war froh darüber, dass sie Staub gewischt und gelbe Blumen aus dem Beet vor dem Haus hinein geholt hatte. Wenn Wiggo wirklich etwas mit dem Mord an Elna zu tun hätte, dann würden die beiden Polizistinnen bestimmt wie Tiger im Raum hin und her laufen, dachte sie. Die beiden strahlten eine warme Ruhe aus, die sie entspannte. Wiggo war kein Verbrecher. Aber in ihm steckte immer eine Unruhe, als ob er seine Seele in die falsche Richtung drehte. Zwischen ihr und ihren Söhnen herrschte Distanz, sie waren beide an einem anderen Ort, einsam, verschlossen. Aber sie hatte immer ihr Bestes getan.

Die dunkle ausländische Polizistin führte das Wort. Sie fragte, ob ihr an Wiggo etwas aufgefallen sei, an seinem Verhalten. Das sei die übliche Frage, die Polizei müsse sich von allem ein Bild machen. Åsa Nyman konnte das verstehen. Sie erzählte, wie gern sie Elna gehabt hatte. Natürlich war ihr an Wiggo nichts Besonderes aufgefallen. Die Besucherinnen wollten nun wissen, was er an den Tagen um den 11. Juni gemacht habe, ob er sich vielleicht mit Elna gestritten habe. Sie sagte wahrheitsgemäß, das wisse sie nicht. Er war erwachsen. Er wohnte nicht mehr zu Hause. Aber er hatte Elna sehr geliebt, wiederholte sie. »Das ging uns allen dreien so. Ja, Wiggos Bruder auch«, fügte sie hinzu.

»Und Wiggo war an dem Abend, an dem Elna verunglückt ist, zu Hause?«

»Ja«, sagte sie rasch. »Manchmal wird er so unruhig, und dann kommt er her. Und wo Elna arbeiten musste ...«

Die dunkle Polizistin starrte sie an. Am Ende schlug Åsa Nyman die Augen nieder. »Warum wollen Sie das wissen?« Sie spürte, wie ihr Puls schneller schlug. »Weshalb ...?«

»Nein«, sagte Marian Dahle rasch. »Das ist Routine. Wir versuchen alles, um den zu finden, der Elna angefahren hat. Wenn Ihnen noch etwas einfällt, worüber Sie sprechen möchten ...«

»Nein«, sagte Åsa Nyman und hob den Blick wieder. »Was sollte das denn sein?«

Die Polizistinnen waren ja höflich, aber sie wusste nicht so ganz, was sie von ihnen halten sollte. In der Zeitung hatten an diesem Tag so viele schreckliche Dinge gestanden, dass Elna von einem Mörder angefahren worden war, der dann Fahrerflucht begangen hatte. Dass sie vorher misshandelt worden war. An wen um alles in der Welt konnte die Arme da geraten sein? Wiggo war es jedenfalls nicht gewesen. Sein Auto war unversehrt. Wies nicht eine Schramme auf. Natürlich war er es nicht gewesen.

Åsa Nyman erzählte den Polizistinnen, dass Wiggo und Henning anständige Jungen seien. Wiggo habe als kleiner Junge so viele seltsame Dinge gesagt. *Ich bin wie Eisen, Mama. Ich bin so stark.*

Und Henning fing Tiere in den Fallen, die er jede Woche mehrmals aufstellte. Aber das hat natürlich nichts mit diesem Fall zu tun, dachte sie. »Ich liebe meine Söhne«, sagte sie und plötzlich fiel ihr das Sprichwort ein, das sagt, wenn man nicht zu viel liebt, dann liebt man nicht genug. Aber was war eigentlich genug?

Es war unmöglich, in den Gesichtern der Polizistinnen etwas zu lesen. Auf einmal war draußen wütendes Gebell zu hören. Åsa Nyman lief ans Fenster und hob die weiße Tüllgardine hoch. Ihr Herz schlug schneller. Sie schmiegte das Gesicht an die Fensterscheibe, sagte aber nichts.

»Das ist sicher nur mein Hund«, sagte die dunkle Polizistin, sprang auf und lief aus dem Haus.

»Ich kann Hunde nicht ausstehen«, sagte Åsa Nyman und sah die dunklen Wolken an, die über den tiefen Himmel trieben.

»Der ist am Wagen festgebunden«, meinte die Blonde.

Åsa Nyman nickte erleichtert. Sie fand freilaufende Hunde nur schrecklich. Einmal war eine Promenadenmischung ins Katzenhaus eingedrungen und hatte drei Katzen getötet. In der Woche darauf hatte Henning ihr das Schrotgewehr besorgt. Es stand immer geladen draußen im Gang.

»Der wittert sicher die Katzen im Gehege. Aber wenn er angebunden ist, besteht ja keine Gefahr.«

Auch die blonde Polizistin war aufgestanden. »Ich glaube, wir haben, was wir brauchen«, sagte sie.

»Aha«, sagte Åsa Nyman. »Was brauchen Sie denn?«

»Nein, einfach ein Alibi für Wiggo. Mehr brauchen wir nicht.«

»Ach, ein Alibi«, sagte Åsa Nyman und brachte sie zur Tür.

»Dann vielen Dank«, sagte sie.

»Ebenfalls«, sagte die Blonde und verschwand. Åsa Nyman zog die Tür hinter ihr zu, ging in die Küche und fing an, aufzuräumen. Mechanisch, als schwebe alles in einer farblosen Dunkelheit.

»Entweder ist das ein ganz besonders einfacher Fall, oder es ist ein unglaubliches Zusammentreffen.« Cato Isaksen ließ munter seinen Blick durch die kleine Runde schweifen. »Es ist nämlich so, dass die Kollegen in Asker und Bærum sich gemeldet haben. Sie haben die Kripo um Hilfe bei der Suche nach dem verschwundenen Jungen gebeten, dem, der tagelang in den Schlagzeilen war, dem siebenjährigen Patrik Øye. Asker und Bærum haben nämlich bei Ahmed Khan angerufen und wollten den Namen des Fahrers, der am Tag, an dem der Kleine verschwunden ist – also am Montag, dem 3. Juni – mit dem Eiswagen in Høvik unterwegs war.«

Alle starrten ihn gespannt an. »Und«, sagte er nun, »der Fahrer, der am 3. Juni in der Gegend mit dem Eiswagen unterwegs war, heißt Wiggo Nyman. Wiggo Nyman! Voll ins Schwarze!«

»O Scheiße«, sagte Roger Høibakk. »Das ist also Wiggo Nymans Bezirk? Und der Wagen war da unterwegs, als der Junge verschwunden ist, willst du uns das sagen?«

Marian fügte hinzu: »Die Ermittler müssen aber schon längst an den Eiswagen gedacht haben. Warum haben sie so lange gebraucht? So tranig können die doch gar nicht sein?«

»Aber sicher doch«, sagte Roger Høibakk rasch. »Wir sehen doch, dass sie das können.«

»In der Gegend wird montags offenbar auch Müll abgeholt, aber die fahren offenbar früher«, sagte Cato Isaksen. »Ich habe noch nicht alle Unterlagen gelesen.« Er fügte hinzu: »Als der Ermittlungsleiter Vidar Edland aus Asker und Bærum bei Khan angerufen und erfahren hatte, dass die Polizei Nyman bereits in Verbindung mit dem Fall Druzika vernommen hatte, hat er sich sofort mit mir in Verbindung gesetzt. Ich übertreibe wohl nicht, wenn ich sage, dass wir das beide ungeheuer interessant finden. Jetzt wollen sie natürlich rein routinemäßig ebenfalls mit Wiggo Nyman sprechen. Ich will nur sagen, dass es sich hier vielleicht nicht um zwei verschiedene Fälle handelt, sondern nur um einen. Vielleicht haben wir es mit einer Kausalkette zu tun. Das wäre ja nicht das erste Mal, oder? Details, die plötzlich einen Zusammenhang ergeben. Jetzt müssen wir nur gemeinsam entscheiden, wie wir weiter vorgehen sollen.«

Cato Isaksen schaute aus dem Fenster, auf die Wolken, die gerade vom Himmel zu gleiten schienen. In der Nacht hatte es entsetzlich gegossen, aber jetzt würde die Sonne bald zurückkehren. Er hatte ganz unten im Nacken ein Gefühl. Manchmal handelte es sich um falschen Alarm, aber es kam vor, dass er im Streifenwagen saß und dieses Gefühl sich einstellte. Er konnte in eine dunkle Seitenstraße fahren und hinter dem Lenkrad Kaffee aus einem Pappbecher trinken und überlegen. Und dann konnte sich plötzlich etwas einschleichen, aus der Tiefe seines Unterbewusstseins. »Auf jeden Fall müssen wir Ellen & Co. hinschicken, damit sie sich sofort Eiswagen und Lager ansehen«, sagte er. »Aber es ist ja schon ganz schön spät. Der Junge ist schließlich vor zehn Tagen verschwunden.«

»Marians Intuition hat die ganze Zeit gesagt, dass mit Wiggo Nyman etwas nicht stimmt.« Randi Johansen schaute zu ihrer Kollegin hinüber. »Nicht wahr, Marian? Du hast ihn nach der Vernehmung als kalten Fisch und als Pulverfass bezeichnet.«

»Intuition ist ein Scheiß«, sagte Roger Høibakk abfällig und steckte sich ein Kaugummi in den Mund.

Marian Dahle schwieg eine Weile. Sie dachte an Wiggo Nymans ausgemergelte Mutter. Diese arme Frau. »Die Dinge sind nicht zwangsläufig so, wie sie aussehen«, sagte sie dann. »Der Eiswagen fährt also jeden Montag durch diesen Teil von Høvik. Perfekt, nicht wahr? Da braucht man den Kleinen nur umzubringen und ins Auto zu werfen. Oder ihn mitzulocken. Vielleicht ist er sogar freiwillig mitgekommen. Alle Kinder lieben Eis.«

»Sicher«, meinte Randi Johansen.

»Der Eiswagen«, murmelte Marian leise. »Überlegt doch nur mal. Könnt ihr euch etwas Perfekteres vorstellen? Sie müssen sich doch längst ein Bild vom Verkehr in der Gegend gemacht haben, wo der Junge verschwunden ist. Warum glaubt ihr, dass Elna Druzika umgebracht worden ist?«

»Jesus Christus«, sagte Roger Høibakk, »wie meinst du das denn? Hat Nyman den Kleinen umgebracht, meinst du, und Druzika hat das entdeckt?«

Marian Dahle lächelte kurz. »Hältst du hier eine Andacht ab?«

Tony Hansen hatte wirklich andächtig zugehört. Cato Isaksen merkte, wie die Irritation in ihm arbeitete. Er zog einen Stuhl hervor und setzte sich. »Asker und Bærum haben kurz nach dem Verschwinden des Jungen die ganze Gegend mit Hunden abgesucht. Der Hund hat nur an einer Stelle angeschlagen, und zwar auf einem Hofplatz am Ende einer Sackgasse. Aber da lagen Essensreste, das kann den Hund verwirrt haben. Die alte Dame, die in dem Haus wohnt, hat den Jungen als Letzte gesehen. Ja, aber das wisst ihr doch alles, denn die Details sind in den Zeitungen wirklich breitgetreten worden. Doch Asker und Bærum betonen auch, dass nichts darauf hinweist, dass Patrik Øye gerade dort verschwunden ist, wo er zuletzt gesehen wurde. Er kann auch anderswo von einem Auto aufgelesen worden sein. In einer anderen Straße. Jedenfalls steht unser lieber Eisfahrer jetzt im Fokus, und das ist sicher ein guter Ausgangspunkt für unsere weitere Arbeit.«

Randi Johansen beugte sich über den Tisch vor. »Dieser gewalttätige Ex, vor dem Elna Druzika solche Angst hatte. Den dürfen wir nicht vergessen. Mir ist natürlich klar, dass das eine falsche Spur sein kann, aber Interpol sucht nach ihm. Wir haben noch keinerlei Hinweise darauf, wo er sich aufhalten kann. Er kann hier im Land sein. Ich habe übrigens alle Mietwagenfirmen hier informiert und sie gebeten, besonders aufmerksam zu sein, wenn ein beschädigtes rotes Auto zurückgebracht wird.«

»Hierzulande sind mehr als achttausend Frauen pro Jahr den Gewalttätigkeiten ihrer derzeitigen oder früheren Männer ausgesetzt«, sagte Marian Dahle verärgert. »Sicher ist Nyman der heißere Tipp. Wir müssen versuchen, uns die Situation vorzustellen. Sagen wir, Elna Druzika hat die Leiche entdeckt«, fügte sie hinzu. »Vielleicht hat Wiggo Nyman den Jungen sogar im Kühllager versteckt.«

»Die Technik muss sofort hinfahren«, sagte Cato Isaksen. »Weiß hier jemand, wo Ellen steckt?«

»Ich glaube, zu Hause. Sie war heute schon mehrere Stunden in Alnabru. Hat sich offenbar eine Magen-Darm-Grippe eingefangen«, sagte Randi Johansen.

»Sag ihr, sie muss sofort wieder hinfahren.«

Randi Johansen erhob sich und verließ das Zimmer.

»Wir müssen die Ermittlungen vollkommen umstellen«, sagte Marian Dahle. »Haben wir jetzt beide Fälle?«

»Sieht fast so aus«, sagte Cato Isaksen und musterte sein Team. »Aber wir werden natürlich mit der Kripo und mit Asker und Bærum zusammenarbeiten. Seien wir ein wenig vorsichtig. Ich denke an Wiggo Nyman. Wir dürfen ihn nicht in Panik versetzen. Fahren wir doch mal raus und reden wir mit den Leuten in der Gegend, wo der Junge verschwunden ist. Ohne die Stimmung hochzujagen, meine ich. Aber wir werden Nyman überwachen. Ab sofort«, fügte er hinzu. »Ein Job für dich, Tony.«

Tony Hansen strahlte.

»Nimm irgendwen von der Ordnungsabteilung mit und leg los.«

»Wir müssen auch zu den Eltern des Jungen fahren«, sagte Randi Johansen.

»Zu seiner Mutter«, berichtigte Cato Isaksen eilig. »Sie und der Sohn haben allein gelebt. Der Vater wohnt in einem anderen Ort. Er hat ein Alibi. Asker und Bærum haben das überprüft. Ich habe mir alle Berichte angesehen. Außerdem habe ich noch einmal eure Vernehmung von Nyman gelesen«, fügte er hinzu. »Wir wissen jetzt also, dass er wirklich zu der angegebenen Uhrzeit an der Tankstelle war. Sie haben Videoüberwachung. Aber er kann natürlich da gewesen sein, nachdem er Elna Druzika umgebracht hatte. Schlimmstenfalls, meine ich.«

»Aber sein Wagen ist weiß«, wandte Roger Høibakk ein.

»Ja, leider«, sagte Cato Isaksen. »Aber wir lassen ihn trotzdem von der Technik untersuchen.«

Randi Johansen kam zusammen mit Asle Tengs zurück. »Tut mir leid«, sagte der. »Ich war mit den Berichten der Tatortuntersuchung beschäftigt.«

Er wurde sofort über die Wende informiert, die der Fall genommen hatte. »Du und Tony habt doch gestern mit Ahmed Khan gesprochen, was konnte er beitragen? Hat er oft so junge Fahrer wie Wiggo Nyman?«

»Nein, meistens sind die älter«, sagte Asle Tengs. »Wir haben mit allen gesprochen. Aber Nyman leistet offenbar gute Arbeit. Und sie haben einen noch jüngeren, Ronny Bråthen, den Enkel von Milly Bråthen, die bei Nomans Catering arbeitet. Beide Khan-Brüder haben ein Alibi. Als Druzika ermordet wurde, waren sie ausgerechnet in der Moschee.«

Cato Isaksen nickte. »Und wer sagt das?«

»Das sagen die Videoaufnahmen von einem Familienfest. Einer Hochzeit, die drei Tage gedauert hat. Sie sind gleich nach der Arbeit hingefahren, und der Film weist Datum und Uhrzeit auf. Da ist nur eins. Sie sehen sich so ähnlich, diese Jungs, und Noman Khan war leicht zu erkennen, aber Ahmed … sie sagen jedenfalls, dass er es ist. Ich werde mir den Film noch einmal ganz genau ansehen.«

»Ellen hat jemanden hochgeschickt, um das Kühllager zu schließen und Nymans Eiswagen zu versiegeln«, sagte Randi Johansen und setzte sich. »Und Inga Romualda hat zu dem von ihr genannten Zeitpunkt wirklich in Sjølyst serviert. Das habe ich überprüft.«

Auf dem Schulhof wimmelte es nur so von Kindern in pastellfarbenen Kleidern. Der Parkplatz war gefüllt mit den Autos von Lehrern und Eltern. Alle wollten an der Krisensitzung teilnehmen, zu der die Polizei in die Turnhalle der Høvik Verk Schule gebeten hatte, die der vermisste Patrik Øye besuchte. Høvik war idyllisch am Wasser gelegen, gleich bei dem großen Kunstzentrum und der Veritas. Große Bäume und schöne Villen kennzeichneten die Gegend. Die Fahrt dorthin aus der Innenstadt von Oslo hatte etwas über zehn Minuten gedauert. Cato Isaksen hielt am Straßenrand, gleich hinter einem großen Bagger. Er überprüfte sein Mobiltelefon. Eine Mitteilung von Vetle war eingetroffen, seinem mittleren Sohn. Er hatte jetzt keine Zeit, sie zu beantworten. Er stieg aus dem Auto aus und schloss leise hinter sich die Tür. Vor dem Bagger klaffte eine tiefe Grube. In der Grube, gleich vor der Schaufel, sah er einige hellbraune und graue, alte Wurzeln. Sie waren in der Erde aufbewahrt worden und so dünn und fein, dass sie zerfallen würden, wenn die Eisenschaufel sie nur berührte. In der Schaufel lagen Erdklumpen. Einige große alte Samendolden hingen zwischen den Baggerzähnen.

Die neue Schule war neben dem alten roten Steingebäude errichtet worden. An den Fenstern war buntes Seidenpapier angeklebt, das Sterne und Blumen darstellte.

Cato Isaksen war um seine Anwesenheit bei der Veranstaltung gebeten worden, weil Patrik Øyes Verschwinden jetzt mit dem Fall Druzika in Verbindung gebracht wurde. Da sein Team jetzt eingeschaltet worden war, musste er sich energisch dem Verschwinden des Jungen widmen. Zusammen mit Vidar Ekland vom Polizeidistrikt Asker und Bærum und einem Experten von der Kripo würde er jetzt das Informationstreffen leiten.

Cato Isaksen ging durch ein Meer aus Kindern. Einige hielten Butterbrotdosen und Flaschen mit Saft in den Händen. Er blieb stehen, um ein rennendes Mädchen in einem rosa Kleid vorbeizulassen. In Kästen vor der Wand lag Spielzeug: Bälle, Eimer und Spaten in Rot und Gelb und Grün. Ihm ging plötzlich auf, wie schnell die Zeit verflog. Er richtete seinen Blick auf einen knallgelben Ball, der zwischen den Kindern dahinrollte. Der Alltag, die Monate, die Jahre, alles raste dahin.

Die Ermittler stellten sich ganz hinten in der Turnhalle auf, vor der Kletterwand. Sie sprachen leise miteinander. Die Kinderstimmen zerrissen laut und scharf die Luft. Edland trug Uniform, damit die Kinder begriffen, dass das hier Ernst war.

Cato Isaksen musterte Schüler, Eltern und Lehrer, die langsam und in guter Stimmung die warme Halle betraten, die aufgrund des bevorstehenden Sommerfestes mit Luftschlangen geschmückt war.

Das Telefon klingelte unten in seiner Tasche. Es war Vetle, der wissen wollte, ob sein Vater früh genug zurückkommen würde, um ihn und einige Freunde am Nachmittag nach Hvalstrand zu fahren. Cato Isaksen legte beschützend eine Hand über sein eines Ohr und antwortete rasch, dass er das noch nicht wissen könne. »Frag Mama«, sagte er und hörte den Jungen am anderen Ende schnauben. Cato Isaksen war verwöhnt, weil Bente sich um alles kümmerte, vor allem, wenn er mitten in einem Fall steckte.

»Mama, meine Güte«, sagte Vetle. »Kannst du denn nicht mit zum Baden kommen, Papa?«

»Ich habe heute keine Zeit«, erwiderte er kurz. »Bald sind Sommerferien, dann holen wir alles nach. Ich muss weiter.« Er klappte das Telefon zu und nickte zu einem Elternpaar hinüber, das sich gerade auf zwei freie Stühle vor ihm setzte.

Vidar Edland eröffnete die Besprechung, als die Eltern sich auf die roten Plastikstühle gesetzt hatten und die Schüler sich auf dem Boden niedergelassen hatten und zur Ruhe gekommen waren. Die Lehrer hatten sich vor der Wand bei der Tür versammelt. Die Luft in der Turnhalle zitterte vor Hitze. Endlich wurde es still, nur das Summen einer Klimaanlage, das durch ein Gitter im Boden aufstieg, war noch zu hören.

»In Zusammenhang mit Patrik Øyes Verschwinden möchte die Polizei diese Informationsveranstaltung für Schüler, Eltern und Lehrer durchführen«, begann der Ermittler von der Polizei Asker und Bærum. »Es ist schon schade«, fügte er hinzu, »dass bald Sommerferien sind, dass ihr bald alle verreisen und erst im Herbst wieder hier sein werdet.« Die Kinder buhten leise. »Für uns ist das schon schade. Denn euch ist ja klar, dass dieser Fall sehr ernst ist, und dass die Polizei alle Hilfe braucht, die sie von euch bekommen kann. Denn wir wissen ja nicht, was Patrik passiert ist.«

Die Kinder, die ganz vorn saßen, rutschten unruhig hin und her.

»Wir hoffen, dass einige von euch uns vielleicht einige neue Hinweise liefern können. Es ist sehr wichtig, dass wir erfahren, wenn ihr glaubt, etwas zu wissen, das für die Ermittlung von Bedeutung sein kann. Es kann sich um etwas oder jemanden handeln, den ihr hier in der Gegend gesehen habt, an dem Tag, an dem Patrik verschwunden ist. Oder an den Tagen davor. Es ist überaus wichtig, dass ihr uns das alles sagt. Vielleicht habt ihr etwas gesehen, das ihr selbst nicht für wichtig haltet. Aber für uns kann es eben doch von Bedeutung sein. Also erzählt uns alles, was ihr wisst, habt keine Angst, dass es nicht wichtig sein könnte. Die Entscheidung könnt ihr uns überlassen.«

Eine kleine Hand wurde gehoben, ein Junge von vielleicht acht Jahren zitterte vor Eifer.

Vidar Edland nickte ihm zu. »Kriegen wir Finderlohn?«, fragte der Junge.

»Das heißt nicht Finderlohn, sondern Belohnung«, sagte ein Mädchen in einem rosa Hemd und versetzte ihm einen Rippenstoß.

Der Polizist lächelte kurz, dann schüttelte er den Kopf. »Nein«, sagte er. »Das wohl nicht. Aber ihr wollt doch sicher auch, dass wir herausfinden, was mit Patrik passiert ist, oder etwa nicht?«

Die Versammlung nickte mit ernster Miene. Die Eltern auf den roten Stühlen hatten einige Fragen. Eine Mutter in einem weißen Kleid, die ein hellblau gekleidetes Baby auf dem Schoß hielt, fragte, ob es stimme, dass der Fahrer des Eiswagens mit der Sache zu tun haben könnte.

»Es ist noch zu früh, um darüber etwas zu sagen, aber es stimmt schon, dass wir in Bezug auf den Eiswagen gewisse Untersuchungen anstellen, wenn also jemand hier uns in diesem Zusammenhang etwas sagen kann, dann melden Sie sich bitte nachher bei uns.«

Noch ein Junge zeigte auf. »Mein Vater sagt, dass Patrik tot ist.«

»Es ist nicht sicher, dass Patrik tot ist«, sagte Vidar Edland ernst. »Wir hoffen, dass er noch lebt.«

»Heute ist der 14. Juni«, sagte der kleine Junge jetzt. »In einem Monat ist also der französische Nationalfeiertag. Alors!«

In der Halle wurde leise gelacht. Die Frau in dem weißen Kleid zeigte ein weiteres Mal auf. »Aber wenn der Eiswagenfahrer ... darf er dann weiterhin fahren? Müsste er nicht beurlaubt werden?«

»Er wird auf gleicher Ebene wie viele andere vernommen. Wir entscheiden fortlaufend, welche Maßnahmen getroffen werden müssen. Am fraglichen Tag und zum aktuellen Zeitpunkt waren viele Autos in der Gegend unterwegs. Wir vernehmen auch viele andere, auf dieselbe Weise.«

\*

Die Besprechung dauerte eine Stunde. Die Schüler notierten sich die Telefonnummer der Polizei und viele wollten nachher mit den Ermittlern sprechen. Eltern und Lehrer brachten ihre Befürchtung zum Ausdruck, dass noch weitere Kinder verschwinden könnten. Es war nicht leicht, sie zu beruhigen, aber nach einer Weile konnten die Ermittler die Halle dann doch verlassen.

Cato Isaksen unterhielt sich noch zehn Minuten mit Vidar Edland und dem Kollegen von der Kripo, ehe er zu seinem zivilen Dienstwagen ging. Sie hatten sich für den nächsten Morgen um neun im Polizeigebäude verabredet, um die beiden Fälle zu vergleichen und eine vorläufige Bilanz zu ziehen.

Cato Isaksen beschloss, ein wenig durch die Gegend zu fahren. Er wollte die Stelle sehen, wo Patrik Øye von der letzten Zeugin gesehen worden war. Zuerst aber wollte er bei der Mutter des verschwundenen Jungen vorbeischauen. Sie wohnte im Oddenvei, nicht weit von der Schule entfernt. Er konnte sich auch gleich ein eigenes Bild vom ganzen Fall machen, jetzt, wo er voll einsteigen musste.

Als er gerade seinen Wagen aufschließen wollte, bemerkte er zwei Mädchen von elf oder zwölf, die neben dem gelben Bagger standen und ihn abwartend ansahen. Die eine war dünn und blond. Die andere war dicker und rothaarig. Sie trugen durchsichtige Badenetze mit Handtüchern und Badeanzügen in der Hand. Er hatte den Eindruck, dass sie ihm etwas sagen wollten.

Er steckte den Autoschlüssel in die Tasche und ging langsam auf die beiden zu. »Hallo ihr«, sagte er. »Wohnt ihr in der Nähe?«

»Ich wohne im Selvikvei«, sagte die Blonde eilig und schob mit dem Fuß einen Stein in das große Loch vor der Baggerschaufel. »Genau da, wo Patrik verschwunden ist, gleich neben der Stelle, wo er verschwunden ist. In dem gelben Haus.«

»Wisst ihr denn, dass er gerade dort verschwunden ist?«, fragte Cato Isaksen und lächelte den beiden vorsichtig zu.

»Nein, aber Papa hat gesagt, dass die Nachbarin gesehen hat, wie er losgerannt ist, und dann war er verschwunden. Und das war genau da, wo ich wohne.«

»Wart ihr denn dabei?«

»Nein, das nicht gerade. Wir waren auf dem Trampolin, aber dann sind wir für eine Weile ins Haus gegangen, und da muss es passiert sein. Aber wir haben von Wiggo Eis gekauft, als er da hinten auf der Straße stand.«

»Ach, ihr wisst sogar, wie der Eiswagenfahrer heißt?«

»Er fährt doch schon eine ganze Weile hier.«

Die Rothaarige fing an zu kichern. »Bist du Polizist, auch wenn du keine Uniform hast?«

»Sicher«, sagte Cato Isaksen. »Wir tragen nicht die ganze Zeit Uniform, weißt du. Wo geht ihr denn baden?«

»Gleich hier unten, am Veritasstrand«, antwortete die Rothaarige.

»Aber Papa sagt, dass Patrik auch anderswo verschwunden sein kann«, sagte die Blonde. Sie sah ihn an, ohne irgendwelche Gefühle zu zeigen, hob die Hand und strich sich mit einer trägen kleinen Bewegung die Haare aus den Augen. Drei schmale bunte Armreifen klirrten an ihrem dünnen Unterarm. »Er kann viel weiter gelaufen sein, ehe er geschnappt wurde, nur hat ihn eben niemand gesehen. Mama und Papa haben mit der Polizei gesprochen. Die Polizei war sogar bei uns zu Hause. Warum steht in der Zeitung, dass es Wiggo gewesen sein kann, der ist doch erst achtzehn, der kann Patrik nichts getan haben.«

»Er ist einundzwanzig«, erwiderte Cato Isaksen.

»Hä«, meinte die Blonde rasch. »Uns hat er gesagt, dass er achtzehn ist.«

Die Mädchen wechselten einen Blick. Die Blonde saugte an ihrer Unterlippe und schaute ihre Freundin unbeeindruckt an.

Noch immer führte die Blonde das Wort. »Patrik hatte eine schrecklich altmodische und blöde Schultasche«, sagte sie.

»Hässlich, mit so einem Querstreifen. Wenn der Typ, der den Eiswagen fährt, es war, dann ist er sicher gefährlich?«

Cato Isaksen schärfte seinen Blick. »Wie heißt du?«

»Louise.«

»Hast du irgendetwas gesehen, als Patrik verschwunden ist, Louise?«

Sie zuckte mit den Schultern. »Nein, wir waren ja im Haus, das hab ich doch schon gesagt.«

Der Ermittler musterte das dickliche rothaarige Mädchen. Ihre Wangen röteten sich, als er sie ansah. »Und wie heißt du«, fragte er.

»Ina«, antwortete sie mit leiser Stimme und kicherte.

»Habt ihr Patrik gekannt?«

»Nein«, sagten die Mädchen gleichzeitig und wechselten einen raschen Blick. »Nicht besonders gut jedenfalls«, fügte die Blonde hinzu. »Aber wir wissen doch, wer alle sind.«

»Wie alt seid ihr?«, fragte der Ermittler.

»Elf«, antworteten die Mädchen wie aus einem Mund. »Aber ich werde im August zwölf«, sagte die Blonde. »Außerdem steht in der Zeitung, dass Wiggo Patrik umgebracht haben kann.«

»Die Zeitungen schreiben immer alles Mögliche. Was glaubt ihr denn, habt ihr an dem Tag irgendwelche besonderen Autos gesehen?«

Wieder kicherte die Rothaarige. »Nicht an dem Tag, aber vor ein paar Tagen haben wir einen Mann gesehen, der hielt, weil er einen Hund bei sich hatte. Der hat den Hund einfach laufen lassen. Es war ein großer schwarzer Hund.«

»Und wo war das?«

»Gleich da unten.« Sie drehte sich um und streckte die Hand aus. »Da, wo Patrik verschwunden ist. Er hat auch ein paar Fotos gemacht und er ging irgendwie komisch, als ob er Schmerzen hätte oder so.«

»Was hatte sein Auto denn für eine Farbe? Er kann doch von der Polizei gewesen sein?«

Die Mädchen wechselten abermals einen Blick. »Das wissen wir nicht mehr«, sagte die Rothaarige. »Aber er sah nicht gerade aus wie ein Polizist. Wir dürfen nicht mehr allein zur Schule gehen. Wir sind immer zusammen. Und dann schauen wir uns die ganze Zeit um, ob irgendwas los ist.«

»Ich hatte übrigens auch mal einen Hund«, sagte Louise. »Er hieß Dennis. Das war so ein kleiner Bichon frisé. Irgendwer hat ihn umgebracht. Wir wissen nicht, wer es war. Der war voll Blut. Irgendwer hatte ihn totgeschlagen und ihm das Halsband abgenommen.«

»Wann war das?«

Louise zuckte mit den Schultern. »Vor ein paar Monaten«, sagte sie. »Als wir gerade aus den Osterferien zurückgekommen waren.«

Signe Marie Øye lag apathisch unter einer schmutzigblauen Decke auf dem Sofa. Blaue Bilder flimmerten über den Bildschirm. Sie hatte den Ton weggedreht. Die Decke kratzte. Sie registrierte das Kratzen wie eine Ablenkung von der Angst. Patrik hatte über Tobias gesprochen. *Der ist so gemein*, hatte er gesagt. *Der reißt Insekten die Flügel aus, Mama.* Neben ihr lag Patriks Teddy. Sie war jetzt bereit, die Wahrheit zu erfahren. Vielleicht würde er niemals wieder nach Hause kommen. Sie konnte nicht mehr. Die Gewissheit wäre besser, trotz allem wäre die Gewissheit besser. Sie fror, obwohl die Sonne wärmte wie ein brennender Ofen. Auf einmal ging die Türklingel. Das Klingelgeräusch durchschnitt ihren Körper.

Sie schlug die Decke zur Seite, stürzte hinaus auf den Gang und riss mit hämmerndem Herzen die Tür auf. Draußen stand ein gutaussehender Mann mittleren Alters. Er hielt seinen Dienstausweis hoch und stellte sich als Cato Isaksen vor. Eilig teilte er ihr mit, dass es über Patrik nichts Neues gebe. Dann fragte er, ob er hereinkommen dürfe.

Signe Marie Øye war hübsch, auf eine leicht farblose Weise. Ihre Haare waren ganz hell. Sie sah müde aus, hatte graue Augen und ebenmäßige Züge.

Auf dem Wohnzimmertisch standen mehrere schmutzige Gläser und Tassen. Die Zeitung war bei der Seite mit den Todesanzeigen aufgeschlagen. Cato Isaksen legte ihr die Hand auf den Arm und lächelte ihr mitfühlend zu. Auf dem Sofa lagen eine Wolldecke und ein Teddy. Vor vielen Jahren hatte er einen Fall gehabt, bei dem eine Frau in einer Badewanne ertrunken war. Plötzlich sah er diese Tote wieder vor sich. Die zwei Jahre alte Tochter war mit ihrem Teddy unter dem Arm durch die Wohnung gestapft. Ihr Schlafanzug war weiß gewesen, mit kleinen roten Flecken. Der Teddy war hellblau gewesen und Cato Isaksen erinnerte sich daran, dass das eine Ohr feucht und flach genuckelt gewesen war.

Er teilte ihr kurz den Grund seines Kommens mit. Dass plötzlich ein anderer Fall akut geworden sei. Signe Marie Øye hörte nicht zu. Sie kam ihm manisch vor. »Meinen Sie, Sie können mir helfen, ihn zu finden? Meinen Sie, Sie sind tüchtiger als die anderen Polizisten? Die haben nichts herausgefunden. Vielleicht können Sie alles mit ganz neuen Augen sehen? Bitte«, sagte sie. »Helfen Sie mir. Er hatte vor so vielen Dingen Angst, vor großen Hunden und vor großen Mädchen.«

»Vor großen Mädchen?«

Sie nickte. »Ja. Sie wissen doch, wie Mädchen sein können.«

Cato Isaksen musterte sie mit ernster Miene, dann schnitt er eine Grimasse. Jetzt war keine Zeit für Witze, aber er hätte fast gesagt, dass er sich ebenfalls vor großen Mädchen fürchtete.

»Er ... als im vorigen Jahr mein Vater gestorben ist, er war achtundsechzig, Patrik hat sehr an ihm gehangen.«

Cato Isaksen nickte.

»Patrik konnte nicht verstehen, dass er gestorben ist ... er war doch nicht ganz alt, hat er gesagt, nur ein bisschen.«

Cato Isaksen sah sie fragend an.

»Ja, das war alles, aber dieser Ausdruck ... *nicht ganz alt.*«

Cato Isaksen begriff.

»Sie haben zusammen Hütten aus Decken gebaut, hinten in der Ecke zwischen Sofa und Sessel. Mir hat das nicht gefallen. Die Bettbezüge wurden schmutzig. Patrik war so traurig, als ich sagte, sie müssten Wolldecken nehmen.« Sie starrte zu Boden. »Ich weiß ja, dass ich ihn verloren habe, ich ertappe mich immer dabei, dass ich sage, *war,* und nicht *ist.* Ich weiß doch, dass er tot ist.«

Cato Isaksen sah sie an. »Ich will Ihnen keine falschen Hoffnungen machen. Wir haben es mit einem Verschwinden zu tun, und das hier ist ja nicht einmal mein Bezirk. Ich arbeite im Polizeibezirk Oslo, und eigentlich habe ich nichts mit dieser Sache zu tun. Ich glaube, Sie können den laufenden Ermittlungen Ihr volles Vertrauen schenken, aber jetzt ist, wie gesagt, noch ein anderer Fall akut ...«

Signe Marie Øye setzte sich auf die Sofakante. »Was denn für ein anderer Fall?«

»Eine junge Frau.«

»Ist sie tot?«

Cato Isaksen nickte.

»Ach«, sagte Signe Marie Øye überrascht und hob die Hand an den Mund. »Aber was hat das mit Patrik zu tun?«

»Nichts vermutlich, aber ... der Freund dieser Ermordeten fährt hier in der Gegend den Eiswagen.«

»Den Eiswagen?«

Cato Isaksen nickte vorsichtig. »Wissen Sie, ob Patrik über den Eiswagen gesprochen hat, hat er dort Eis gekauft?«

»Nein«, sagte sie. »Er war ja in der Schulfreizeitordnung, und deshalb war der Eiswagen oft schon weg, wenn er nach Hause ging. Aber natürlich wollte er immer Geld für Eis haben, und eigentlich wollte er auch nicht in der Schulfreizeitordnung sein. Aber er hat nie Geld bekommen.« Signe Marie Øye senkte den Kopf und fing an zu weinen.

»Aber ich weiß, dass Klaus und Tobias, seine besten Freunde, ab und zu Eis gekauft haben. Patrik hat sich oft mit ihnen gestritten. Drei Freunde sind vielleicht einer zu viel. Sie wissen, wie Kinder sein können.«

»Das Allerschlimmste ist der Gedanke an all die Jahre, die er nicht bekommen hat. Die Jahre, die *wir* nicht bekommen haben. Hier steht etwas Schönes, in einer der Anzeigen. Genauso empfinde ich es.«

Sie riss die Anzeigenseite aus der Zeitung. »Soll ich es Ihnen vorlesen?«

Cato Isaksen musterte sie mit ruhigem Blick. »Aber er wird doch weiterhin vermisst.« Fast hätte er gesagt, *nur* vermisst, riss sich dann aber im letzten Moment zusammen.

»Nein, er ist tot. Das wissen wir doch alle. Ich frage mich, was ich in die Todesanzeige schreiben soll.« Sie nahm das Blatt vom Tisch. »Ich werde es Ihnen vorlesen. *Du hättest tief wie der Wald werden sollen, hoch wie das Gebirge. Sanft wie die Abendsonne. Du durftest dich nicht im Gras tummeln, von Stein zu Stein springen. Den Duft der Blumen riechen. Aber in uns lebst du ewig.*«

Sie holte tief Luft und starrte den Boden zwischen Sofa und Tisch an. »Ich frage mich, ob das alles einen Sinn hat«, sagte sie. »Ob ich etwas verbrochen habe, sodass ich es verdiene, bestraft zu werden. Glauben Sie an Gott?«

Cato Isaksens Gedanken liefen für einen Moment davon. Sein Gehirn versuchte, etwas zu analysieren, das er bedenken müsste. Es hing irgendwie mit Erde zusammen. »Im Moment werden sechsunddreißig Kinder zwischen einem und vierzehn Jahren vermisst. Viele davon finden sich wieder ein. Einige sind natürlich von einem Elternteil entführt worden, aber ... Patriks Vater«, sagte er. »Haben Sie keinen Kontakt zu ihm?«

»Nein«, sagte sie. »Das ist zu schwierig. Er hat rund um die Uhr gearbeitet. Sie wissen, die Medien. Er war gestern hier, aber ich habe ihn nicht reingelassen. Er ... wir sind geschieden. Ich will lieber nichts mit ihm zu tun haben. Aber ich habe nach Patriks Verschwinden kurz mit ihm gesprochen. Er ist natürlich ebenso verzweifelt wie ich. Patrik war jedes zweite Wochenende bei ihm.«

»Und wo wohnt er?«

»In Valler. Die Polizei hat ausführlich mit ihm gesprochen. Er lag mit Blinddarmentzündung im Krankenhaus, als Patrik verschwunden ist.«

Cato Isaksen wusste, dass er diese trauernde Mutter nicht in sein eigenes Privatleben hineinziehen dürfte, aber plötzlich tat er es dann doch. »Ich habe einen Sohn, der verschwunden war. Im Frühling«, fügte er hinzu. »Deshalb kann ich nachempfinden, wie Ihnen zumute ist.«

Signe Marie Øye hielt den Atem an. Sie hob die Hände und bedeckte damit für einen Moment ihren Mund. Dann ließ sie sie wieder sinken, erhob sich, durchquerte das Zimmer und setzte sich auf den Rand eines Esszimmerstuhls. »Stimmt das? Was ist passiert, haben Sie ihn wiedergefunden?«

»Wir haben ihn wiedergefunden.« Cato Isaksen starrte die leere Blumenvase auf dem Tisch an. »Ich habe ihn in einer Laube in der Schrebergartenkolonie Sogn gefunden. Sicher dürfte ich Ihnen das gar nicht erzählen. Das ist unprofessionell von mir.«

»Nein, nein, nein«, das rief die verzweifelte Mutter fast. »Sie haben doch keine Ahnung, plötzlich haben Sie mir Hoffnung gegeben. Wie lange haben Sie ihn vermisst? Wer hatte ihn entführt?«

»Es waren nur einige Stunden. Es war ein Mörder. Er war verzweifelt, hat sich dann umgebracht. Es ist kein Geheimnis, die Zeitungen waren voll davon. Ja, sie haben über den Mörder geschrieben«, fügte er hinzu. »Nicht über Georg, den konnten wir aus den Schlagzeilen heraushalten.«

»Ja«, sagte sie mit leiser Stimme. »Vielleicht kann ich mich erinnern, wenn ich mir das genauer überlege. Meinen Sie, jemand kann Patrik irgendwo gefangen halten?«

Ihm ging auf, wie idiotisch es gewesen war, dieser Frau von Georg zu erzählen. Er schüttelte langsam den Kopf. »Ich weiß nicht«, sagte er »Eigentlich wollte ich Ihnen nur sagen, dass ich weiß, wie Ihnen zumute ist. Diese Stunden, die ...«

»Ja«, sagte Signe Marie Øye, und die Tränen strömten über ihre Wangen. »Es ist so schrecklich ... dass ... niemand ... hat eine Ahnung. Niemand.«

»Nein.«

»Wie alt ist Georg?«

»Er ist sieben«, sagte Cato Isaksen. »Kommt nach dem Sommer in die zweite Klasse.«

»Das wird … das würde Patrik auch.« Signe Marie Øye stand von dem Stuhl auf, kam herüber und nahm seine Hand. »Dann sind sie gleichaltrig. Danke, Sie haben ja keine Ahnung, was Sie für mich getan haben. Es ist schön, dass sie gekommen sind. Ich weiß ganz einfach, dass Sie ihn für mich finden werden.«

Cato Isaksen hatte nicht mehr zu sagen. Er hatte schon viel zu viel gesagt. »Ich werde Sie auf dem Laufenden halten«, sagte er.

»Es hat immer schon Wunder gegeben«, sagte sie. »Jeden einzelnen Tag geschehen überall in der Welt Wunder.«

»Wir geben uns alle Mühe«, sagte Cato Isaksen und dachte, er müsse Vetle noch einmal anrufen und ihm klarmachen, dass er sehr gern mit zum Baden gekommen wäre, dass er im Moment nur viel zu viel zu tun habe.

Signe Marie Øye schloss die Tür hinter ihm mit einem leisen Knall. Cato Isaksen blieb für einen Moment stehen und starrte die geschlossene Tür an, dann hörte er, wie die Mutter anfing zu schreien.

Vera Mattson beugte sich über die Anrichte und schaute aus dem Fenster. Sie sah den Polizisten im Garten der Nachbarn. Er trug zwar keine Uniform, aber sie konnte ihm trotzdem ansehen, dass er Polizist war. Er war *neu,* sie hatte ihn noch nie gesehen. Plötzlich verspürte sie den Drang, sich wieder zu verstecken. Manchmal wurde dieses Gefühl so stark. Dann konnte sie nicht telefonieren oder die Tür öffnen. Es war ihre Sache, ob sie mit jemandem sprechen mochte oder nicht. Die Leute konnten so aufdringlich sein, so energisch und voller Forderungen an eine arme Frau, die kein Gequengel ertragen konnte.

Jetzt ging der Polizist zum Trampolin hinüber. Er ließ die Hand über dessen Rand gleiten. Den Mädchen, die oft dort sprangen, ging sie lieber aus dem Weg. Solche Mädchen hatten keine Manieren. Sie sprach nicht mit den Nachbarn. Was hatte der Nachbar noch zu ihr gesagt, als er sie zu Ostern beschuldigt hatte, etwas mit dem Mord an der blöden kleinen Töle zu tun gehabt zu haben? Genau, dass er glaubte, sie sei anders, als sie vorgab. Dass ihr graues, timides Aussehen nicht mit ihrem wahren Wesen übereinstimme. Sie war empört gewesen, hatte aber keine Antwort gehabt. Sie benutzte solche schönen Wörter nicht, timide, du meine Güte. Sie hatte es danach im Fremdwörterbuch nachgeschlagen und festgestellt, dass es kein positives Wort war. In die Ereignisse des Tages, an dem der Junge verschwunden war, wollte sie sich ganz einfach nicht mehr einmischen.

Der Polizist drehte sich jetzt um und schaute zu ihrem Fenster herüber. Sofort wich Vera Mattson zurück. Sie streifte ein Glas, das einen klebrigen Saftrest enthielt. Das Glas kippte klirrend um. Auf der Anrichte wimmelte es nur so von schmutzigen Tassen und Tellern mit Resten von Obst, Süßigkeiten, Kuchen, Keksen und sonstigen Essensresten. Sie warf nichts weg. Alles Essen musste verzehrt oder aufbewahrt werden. Sie wollte die Tür nicht öffnen. Ihr Haus war kein Fuchsbau mit vielen Ausgängen. Sie sollten ihr ihre Tage nicht nehmen dürfen.

Mehrere Journalisten waren hier gewesen. Einer hatte gewollt, dass sie mit übereinandergeschlagenen Armen auf der Straße stand, genau an der Stelle, wo sie an jenem Tag Patrik Øye gesehen hatte. Sie hatte nein gesagt. Aber zur Polizei konnte sie nicht nein sagen. Die hatten sie aus dem Haus geholt, sie hatte mit ihnen über den Hofplatz und über die Straße gehen und ihnen zeigen müssen, wo genau sie den Jungen zuletzt gesehen hatte. Das hatten sie eine Rekonstruktion genannt. Als sei diese Stelle auf der Straße sozusagen der Tatort eines Verbrechens. Der Alltag war schon vorher schlimm genug gewesen. Sie hatte die Leute so satt, die die ganze Zeit über Mann und Kind und Enkel und Hund redeten. Die Isolation machte ihr nichts aus. Sie war nicht einsam, sondern sicher, wenn nichts geschah. Aber oft machte sie auch mit Leidenschaft das Gegenteil dessen, was sie wirklich tun wollte. Sie merkte, dass sie vielleicht doch mit dem Polizisten reden wollte. Aber was, wenn er dann immer wieder käme ...

\*

Diese ewigen Gedanken an den Jungen wurden sehr schwierig. Jedenfalls, wenn sie die ganze Zeit darüber reden musste. Manchmal, wenn die Katze in ihr Bett sprang, tat sie, als sei sie ein Stofftier. Sie war wirklich böse auf den Jungen gewesen. Aber dazu hatte sie auch guten Grund gehabt.

Im Küchenschrank lag das schwarze Buch, in dem sie alles notierte. Vor allem wollte sie Überblick über die Zeitpunkte behalten. Wollte wissen, wann was passiert war. Sie hatte auch jedes Mal notiert, wenn die Jungen sich vorbeigeschlichen hatten. Hatte gedacht, sie könne dieses Wissen nutzen, wenn sie zur Schule ging, um sich zu beschweren. Um mit ihren Lehrern zu sprechen, oder schlimmer noch, mit dem Rektor.

Jetzt öffnete sie die Schranktür, riss das Buch heraus und schrieb: *Polizist in Nachbarsgarten, 13:04 Uhr, 14. Juni 2007.*

Kaum hatte sie das geschrieben, da ging die Türklingel. Das Geräusch war tief wie eine Bassstimme. Vera Mattson warf das Buch in den Schrank zurück und schloss die Tür. Dann zog sie sich in den Gang zurück. Den zwischen Küche und Wohnzimmer. Dort blieb sie mit hämmerndem Herzen stehen. Es wurde noch einmal geklingelt. Sie blickte an ihrem schwarzen Kleid hinunter. Es war gefleckt. Von Eiern. Sie hatte es bekleckert und die Flecken nicht entfernen können. Sie öffnete die Kellertür und ging nach unten.

Die Techniker hatten sich entschieden, die Untersuchung des Eiswagens vor Ort durchzuführen. Der Parkplatz vor dem Gefrierlager von Direkt-Eis war in Sonne gebadet. Ellen Grue warf einen Blick auf die Uhr. Cato Isaksen hatte angerufen und gesagt, er sei von Høvik aus unterwegs. Er würde mindestens eine halbe Stunde brauchen, um durch die Stadt und weiter nach Alnabru zu fahren.

Sie schob das Telefon in die Tasche und begrüßte den Kollegen, der mit dem Leichenhund kam. Es war derselbe Hund, der die Gegend um den Selvikvei nach dem Jungen abgesucht hatte. Wiggo Nymans Stammwagen trug die Nummer 5. Zwei Kollegen waren darin am Arbeiten. Der Wagen war frisch gewaschen und außen und innen glänzend sauber. Auch äußere Schäden waren nicht zu sehen. Öl und Benzin waren erst kürzlich nachgefüllt worden.

Diese Untersuchung kam reichlich spät. Es war der 14. Juni, elf Tage nach Verschwinden des Jungen.

Der Hund sprang in den Wagen und kam nach zwei eifrigen Schnüffelrunden wieder heraus. Er wirkte absolut uninteressiert. Ellen Grue nahm im Auto einen schwachen Geruch wahr. *Freongas*, dachte sie. Sie sah die leeren, mit Isopor verkleideten Regale an, dann die eingeschweißten Preislisten, die ordentlich übereinander in einem Regal lagen.

Ellen Grue öffnete die schwere Tür zum Gefrierlager und ließ den Hund auch dort eine Runde drehen. Der Kontrast zwischen der heißen, stillstehenden Sommerluft draußen und der Eiseskälte im Lager war enorm. Frostwolken quollen aus den Mündern der Techniker. An den Wänden waren hohe Regale angebracht, darin standen verschlossene Kartons, die mit den

Bildern der unterschiedlichen Eistypen bedruckt waren. Es gab Leitern, die man vor den Regalen hin- und herschieben konnte, um die Kartons herunterzuholen.

Der Hund schnüffelte abwechselnd an den Regalen und am Boden. Sein Schwanz peitschte hin und her. In regelmäßigen Abständen schaute er fragend seinen Besitzer an, der abwechselnd Befehle erteilte und Lobesworte aussprach.

Der Hundeführer drehte sich zu Ellen Grue um und erklärte, dass es in einem Gefrierlager ganz andere störende Elemente gebe als in einem normalen Zimmer. »Frost und Kälte bewahren Gerüche schlechter auf und geben weniger Duftpartikel frei.«

Ellen Grue nickte. »Das weiß ich.« In diesem Moment brach der Hund in wütendes Bellen aus.

Irgendwo hinten im Lager, in einer Ecke, gab es auf dem Steinboden einige große Flecken. Der Hund schlug deutlich an, aber in der nächsten Sekunde leckte er eifrig an einem Fleck herum. Er hörte sofort auf, als der Hundeführer ihm einen kurzen Befehl erteilte.

»Sieht einfach aus wie Eis.« Ellen Grue ging in die Hocke. »Auf dem Boden verschmiertes Erdbeereis.« Sie merkte, wie abermals die Übelkeit in ihr aufstieg. An diesem Nachmittag würde sie wirklich in einer Apotheke einen Schwangerschaftstest kaufen.

Ein Teil des Gefrierlagers war für die Cateringsgesellschaft reserviert. Hier wurden Hackfleisch, anderes Fleisch, Hähnchenschenkel, Fischstäbchen und Schachteln mit chinesischem Essen, sowie vakuumverpackter Räucherlachs aufbewahrt.

Neben dem Gefrierlager gab es einen kleinen Lagerraum für Konservendosen, Mehl, Zucker und braungelbe Honiggläser.

Der Hund suchte auch im Lebensmittellager, aber der Duft von frischgebratenen Frikadellen, der aus der Cateringküche herübersickerte, verwirrte ihn offenbar und riss ihn aus seiner Konzentration.

Ellen Grue trat hinaus in die Sonne, als Cato Isaksen gerade neben dem Eiswagen hielt.

*

Cato Isaksen knallte die Autotür und nickte Ellen Grue kurz zu. *Drei Freunde sind vielleicht einer zu viel.* Signe Marie Øyes Worte wollten ihm nicht aus dem Kopf. Er würde mit den beiden Jungen reden müssen. »Irgendwas gefunden?«, fragte er. Sie schüttelte den Kopf. »Sind noch dabei.«

Noman Khan kam auf sie zu. Er trug eine weiße Hose und ein geblümtes Hawaiihemd. Er schob sich seine teure Sonnenbrille auf die Stirn. Cato Isaksen streckte die Hand aus und stellte sich vor.

Noman Khan sah müde aus. »Ich leite die Catering-Firma. Haben Sie etwas gefunden?«, fragte er.

Ellen Grue sah ihn an. »Der Hund hat kurz angeschlagen«, sagte sie.

Noman Khan sah sofort wachsam aus. »Was bedeutet das?«

»Das wissen wir noch nicht.«

»Das ist interessant«, sagte Cato Isaksen und wandte sich Noman Khan zu. »Waren Sie mit Elna Druzika zufrieden?«, fragte er.

»Ja, sehr, sie hat sehr gut zu uns hier gepasst.«

»Denken Sie da an etwas Besonderes?«

»Sie war tüchtig. Sie hat gearbeitet, hat selbst gedacht. Ich musste ihr nicht die ganze Zeit Aufgaben erteilen, wie das bei Norwegerinnen nötig ist. Sie hat einfach gemacht, was gemacht werden musste. Sie war tüchtig«, sagte er noch einmal und sah plötzlich überaus besorgt aus. »Ich muss Ersatz für sie finden.«

»Sie hatte also keine negativen Seiten?«

»Nein, eigentlich nicht ... ich weiß nicht, aber ab und zu sind Lebensmittel verschwunden.«

»Lebensmittel?«

»Ja, alles Mögliche.«

»Zum Beispiel?«

»Mehl und Zucker. Honig. Solche Dinge.«

Cato Isaksen stutzte. »Sie wurde doch gut bezahlt?«

Noman Khan schien sich gar nicht wohl in seiner Haut zu fühlen. »Ja«, sagte er.

»Wie viel hat sie verdient?«

Ellen Grue trat von einem Bein aufs andere.

»Neunzig Kronen pro Stunde«, sagte Noman Khan und sah Cato Isaksen an. »Das ist gut bezahlt.«

»Das ist gut bezahlt?«

»Ja, für diese Mädchen ist das gut bezahlt. Sie können von mir auch eine Wohnung leihen.«

»Diese Mädchen? Was meinen Sie mit *diese* Mädchen? Sie bezahlen doch auch Miete.« Cato Isaksen runzelte die Stirn.

»Nicht viel«, sagte Noman Khan verbissen. »Nicht viel«, wiederholte er.

»Aber sagen Sie, an was für Leute vermieten Sie eigentlich?«

»Das Haus gehört mir zusammen mit meinem Bruder.«

»Was für Leute? Da sind einige junge Damen, die mir doch sehr seltsam vorkommen. Sie verstehen, was ich meine?«

Noman Khan zuckte mit den Schultern. Seine Miene hatte sich sehr verdüstert.

»Sie waren an dem Abend, an dem Elna Druzika angefahren und getötet wurde, in der Moschee, wenn ich das richtig verstanden habe. Aber Ihr Bruder …«

»Der war auch dort«, sagte Noman Khan verärgert.

Die Fahrer saßen um den ovalen Resopaltisch herum, vor Butterbroten und Kaffee in Pappbechern. Als Cato Isaksen in die Tür trat, wurde es ganz still. Zwei Fahrer sprangen auf, aber Cato Isaksen bat sie, wieder Platz zu nehmen. Sie waren zu sechst. Vier von ihnen waren irgendwo zwischen dreißig und fünfzig Jahren. Wiggo Nyman und ein anderer junger Mann saßen an einem Tischende.

Das Zimmer war länglich, fensterlos und erstickend heiß. Ein Kalender mit Bildern aus Großstädten hing an der Wand. Eine Tür in einer der Längswände führte in die Gefrierhalle.

»Wer von Ihnen war am 11. Juni abends, als Elna Druzika ermordet worden ist, noch im Dienst?«, fragte Cato Isaksen.

»Ich bin eine halbe Stunde vorher losgefahren«, sagte einer der älteren Männer. »Und dabei ist mir Ronny in der Tür begegnet«, fügte er hinzu und nickte zu Wiggo Nymans Nebenmann hinüber, der in den Anblick der Tischplatte vertieft war.

Cato Isaksen musterte ihn. »Wie heißen Sie?«

»Ich arbeite hier nicht fest«, sagte der junge Mann. »Ich heiße Ronny Bråthen.«

»Sie sind also der Enkel von …«

»Milly«, sagte Wiggo Nyman.

Ronny Bråthen nahm seine Untersuchung der Tischplatte wieder auf.

»Jetzt frage ich Sie alle«, sagte Cato Isaksen. »Fährt irgendeiner von Ihnen ein rotes Auto?«

Die Männer in der Runde schüttelten die Köpfe.

»Kennt hier irgendwer jemanden, der ein rotes Auto fährt?«

»Meine Schwiegermutter hat einen roten Golf«, sagte ein Mann von Mitte vierzig.

»Na gut«, meinte Cato Isaksen. »Schreiben Sie mir Ihren Namen auf einen Zettel, dann werden wir das routinemäßig überprüfen.«

Der Mann zog eine abgegriffene Brieftasche hervor und reichte Cato Isaksen seine Visitenkarte.

»Und Sie«, sagte Cato Isaksen und sah Ronny Bråthen an. »Mit Ihnen würde ich mich gern so schnell wie möglich auf der Wache unterhalten.«

Wiggo Nyman rutschte unruhig auf seinem Stuhl hin und her.

»Nein«, sagte Ronny Bråthen. »Ich bin mit dem Bus gefahren, ehe Elna Feierabend gemacht hat.« In seiner Stimme lag Panik.

»Sie wollen also nicht zur Vernehmung kommen? Haben Sie an dem Abend mit Elna gesprochen?«

Ronny Bråthen schüttelte den Kopf.

Cato Isaksen sah die Fahrer an. Ihm fiel auf, dass Ronny Bråthen an einem Ohr eine Narbe hatte.

»Ich weiß, dass Sie mit meinen Kollegen gesprochen haben. Mit Asle Tengs und Tony Hansen, aber ich würde gern noch eine Runde machen. Sie haben doch sicher die Zeitungen gelesen?«

Die Männer nickten und sahen verstohlen zu Wiggo Nyman hinüber.

»Sie sind also befreundet, Sie und Ronny Bråthen?« Cato Isaksen starrte Nyman an, der prompt in die Luft ging.

»Na und? Was zum Teufel wollen Sie damit sagen?«

Plötzlich stand Milly Bråthen in der Tür. »Was ist denn hier los?«, fragte sie und betrat das Esszimmer. Sie stellte eine Platte mit Rosinenkuchen auf den Tisch. Sie warf einen Blick auf ihren Enkel, dann fuhr sie herum und starrte Cato Isaksen wütend an. »Versuchen Sie das bloß nicht, verdammt nochmal«, sagte sie. »Niemand hier wollte Elna Böses. Und der Ronny hat im Frühling Abi gemacht. Der arbeitet nur für den Sommer hier.«

Sie trat einen Schritt auf ihn zu und blieb dann stehen. »Ich werde zum Raubtier, wenn ich die *Meinen* beschützen muss. Verstehen Sie? Hier wimmelt es ja nur so von Fallen«, sagte sie mit straff gespannten Lippen. »Aber mein Enkel hat damit nichts zu tun. Vermutlich begreifen Sie nicht, was ich meine, aber merken Sie sich meine Worte. Das ist wie das Essen, das wir hier herstellen, eine Mischung aus sauer und süß. Gegensätze müssen nicht zwangsläufig gefährlich sein. Aber sie können es sein.«

Henning Nyman sah schon aus der Ferne, dass etwas nicht stimmte. Eine Vogelschar, fünfzehn oder vielleicht sogar zwanzig, hob gleichzeitig vom Boden ab. Seine Mutter hatte wieder die Abfälle nach draußen gestellt und ging davon aus, dass er sie zur Mülltonne bringen würde. Sie schaffe es nicht, bis zum Grundstücksende zu gehen, wo die Mülltonnen standen, hatte sie gesagt. Dass sie es niemals lernen werde.

Die Wäsche wehte an dem alten verrosteten Trockengestell. Wenn der Wind sie packte, war ein schriller Klagelaut zu hören. Henning Nyman sah seine Mutter an, die sich mühselig bückte und die leere Plastikwanne vom Boden hochhob. Ihre Knöchel über den abgelaufenen braunen Schuhen waren geschwollen. Er verspürte eine Art Wut, wenn er sie ansah. Sein ganzes Leben lang versuchte er nun schon, sich anständig zu benehmen und sich zusammenzureißen. An allem war die Mutter schuld; dass der Vater sie verlassen hatte und nach Amerika gegangen war. Amerika war eine altmodische Bezeichnung für die USA, aber die Mutter sagte immer Amerika. Er ist einfach nach Amerika gegangen, sagte sie. Henning konnte sich nicht daran erinnern, dass der Vater ihn oder Wiggo jemals angelächelt hatte. Körperliche Bestrafungen hatte es nur selten gegeben, das war nicht nötig gewesen. Respekt und Angst vor der schlechten Laune des Vaters waren mehr als genug gewesen. Henning war zwölf gewesen, als der Vater verschwunden war. Wiggo zwei.

Henning Nyman hob den Kopf und starrte zum Ende des Feldes hinüber. Wiggo kam in seinem weißen Volvo über die Landstraße gefahren. Die Straße schlang sich wie ein Gürtel über den kleinen Höhenzug. Das Unkraut am Wegesrand war so hoch geworden, dass nur das halbe Auto zu sehen war. In Gedanken hörte Henning die Stimme seines Bruders. *Elna ist tot, ein Idiot hat sie angefahren und Fahrerflucht begangen.*

Plötzlich stand die Mutter neben ihm, mit der Wanne in der Hand. Wiggo fuhr gerade über den letzten Hügelkamm. »Wir müssen uns jetzt gut um Wiggo kümmern, du und ich«, sagte sie.

Henning wandte sich ab. Sein Bruder bremste so plötzlich, dass Staub aufgewirbelt wurde. Wiggo sprang aus dem Wagen und nickte Mutter und Bruder kurz zu.

»Hallo, mein Lieber«, sagte Åsa Nyman.

Henning hob eine Hand. »Wie ist die Vernehmung gelaufen?« Er ging zu seinem Bruder und tat etwas, das sonst niemals vorkam: Er legte ihm die Hand auf die Schulter, aber Wiggo schüttelte sie ab. »Lass mich in Ruhe«, rief er wütend. »Die untersuchen gerade den Eiswagen, deshalb kann ich nicht fahren. Was zum Teufel läuft hier denn bloß?«

Åsa sah ihre Söhne resigniert an, sie wusste nicht, ob sie sich das hier überhaupt anhören wollte. Was war eigentlich aus ihnen geworden? Gab es überhaupt irgendetwas, das sie zum Weinen bringen könnte?

Henning Nyman betrachtete seinen Bruder mit ernster Miene. Es machte ihm nichts aus, wenn Wiggo wütend wurde. Er sagte mit leiser Stimme: »Auch ich bin sauer darüber, dass Elna tot ist.« Dabei fuhr er sich mit dem Finger über den Oberschenkel. Eigentlich dachte er, dass Elna vielleicht für Wiggo nichts anderes gewesen sei als ein gelegentlicher Fick. Er wusste nicht so recht, aber sicher war sie in Ordnung gewesen. Vielleicht war sie dem Bruder ja doch wichtig gewesen, überlegte er.

Wiggo war als Erster mit Mädchen nach Hause gekommen. Mit nur neun Jahren hatte er die erste mitgebracht, sie war vielleicht zehn. Sie hieß Nella.

Einmal waren Wiggo und Nella auf die große Eiche geklettert. Henning hatte an dem alten Škoda herumgebastelt, den sie damals gehabt hatten. Der alte Škoda des Vaters, mit dem die Mutter zum Laden fuhr, hatte immer wieder neue Macken. Henning hockte davor und kehrte den anderen den Rücken. Er war neunzehn.

Nella hatte einen nackten Rücken und blonde Zöpfe. Braune schmale Füße in roten Sandalen.

Aus irgendeinem Grund hatte er sich gerade in dem Moment umgedreht, als Wiggo Nella vom Baum geschubst hatte. Sie brach sich an zwei Stellen den Arm. Sie hatten vier Meter hoch gesessen und sie traf mit der Schulter zuerst auf. Sie schrie wie besessen.

Er war aufgesprungen. Dieser Schrei ... Wiggo saß weiterhin oben auf dem dicken Ast. Henning wusste noch genau, was er gesagt hatte. *Ich bin wie Eisen, Henning. Es war nicht meine Schuld. Eine Biene hat sie gestochen.* In dieser Nacht hatte Henning von Nella geträumt. Es war ein ganz besonderer Traum, dem das Geräusch ihres Schreis die ganze Zeit wie ein Ton zugrunde lag. Nella lag unbekleidet und mit gespreizten Beinen in *seinem* Bett. Ihr Geruch, der ihrer Haut, ihrer Zöpfe, wie lauwarme Sahne. Alles in diesem Traum war ganz wirklich gewesen. Henning hatte sich über sie gewälzt. Mit schwerem Körper. Viel größer als die arme kleine Nella. *Die arme kleine Nella.* Ihr Schrei. Als sie von der Biene gestochen wurde. Dieser Schrei, der alles ausgelöst hatte. Das Gefühl, als er sie immer wieder zum Bersten brachte. Die Lust, die sich veränderte und in eine unbekannte Wut umschlug. Er dachte an das Verschwinden des Vaters, ein Zaubertrick, durch den er sich entfernt hatte. Nach Amerika. Vielleicht war das eine Eigenschaft, die vererbt wurde. Der Wunsch, jemandem wehzutun. Alles war gefährlich, ein gefährlicher Traum. Aber dieser Traum hatte Henning noch lange durch die Tage getrieben. Das war mittlerweile viele, viele Jahre her. Er wusste nicht so recht, warum er gerade jetzt an diesen Traum dachte. Aber Elna war tot. Der Traum war das Ende von etwas und der Anfang von etwas anderem gewesen. Die Mutter sagte immer, alles sei in Ordnung. Aber das war es nicht. Egal, was die Mutter sagte, es gab etwas, das nicht stimmte.

Auch diesmal machte niemand auf. Und an der Tür gab es kein Namensschild.

Cato Isaksen stand auf dem mit Kies bestreuten Hofplatz. Vielleicht hatte er sich es ja nur eingebildet, aber er glaubte, bei seinem ersten Besuch, früher an diesem Tag, die Frau hinter dem Fenster gesehen zu haben. Die Vorhänge hatten sich ein klein wenig bewegt, und ein Schatten hatte sich zurückgezogen. Er hätte gern mit ihr gesprochen. In seinen Unterlagen stand, dass sie Vera Mattson hieß und dass sie Patrik Øye als Letzte gesehen hatte.

Der Garten war überwuchert, und das Haus hätte einen neuen Anstrich brauchen können. Die Luft war schwer von süßem Fliederduft. Das, was ehemals Rasen gewesen war, war jetzt von hohen Halmen und Farnblättern bedeckt. Am Zaun zum Nachbarsgrundstück stand eine Reihe aus alten, zu groß gewordenen Fliederbüschen. Auf dem Hofplatz bohrten sich hier und da Büschel aus Gras und Löwenzahn durch den Kies. Zwei Torpfosten ohne Tor markierten den Anfang des Grundstücks. Am Ende des Hofplatzes stand eine windschiefe Garage. Ein runder rostiger Tisch mit zwei verschnörkelten Zinkstühlen stand auf einem mit Platten belegten kleinen Viereck. Und hinter dem Haus ging der überwachsene Garten weiter, mit Obstbäumen, Flieder und alten Beerensträuchern.

Cato Isaksen ging um das Haus herum und schaute durch ein hohes, vielfach unterteiltes Fenster. In einem weiter entfernt gelegenen Garten bellte ein Hund. Er presste sein Gesicht an das Glas und hob die Hände, um sich vor dem Gegenlicht zu schützen. Das Zimmer hinter dem Fenster war vollgestopft mit alten Möbeln. Es sah reichlich chaotisch aus.

Cato Isaksen schaute wieder zu dem gelben Haus hinüber. Anders als das von Vera Mattson war es frisch angestrichen und gepflegt. Rosenknospen hingen in roten Dolden vor der gelben Wand. Und das Trampolin, von dem die beiden Mädchen, Louise und Ina, gesprochen hatten, stand dicht vor dem Zaun zum Nachbargrundstück.

Als er sich gerade wieder ins Auto setzen wollte, kam eine schlanke Frau auf ihn zu. Cato Isaksen ging ihr entgegen und stellte sich vor. »Gunnhild Ek«, sagte sie und fuhr sich durch die kurzen braunen Haare. »Ich wohne in dem gelben Haus.«

»Ach«, sagte er. Sie war Ende dreißig und sah sportlich und gesund aus. »Sie sind also Louises Mutter?«

»Ja«, sagte sie. »Sie kennen sie also?«

»Ich habe nach der Besprechung in der Schule kurz mit ihr geredet.«

»Ach ja. Das hat sie erzählt. Ich konnte leider nicht dabei sein. Irgendetwas passiert hier«, sagte sie. »In dieser stillen Gegend. Das ist so unheimlich, einfach alles. Ein Kind ist verschwunden und drei Hunde sind hier in der Nachbarschaft getötet worden…«

»Drei Hunde?«

»Ja.«

»Wann denn?«

»Das ist nicht so lange her. Unserer wurde um Ostern umgebracht. In der Lokalzeitung ist darüber geschrieben worden, aber der Täter wurde nicht gefunden. Es muss ein Hundehasser gewesen sein.«

»Ihre Tochter, Louise, hat das auch erwähnt«, sagte Cato Isaksen.

»Dennis wurde tot aufgefunden. Totgeschlagen. Die anderen Hunde sind spurlos verschwunden. Aber ich bin sicher, dass sie dasselbe Schicksal erleiden mussten wie unserer.«

Cato Isaksen sah sie an. »Ist Vera Mattson eigentlich nie zu Hause?«

»Ich weiß nicht. Sie macht nicht immer die Tür auf. Ist düster und schwermütig. Eine überaus eigene Nachbarin. Leider«, fügte sie hinzu.

Cato Isaksen merkte plötzlich, wie müde er war. Er musste zusehen, dass er nach Hause kam, etwas essen und etwas Kaltes trinken. »Tausend Dank«, sagte er. »Ich melde mich, wenn sich etwas ergibt.«

Gunnhild Ek nickte und ging zurück zu dem gelben Haus.

Cato Isaksen musterte ihre hohe, schlanke Gestalt, während er sein Telefon aus der Tasche zog. Er setzte sich ins Auto, wählte die Nummer seines mittleren Sohnes und teilte mit, dass er auf dem Heimweg sei.

»Zu spät«, sagte Vetle. »Wir haben für heute genug gebadet. Wir sind schon längst wieder zu Hause.«

»Wir müssen Elna Druzikas Sarg nach Lettland begleiten«, sagte Ingeborg Myklebust. »Der Leichnam wird morgen früh freigegeben.«

»Das ist doch sicher eine Aufgabe für die Ordnungsabteilung«, meinte Randi Johansen.

»Nicht unbedingt«, schaltete Cato Isaksen sich ein. »Wir müssen doch auch die Sache mit dem gewalttätigen Verflossenen der Toten überprüfen. Und das kann eine gute Gelegenheit sein. Schließlich bezahlt der Staat.«

»Genau«, sagte Ingeborg Myklebust. »Das Dümmste, was wir in einem so frühen Stadium tun könnten, wäre, uns in einer bestimmten Richtung festzubeißen. Wir werden Wiggo Nyman genau unter die Lupe nehmen, aber wir müssen die ganze Breite abdecken. Zufälle, ihr wisst schon.«

»Ronny Bråthen, auch mit dem stimmt was nicht. Randi und ich haben eine Stunde lang mit ihm gesprochen. Er sagt, dass er nichts mit Elna zu tun hatte, dass er fast nicht mit ihr gesprochen hat. Weil er schüchtern ist. Ich weiß einfach nicht so recht, was ich von ihm halten soll, aber jedenfalls ist er mit Wiggo Nyman befreundet. Genauer gesagt, sind sie in ihrer Freizeit nicht zusammen, behaupten sie, nur bei der Arbeit. Und da haben sie ja nicht sehr viel Zeit füreinander, wo jeder seinen Eiswagen fährt.« Cato Isaksen hörte in Gedanken Milly Bråthens Stimme. *Ich werde zum Raubtier, wenn ich die Meinen beschützen muss. Hier wimmelt es doch nur so von Fallen.* »Das braucht nicht derselbe Fall zu sein, auch wenn es im Moment so aussehen kann. Es kann sich auch um zwei unterschiedliche Handlungsverläufe handeln. Auch, wenn es dann ein wirklich wahnwitziger Zufall wäre.«

Der Hund hatte zwar in einer Ecke der Gefrierhalle oben in Alnabru kurz angeschlagen, aber als er zehn Minuten später noch einmal an diese Stelle geführt wurde, lief er nur hin und her, starrte den Hundeführer an und wedelte munter mit dem Schwanz. Der Eiswagen war durchsucht worden, jetzt kam Wiggo Nymans Volvo an die Reihe. Der rote Golf der Schwiegermutter des einen Fahrers war nach einer Überprüfung aus dem Fall ausgeschlossen worden.

Marian Dahle nahm sich einen grünen Apfel aus einer Schale auf dem Tisch.

Cato Isaksen spürte, dass ihm ein kleiner Gedanke entglitt, etwas, das versuchte, sich durch sein Unterbewusstsein nach oben zu arbeiten. Etwas, das Milly Bråthen über ihr Enkelkind gesagt hatte. »Ich will diese Aufnahme aus der Moschee sehen. Wir nehmen uns die Khan-Brüder noch einmal vor, und auch diesen Russen. Und wir fahren nach Lettland.«

Randi Johansen vertiefte sich in ihre Unterlagen. »Aber Juris Tschudinow hält sich nicht mehr in Lettland auf. Ist er denn nicht in Schweden?«

»Das wissen wir noch nicht sicher. Interpol hat so etwas angedeutet, aber konkrete Informationen haben sie noch nicht geliefert. Wir werden ja sehen, was die herausfinden, ob sie ihn aufspüren können«, sagte Cato Isaksen. »Aber wir müssen ihn auf jeden Fall überprüfen, bevor wir ihn als Verdächtigen ausschließen, und vielleicht tauchen ja noch Umstände auf, die uns dazu zwingen, ihn wieder in den Fall einzubeziehen. Vermutlich hat er nichts damit zu tun. Wir müssen auch versuchen, uns Fingerabdrücke dieses Kerls zu besorgen, wenn wir schon mal da drüben sind. Hast du Lust zu fahren, Randi?«

»Absolut nicht«, sagte sie schnell. »Ich muss mit meiner Kleinen zu einem Kinderfest. Ich kann nicht.«

Ingeborg Myklebust setzte sich gerade und sah Cato Isaksen ins Gesicht. »Ich finde, du solltest selbst fahren, und ich finde, du solltest Marian Dahle mitnehmen.«

Cato Isaksen starrte seine Chefin verblüfft an. »Roger und ich können fahren«, sagte er eilig. Es war nicht die Aufgabe der Abteilungsleiterin, sich einzumischen, wenn er in seinem Team die Einsätze verteilte.

Roger Høibakk schüttelte den Kopf. »Ich muss zu einigen Besichtigungsterminen. Ich muss einfach eine Wohnung kaufen. In ein paar Wochen läuft mein Mietvertrag ab. Im Moment kann ich einfach nicht weg.«

»Ich habe nichts dagegen«, sagte Marian Dahle. »Wenn Roger sich um meinen Hund kümmert.«

»Dann ist es abgemacht.« Ingeborg Myklebust erhob sich. »Roger, du nimmst Dahles Hund. Und ihr besorgt euch einen Dolmetscher.« Sie vermied es, Cato Isaksen anzusehen. »Ich finde, ihr solltet euch an die lettische Botschaft wenden. Und jetzt muss ich zu einer Besprechung mit dem Justizminister. Tut mir leid«, sagte sie und lief auf ihren hohen Absätzen aus der Tür und über den Gang.

Cato Isaksen saß da wie gelähmt. Das war nun wirklich ein Schlag unter die Gürtellinie. Roger Høibakk sah ihn unsicher an.

»Du willst doch nicht behaupten, dass du auf den Köter aufpassen willst?« Cato Isaksens Augen waren schwarz.

Tony Hansen und Asle Tengs standen auf. »Wir müssen wohl zusehen, dass wir wieder nach Alnabru kommen«, sagte Asle Tengs. »Wir müssen uns um die Khan-Brüder und um Milly Bråthen kümmern. Es ist doch Ferienzeit. Bestimmt verschwindet Bråthen bald in Urlaub.«

»Das wird schon gehen«, sagte Roger Høibakk. »Ich muss das Vieh doch hoffentlich nicht mit ins Bett nehmen?«

Marian Dahle lächelte und legte das Kerngehäuse ihres Apfels auf eine Serviette. »Vermutlich wird sie nicht in deinem Bett liegen wollen. Sie ist ganz schön anspruchsvoll.«

»Ja, dann ist das doch kein Problem«, sagte Roger Høibakk ungerührt.

Randi Johansen sah Asle Tengs an. »Ich gehe davon aus, dass ihr auch mit den Frauen und Verwandten der Khan-Brüder redet?«

»Natürlich«, sagte Asle Tengs.

»Na, super«, sagte Marian Dahle und verpasste Roger Høibakk einen Klaps auf die Schulter. »Dann mache ich mich an die Reisevorbereitungen. Ausrüstung für Fingerabdrücke und so.« Sie sah Cato Isaksen an. »Wir machen das doch schon übermorgen, nicht wahr?«

Cato Isaksen nickte zerstreut. »Sicher, sicher, wir fahren am Sonntag«, sagte er.

Es war so deutlich, alle durchschauten ihn. Er hatte das Gefühl, dass sie seine Gedanken lesen konnten. Dass das hier eine Racheaktion von Seiten Ingeborg Myklebusts war, bezweifelte er nicht für einen Moment. Sie wusste, dass er ungeheuer sauer wurde, wenn sie ihm auf *diese* Weise etwas mitteilte. Sie hatte offenbar irgendeinen albernen Plan, um aus ihm und Marian Dahle Freunde zu machen, die sich gut miteinander verstanden, die *ever after* glücklich leben würden, wie ein altes Ehepaar. Ja, Scheiße. Er hatte an diesem Morgen noch wiederholt, wie wenig zufrieden er mit Marian Dahle war. Die Abteilungschefin hatte ihn verwundert angesehen und gesagt, er solle nicht übertreiben. Sie hatte wiederholt, zum allerletzten Mal, wie sie sagte, dass sie ihn nicht habe stören wollen während er krankgeschrieben gewesen war. So viel Respekt müsse sie ja wohl vor ihm haben. Sie hatte gesagt, er dürfe seine Zeit nicht mehr mit diesem Thema verschwenden, das mache ihr Sorgen. Das Wichtigste sei, dass das Team gute Arbeit leistete.

Cato Isaksen saß in der Kantine, vor ihm stand ein weißer Teller mit einem warmen Mittagessen. Er war noch immer wütend. Immer wieder ging ihm alles durch den Kopf. Myklebusts Befehle waren so leicht zu durchschauen, dass einem davon schlecht werden könnte. Was die Chefin im Besprechungszimmer geliefert hatte, war eine direkte Provokation für ihn als Chef des Teams. Es war seine Aufgabe, nicht ihre, die Arbeit zu verteilen. Wenn sie glaubte, auf diese Weise etwas gewinnen zu können, dann irrte sie sich gewaltig. Aber er konnte verdammt nochmal den anderen nicht zeigen, dass ihm das so wahnsinnig wichtig war. Er konnte aber auch nicht so einfach klein beigeben. Dann hätte doch Marian Dahle gewonnen. Und was würde das für einen Eindruck machen? Jetzt musste er aufpassen, dass er nicht in seine eigene Grube fiel. Er musste sich professionell verhalten.

In seiner Zeit als Ermittler waren ihm viele Mörder begegnet. Die Frustration und die Wut, die viele von ihnen erfüllten, war ihm jetzt vertraut. Viele Mörder waren sympathisch. Leise und höflich. Durchgängig verfügten sie über einen psychischen Leugnungsmechanismus und oft auch über eine besondere Ausstrahlung, die sie vor ihrer eigenen Persönlichkeit beschützte. Er hatte viel von ihnen gelernt. Wenn man jeden Tag mit Leuten zu tun hatte, die getötet hatten, Menschen, die eine Grenze überschritten hatten, dann blieb man davon nicht unbeeinflusst, dachte er.

Roger Høibakk betrat die Kantine und entdeckte Cato Isaksen. Er ließ sich auf den freien Stuhl fallen. »Aber hallo, was für ein Scheiß, Chef«, sagte er.
»Ja.«
»O verflixt, da klingelt es schon wieder. Ich habe ein Angebot auf eine Wohnung in der Arendalsgate gemacht.« Er zog sein Telefon aus der Tasche, sprang auf und lief hinaus auf den Flur. Cato Isaksen entdeckte Marian Dahle, die soeben mit Karte bezahlt hatte und mit dem Tablett in den Händen hinten bei den Fenstern stand.
Er sah im Gegenlicht ihre kleine spitze Brust und ihre pechschwarzen Haare, die weich über die eine Wange fielen. Die

breite Stirn, den schmalen Mund. Er würde niemals akzeptieren, dass sie zu seinem Team gehören sollte. Er glaubte nicht an die Qualifikationen, die zu ihrem Vorteil geltend gemacht worden waren. Er seufzte tief. Vielleicht war es eigentlich etwas *anderes*, überlegte er, ein Problem, das plötzlich zu einer Eruption geführt hatte.

Roger Høibakk kam zurück. »Ich krieg sie nicht«, sagte er sauer. »Da hat so ein Arsch fünftausend mehr geboten als ich.«

Cato Isaksen sah ihn zerstreut an. »Es gehen noch andere Züge«, sagte er.

»Ich will aber keinen Zug, sondern eine Wohnung«, gab Roger verärgert zurück, zog den Kamm aus der Hosentasche und fuhr sich damit durch die Haare. »Wir müssen übrigens auch Kontakt zum Vater des verschwundenen Jungen aufnehmen.«

»Der hat ein Alibi. Er war drei Tage im Krankenhaus. Aber ich werde Asle und Tony zu ihm schicken.«

Henning Nyman spürte, wie sein Puls im Hals hämmerte. Es war Freitagnachmittag. Die Sonne war ein brennendes Auge am Himmel, als die Polizei mit einem kleinen Abschleppwagen Wiggos alten Volvo abholte. Der Volvo wurde auf die Ladefläche gehievt und weggeschafft. Wiggo musste sich zu der dunklen Polizistin mit dem Hund setzen. Henning Nyman sah hinter den roten Hecklichtern des Abschleppwagens und des Streifenwagens her, als sie um die Kurve bogen. Er fühlte sich ungeheuer unwohl in seiner Haut.

Es konnte nicht nur die Sache mit Elna sein. Es lag auf der Hand, dass sie nach Spuren des verschwundenen Jungen suchten. Henning hatte in den Nachrichten davon gehört.

Die Müdigkeit füllte seinen ganzen Körper. Schlaf half nicht, es war nicht diese Art von Müdigkeit. Es war die Einsamkeit, hier auf dem abgelegenen kleinen Hof. Das ewige Jammern der Katzen in den Käfigen, die Schwermut der Mutter und seine eigene Unruhe, die von ihm Besitz nahm und in einer Wut endete, mit der er einfach nicht umgehen konnte. Er hatte die Mutter niemals verlassen können. Er hätte schon längst zusehen müssen, dass er von hier fortkam.

Er hatte diese Katzenviecher so endlos satt. Und die Mahlzeiten der Mutter, mit brauner Soße und gekochten Möhren. Sie rasierte sich morgens im Badezimmer. Er hörte das durchaus, sie benutzte den alten Rasierapparat des Vaters. Und wenn sie es einige Tage nicht tat, wuchsen an ihrem Kinn dicke schwarze Stoppeln.

Immer, wenn der Bruder aus der Stadt kam, besserte sich ihre Laune. Er verspürte einen Eisenklumpen im Bauch, wenn der Bruder in seinem weißen Volvo auftauchte. Die Selbstverständlichkeit, mit der er sich von der Mutter von vorn und hinten bedienen ließ. Konnte er nicht einfach unten in der Stadt bleiben, wo er doch schon einmal von zu Hause weggezogen war?

✶

Åsa Nyman drehte sich um und starrte durch den Maschendraht auf den Trampelpfad, der sich vom Katzenhaus über den Rasen und den Hofplatz dahinzog. Die Polizei hatte Wiggo und das Auto geholt. Das musste doch alles ein Missverständnis sein. Henning war gleich darauf in der Scheune verschwunden. Sicher beschäftigte er sich mit seinen Tierfallen, hängte sie an die Haken an der Wand und kümmerte sich um seinen eigenen Kram.

Sie schloss das Katzengehege ab und ging auf das Haus zu. Ging weiter in die Küche, ohne ihre Schuhe auszuziehen. Sie nahm ein kaltes Bier aus dem Kühlschrank und ging wieder nach draußen. Dort, unter dem großen Baum, hatten sie erst vor wenigen Tagen alle beim Essen gesessen.

Sie ging zur Eiche hinüber, setzte sich in einen Korbsessel, öffnete die Bierdose und trank, ein Sonnenstreifen legte sich über den Tisch. Åsa Nyman spürte die Angst, die wie eine Welle aus ihrem Bauch in ihrer Brust hochschwappte. Wiggo war schon einmal vernommen worden, und jetzt hatten sie ihn ein weiteres Mal geholt. Er hatte einen Freund erwähnt, den er bei der Arbeit kennengelernt hatte, aber Åsa hatte diesen Freund nie gesehen. Sie legte den Kopf in den Nacken und starrte hoch in die hohe Eichenkrone. Die Blätter zitterten ein wenig. Die Unterseite jedes einzelnen Blattes wies kleine Punkte auf, als ob die Blätter Augen hätten.

Aus der durchsichtigen Glasvase stieg ein süßlicher Verwesungsgeruch. Das Wasser war trübe. Die Wiesenblumen waren braun und verdorrt. Sie waren schon seit Tagen verwelkt. Elna hatte genau in diesem Sessel gesessen.

Sie hatten alle vier unter dem Baum gesessen und gegessen, als ob niemals je etwas passieren könnte. Es war an dem Tag gewesen, an dem sie in der Scheune die tote Katze gefunden hatte. Wiggo hatte die Katzenleiche mitgenommen, um sie für seine Mutter zu entsorgen. Er hatte den Müllsack mit dem toten Tier ohne Elnas Wissen in den Volvo gelegt.

Henning hatte aus Versehen den Wasserkrug umgestoßen. Und dann hatten die Ereignisse sich überstürzt. Ganz plötzlich waren die Insekten aus dem morschen Baumstamm geströmt. Es hatte sich angehört wie das Surren einer handbetriebenen Nähmaschine zwischen den frischentsprungenen Blättern. Die schwarzgestreiften Bienen summten den Stamm hinunter, auf den Esstisch zu. Am Ende mussten sie fliehen, alle vier. Und Henning hatte eine Flasche mit einem salmiakhaltigen Reinigungsmittel geholt. Dann hatte er wild in der Luft und am Baumstamm herumgesprüht. Elna hatte über ihn gelacht, aber es war ein liebes Lachen gewesen. Henning hatte sich immer geärgert, wenn Elna gekommen war, aber da hatte auch er gelacht. Åsa wusste nicht, ob er neidisch auf seinen Bruder gewesen war oder schüchtern. Henning hatte, so weit sie wusste, noch nie eine Freundin gehabt.

Als sie das gedacht hatte, sah sie ihn aus der Scheune kommen. Er blieb auf dem Scheunenaufgang stehen und schaute zu ihr herüber. Sie wandte sich ab, gab vor, ihn nicht gesehen zu haben.

»Lettland, aber Herrgott, Cato. In ein paar Tagen fangen doch die Sommerferien an. Wir haben doch dieses Ferienhaus gemietet.« Bente sah ihren Ehemann verzweifelt an und reichte ihm die Salatschüssel. Sie aßen draußen im Garten Hähnchen mit Salat und selbstgebackenem Brot. »Du hast versprochen, nachzukommen, die Jungs freuen sich so. Gard und Vetle wollen doch mit uns zusammen sein. Und Tone auch. Es ist einfach phantastisch, dass Gards Freundin lieber mit uns Ferien machen will als mit ihren eigenen Eltern. Wag es ja nicht, uns noch einmal die Sommerferien zu stehlen.«

»Ich fahre doch nur für zwei kurze Tage nach Lettland, Bente. Am achtzehnten abends bin ich wieder hier. Außerdem will Tone mit Gard zusammen sein, nicht mit uns.« Cato Isaksen seufzte und trank einen Schluck aus seinem Bierglas. Nach all diesen Jahren hatte er Bente noch immer nicht so ganz klarmachen können, worum es bei seiner Arbeit ging. Er konnte nicht so einfach aus einem Fall aussteigen. Es gab so viele Puzzlestücke, immer zu viele, und immer waren sie zu klein. Die einzige Möglichkeit, ans Ziel zu kommen, war, sich sorgfältig mit den Details zu beschäftigen, mit einem nach dem anderen. »Natürlich werden wir unsere Sommerferien haben. Bente, aber ich muss den Leichnam doch begleiten.«

Der rote Kater saß auf der Fensterbank und musterte sie mit seinen meergrünen Augen durch das Fenster.

Bente seufzte. »Ich weiß, ich bin gemein, aber diese Leiche ist mir scheißegal. Mir sind alle Toten scheißegal, mit denen du zu tun hast. Ich arbeite im Pflegeheim, ich bin die ganze Zeit mit alten Menschen und Krankheit konfrontiert. Jetzt müssen wir Ferien machen. Das Leben kann nicht nur aus alten und toten Menschen bestehen. Und dir ist es in letzter Zeit doch auch nicht so wahnsinnig gutgegangen. Warum kannst du nicht einfach jemand anderen nach Lettland schicken?« Sie zögerte kurz. »Ich wollte übrigens immer schon mal nach Riga.«

»Ich fahre nicht nach Riga.«

»Wohin denn?«

»Hundert Kilometer weiter südlich, an die litauische Grenze. In einen kleinen Ort namens Bene.«

»Zusammen mit dieser neuen Kollegin?« Bente wirkte jetzt ziemlich gereizt. Sie sprang auf und lief durch die Verandatür ins Haus.

»Was ist denn jetzt schon wieder los?« Cato Isaksen ging verärgert hinter ihr her. Er fand sie in der Waschküche, wo sie mit wütenden Bewegungen schmutzige Wäsche in die Maschine stopfte.

Cato Isaksen lehnte sich an den Türrahmen. »Ich muss dahin fahren, verdammt nochmal, das ist keine Vergnügungsreise, falls du das meinen solltest. Ich muss den Leichnam überführen, das habe ich doch schon gesagt. Ich hab wirklich nicht die geringste Lust auf diese Tour.«

»Nein«, sie seufzte demonstrativ. »Einen Sarg begleiten, das könnte doch wohl jeder. Warum musst ausgerechnet du das übernehmen?«

»Weil ich herausfinden muss, ob Elna Druzika von einem verrückten Exliebhaber ermordet worden sein kann. Ich muss mit ihrer Mutter und ihren Geschwistern und mit der Frau dieses Verflossenen sprechen, der sich möglicherweise gerade in Norwegen aufhält. Er kann der Mörder sein. In dieser Phase der Arbeit ist es wichtig, die Dinge in ein System zu bringen. Details«, fügte er hinzu. »Das weißt du doch alles, Bente.«

Bente richtete sich auf und drehte sich zu ihm um, während sie sich an den Tisch hinter ihr lehnte. Ihre Brüste zeigten auf ihn. »Wie alt ist sie?«

»Die Ermordete?«

»Nein, die Neue.«

»Marian Dahle, redest du von ihr?«

»Ja, Marian Dahle.«

»Zweiunddreißig, glaube ich, oder einunddreißig.« Cato Isaksen sah sie für einen Moment wütend an, dann prustete er plötzlich los. »Sie ist fett und hässlich. Ich will dir nicht einmal verraten, wie Roger sie nennt.« Plötzlich war der Kater da und strich immer wieder um seine Beine.

»Nein«, sagte Bente sauer. »Erspar mir das.« Die Erinnerungen an die Zeit, Jahre zuvor als Cato sie verlassen hatte und zu einer anderen Frau gezogen war, stellten sich wieder ein. Der Schmerz war tief und schwarz. Sie würde niemals ganz wieder in die Zeit vorher zurückfinden, auch wenn es jetzt schon so lange her war. Der Schmerz von damals hatte ihr Selbstvertrauen dauerhaft beschädigt. Und der sieben Jahre alte Georg würde für immer und ewig einen Beweis für Catos Fehltritt darstellen. Zum Glück würde Georg in diesem Jahr mit seiner Mutter und dem Stiefvater Ferien machen. Im Heimatland des Stiefvaters. Sie würden sieben Wochen lang wegbleiben. Es war fast nicht zu glauben. Der erste Sommer ohne Georg. Bente kam sich gemein vor, aber ausnahmsweise einmal musste das erlaubt sein, fand sie.

Als Bente eingeschlafen war, lag Cato Isaksen noch lange in dem grauen Abendlicht und drückte sich den weichen Kissenbezug gegen die rechte Wange. Die Bettwäsche sonderte einen kühlen Geruch ab. Er starrte vor sich hin. Er hatte zu viel getrunken. Nach dem Bier war er auf Wein umgestiegen. Die Gerbsäure ließ seinen Magen brennen.

*Wir wollen doch zusammen Ferien machen, die Jungs freuen sich so. Wag es ja nicht, uns noch einmal die Sommerferien zu stehlen.* Er dachte daran, wie Marian Dahle ihn über den Tisch hinweg angesehen hatte, als Ingeborg Myklebust verkündet hatte, sie und er würden den Leichnam nach Lettland überführen.

Er sah sie plötzlich, zwei Stunden vorher in der Kantine vor sich, hinten bei dem offenen Fenster. Die kleine spitze Brust im Gegenlicht. Er hatte sich bei der Überlegung ertappt, wie wohl ihre Brustwarzen aussehen mochten, ob sie hell oder dunkel waren. Er hatte gesehen, dass sie ihn ansah. Ihre Bewegungen waren hart und mechanisch geworden.

Er merkte, wie sich plötzlich alles in ihm verspannte. Er horchte eine Weile auf Bentes regelmäßigen Atem, ehe er anfing, behutsam ihre Wange zu streicheln. Sein Körper veränderte sich, das Gefühl der Ekstase arbeitete sich sein Rückgrat hinab. Sie erwachte, und er drehte sich zu ihr hin und legte sich auf sie. Sie lächelte und küsste ihn. Sie liebten sich voller Leidenschaft. Danach rollte er von ihr herunter, blieb liegen und streichelte ihren Körper. Ihr Bauch hatte Dehnspuren nach den Geburten. Sie legte den Kopf in den Nacken. Ihm fiel auf, dass ihr Kinn jetzt ganz vorn ein kleines weiches Kissen aufwies. Sie kehrte ihm den Rücken zu und zog sich die blaugeblümte Sommerdecke über die Schultern. Dann schlief sie wieder ein. Cato Isaksen blieb noch eine Weile liegen und starrte zu der weißen Decke hoch, die von der Sommernacht grau gefärbt wurde.

Eine aus Lettland stammende Stewardess sollte als Dolmetscherin mit auf die Reise gehen. Cato Isaksen packte ein sauberes T-Shirt, Boxershorts, Zahnbürste und Toilettensachen in eine kleine Reisetasche, sowie ein weißes Hemd und schwarze Schuhe für die Beerdigung. Die offiziellen Papiere, die überreicht werden mussten, waren in einem eigenen Ordner gesammelt. Sie würden am Flughafen von Riga von lettischen Kollegen und Angestellten eines Bestattungsunternehmens abgeholt werden. Obwohl Sonntag war, hatten die Behörden versprochen, das alles in die Wege zu leiten. In Bene gab es kein Hotel, aber sie würden bei einer Nachbarin von Elna Druzikas Mutter übernachten. Es würde nicht gerade eine Luxusreise werden, aber eine Nacht würde er schon überleben.

Marian Dahle hatte er noch nicht wiedergesehen. Er wusste nicht, wie er sich ihr gegenüber verhalten sollte, an den beiden Tagen, an denen sie unterwegs sein würden. Er musste es schaffen, professionell zu sein. Aber dennoch.

Unmittelbar, ehe der Wagen, der sie zum Flughafen bringen sollte, eintraf, meldete die Rezeption, dass unten eine junge Frau auf ihn wartete. Cato Isaksen schaute kurz auf die Uhr, fuhr mit dem Fahrstuhl hinunter ins Erdgeschoss und schob seinen Dienstausweis durch den Scanner.

In der großen Eingangshalle war alles still.

Die Frau war Inga Romualda. Sie trug einen schwarzen Rock und eine weiße Bluse und stand beim Rezeptionstresen.

»Tut mir leid«, sagte sie ernst, als er auf sie zukam, »dass ich Sie stören muss, meine ich. Ich weiß, dass Sie heute nach Lettland fahren. Aber könnten Sie das hier für mich mitnehmen?« Sie reichte ihm ein in weißes Papier gewickeltes Päckchen. »Das ist ein Silberherz«, sagte sie. »Bitte nehmen Sie es für mich mit und legen Sie es in ihren Sarg. Ich habe kein Geld, um zur Beerdigung zu fahren.«

Cato Isaksen nahm das Päckchen entgegen. »Das werde ich tun«, sagte er.

Inga Romualda senkte den Kopf und nickte dankbar.

\*

Sie waren schon ziemlich früh an Bord des Flugzeugs. Die Stewardess, die dolmetschen sollte, hieß Jelena und war vielleicht Mitte dreißig. Ihre Mutter war Lettin, deshalb konnte sie die Sprache. Marian und Jelena verstanden sich auf den ersten Blick, und Cato Isaksen war das nur recht, die beiden konnten miteinander reden, und er würde sie nicht unterhalten müssen.

Der Flug dauerte keine zwei Stunden. Sie brauchten länger, um im Flughafen von Riga die Formalitäten zu erledigen. Sie wurden in einem kleinen Glaskäfig am Ende der Ankunftshalle gewinkt. Zwei feierliche Polizisten in Uniform und ein Abgesandter des Stadtrats warteten schon auf sie und gingen ihre Papiere durch. Nach einer halben Stunde traf auch jemand vom Bestattungsunternehmen ein, und der Sarg wurde auf einem Rollwagen aus der Ankunftshalle zu einem altmodischen Leichenwagen gefahren.

Es war furchtbar heiß und eng in dem Glashäuschen. Jelena übersetzte und Unterlagen wurden gestempelt und unterschrieben. Eine unendliche Menge von Dokumenten musste durchgesehen werden. Als endlich alles in Ordnung war, war es schon fast zwei Uhr nachmittag. Die Sonne stach. Die beiden Polizisten und die Dolmetscherin wurden zu einem alten VW-Bus gewiesen, der hinter dem Leichenwagen herfahren sollte.

»Wir hätten Blumen mitbringen müssen«, sagte Marian Dahle. »Und sie auf den Sarg legen, es sieht so unbeschreiblich ärmlich aus, so ganz kahl.«

Cato Isaksen stimmte ihr da zu. »Aber sonntags haben die Blumenläden sicher nicht geöffnet«, sagte er und sah die Stewardess fragend an. Die zuckte mit den Schultern. »Ich weiß nicht«, sagte sie. »So gut kenne ich mich hier nicht aus, aber ich kann den Fahrer fragen.«

Der Fahrer, dessen muskulöse Arme mit Tätowierungen bedeckt waren, lieferte lange Erklärungen, während er durch die Straßen von Riga fuhr. Die Stewardess sagte, er könne bei einem der an der Hauptstraße gelegenen Höfe halten. Die meisten verkauften auch Blumen, sagte der Fahrer.

»Wir müssen ja ohnehin etwas zu trinken kaufen«, sagte Cato Isaksen. Die alten Gummisitze stanken in der Hitze. Seine Jeans klebten schon an der Unterlage.

»Und auch etwas zu essen«, sagte Marian Dahle und fuhr sich über die Stirn.

»Wir halten bei der ersten Tankstelle hinter der Stadt«, sagte die Dolmetscherin und zeigte auf einige große Gebäude. »Ist das nicht schön hier? Die ganze Stadt ist nach deutschem Vorbild gebaut. Nach Prag ist Riga die schönste Stadt in Europa, finde ich.«

Cato Isaksen hatte das kleine weiße Päckchen mit Inga Romualdas Silberherz in der Tasche. Immer wieder schob er die Hand in die Tasche und tastete danach.

Nach anderthalb Stunden sahen sie plötzlich ein großes gelbes Schild mit der Aufschrift Auce. »Das ist der Bezirk, in den wir unterwegs sind«, sagte die Stewardess. Sie hatten ihr Ziel fast erreicht. »Jetzt müssen wir bald Blumen besorgen«, sagte Marian Dahle. Die Dolmetscherin leitete diese Mitteilung weiter, und der Fahrer hupte für den Leichenwagen, der an den Straßenrand fuhr und in einer Staubwolke zum Stehen kam. Die Dolmetscherin sprang heraus und sprach mit dem Fahrer, der den VW-Bus weiterfahren ließ. Die Landschaft hatte große Ähnlichkeit mit Dänemark, fand Cato Isaksen und sah die niedrigen, heruntergekommenen Steinhäuser am Straßenrand an. Auf den Feldern dominierte leuchtendes Grün, und hohe Laubbäume durchbrachen den Horizont. Plötzlich rief Marian, sie sehe einen Storch. »Schau mal, das ist doch echt ein Storch, oder was?« Ein großer weißer Vogel landete gerade mitten auf einer Wiese. Die Dolmetscherin lachte und sagte, in Lettland gebe es jede Menge Störche. »Das ist einfach unglaublich«, sagte sie. »Wenn man hört, dass der Storch fast ausgerottet ist. Denn das stimmt nicht. In Lettland sieht man diese Vögel auf jedem zweiten Dach. Seht euch doch nur die riesigen Nester an!«

Unmittelbar, ehe sie ihr Ziel erreichten, fuhr der Fahrer auf einen Kiesweg und bog nach rechts ab. Sie fuhren über einen schmalen Karrenweg durch üppige Landschaft, vorbei an zwei alten grasenden Pferden. Der Fahrer plapperte die ganze Zeit drauflos. »Er sagt, dass es hier in den Wäldern auch Wildschweine gibt«, sagte die Dolmetscherin.

Am Ende hielten sie vor einem niedrigen Steinhaus. Eine rundliche Frau von Mitte fünfzig kam heraus. Sie trug ein braunes Sommerkleid und ein Kopftuch.

Der Leichenwagen wartete ein Stück weiter entfernt. Die Frau nickte, als der Fahrer erzählte, weshalb sie gekommen waren. Sie ging ins Haus, holte ein großes Messer und verschwand hinter dem Haus. Cato Isaksen sah Marian Dahles Rücken an. Sie stand fünfzehn Meter weiter und rauchte eine Zigarette nach der anderen. Konnte sie so dumm sein, zu glauben, er sehe nicht, was sie da machte?

Nach zehn Minuten kam die Frau zurück, die Arme voller tiefblauer Kornblumen. Mit ernster Miene legte sie Cato Isaksen die Blumen in die Arme.

Bene war ein kleiner Ort mit niedrigen Häusern aus Stein und grauem Holz. Der Fahrer zeigte im Vorüberfahren auf die Schule. Die war aus Stein und erinnerte in vielerlei Hinsicht an den alten Teil der Høvik Verk-Schule, die Patrik Øye besucht hatte. Die Schule sei jetzt geschlossen, erzählte der Fahrer. Die Kinder hatten schon ab Mai Sommerferien, um zu Hause auf den Feldern helfen zu können.

Sie kamen an einem unscheinbaren kleinen Laden vorbei. Die Wege hier waren mit Kies bestreut, an einigen Stellen bestanden sie auch nur aus festgetrampeltem Boden. Eine alte, nicht mehr benutzte Bahnlinie zog sich durch den kleinen Ort. Zwischen den rostigen Schienen wuchs hohes Gras.

Der Leichenwagen hielt vor einem schmutzigweißen Gebäude.

»Hier soll der Sarg stehen«, sagte die Dolmetscherin. »Das ist eine Art Gemeindehaus. Der Mann vom Bestattungsunternehmen kümmert sich um alles. Wir können einfach zu Fanja Druzika weiterfahren. Sie wartet schon auf uns, sagt der Fahrer.«

Cato Isaksen drehte sich um und sah, dass der schwarze Wagen vor den Eingang des Gebäudes fuhr, aus dem gerade jemand herauskam. Er sah eine Mauer und hinter der Mauer ein bestelltes Feld.

Ein an einen Baum genageltes Schild trug in dicken weißen Buchstaben die Aufschrift *Stacijàs ièla*. Sie waren am Ziel. Nr. 4 war ein baufälliges Haus, das ein Stück von dem staubigen Weg entfernt stand. Ein hoher Bretterzaun trennte es vom Nachbargrundstück. Auf der anderen Seite des Hauses gab es eine Steinmauer, und davor Reihen von Erdbeeren, Gemüse und Kartoffeln. Vor der Treppe war der Boden festgetrampelt, hier und dort wuchsen Grasbüschel.

Cato Isaksen und Marian Dahle wechselten einen Blick. »So ist es hier«, sagte die Dolmetscherin und öffnete die Autotür. Der Fahrer wollte mit ins Haus kommen.

»Ich fühle mich wie hundert Jahre in der Zeit zurückversetzt«, sagte Marian Dahle verwundert. »Ich wusste fast nicht, dass es solche Orte gibt ... so nah.«

Cato Isaksen sah sie an. »Du hast doch sicher im Fernsehen Berichte aus Russland gesehen, oder aus Kasachstan und solchen Gegenden. Das hier ist so ein Ort.«

»Natürlich ist mir das klar«, fiel Marian ihm ins Wort. »Aber trotzdem ... es ist beeindruckend. Jedenfalls für mich«, fügte sie kurz hinzu und ging zum Haus.

✶

Elna Druzikas Mutter stand neben dem abgenutzten Tisch und machte sich an einem Wasserkrug zu schaffen. Hinten beim Herd kniete ein Mädchen und schaute unsicher zu den Fremden hoch. Sie mochte drei Jahre alt sein. Vor ihr auf dem Boden lag eine schmutzige mit Wasser gefüllte Nuckelflasche.

Cato Isaksen lächelte Elna Druzikas Mutter vorsichtig an und erinnerte sich daran, was Inga Romualda gesagt hatte. *Ihre Mutter hat geglaubt, dass etwas schiefgehen würde.*

Der Geruch in dem kleinen Haus war unbeschreiblich, eine Mischung aus verfaulten Kohlblättern und Staub. Wie konnte es möglich sein, mit drei Kindern so zu wohnen!

Fanja Druzika wischte sich die Hände am Rock ab und kam auf die Gäste zu. Sie war eine müde Frau von Anfang vierzig mit schmalem Gesicht und dunklen Ringen unter den Augen. Die halblangen braunen Haare hatte sie sich hinter die Ohren gestrichen. Sie begrüßte die Gäste der Reihe nach. Reichte ihnen vorsichtig, fast schüchtern die Hand.

Sie führte sie in ein kleines Zimmer. Cato Isaksen begriff, dass es Elna Druzikas Zimmer gewesen sein musste. An der Wand hing ein gerahmtes Bild von ihr. Ihr Pony fiel ihr leicht nachlässig in die Stirn, als sei unmittelbar vor der Aufnahme ein kleiner Wind über sie hinweggefegt.

Fanja Druzika sah Cato Isaksen plötzlich mit nackter Angst im Blick an, als könne er eine weiterer Hiobsbotschaft bringen.

Sie fuhr sich mit ihren roten Arbeitshänden nervös über ihre orange und braune Kittelschürze. Sie ließ die Schultern sinken und holte tief Atem. Starrte das Foto an der Wand an und murmelte, ihre Tochter sei doch bereits tot. Sie könne kein weiteres Mal sterben.

Die Hitze in der Küche war unerträglich. Auf dem Küchentisch lagen einige Gurken, an denen noch Erde hing. Sicher hinten bei der Steinmauer gezogen. Fanja Druzika redete und die Stewardess übersetzte. »Ihr könnt eigentlich nichts für uns tun – falls er es wirklich war, meine ich ... Juris, wenn der das war ... dann ist er sowieso schon längst nicht mehr hier. Er hat übrigens das Foto von Elna gemacht, das da an der Wand hängt. Das war alles, was er konnte, fotografieren und trinken. Elna war so schön. Aber Juris ist nicht mehr hier. Elna ist es in Norwegen gutgegangen ... mit Inga. Und mit Wiggo«, fügte sie hinzu. »Er ... war so lieb. Ihre Mutter, die war auch lieb. Elna war so froh ... sie sagte, es sei eine *liebe* Familie.«

Der Fahrer setzte sich auf einen Stuhl und erzählte Fanja offenbar von den blauen Blumen auf dem Sarg. Sie lächelte kurz und bedankte sich, sagte, sie werde im Anschluss zum Sarg gehen, zusammen mit den Kindern, wenn die vom Feld kämen.

Marian Dahle lächelte Fanja vorsichtig zu, als die Dolmetscherin das übersetzt hatte. »Wo sind denn Ihre anderen Kinder, Sie haben noch vier, nicht wahr?«

Fanja nickte, sagte, alles sei so hart, sie müsse sich auf die anderen Kinder konzentrieren. Jetzt habe sie nur noch vier. Da müsse sie vieles im Auge behalten, viele seien zu versorgen. Aber sie wisse nicht, wie sie nun die Tage überstehen sollte.

Die Dolmetscherin sah plötzlich müde aus. »Sie sagt, es ist so unbegreiflich, dass ihre Tochter am anderen Ende des Lebens wartet. Wenn Fanja stirbt, wird ihre Tochter bereits dort sein.«

Fanja Druzika fing an zu weinen, erzählte schluchzend, dass zwei ihrer Töchter für eine kleine Summe auf den Feldern arbeiteten. »Das Schuljahr endet schon im Mai, damit die Kinder auf dem Feld helfen können. Mein Sohn ist achtzehn und wohnt in Riga, aber er kommt fast jedes Wochenende nach Hause. Und er isst wie ein Pferd«, fügte sie hinzu und wischte sich die Augen. »Tagsüber bin ich mit der Kleinen hier allein. Sie ist erst drei, aber sie hat schon gelernt, allein zu Hause zu bleiben. Wenn ich auf dem Feld aushelfe, sitzt sie ganz allein hier. Ab und zu schaut eine Nachbarin herein, ab und zu kommt sie mit mir.«

Sie wischte sich noch einmal mit raschen Bewegungen die Augen.

Cato Isaksen sah ein Bild vor sich. Er war vielleicht drei oder vier Jahre. Die Mutter hatte ihn bei irgendwelchen Nachbarn abgegeben. Sie musste etwas erledigen und verschwand. Es war Winter und er weinte. Er sah ihrem blauen Mantel hinterher. Er konnte sich an das schreckliche Gefühl erinnern, das Ende der Welt erreicht zu haben.

*

Cato Isaksen, Marian Dahle und die Dolmetscherin saßen um den abgenutzten Küchentisch. Der Fahrer hatte endlich begriffen, dass er nicht mehr benötigt wurde, und war gegangen. Elna Druzikas Mutter servierte eine einfache Mahlzeit aus gekochten Kartoffeln und zerschnittenem Gemüse. Es gab Gurken und Tomaten und Rüben. Sie goss klaren Wodka in die Gläser.

Die Kartoffeln schmeckten wie früher. Cato Isaksen lächelte. »Unglaublich gute Kartoffeln«, sagte er und nippte höflich an seinem Wodka. Die Dolmetscherin übersetzte. »In Norwegen wird so viel Kunstdünger benutzt, dass der Geschmack verschwindet. Diese hier, die schmecken frisch, genau wie die Kartoffeln in meiner Kindheit.«

Fanja Druzika lächelte kurz und sagte etwas. Die Dolmetscherin übersetzte. »Fanja sagt, ihre Tochter tut ihr so entsetzlich leid. Weil sie nie wieder Kartoffeln essen wird, weil sie ihre Familie niemals wiedersehen wird. Elna muss uns leidtun, nicht wir. Wir leben doch. Elna nicht.«

»Erzählen Sie uns über Juris Tschudinow«, bat Cato Isaksen.

»Ich weiß nicht, was ich sagen soll. Elna hat eine große Dummheit begangen. Aus irgendeinem Grund hat sie sich nicht so verhalten, wie ich ihr das beigebracht hatte. Ich weiß nicht, warum Elna sich mit Tschudinow eingelassen hat, ich glaube, sie hat sich gelangweilt. Hier gibt es so wenig Abwechslung.

Tschudinow ist mit der Lehrerin hier verheiratet. Das ist eine liebe Frau. Sie haben vier Kinder. Die Lehrerin war hier und hat Elna aufs Ärgste beschimpft. Sie war wütend. Das kann ich ja auch verstehen, aber es war einfach schrecklich. Juris hatte schon viele Jahre nicht mehr gearbeitet. Er wurde gefährlich für Elna. Er ist ein gutaussehender Mann, aber er lag den ganzen Tag nur auf dem Sofa und trank. Einige Male hat er sie schlimm geschlagen, deshalb musste sie weg von hier. Dann verschwand auch er, und niemand weiß, wo er steckt. Das Einzige, was er mitgenommen hat, war sein Fotoapparat. Das hat seine Frau meinem Vater gesagt. Er ist in Norwegen, nicht wahr? Er hat sie gefunden? Am Ende hat er sie gefunden, nicht wahr?«

Louise und Ina Bergum lagen auf dem Rücken auf dem Trampolin und starrten in den Abendhimmel. Sie sahen den Mann nicht, der mit einem schwarzen Hund an der Leine dastand und sie musterte. Der Mann stand am Rand von Vera Mattsons Grundstück, hinter einem Fliederbusch. Er hob die Kamera und schaute durch die Linse. Das Auge der Kamera fing Landschaft, Gewächse und Flieder ein. Der metallische Schließmechanismus der Kamera zerklickte die Stille. Ganz am Rand des Bildes fing die Linse die Mädchen ein. In Bruchstücken, durch die Hecke, wurde die Farbe ihrer Haut, ihrer Hände und einiger Haarsträhnen zu einem Bild gestempelt. Die Haare der Blonden sahen aus wie fließendes Wasser.

Die Mädchen trugen Bikinis. Der der blonden Louise war rosa und wies am Rand weiße und gelbe Perlstickereien auf. Sie war so dünn, dass ihre Hüftknochen den höchsten Punkt ihres Körpers darstellten, wenn sie auf dem Rücken lag. Wenn sie aufrecht saß und sich vornüber beugte, waren ihre Rippen und ihr Rückgrat durch die Haut deutlich zu sehen. Ihre langen Beine hatten schon eine warme braun Farbe angenommen.

Ina Bergum trug einen grünkarierten Bikini. Ihre Brüste hatten sich schon weiter entwickelt als die ihrer Freundin. Die beiden kleinen teigigen Rundungen hoben sich unter dem zu straff sitzenden Bikinioberteil. Und ihr Bauch wölbte sich über der Bikinihose. Ihre Haut war noch immer kreideweiß.

Der Mann schaute sich um, zog den Hund zu sich und ging dann den Weg hoch. Hier und dort blieb er stehen. Fotografierte Kiesweg, Löwenzahn und Margeriten. Und das Unkraut am Wegesrand.

Louise hob die Hand über die Augen. Die Wolken glitten

über den roten Dachkamm. Der tiefblaue Abendhimmel bildete einen farbenfrohen Kontrast zu dem roten Dach und den weißen Wolkenfetzen.

»Die Wolken sehen aus wie Softeis, findest du nicht? Schade, dass Wiggo keine Softeismaschine in seinem Wagen hat, und dass man jedes Mal einen ganzen Karton Eis am Stiel kaufen muss. Das wird doch so teuer. Mama sagt, dass wir genug Eis haben, ich darf in der Tiefkühltruhe nicht mehr nachfüllen.«

»Vielleicht lügt er ja«, sagte Ina neben ihr. »Der Polizist hat gesagt, dass er einundzwanzig ist.«

»Er ist erst achtzehn«, sagte Louise voller Überzeugung. »Jetzt glotzt sie schon wieder.«

»Wer denn?«

»Frau Mattson. Sie sitzt ganz still hinter den Küchenvorhängen und glaubt, dass wir sie nicht sehen. Papa sagt, der fehlt irgendwas.«

Die Mädchen drehten sich auf den Bauch. Am Ende der Rasenfläche, bei der Hecke, standen Wiesenblumen, die der Rasenmäher nicht erreichte.

»Butterblumen sind am schönsten«, sagte Ina. »Oder was sagst du?« Louise gab keine Antwort und Ina redete weiter. »Mama hat gesagt, dass ich nicht allein nach Hause gehen darf, auch nicht, wenn es noch hell ist. Ich muss sie anrufen, dann holt sie mich ab.«

»Ich auch nicht«, sagte Louise. »Aber uns kann doch niemand was tun, wenn es noch hell ist und wenn wir zu zweit sind. Es ist schlimmer, wenn man ganz allein ist, nicht wahr?«

»Aber Patrik war doch nicht ganz allein. Die waren zu dritt.«

»Ja, aber die anderen haben sich ja nicht umgedreht.«

»Wir haben ihn doch gesehen«, sagte Ina kleinlaut.

»Ja, aber das war lange vorher«, sagte Louise. »Lange, ehe er verschwunden ist, meine ich. Das war, als er zusammen mit den anderen am Eiswagen vorbeigegangen ist, ehe sie in den

Garten gegangen sind, klar? Aber ich hab das nicht mal zu Mama gesagt, denn dann dürfen wir bestimmt nicht mehr mit Wiggo sprechen. Ich sag überhaupt keinem Menschen irgendwas. Über Wiggo, meine ich. Nur dir.« Louise Ek brach in ein kleines helles Lachen aus.

»Aber vielleicht müssen wir es sagen«, gab Ina zu bedenken.

»Wieso denn? Und was denn sagen? Patrik war eine Heulsuse. Ein Drecksjunge.«

»Aber du willst doch sicher nicht, dass er tot ist?«

»Spinnst du, natürlich will ich das nicht. Warum sagst du so was?«

Ina seufzte tief und merkte, wie ihr Magen sich zusammenkrampfte. Louise war immer so schlagfertig. Sie sollte sich ein wenig in Acht nehmen, dachte sie. Louise schien sie immer ein wenig schlimmer werden zu lassen, als sie in Wirklichkeit war. Louise war so eine Freundin, die sie Dinge machen ließ, die sie eigentlich gar nicht machen wollte, dachte sie. Aber vielleicht würde Louise nicht mit ihr befreundet sein wollen, wenn Ina zu störrisch würde. Und Louise war die Hübscheste in der Klasse.

»Aber immer redest du mit dem Eismann«, sagte sie und merkte, dass sie es bereute, hergekommen zu sein. »Du kannst doch einfach aufhören, mit ihm zu reden.«

Louise starrte zu Vera Mattsons Küchenfenster hinüber. »Aber ich habe doch nicht gesagt, dass wir mit ihm reden sollen«, sagte sie. »Ich habe gefragt, ob du willst, dass wir mit ihm reden.«

»Aber das darf ich nicht. Wir wissen ja nicht mal, wie alt er ist. Er sagt, dass er achtzehn ist. Du hast doch gar nicht mit ihm geredet. Der Polizist sagt, dass er einundzwanzig ist.«

»Er ist aber achtzehn. Der Polizist kann sich doch bestimmt nicht merken, wie alt alle Welt ist. Er sieht aus wie achtzehn.«

»Aber er hat doch deine Telefonnummer, da muss er ja wissen, wie du heißt. Woher weiß er, wie du heißt?«

»Die hat er sicher von der Auskunft, und da kann man auch nach Adressen fragen. Er weiß doch, dass ich in dem gelben Haus wohne. Ich kann ja so tun, als ob ich Pippi oder so heiße, Pippi Langstrumpf.« Louise legte den Kopf in den Nacken und lachte, noch einige Oktaven heller als sonst. »Das stärkste Mädchen der Welt, yaahh!«

Ina sah sie an, hob eine Augenbraue und musste wider Willen lächeln. »Was glaubst du, was er will?«

»Was glaubst du denn wohl? Deshalb müssen wir doch zu zweit sein.«

»Stell dir vor, er lässt plötzlich seine Hose fallen, wie dieser Exhi!«

»Das tut er nicht. Das war ein Opa. Der war sicher dreißig. Ich hab Mama und Papa nichts gesagt. Du vielleicht?«

Ina schüttelte den Kopf. »Bist du verrückt?«, fragte sie. »Dann würde ich doch überhaupt nicht mehr an den Veritasstrand gehen dürfen.«

Plötzlich wurde die Stille davon zerrissen, dass zwei Katzen aneinandergerieten. Die Mädchen setzten sich auf dem Trampolin auf und starrten in den benachbarten Garten. Die weiße Katze kam über den Weg geschossen und jagte einen Baumstamm hoch. Eine Wespe kam angesurrt und versuchte, sich auf Ina Bergums dicke weiße Wade zu setzen. Ina fuchtelte heftig mit den Armen. »Igitt, Wespe, typisch Sommer, Mensch!«

»Wespen sind einfach zum Kotzen«, heulte Louise. »Ich hasse Insekten!« Sie stand auf und fing an, auf dem Trampolin herumzuspringen. Plötzlich stand der Vater oben auf dem Balkon und schaute auf sie herunter. »Alles in Ordnung, Papa«, rief Louise und lachte. Die Wespe drehte noch zwei Runden über den Mädchen, dann verschwand sie über den Zaun vor dem braunen Nachbarhaus.

Möglicherweise hatte der Wodka ihn besänftigt. Denn plötzlich lächelte Cato Isaksen über etwas, das Marian Dahle gesagt hatte. Sie schaute ihn fast verwundert an, als sie mit der Dolmetscherin zwischen den kleinen Häusern umhergingen. Fanja Druzika hatte sich bei ihnen bedankt und ihnen eine gute Nacht gewünscht. Dann war sie verschwunden, um sich bei Elnas Sarg mit Freunden und Verwandten zu treffen.

Die Gäste aus Norwegen und die Dolmetscherin sollten in einem mitten in der kleinen Hauptstraße gelegenen Steinhaus übernachten. Die Beerdigung sollte am nächsten Nachmittag stattfinden. Es eilte. Bei dieser Hitze.

Das Haus, in dem sie übernachten würden, lag neben dem stillgelegten Bahnhof. Marian und Jelena sollten ein Zimmer teilen. Cato Isaksen bekam ein Zimmer für sich im ersten Stock, mit einem schmalen Bett und einem kleinen Fenster, das auf das Feld schaute. Die Hitze schien unter der Decke zu flirren.

Er brauchte lange, um einzuschlafen. Die Gedanken wirbelten nur so durch seinen Kopf. *Hier wimmelt es nur so von Fallen. Der Ronny hat diesen Frühling sein Abi gemacht.* Nach seiner Rückkehr wollte er sich als Erstes die Videoaufnahmen aus der Moschee ansehen.

Als er am nächsten Morgen erwachte, war es im ganzen Haus still. Er setzte sich auf und schaute auf die Uhr. Es war Viertel nach zehn. Sein Mund war wie ausgedörrt, sein Kopf schwer. Er hatte eine schlechte Nacht auf einem schmalen Bett in einem heißen kleinen Zimmer hinter sich gebracht.

\*

Als er nach unten ging, saß Marian allein dort. Sie hatte sich nicht gekämmt, ihre Haare waren noch immer zu demselben Pferdeschwanz gebunden wie am Vortag. Ihre schmalen Augen waren noch schmaler als sonst. Ein altmodischer Kaffeekessel blubberte auf einer einsamen Kochplatte. Daneben standen zwei Tassen.

»Wo ist Jelena?«, fragte er.

»Hilft Fanja bei irgendwas. Wir sollten uns wohl auf den Weg zu Juris Tschudinows Frau machen, sowie Jelena zurückkommt. Hast du die Fingerabdruckausrüstung?«

»Ja«, sagte er. »Handschuhe und Tüten und Instruktionen und überhaupt.«

Auf einem kleinen Holztisch waren allerlei Waren übereinandergestapelt. Mehl und Zucker. Vier große Brote. Zwei Eierkartons und zwei Rollen geblümter Stoff.

»Was ist das denn?«, fragte Cato Isaksen.

»Nichts«, sagte sie. »Ich habe das hinten im Laden gekauft. Jelena hat mir geholfen. Wir konnten eine Schubkarre leihen.«

»Warum?«, fragte er.

»Das ist für Fanja. Ich habe es von meinem eigenen Geld gekauft.«

Marian ging aus der Tür und die Treppe hinunter. Dort blieb sie mit übereinandergeschlagenen Armen stehen. Cato Isaksen goss Kaffee in die Tassen und ging hinterher. Er setzte sich auf die oberste Steinstufe.

»Du kannst ihnen das nicht so einfach geben. Wir sind hier als Vertreter der norwegischen Polizei, nicht als Nothelfer.« Er blieb mit beiden Tassen in der Hand sitzen.

Marian wandte sich eilig ab, er sollte nicht sehen, dass sie rot wurde. Sie errötete nicht vor Scham, sondern vor Wut. Natürlich konnte sie verschenken, was sie wollte. Egal, was Cato Isaksen höchstpersönlich sagte oder meinte, konnte sie machen, was sie wollte. Sie hatte alles von ihrem eigenen Geld gekauft.

»Das ist wirklich sehr unprofessionell von dir«, sagte er jetzt verärgert.

Marian Dahle spürte, wie die Wut aus ihrem Bauch durch den Brustkasten und den Hals nach oben stieg.

Sie setzte sich auf die unterste Treppenstufe und überlegte, ob sie herumfahren und ihn anschreien oder ob sie sich in die Zunge beißen und ihn mit angestrengter Ruhe ansehen sollte. Die Treppe roch nach Stein. Sie wollte, dass er wegging, weit weg. Sie wollte allein hier sitzen, allein mit diesen Menschen, für die sie etwas tun konnte. Für jemanden etwas tun, das wollte sie. Vor allem für das kleine Mädchen. Warum zum Henker war sie überhaupt zur Polizei gegangen, fragte sie sich, da hatte man wirklich nichts zu suchen, wenn man für andere etwas tun wollte.

Marian sprang auf, riss ihm die eine Tasse aus der Hand und starrte ihn an. Dann setzte sie sich wieder. Gab ihm eine winzige Chance, das zurückzuziehen, was er gesagt hatte, ihr ein wenig Sympathie zu zeigen. Aber das tat er nicht. Es war deutlich, dass sie eigentlich den Mund halten wollte, aber plötzlich konnte sie nicht mehr. Die Tasse war heiß zwischen ihren Fingern. »Männer haben einfach keine Ahnung von Empathie. Ich kapiere einfach nicht, wieso du diesen Posten hast. Du bist unglaublich ungeeignet. Du hast kaum ein Gespür, hast wenig oder keine Intuition. Du bist ein schlechter Menschenkenner. Deshalb kannst du keine Kritik ertragen. Glaubst du, ich weiß nicht, dass du immer wieder zu Myklebust rennst und dich über mich und Birka beklagst, wie ein quengeliges Gör?«

Cato Isaksen wollte seinen Ohren nicht trauen. Eine Sekunde, einen gefrorene Augenblick lang, wäre er fast aufgesprungen, um ihr eine reinzuhauen. Das hier ist kein Streit, dachte er, das ist ein Bruch. An sich war er daran gewöhnt, auf solche Weise überrumpelt zu werden. Aber ihre Aggression erschreckte ihn. Sie hatte die Kontrolle über den Konflikt an sich gerissen. Hier saß sie nun und ließ ihren Wortschwall über ihn strömen, als führten sie ein ganz normales Gespräch. Andere, die sie hier sitzen sahen, glaubten sicher, dass sie sich ganz natürlich miteinander unterhielten. Marian Dahle war eloquent und analysierend. Sie hatte sich offenkundig genau überlegt, was sie sagte, denn alles traf ihn perfekt. Sie saß da und warf ihm vor, ein borniert brutaler Ermittler zu sein, der sich nur so Autorität verschaffen konnte, indem er alle schlecht behandelte, die dumm genug waren, sich das gefallen zu lassen. Die Wut kochte in ihm. Er hatte jetzt nur eine Möglichkeit, und zwar, ihr nicht zu antworten. Er wollte nicht jeglichen Anstand verlieren. Er sprang auf und verschwand wieder im Haus.

\*

Juris Tschudinows Familie wohnte oben in einem hohen, schmalen Steinhaus. Cato Isaksen hätte mit dem Besuch warten sollen, bis die Dolmetscherin ihn begleiten könnte, aber er war vor Wut über Marian Dahles Tirade losgelaufen. Und jetzt stand er vor der Tür und starrte hoch an dem hohen schmalen Steinhaus, das zwischen eingefallenen Holzhäusern aufragte. Er hatte das kindische Gefühl, dass Marian sich ärgern würde, wenn er Tschudinows Familie ohne sie aufsuchte. Das war ein dummer Gedanke, aber es machte ihn wahnsinnig, mit ihr zusammen zu sein. Er öffnete die zerbrochene Tür und betrat das heruntergekommene Treppenhaus. Drinnen stank es nach dem fast unerträglichen Geruch von altem verfaultem Essen. Vielleicht lagen in den Wänden Rattenleichen. Alle Häuser, in denen er bisher gewesen war, wiesen diesen seltsamen säuerlichen Geruch auf.

Cato Isaksen stieg die Treppen hoch. Aus mehreren Wohnungen waren Geräusche zu hören. Stimmen in der Hitze. Im zweiten Stock rief jemand irgendetwas. Tschudinows wohnten ganz oben.

Cato Isaksen klopfte leicht an die Tür. Er bereute, dass er gekommen war. Aber es war zu spät. Ein Mädchen von vielleicht dreizehn öffnete die Tür. Cato Isaksen lächelte sie an und stellte sich auf Englisch vor. Das Mädchen schaute ihn verständnislos an und sah sich unsicher um. Cato Isaksen betrat den stickigen Mansardenraum. Die heruntergekommene winzige Dachwohnung war glühend heiß.

Tschudinows Frau starrte ihn ängstlich an. Sie stand mit ängstlichen Augen in der einen Ecke und hielt sich ein Kind vor die Brust. Offenbar wusste sie, warum er gekommen war. Zwei weitere Kinder, Jungen von zehn oder elf, saßen an einem kleinen Tisch unter dem einzigen Fenster. Die Frau drückte das Kind an sich. Sie schien zu glauben, dass Cato Isaksen sie allesamt umbringen wollte. Er bereute, gekommen zu sein, er hätte die Familie nicht ohne die Dolmetscherin aufsuchen dürfen. Das war unprofessionell, auf diese Weise konnten wichtige Informationen über Juris Tschudinow verlorengehen. Er fluchte in Gedanken, versuchte zu lächeln und zeigte ihr seinen Dienstausweis. Er machte eine beruhigende Handbewegung. Alles ist Marian Dahles Schuld, dachte er grimmig und schaute sich um. Drei Kinderbetten standen hintereinander an der einen Wand, mit schmutzigen Matratzen und dünnen Decken. Plötzlich entdeckte er die Fotografien. Sie standen da als kleiner Stapel, zwischen alte Zeitungen in ein Regal geschoben.

Cato Isaksen zog sie heraus und sah sie rasch durch. Er hielt eins hoch und fragte, ob das Tschudinow sei. Die Frau nickte ängstlich.

Auf irgendeine Weise konnte er ihr klarmachen, dass er etwas haben musste, irgendetwas, das Juris gehörte. Etwas, das der angefasst hatte. Er zeigte auf seine Fingerspitzen. »Fingerabdrücke«, sagte er auf Norwegisch.

Danach lief er die Treppen hinunter. In seiner Fingerabdrucktüte lagen einige Dokumente und ein Wecker. Der Wecker gehörte Juris, das hatte er verstanden. Seine Frau benutzte ihn nie, hatte ein Kind auf Englisch gestammelt. Der Wecker hatte oben auf einem Regal gestanden. Es war wahrscheinlich, dass Juris Tschudinows Fingerabdrücke noch immer darauf vorhanden waren. Er hatte auch das Foto mitgenommen. Juris Tschudinow war ein großer, kahler Mann mit scharfen Zügen.

Cato Isaksen dachte an Marian Dahle und schämte sich plötzlich. Sie hatte diesen Menschen wirklich helfen wollen. Und die brauchten Hilfe. Brauchten alles, was sie bekommen konnten. Er lief durch die zerbrochene Haustür und betrat wieder die glühendheiße Straße. Er grüßte zerstreut alle, die ihm entgegen kamen. Begriff, dass sie alle wussten, wer er war.

Wie zum Teufel sollte er Marian erklären, dass er die Familie ohne Dolmetscherin aufgesucht hatte?

Als er das Haus bei dem stillgelegten Bahnhof erreichte, war Marian verschwunden. Zusammen mit den vielen Waren auf dem Küchentisch. Nur die beiden halbvollen Kaffeetassen standen noch auf der Treppe.

Er merkte, dass sein Magen jetzt Ärger machte. Sicher hatte er etwas Falsches gegessen. Die Bakterienflora hier war garantiert reichhaltiger als bei ihm zu Hause. Er stürzte in das windschiefe Klohäuschen. Im Haus konnte man sich nirgendwo waschen, jedenfalls hatte er keine Waschgelegenheit gesehen. Nur einen Zinkeimer mit dem hellbraunen Wasser, der in der Küche stand.

Als er das Klo verließ, war Marian wieder da. Sie saß auf der Steintreppe und nippte an dem mittlerweile kalten Kaffee. Die Sonne hatte die Stufen bereits gewärmt. Er ging an ihr vorbei in die Küche und wusch sich die Hände im Zinkeimer. Dann ging er wieder hinaus und setzte sich neben sie.

Sie fing an zu reden. Als sei nichts passiert. »Wie geht's?«

»Gut«, sagte er. »Ich habe Tschudinows Fingerabdrücke.«

»Schön«, sagte sie. »Kannst du nicht einfach auf das von heute Morgen scheißen«, fragte sie dann und trank einen kleinen Schluck Kaffee. »Du musst den anderen auch sicher nicht alles Mögliche erzählen.«

Er lächelte rasch. Darauf scheißen, das war sicher gerade der passende Ausdruck, dachte er.

»Hast du keine Lust, etwas für diese Menschen zu tun, wenn du siehst, wie sie leben, geht dir das nicht so?«

Cato Isaksen gab keine Antwort. »Hast du eine Zigarette?«, fragte er. »Ich weiß, dass du rauchst, auch wenn du das abstreitest.«

»Jetzt musste ich an Birka denken.« Marian stellte die Kaffeetasse neben sich auf die Treppe. »Ich muss Roger anrufen.«

»Roger hat mehr als genug zu tun.«

»Darauf kannst du pfeifen. Das ist schließlich nicht dein Hund.«

Cato Isaksen sah sie an, jetzt ging das wieder los. Er war wahnsinnig sauer auf Roger, weil der sich bereiterklärt hatte, während ihrer Abwesenheit auf Marians Töle aufzupassen. Er betrachtete das fast schon als Verrat. Hatte Roger denn plötzlich doch nichts mehr gegen Hunde?

»Hast du eine Zigarette?«, fragte er noch einmal. Marian legte ihr Telefon neben sich auf die Treppe. Dann steckte sie noch einmal die Hand in die Tasche, zog eine zerquetschte Packung Prince Mild heraus und warf sie ihm zu. Cato Isaksen fing die Packung in der Luft auf. »Feuerzeug«, sagte er müde.

Marian Dahle schob noch einmal die Hand in die Tasche und reichte ihm dann ein Feuerzeug.

Cato Isaksen nahm es und steckte sich eine Zigarette zwischen die Lippen. »Marian«, sagte er und schien diesen Namen gleichsam auszukosten. »Hieß so nicht die Frau von Robin Hood?«

»Ja«, sagte sie schnell. »Die Füchsin in dem lila Kleid mit der Kapuze. Im Zeichentrickfilm war es eine Füchsin.«

»Das wollte ich eben sagen«, sagte er. »Dass du mich an einen Fuchs erinnerst, aber da bist du mir zuvorgekommen.«

»Ja«, sagte sie müde und lächelte kurz. »Weißt du übrigens, was ich herausgefunden habe?«

Cato Isaksen zog ausgiebig an der Zigarette. »Das schmeckt ein wenig zu verflixt gut«, sagte er.

»Vorhin, als Elnas Mutter zum Brunnen gegangen ist, um Wasser zu holen, habe ich im Küchenschrank nachgeschaut. Und da standen Mehltüten und Zuckertüten aus Norwegen. Und Honig und Sopps Spaghetti und Uncle Bens Reis.« Plötzlich waren ihre Wangen glutrot. »Du begreifst doch, was das bedeutet?«

»Dass Elna bei der Arbeit Essen gestohlen und ihrer Mutter geschickt hat«, sagte er und stieß eine dicke Rauchwolke aus.

»Ja, und es ist scheißteuer, Pakete nach Lettland zu schicken. Kein Wunder, dass sie kein Geld hatte. Neunzig Kronen die Stunde.« Marian schnaubte.

»Hattest du an die Möglichkeit gedacht, dass Patrik Øye irgendwo gefangengehalten wird und dass die Lebensmittel für ihn bestimmt waren?«

»Eigentlich nicht«, sagte Marian rasch. »Noman Khan hat doch gesagt, dass sie schon lange bevor Patrik verschwunden ist, Waren vermisst haben. Aber ich habe gedacht, dass Elna und Inga die für sich haben wollten.«

Sie sahen Elna Druzikas Mutter und die Dolmetscherin die Straße hochkommen. Die beiden waren unten in der Kirche gewesen. Fanja Druzika trug heute ein rotes Kopftuch und über ihrem geblümten Kleid eine verschlissene Strickjacke. An den Füßen hatte sie Gummistiefel.

»Du musst mit ihnen sprechen«, sagte Cato Isaksen und erhob sich. Seine Magenschmerzen trieben ihn zurück ins Klohäuschen.

»Tut mir leid«, sagte sie plötzlich. Er blieb stehen und drehte sich halbwegs zu ihr um.

»Wenn ich dir Probleme mache, meine ich«, fügte sie hinzu.

»Das tust du nicht«, sagte Cato Isaksen verbissen und lief zum Klo weiter.

Fanja Druzika und die Dolmetscherin hatten sich davon überzeugt, dass für die Beerdigung alles bereit war. Der Totengräber hatte den ganzen Vormittag damit zugebracht, nicht weit von der Friedhofsmauer entfernt eine große hellbraune Grube auszuheben. »In so einem schönen Grab ist hier noch nie jemand begraben worden«, sagte Fanja Druzika. Jelena übersetzte. »Und dann dankt sie für alles, was ihr ihr geschenkt habt«, sagte sie und zwinkerte Marian zu.

Cato Isaksen kam gerade rechtzeitig aus dem Klohäuschen zurück, um diesen letzten Satz zu hören. Er lächelte Fanja Druzika unsicher an.

*

Während der Beerdigung saß Elna Druzikas kleine Familie in der ersten Bank. Alle Kinder waren von der Feldarbeit beurlaubt worden. Die Mädchen aus dem Dorf trugen weiße Spitzenblusen und hatten sich die Hände sauber geschrubbt. Jungen und Männer saßen auf der einen Seite, Mädchen und Frauen auf der anderen. Die Kirche war voll besetzt. Nachbarn und Lehrer und offenbar auch einige Freundinnen von Elna waren gekommen. Tschudinows Familie dagegen fehlte. Elnas Großvater trug trotz der Wärme eine viel zu dicke Daunenjacke.

Der Pfarrer redete über Gott den Herrn und über die Barmherzigkeit. Die Dolmetscherin, die zwischen Cato Isaksen und Marian Dahle saß, übersetzte ab und zu ein Wort. Fanja Druzika weinte leise. Elnas achtzehnjähriger Bruder saß verbissen und ernst neben ihr, in einem altmodischen, viel zu engen Anzug. Die Schwestern in ihren Sonntagskleidern wirkten apathisch.

Auf einmal merkte Cato Isaksen, dass Marian Dahle sich an

ihm vorbeizwängte und der Dolmetscherin winkte, mit ihr zu kommen. Er begriff erst, was vor sich ging, als Marian Dahle neben dem Sarg stand und anfing, laut zu sprechen. Jelena trat neben sie und übersetzte.

Sie sagte, die norwegische Polizei werde sich alle Mühe geben, den Täter zu finden. Sie sagte, Lettland sei ein schönes Land mit schönen Menschen und alle, die sie in Norwegen kennengelernt hatten, hätten nur Gutes über Elna zu sagen gehabt. Sie sagte, die norwegische Polizei spreche der Familie ihr Beileid aus.

Cato Isaksen kochte innerlich. Marian Dahle war einfach alles zuzutrauen, dachte er. *Er* war der Leiter des Ermittlerteams. Wie sie sich hier aufführte, war nicht nur unerhört, es war unanständig und schädlich. Er hatte es in seinem ganzen Leben noch mit keiner dermaßen anmaßenden Person zu tun gehabt. Was würde als Nächstes kommen, dass sie ihn absetzte und sich in seinem Büro breitmachte? Er fühlte sich plötzlich restlos erschöpft. Cato Isaksen erhob sich, unmittelbar ehe der Sarg aus der Kirche gebracht werden sollte. In der Hand hielt er das weiße Päckchen. Er zog das Papier ab, ging nach vorn und legte Inga Romualdas Silberherz auf den Sarg. Ihm fiel auf, dass die blauen Kornblumen bereits am Verwelken waren.

Danach ging die ganze Prozession hinter dem Sarg her aus der Kirche. Er wurde von Elnas Bruder, ihrem Großvater und vier Männern getragen, die Cato Isaksen nicht kannte. Er wurde in die trockene hellbraune Erde hinabgelassen, während die Gemeinde einen Choral sang. Am Ende warfen die Kinder Wiesenblumen auf den Sarg, und Cato Isaksen sah, wie das kleine Silberherz von Inga Romualda wütend in der Sonne funkelte. Am Ende bedeckten die Totengräber alles mit Erde.

\*

Der Fahrer holte sie mit dem alten VW-Bus zur Rückfahrt nach Riga ab. Fanja Druzika weinte, als sie sie zum Abschied umarmte. Marian und Jelena weinten ganz offen. Für einen Moment fiel es auch Cato Isaksen schwer, die Tränen zurückzuhalten.

Er setzte sich nach vorn neben den Fahrer. Marian und Jelena nahmen auf der Rückbank Platz.

Er war von allem so fertig, dass er auf der ganzen Fahrt nicht ein einziges Wort sagte. Seine Magenschmerzen wurden immer schlimmer.

Im Flughafen lief er in aller Eile zur Toilette, während Jelena in einem Laden irgendwelche ganz besonderen Süßigkeiten für ihre Mutter einkaufte. Als er von der Toilette zurückkehrte, wartete Marian schon auf ihn. Sie stellte sich absichtlich dumm und fragte, was denn *jetzt schon wieder sei*. Jetzt schon wieder, du meine Güte. Er gab keine Antwort, sondern versuchte nur, sich an ihr vorbeizudrängen.

»Aber ich will es wissen«, sagte sie.

»Was denn wissen?«, gab er zurück, kehrte ihr den Rücken zu und starrte aus den großen Fenstern hinaus auf die Rollbahn. Draußen kreiste eine Vogelschar. Flog in geschlossener Formation hin und her, dann verschwand sie seitlich aus seinem Blickfeld und im knallblauen Himmel.

»Das war wirklich nicht böse gemeint, das in der Kirche«, sagte sie. »Ich hatte nur das Bedürfnis, etwas zu sagen. Du kannst doch kein dermaßen schlechtes Selbstbild haben, dass es dir Probleme macht, wenn ich etwas sagen möchte.«

»Das war ungeheuer geschmacklos«, sagte er und wandte sich zu ihr hin. »Du leistest dir Dinge, die sich für eine Polizeibeamtin einfach nicht gehören. Du bist irrational und gefühlsduselig.«

Im Flugzeug setzte er sich so weit von ihr weg, wie es überhaupt nur möglich war, ganz nach hinten, wo die Flugzeugmotoren gegen die Nackenstütze dröhnten. Er konnte durch den Lärm der Motoren sein Herz schlagen hören. Er starrte stur vor sich hin und bewegte sich nicht. Nicht einmal, als das Flugzeug sich in Bewegung setzte oder als es sein Tempo steigerte und abhob.

Der Umschlag war rosa, mit einem lila Rand voller winziger hellgrüner und gelber Nixen. Wiggo Nyman starrte den Brief an. Sein Name stand da in kindlicher Schreibschrift.

Noch einer, dachte er und merkte, wie sein Herz loshämmerte, wie sein Blut rhythmisch in seiner Halsschlagader pochte. Die Briefmarke klebte reichlich schief oben in der rechten Ecke.

Er sah Inga durch die Glastür, sah, dass sie draußen auf dem Parkplatz stand und auf ihn wartete. Sie wollten den Bus nehmen. Die Polizei hatte seinen Volvo noch nicht wieder freigegeben.

Seine Hand zitterte, als er den Brief aufriss. Seine Blicke jagten über das Blatt.

*Lieber Eismann.*
*Wir haben die Auskunft angerufen und die Nummer von deiner Arbeit bekommen. Direkt-Eis, du weißt schon! Und da haben wir nach deiner Adresse und wie du heißt gefragt. Wir haben gesagt, eine von uns hätte ihre Mütze in deinem Auto vergessen. Aber das stimmt doch überhaupt nicht, Mensch. Im Sommer tragen wir doch keine Mütze, Mensch. Aber wir haben ganz oft Eis von dir gekauft. Wir haben nichts von du weißt schon gesagt. Aber an dem Tag haben wir alles gesehen.*

*P. S. Patrik war ungezogen. Wir mochten ihn nicht, deshalb werden wir nichts sagen. Aber du musst uns Gratis-Eis geben. Ha, ha!*

*Zwei Nixen.*

Es war genau so ein Brief, wie er ihn fünf Tage zuvor erhalten hatte. Was wollten diese verdammten Drecksgören eigentlich? Er hatte versucht, das eine Mädchen anzurufen. Er hatte ihre Nummer bei der Auskunft erfragt. Es waren die beiden Mädchen vom Trampolin. Bestimmt waren es diese beiden. Er wusste nicht, welche von ihnen in dem gelben Haus wohnte, ob es die Rothaarige oder die Blonde war.

Er lief wieder die Treppen hoch und schloss seine Tür auf. In dem kleinen Vorraum blieb er für einen Moment stehen. Der Bus fuhr erst in zehn Minuten. Die Luft war schwer und stickig. Er rannte hinein und stopfte den Brief in eine kleine Schublade.

Wiggo Nyman fing im Spiegel über dem Sofa seinen eigenen Blick auf. Er war dünner geworden. Vielleicht sollte er am Nachmittag nach Maridalen fahren?

Elna war tot. Gestern war sie zu Hause in Lettland begraben worden. Er spürte die Angst wie einen stechenden Schmerz im Zwerchfell. Tot, sie war tot. Eiskalt und still lag sie in einem Sarg unter vielen Schichten Erde.

Er ließ sich auf das Schlafsofa fallen und atmete tief durch. Er hörte Ingas leichte Schritte auf der Treppe.

Sie erschien in der Türöffnung und sah ihn fragend an. Sie zeigte auf ihre Uhr. »Der Bus«, sagte sie.

Er rappelte sich auf und schnitt eine Grimasse. Etwas, das an ein Lächeln erinnern sollte.

Roger Høibakk verließ den Fahrstuhl. Birka, die er an einer straffen Leine hielt, wedelte mit dem Schwanz. Ihre Freude über das Wiedersehen mit Marian war unübersehbar. Der sonst so gut erzogene Hund konnte seine Begeisterung nicht verbergen. »Herrgott«, sagte Roger Høibakk. »Man könnte meinen, du wärst ein Jahr weggewesen. Hundedussel, das waren doch nur zwei Tage.«

Marian lachte laut und stützte die Hände auf die Knie. Der Boxer sprang herum und drückte sich an ihre Beine, jagte seitlich über den Gang und kam wieder zurück, während er vor Freude bellte und heulte. Marian ging in die Hocke und streichelte den überglücklichen Hund.

Cato Isaksen saß in seinem Büro und begriff nur zu gut, was sich da draußen auf dem Gang abspielte. Er war sauer auf alle anderen. Mit Roger hatte er niemals privat zu tun gehabt, es hatte niemals irgendwelche Vertraulichkeiten zwischen ihnen gegeben. Aber dennoch. Das mit dem Hund war ein Verrat.

Er stand auf und ging ans Fenster. Die Bäume draußen veränderten immer wieder ihre Farbe. Der Wind stülpte die Blätter um und gab den Kronen dauernd neue Farbnuancen. Hinten bei der Kirche zog eine Frau einen großen Zwillingswagen hinter sich her. Überall Kinder. *Drei Freunde sind vielleicht einer zu viel. Sie wissen, wie Kinder sein können.* Freunde und Feinde. Erwachsene und Kinder hatten Feinde. Für einen Moment ging es Cato Isaksen auf, dass Marian Dahle in erster Linie vielleicht ein Symptom war, dass sie in ihm eine Wut auslöste, die er erst richtig einordnen musste. Sie war *die eine* zu viel. Konnte es sein, dass sie einen persönlichen Rachefeldzug gegen ihn führte? Oder war er vielleicht einfach kindisch und überempfindlich?

Vielleicht versuchte sie auch nur, gute Arbeit zu leisten. Statt sich auf den Fall zu konzentrieren, hatte vielleicht er einen persönlichen Rachefeldzug gegen sie geführt. *Er* wusste es und *sie* wusste es, aber die anderen verstanden die Signale nicht, begriffen nicht so recht, was zwischen ihnen beiden ablief. Und das war ja vielleicht nur gut so.

Plötzlich stand Roger Høibakk in der Tür. »Hallo, Chef. Stell dir vor, ich musste diesen verdammten Boxer doch wirklich zur Vertragsunterzeichnung mitschleifen. Hab jetzt eine Wohnung, in Tåsen.«

Cato Isaksen drehte sich zu ihm um. »Meinen Glückwunsch«, sagte er kurz.

»Dreckshund.« Roger lächelte. »Übrigens hat eine Menge in der Zeitung gestanden, als ihr weg wart. VG und Dagbladet hatten mitbekommen, dass ihr in Lettland wart, sie schreiben über Juris Tschudinow und dass er von Interpol gesucht wird. Sie haben auch mehr als nur angedeutet, dass Patrik Øyes Verschwinden etwas mit dem Fall Elna Druzika zu tun haben kann. Also wissen jetzt alle alles. Verdammt nochmal, hier sickert so viel durch, es ist schier zum Heulen.«

»Ich habe jedenfalls Tschudinows Fingerabdrücke«, sagte Cato Isaksen. »Sein Wecker ist schon bei der Technik, und die haben gemeldet, dass es gute Abdrücke sind.«

Asle Tengs schaute herein. »Dann sehen wir uns doch mal die Videoaufnahmen aus der Moschee an.«

*

»Da hast du Noman«, sagte Asle Tengs und zeigte auf einen Mann am äußersten Bildrand. Cato Isaksen beugte sich näher zum Bildschirm vor. »Diese Jungs sehen sich so verdammt ähnlich.« Unten in der linken Ecke tauchten einige rote Zahlen auf. »Kann man die Zeitangaben frisieren?«

Asle Tengs schüttelte den Kopf. »Ich hab jetzt vorgespult. Die Aufnahmen sind genau zu dem Zeitpunkt gemacht worden, zu dem Druzika angefahren worden ist. Tony und ich haben auch mit den Ehefrauen gesprochen. Da siehst du sie übrigens beide«, er zeigte auf den Bildschirm. Cato Isaksen starrte zwei Frauen an, eine mit einem roten langen Kleid und eine mit einem gelben. »Die in dem roten Kleid ist Ahmeds Frau. Mir kommt sie ein wenig eingeschüchtert vor. Sie hat beteuert, dass ihr Ehemann dabei war. Da siehst du ihn übrigens. Ich halte den Film an, dann kannst du genauer hinschauen.«

Cato Isaksen kniff die Augen zusammen. »Siehst du da eine Ähnlichkeit? Das könnte doch wirklich jeder sein. Und ich habe noch nicht mal mit ihm gesprochen.«

»Das ist es ja gerade«, sagte Asle Tengs. »Weil er halb mit dem Rücken zur Kamera steht, ist es nicht gerade leicht zu sehen. Aber seine Jacke ist recht auffällig. Wir waren bei ihm zu Hause, und da hing die Jacke. Seine Frau hat sie uns gezeigt.«

\*

Tony Hansen räusperte sich. »Ich habe vor allem Wiggo Nyman im Auge behalten, seit die beiden Fälle zusammengeführt worden sind. Ich habe keine besonderen Beobachtungen gemacht. Er fährt zusammen mit Inga Romualda zur Arbeit, fährt den Eiswagen und schaut abends bei seiner Mutter vorbei. Das ist alles. Mit Ronny Bråthen war er in der ganzen Zeit nicht privat zusammen.«

Roger Høibakk sah ihn an. »Verdammt, du bist ja vielleicht braun, Tony, gehst du ins Solarium?« Tony Hansen lächelte kurz. »Na und?«, fragte er. »Ich trainiere im Studio. Helden, die dem Winter die Stirn bieten müssen, du weißt schon.«

Roger beugte sich über den Tisch und wollte schon eine Antwort geben, als Ingeborg Myklebust den Raum betrat. »Hallo allesamt«, sagte sie munter. »Wie war's in Lettland?«

Cato Isaksen schaute kurz zu Marian Dahle hinüber. »Da ging alles nach Plan«, sagte diese rasch.

Ingeborg Myklebust sah Cato Isaksen an, der starrte zurück. »Ja«, sagte er. »Alles ging gut. Wir haben bekommen, was wir brauchten.«

»Gut.«

Cato Isaksen sah Randi Johansen an.

»Und ihr habt mit Patrik Øyes Vater gesprochen, während wir weg waren?«

»Ja, er war im Krankenhaus, als der Junge verschwunden ist. Sympathischer Typ, aber die Beziehung zwischen den Eltern ist nicht gut. Es war offenbar eine üble Scheidung. Er sagt, die Mutter, Signe Marie Øye, sei ein wenig neurotisch. Ich weiß nicht ... du hast doch mit ihr gesprochen, Cato?«

»Ja«, sagte Cato Isaksen rasch. »Aber neurotisch ... ich weiß nicht so recht, ob ich sie so nennen würde. Unter diesen Umständen, meine ich. Sie ist natürlich einfach am Boden zerstört.«

»Er arbeitet jedenfalls bei einem Verlag, in dem Zeitschriften erscheinen«, sagte Randi jetzt. »Wie gesagt, er lag mit Blinddarmentzündung im Krankenhaus von Bærum, als sein Sohn verschwunden ist, ihn können wir also vergessen. Er hat seinen Sohn nicht entführt. Der Polizeidistrikt Asker und Bærum hat natürlich schon vor uns alle Möglichkeiten abgeklopft. Interpol glaubt noch immer, dass Juris Tschudinow sich in Schweden aufhält. Jetzt haben wir ja auch seine Fingerabdrücke und sein Foto. Natürlich ist es sehr gut möglich, dass er von Schweden nach Norwegen gekommen ist.«

Ellen Grue wischte sich mit einem Erfrischungstuch über den Hals. »Wir untersuchen noch immer Wiggo Nymans Auto«, sagte sie. »Gehen davon aus, dass wir es morgen freigeben können. Nyman hat schon dreimal deshalb angerufen.«

»An dem Auto sind also keinerlei Spuren zu finden«, Ingeborg Myklebust sah sie an.

»Eigentlich nicht«, sagte Ellen Grue. »Keine Spur von dem verschwundenen Jungen jedenfalls. Aber wie gesagt, wir sind noch nicht fertig.«

»Wir müssen eben zielstrebig arbeiten, uns auf konkrete Dinge konzentrieren«, sagte Cato Isaksen entschieden. »Wir wissen ja aus früheren Fällen, dass oft die seltsamsten Zufälle den Ausschlag geben. Ich will unbedingt wissen, wo dieser Juris Tschudinow steckt. Wenn er wirklich nach Norwegen gekommen ist, müssen wir ihn uns schnappen. Das war übrigens eine ganz besondere Reise nach Lettland. Alles weist darauf hin, dass Elna Druzika ein stiller und vorsichtiger Mensch war. Ich kann mir eigentlich nicht vorstellen, dass sie irgendwelche Feinde gehabt haben kann.«

»Aber das mit diesem Eismann wäre doch sicher ein zu großer Zufall? Oder was?« Ingeborg Myklebust verbreitete sich nun ausgiebig über mögliche Zusammenhänge zwischen beiden Fällen. Cato Isaksen fiel ihr schließlich ins Wort.

»Talkshow«, flüsterte Roger Høibakk Tony Hansen zu, welcher sofort rot anlief und vorgab, diese spitze Bemerkung nicht gehört zu haben. Er starrte seine Chefin voller Bewunderung an. Es erfüllte ihm mit einer gewissen Ehrfurcht, nun zum besten Team der Mordsektion zu gehören.

»Wir blasen die Überwachung von Nyman bis auf weiteres ab, Tony«, sagte Cato Isaksen. »Wir müssen noch einmal mit dem einzigen Zeugen sprechen, diesem Sicherheitsmann. Und Asle, du kümmerst dich um die Khan-Brüder. Schnapp dir noch weitere Zeugen, die an dem Abend in der Moschee waren. Hol Ahmeds Frau zur Vernehmung. Hier im Haus, dann kapiert sie vielleicht, dass die Sache ernst ist. Ich fahre heute Nachmittag noch einmal nach Høvik und versuche, mit dieser verflixten Zeugin zu sprechen. Dieser alten Dame in dem überwucherten Garten, Vera Mattson. Ich war schon zweimal vergeblich bei ihr, sie macht einfach nicht die Tür auf. Und dann will ich auch nochmal zu den beiden Jungen. Zu Klaus und Tobias.«

»Ich komme mit«, sagte Marian Dahle.

»Das tust du absolut nicht«, gab Cato Isaksen schroff zurück. Besaß sie denn überhaupt kein Anstandsgefühl? Kapierte sie rein gar nichts? »Ich mach das auf dem Nachhauseweg. Und dann würden wir doch zwei Autos brauchen.«

»Das macht nichts. Ich betrachte das als Spaziergang. Ich kann danach Birka im Veritaspark laufen lassen. Sie sitzt gerade im Wagen unten in der Tiefgarage. Ich fahre an den Wochenenden oft nach Høvikodden und zum Veritaspark, ich kenne mich da also aus.«

Cato Isaksen starrte sie aus zusammengekniffenen Augen an.

Ingeborg Myklebust runzelte die Stirn.

»Diese Reise nach Lettland war also doch kein ungetrübter Erfolg, wie mir scheint.«

Cato Isaksen gab keine Antwort. Ihm war plötzlich ein Gedanke gekommen. Was hatte Milly Bråthen noch gesagt? *Niemand hier wollte Elna etwas Böses. Der Ronny hat im Frühling sein Abi gemacht.* »Wartet mal einen Moment«, rief er. »Ronny Bråthen hat im Frühling Abi gemacht. Und Abiturienten fahren bei ihren Feiern rote Autos.«

Louise lag nackt im Bett und hatte wie zum Schutz die Decke bis an ihr Kinn gezogen. Die Luft war so warm, dass das Atmen fast wehtat. Das Rascheln des Fliederbuschs kam durch das offene Fenster. Sie hörte die Insekten in den Himbeersträuchern surren. Nur noch eine kurze Woche, dann würden die Schulferien beginnen. In vier Tagen würden sie auf Klassenfahrt gehen. Für einen kurzen Moment war sie weit weg, dann riss sie die Augen auf. Der Eiswagen läutete. Das war der Eiswagen! Sie spürte, wie ihr Herz schneller schlug. Sie sah den Eiswagen vor sich. Die dunkelblaue und rosa Schrift auf der Seite. *Direkt-Eis, mit dem Geschmack der Sterne.* Plötzlich fiel ihr ein, dass sie von Wiggo geträumt hatte, sie war für einen Moment eingeschlafen und hatte geträumt, dass sie so schnell sie konnten nebeneinander herliefen. Sie waren winzigklein und sprangen auf dem Eiswagen auf und ab, durch die Sterne. Der Eiswagen war eine Kirche, ein hellblauer Turm auf Rädern.

Es wurde wieder still. Jetzt hielt er oben an der Kreuzung. Jetzt strömte die Kundschaft herbei, um Eis zu kaufen.

Alles war anders geworden, seit Patrik verschwunden war. In der vergangenen Woche hatte der Vater sie mit einem ganz besonderen Blick angesehen. Als glaubte er, sie wisse etwas. Die Mutter auch. Beide waren schlecht gelaunt und reizbar, behaupteten, sie mache freche Bemerkungen. Und sie solle sich ja in Acht nehmen. Weil sie ein schlechtes Gewissen hatte, war sie sicher, dass die beiden ahnten, dass etwas nicht stimmte. Es war, wie um Probleme zu bitten. Die Eltern sagten Dinge, die Louise nicht ausstehen konnte, wie »werden sehen«. Was gesagt wurde, um Kinder zum Verstummen zu bringen, was eigentlich »nein« bedeutete.

Der Vater interessierte sich nur für Sport. Er wollte die ganze Zeit joggen und trainieren und Golf spielen. Er fand Louise faul. Alles hing zusammen: Die Eltern hatten keinen Respekt mehr vor ihr. Sie wollten nicht auf sie hören, sie wollten nur ihren eigenen Willen durchsetzen. Sie durfte sich nicht einmal aussuchen, was sie anziehen wollte. Deshalb wollte sie ihre Eltern bestrafen. Sie wollte Dinge tun, die sie nicht durfte. Bald würden die Sommerferien beginnen. Sie hatte unregelmäßige Verben und Mathe ja so satt.

Die weißen Shorts und die rosa Bluse mit den drei Knöpfen oben am Hals waren achtlos auf den Boden geworden worden. Im Bücherregal saß Bittelise, die Puppe, die sie zu ihrem vierten Geburtstag bekommen hatte und von der sie sich einfach nicht trennen wollte. Womit Ina sie immer wieder aufzog.

Sie schlug die Decke beiseite und stand auf. Sie hatte sich schon wieder mit ihrer Mutter um Kleider gestritten. An der Wand hing das große Bild, das sie von ihrem Hund gezeichnet hatte. Der Kopf mit den buschigen Ohren und der halboffenen Schnauze, aus der die witzige Zunge heraushing. Der Hund saß unter einem Baum und hatte eine rote Schleife um den Hals. Dennis war tot. Irgendwer hatte ihn totgeschlagen und dann in einen Graben geworfen. Sein Halsband war verschwunden. Der Vater war überzeugt davon, dass es die Nachbarin gewesen war, aber Louise wusste, dass das nicht stimmen konnte. Die Frau, die nie mit irgendeinem Menschen redete, konnte den kleinen weißen Hund nicht umgebracht haben.

Louise Ek ging unbekleidet durch die leeren Räume. Blieb stehen und betrachtete sich in dem großen Spiegel. Sie sah ihren Körper und ihr Gesicht an. Die Mutter hatte gesagt, sie sehe verwöhnt aus. Konnte das stimmen? Sie bekam jede Woche dreihundert Kronen Taschengeld. Das sei viel zu viel, fand die Mutter.

Louise schob den Finger in ihren Nabel. Sie hatte angefangen, an Babys zu denken, daran, dass sie irgendwann einmal ein eigenes Kind haben würde. Ihr Körper würde das Kind tragen, bis es reif wäre. Bittelise war so ein Kind, auch wenn sie ja nur eine Puppe war, aus Gummi und mit künstlichen Haaren.

Sie wollte nicht an Patrik Øye denken, das alles war so widerlich. Eigentlich hatte sie auch Ina ein wenig satt. Die brachte sie dazu, Dinge zu tun, die sie eigentlich gar nicht tun wollte. Einige Male schienen sie beide in etwas zu versinken, das sie nicht länger im Griff hatten. Als ob alles, was Ina anfasste, in Stücke fiel und nicht wieder zusammengesetzt werden konnte.

Milly Bråthen hörte Cato Isaksen zu, ohne ihn zu unterbrechen. Er stellte seine Fragen in rascher Reihenfolge. Hatte Ronny ein Abiturauto gehabt? Wo befand sich das jetzt? Wo befand Ronny sich?

Der Abzug über dem großen Herd rauschte. Draußen fuhr gerade ein Eiswagen vor. Cato Isaksen konnte sehen, dass Milly Bråthen wütend war. Sie drehte sich um und öffnete den Backofen, riss energisch die Tür auf. Dann nahm sie ein Backblech, schob es in die Rillen und knallte die Tür wieder zu. »Ich kann einfach kein gutes Rezept für einen Makkaroniauflauf finden. Alle glauben, das sei so einfach, aber das stimmt nicht. Es ist wirklich eine Kunst, einen guten Makkaroniauflauf zu machen.«

Inga Romualda kam mit zwei Tüten voller gefrorener Hähnchenschenkel aus dem Kühlraum. Als sie den Ermittler sah, fuhr sie zusammen. »Haben Sie etwas feststellen können? Wissen Sie, wer es war?«

Cato Isaksen wischte sich den Schweiß von der Stirn. »Nein«, sagte er. »Ich bin hier, um mit Milly und Ronny zu sprechen.«

»Der ist unterwegs.« Inga schaute kurz auf die Uhr. »Aber er kommt bald zurück, Milly, oder nicht?«

Milly Bråthen wusch sich mit harten, ruckhaften Bewegungen unter dem Wasserhahn die Hände. »Ich sag dem Ronny doch die ganze Zeit, er soll sich raushalten.«

»Woraus denn raushalten?«

»Aus allem Möglichen. Ja, er hatte ein Abiturauto.«

»Was für eine Marke?«

»Einen alten Mercedes. Platz für vier Personen. Die waren auch zu viert. Ich weiß nicht, wo der Wagen jetzt ist.«

Inga Romualda sah Milly entsetzt an. »Ronny …«, sagte sie.

»Nein«, sagte Milly Bråthen rasch. »Der hat damit nichts zu tun.«

Eine Fliege hatte sich vor einem der schmalen Fenster oben in der Wand gefangen. Sie brummte wütend hin und her. Cato Isaksen musterte die beiden Frauen. Inga Romualda legte die Hähnchenschenkel auf den Tisch und fing an, in einer Schüssel Thunfisch und Mayonnaise zu vermischen.

»Als ich zuletzt hier war«, sagte Cato Isaksen und sah Milly Bråthen an, »haben Sie etwas darüber gesagt, dass Gegensätze nicht unbedingt gefährlich sein müssen, dass sie es aber sein können. Wie haben Sie das gemeint?«

Ihre Augen wurden am Rand rot, während sie sagte: »Ich habe gesagt, dass es wie unser Essen ist. Eine Mischung aus Sauer und Süß. Gegensätze sind nicht zwangsläufig gefährlich, habe ich gesagt. Aber sie können es sein.«

Plötzlich kam Ahmed Khan aus seinem Büro. Es war deutlich, dass Cato Isaksens Anblick ihm überaus unangenehm war. Versuchte Milly Bråthen, ihm etwas über die beiden Brüder zu erzählen? *Gegensätze sind nicht zwangsläufig gefährlich. Aber sie können es sein.*

»Was ist denn jetzt schon wieder los?«, fragte Ahmed Khan.

Cato Isaksen starrte ihn an. War das der Mann, der im Video diese auffällige Jacke getragen hatte? Der, der sich halb abgewandt hatte? Es wäre möglich, das sah er jetzt. Es konnte aber auch jemand anderes gewesen sein.

Cato Isaksen streckte seine Hand aus.

Ahmed Khan nahm sie. »Ich will wissen, was hier passiert«, sagte er schroff. »Sie müssen mir alles sagen.«

Inga Romualda spülte unter dem Wasserhahn Eisbergsalat ab und zerschnitt Tomaten. Milly Bråthen schob eine Hand in einen Gummihandschuh und fing an, das Spülbecken zu scheuern.

»Erzählen Sie der Polizei lieber nicht, was die zu tun oder zu lassen hat«, sagte Cato Isaksen kühl.

Ahmed Khan wurde sofort ein wenig kleinlaut. »Aber es ist eine Beleidigung, in einem Raum voller Lebensmittel über den Tod zu sprechen«, sagte er.

Milly Bråthen ging zur Tür und riss sie sperrangelweit auf. Sommerluft drang in den Raum ein und nahm ein wenig von dem Essensgeruch mit hinaus. »Ich möchte jetzt jedenfalls mit Frau Bråthen sprechen«, sagte Cato Isaksen. »Wenn Sie gestatten?«

Inga Romualda zerschnitt zwei große Grapefruits. Sie schielte ängstlich zu Cato Isaksen und Ahmed Khan hinüber. Letzterer zog seine Autoschlüssel aus der Tasche, nickte dem Ermittler kurz zu, ehe er die Stahltreppe hinunterlief und zu seinem grauen Audi ging.

Milly Bråthens Gesicht war von Schmerz gezeichnet. »Ich glaube, das Abiturauto steht zu Hause bei Ronnys Kumpel«, sagte sie leise. Dann fing sie an zu weinen.

Die Erde war grau und trocken und lag hier und dort in Klumpen herum. Henning Nyman versuchte, keine Ähren plattzutreten. Am Ende des Ackers gab es einen Rand aus Blumen, und dahinter lagen die Brennnesseln vor dem verfallenen Gartenzaun platt auf dem Boden. Er achtete genau darauf, wohin er seine Füße setzte. Margeriten und roter Klee waren aufgrund der Dürre schon verwelkt. Es hatte zwar zwischendurch geregnet, aber viel zu kurz. Das Wasser war schon am nächsten Morgen in der Morgensonne verdunstet. Er stieg über den eingefallenen Zaun. Dahinter stand der Wald, dunkel und tief.

Er ging in den Wald und folgte dem Weg, bis es auf der anderen Seite wieder heller wurde. Am Ende erreichte er den Graben, wo Farn und Disteln wuchsen, dann konnte er auf der anderen Seite das rote Haus erkennen.

Henning Nyman wusste nicht, warum die Mutter den Schlüssel zu Helmer Ruuds Haus hatte. Sie hatte den Schlüssel vor vielen Jahren bekommen, als Henning noch klein gewesen war. Der Schlüssel hatte immer in dem kleinen Schlüsselschrank im Vorraum gehangen. So lange Henning sich erinnern konnte, hing er schon da. Und jetzt war Helmer Ruud ins Krankenhaus eingeliefert worden. Er war gestürzt, hatte sich den Oberschenkelhals gebrochen und würde erst in einigen Wochen nach Hause dürfen. Als die Mutter das erzählt hatte, hatte Henning sich auf den Weg zu dem leeren Haus gemacht.

Er dachte an seine Mutter. Dass Wiggo abermals zur Vernehmung bestellt worden war und dass sein Wagen abgeschleppt worden war, hatte ihr arg zu schaffen gemacht. Überhaupt wurde das alles zu viel, fand er. Eine Kindheitserinnerung flimmerte plötzlich durch sein Gehirn. Als der Vater sie damals verlassen hatte, hatte die Mutter klargestellt, dass sie mit niemandem über »die Probleme«, wie sie das nannte, reden durften. Sie sollten einfach sagen, der Vater sei geschäftlich in Amerika. Was er ja im Grunde auch war, nur war er eben niemals zurückgekommen. Er war als Verkaufsagent tätig, es ging um irgendeinen Haken, der Bahngleise festhalten konnte. Die Mutter hatte nie geweint, nachdem er verschwunden war, war jedoch bitter geworden. Henning hatte es schrecklich gefunden, ein solches Geheimnis bewahren zu müssen, darüber, dass der Vater niemals zurückkommen würde. Er hatte den Trauring der Mutter in ihrer alten Schmuckschatulle in ihrem Schlafzimmer gefunden. Immer schlief sie auf derselben Seite des Doppelbettes. Nach dem Verschwinden des Vaters war sie auf seine Seite übergesiedelt.

Helmer Ruuds Haus stammte aus den siebziger Jahren und war tiefrot angestrichen. Es war ein ganz normales Fertighaus mit Eingangstüren aus Buckelglas und einem ziemlich großen Balkon über der Garage. Vor dem Haus gab es einen großen Kiesplatz und einen hohen Kieshaufen. Helmer Ruud räumte im Winter die Waldwege und war für das Streuen verantwortlich. Deshalb stand der Traktor mit der Schneefräse auch im Sommer auf dem Kiesplatz. Helmer Ruud war zudem verantwortlich für die Schranke, die Unbefugte daran hindern sollte, durch das Erholungsgebiet zu fahren. Nur die Besitzer der in der Gegend gelegenen Ferienhäuser hatten einen Schlüssel.

Henning war schon früher in dem Haus gewesen, nach dem Verschwinden des Vaters hatte er seine Mutter zweimal dahin begleitet. Etwas dämmerte ihm jetzt, weit hinten in seinem Hinterkopf. Es war eine Erinnerung. Er versuchte, sich auf diese Erinnerung zu konzentrieren, aber sie entglitt ihm immer wieder.

In der kleinen Garage roch es muffig. Es war ein seltsames Gefühl, sich ohne Erlaubnis in einem fremden Haus aufzuhalten. Es gab keine Blumen, die gegossen werden mussten, auf nichts war aufzupassen. Es gab auch keine Haustiere.

Eine massive Holztür führte von der Garage ins Haus, aber Henning öffnete die Tür nach rechts und betrat die neben dem Windfang gelegene Waschküche. Dort gab es eine alte Waschmaschine und eine Bütte. Unter dem Ausgussbecken stand ein roter Plastikeimer. Der Hahn tropfte. Das Wasser lief aus dem Eimer über den Boden und dann zu dem verrosteten Abfluss an der Wand. Von der Waschküche führte eine Treppe in den Keller. Dort unten gab es mehrere Verschläge und Räume, aber keine Fenster. Die Kellertür war geschlossen. Er schob die Hand hindurch und machte Licht. Eine einsame Glühbirne beleuchtete die schmale schmutzige Kellertreppe. Es roch feucht und ein wenig nach Schimmel.

Er schaltete das Licht aus, schloss die Tür und verließ die Waschküche. Blieb eine Weile stehen und horchte auf die Stille. Dann ging er wieder auf den Flur und weiter ins Wohnzimmer. Die Luft im Haus war stickig, was ja auch kein Wunder war, da niemand dort wohnte. Der Esstisch war von Papieren überhäuft, hohe Haufen aus Totozetteln und Mitteilungen über die Waldwege und darüber, welche Hausbesitzer einen Schlüssel für die Schranke haben durften. Jacken und andere Kleidungsstücke waren achtlos über Stühle und Sofas geworfen. Das Spülbecken war vollgestellt mit schmutzigem Geschirr und einige alte Essenreste sonderten einen fauligen Geruch ab.

Durch die großen Wohnzimmerfenster sah er ein Stück Rasen voller Löwenzahn, dahinter ragten die schwarzen Tannen auf. Dort begann das Erholungsgebiet.

Der Geruch der Holzwände, der Möbel und des rußigen Holzofens hatte sich in seinem Gedächtnis eingeätzt. Henning versuchte noch einmal, sich auf die Erinnerung zu konzentrieren, aber sie entglitt ihm erneut.

Henning war nicht dumm genug, sich unnormal zu fühlen. Nicht, dass er mit Menschen nicht auf *normale* Weise umgehen könnte. Das war es nicht. Wenn das unnormal wäre, dann wären solche Zeitschriften nicht zu kaufen, dachte er.

Er hatte sie gleich am ersten Tag gefunden. In einer Schublade in einer alten Kommode, unten im Keller. Die Zeitschriften rochen nach Schimmel. Sie waren von der Feuchtigkeit verquollen. Die Bilder in Helmer Ruuds Zeitschriften zeigten Kinder. Das Mädchen auf der Titelseite der zuoberst liegenden Zeitschrift war nackt, von hinten gesehen, über ein Bett gebeugt. Mit roten Schleifen in den langen blonden Zöpfen. Sie sah Wiggos kleiner Freundin von damals, Nella, zum Verwechseln ähnlich.

Etwas stimmte nicht. Etwas, das er bemerkt haben müsste. Cato Isaksen spürte, wie die Irritation sich durch seinen Körper arbeitete. Das Sonnenlicht traf direkt auf den Bildschirm auf und machte es schwer, zu lesen, was dort stand. Er stand auf und zog mit einem harten Ruck den Vorhang vor. Dann ging er auf den Gang hinaus, um sich Kaffee zu holen, schloss danach die Tür und setzte sich wieder.

Ronny Bråthens Abiturwagen war bereits zur Untersuchung geholt worden. Er hatte bei dem Kumpel gestanden, wie Milly Bråthen gesagt hatte. Cato Isaksen wollte alle konkreten Fakten noch einmal durchgehen, denn nichts wies darauf hin, dass der alte Mercedes auf irgendeine Weise beschädigt worden war. Es war wirklich ein verdammtes Problem, dass sie nicht den Hauch einer Spur finden konnten. Konnte es ein Zufall sein, dass diese beiden Verbrechen ungefähr zeitgleich geschehen waren? Gab es Dinge, die er zwischen den Zeilen der beiden Ereignisverläufe im Fall Patrik Øye und Elna Druzika hätte lesen können? Details, die sie übersehen hatten? Dass Wiggo Nyman in beiden Fällen im Zentrum stand, konnte das denn wirklich ein Zufall sein? Wiggo Nyman war nicht vorbestraft. Und Ronny Bråthen, hatte er auf irgendeine Weise mit der Sache zu tun? Und die Khan-Brüder, was zum Teufel war mit denen los?

Er verspürte hinter seiner Stirn einen Schmerz, ein Ziehen, das von einer auf die andere Seite jagte. Er nahm eine Kopfschmerztablette. Es gab absolut keine Anzeichen für irgendeinen Durchbruch. Sie hatten lediglich Vermutungen, das war einfach nicht gut genug. Und keine Spur, in keinem der Autos, oder anderswo. Aber war es wahrscheinlich, dass Nyman, auch wenn er bisher niemals unangenehm aufgefallen war, mit den beiden Fällen nichts zu tun hatte? Glauben, oder *nicht* glauben. Auf jeden Fall war es eine Reihe von Zufällen, dachte er gereizt und beugte sich zum Bildschirm vor. Auf dem Heimweg würde er noch einmal bei Vera Mattson im Selvikvei sein Glück versuchen. Er würde an ihre Tür hämmern, bis sie aufmachte. Sie schien kein Handy zu haben, und bei ihrem Festnetzanschluss meldete sie sich nicht.

Patrik Øye war also am Montag, dem 3. Juni, auf dem Heimweg von der Schule verschwunden, genauer gesagt gegen drei Uhr nachmittags. Er hatte ein hellgrünes T-Shirt, Jeans und schwarze Turnschuhe getragen. Auf dem Rücken hatte er einen schwarzbeigen Rucksack mit einem grünen Streifen gehabt. Seine Eltern waren geschieden. Sein Vater wohnte in Valler, seine Mutter im Oldenvei. Der Vater hatte am betreffenden Tag im Krankenhaus gelegen, die Mutter arbeitete in einem Blumenladen im Høvik-Center.

Vera Mattson hatte den Jungen als Letzte gesehen …

Cato Isaksen schärfte seinen Blick und ließ seine Augen rasch über alle vorhandenen Informationen gleiten.

Der Polizeihund, der den Jungen gesucht hatte, hatte an einer Stelle auf dem Gelände des Selvikvei 38 angeschlagen. Aber genau dort hatte ein Hähnchenschenkel gelegen, über den der Hund sich natürlich sofort hergemacht hatte. Vielleicht hatte die Reaktion des Hundes also mit dem verschwundenen Jungen gar nichts zu tun gehabt. Am selben Tag war Müll abgeholt worden. Der Hähnchenschenkel war sicher herausgefallen, als die Müllmänner die Müllsäcke geholt hatten.

Patrik Øyes Schulkameraden, die unmittelbar vor seinem Verschwinden mit ihm zusammengewesen waren, Klaus und Tobias (*s. a. Nachnamen und Adressen, Kontaktpersonen, Eltern. Anmrk. unten*) bestätigen, dass sie den Eiswagen gesehen haben, dass der an der üblichen Stelle stand, dass sie jedoch daran vorbei und weiter durch den Garten des Selvikvei 38 und dann hinunter zum Oddenvei gegangen sind.

Plötzlich registrierte der Ermittler ein kleines Detail. Tobias hatte erzählt, dass Patrik ab und zu von der Schule aus einen anderen Weg nach Hause ging, dass sie sich dann an der Kreuzung trennten (*wo der Eiswagen immer hält*).

Patrik hatte manchmal das Gefühl gehabt, dass ihm jemand begegnen würde, hatte er gesagt. Er habe das niemals so direkt gesagt, wie Cato Isaksen nun lesen konnte, aber ab und zu hatte er von der Schule allein nach Hause gehen wollen. Und er hatte dann *nicht* die Abkürzung nehmen wollen. (*Vgl. Zeichnung und Beschreibung unten*) Am fraglichen Tag war er zusammen mit seinen Freunden die Abkürzung durch den Garten gegangen, hatte sich aber gefürchtet, als die Hausbewohnerin die Tür geöffnet und die Jungen beschimpft hatte. Die Freunde waren über den Zaun gestiegen, Patrik Øye hatte kehrtgemacht und war zur Straße zurückgelaufen.

Am fraglichen Tag, zum Zeitpunkt von Patriks Verschwinden, waren keine besonderen Autos beobachtet worden. Einige waren routinemäßig überprüft worden, ohne Ergebnis. Der Müllwagen hatte die Abfälle etwa zwei Stunden vor dem fraglichen Zeitpunkt abgeholt. Der Eiswagen hatte sich in der Gegend befunden, als der Junge verschwunden war.

Die beiden Jungen, Klaus und Tobias, erzählten, dass ihnen, ehe sie den Selvikvei erreicht hatten, ein herrenloser Hund begegnet war, groß und schwarz, möglicherweise ein Labrador. Einen Besitzer hatten sie nicht gesehen. Diesen Hund hatten sie vorher auch noch nie gesehen, aber Patrik, der eigentlich keine Hunde mochte, schien sich vor diesem nicht gefürchtet zu haben. Klaus und Tobias war auch aufgefallen, dass zwei Mädchen aus ihrer Schule im Garten von Nr. 37 (*gelbes Haus gegenüber von Nr. 38*) Trampolin gesprungen waren. Diese Mädchen wurden identifiziert als Louise Ek und Ina Bergum. Sie waren vernommen worden, hatten aber keine weiteren Auskünfte liefern können. Sie glaubten, sich zu dem Zeitpunkt, an dem Patrik Øye zurückgelaufen war, nicht im Garten aufgehalten zu haben. Die Freunde hatten etwa zehn Minuten auf Patrik gewartet, dann waren sie nach Hause gegangen. Erst gegen sechs Uhr abends hatte Patrik Øyes Mutter bei den Eltern von Klaus und Tobias angerufen und sich nach ihrem Sohn erkundigt.

Cato Isaksen fuhr sich müde über die Augen. Irgendetwas zupfte an seinen Gedanken. Etwas mit Hunden. Die Frau in dem gelben Haus hatte über spurlos verschwundene Hunde gesprochen. Und über einen Hund, der getötet worden war.

Er wählte die Nummer von Signe Marie Øye. Dort klingelte es lange, ehe sie sich meldete. Er fragte, wie es ihr gehe. Sie sagte, natürlich schlecht. Dann fragte er, ob sie wisse, ob Patrik manchmal auf dem Weg von der Schule nach Hause jemandem begegnet sei. Ob er sich mit jemandem getroffen habe. Er erwähnte, was Patriks Freunde bei ihrer Vernehmung ausgesagt hatten. Aber die Mutter schien nicht zu begreifen, wovon Cato Isaksen redete. Das galt auch für die Sache mit dem Hund. Patrik habe einen kleinen weißen Hund erwähnt, der ihnen nachgelaufen war, als sie sich durch den fremden Garten geschlichen hatten. Er habe sich vor diesem Hund gefürchtet, ihn danach aber schon lange nicht mehr erwähnt.

Cato Isaksen hielt einen Bleistift in der Hand und kritzelte auf einem Zettel herum. »Und Patriks zwei Freunde...«

In diesem Moment wurde an die Tür geklopft. Der Bleistift, den er auf das Papier gedrückt hatte, zerbrach. Er warf ihn irritiert auf den Tisch. Er rief »herein«. Es war Ingeborg Myklebust. Er bedankte sich bei Signe Marie Øye und versprach, sie anzurufen, sowie er mehr wüsste und beendete das Gespräch.

»Interpol glaubt, beweisen zu können, dass Tschudinow vor zwei Wochen in Schweden war«, sagte Ingeborg Myklebust. »Das bedeutet doch, dass er nach Oslo gekommen sein kann. Er kann ein rotes Auto gemietet haben, er kann es in Schweden gemietet haben. Wir müssen diese Spur weiter verfolgen. Da das Abiturauto mit dem Fall ja offenbar nichts zu tun hat.«

»Wir werden wohl bald aus Deutschland erfahren, was es für eine Automarke ist, dann sehen wir weiter. Wenn er vor zwei Wochen dort war, ist es nicht unwahrscheinlich, dass er sich noch immer in Norwegen aufhält.«

»In Lettland ist ja wohl offenbar alles gutgegangen«, sagte sie.

»Nein.«

»Ach, Cato, bitte.« Sie kniff die Augen zusammen.

*Bitte,* so hatte seine Mutter mit ihm gesprochen, als er noch klein gewesen war. Bei Ingeborg Myklebust fühlte er sich wie ein kleiner Junge, der immer wieder mit heruntergelassener Hose erwischt wurde. Und er spürte, dass sein Trotz dann stärker wurde als alles andere. »Sie ist unbrauchbar«, sagte er wütend. »Ich bleibe bei dem, was ich gesagt hatte. Sie spaltet unser Team.« Er würde jetzt nach Høvik fahren, ehe Marian Dahle auch nur Atem holen könnte. Wenn er eins sicher wusste, dann, dass sie ihn nicht bei seinem Besuch bei Vera Mattson begleiten würde.

»Kannst du nicht einfach aufhören«, sagte Ingeborg Myklebust. »Wir haben jetzt keine Zeit, um uns mit Personalangelegenheiten abzugeben, ihr müsst euch auf den Fall Druzika konzentrieren, und danach warten wir dann ab, wie es weitergeht. Ich habe ganz klar den Eindruck, dass die anderen sie mögen. Jetzt darfst du deine Zeit nicht damit verschwenden. Du musst dich ganz einfach an sie gewöhnen. Sie ist wirklich tüchtig, ob dir das nun passt oder nicht«, fügte sie hinzu.

Cato Isaksen erhob sich. »Ingeborg, wenn du mich loswerden willst, dann kann ich dir nur raten, so weiterzumachen wie jetzt.«

Åsa Nyman hatte den Eiswagen noch nie gesehen, sie hatte nur davon gehört. Jetzt sah sie ihn schon aus weiter Ferne. Sie stellte das Bügeleisen auf die Kante und trat dicht vor das offene Fenster. Der Wagen sah besser aus, als sie erwartet hatte. Hellblau, mit dunkelblauer, rosa und gelber Verzierung an den Seiten.

Sie warf einen raschen Blick auf die Uhr. In einer Stunde würde ein Ehepaar aus Grefsen seine Katze holen. Sie musste die Katze kämmen und ihr eine Portion rohen Seelachs geben, dachte sie.

Sie nahm das Bügeleisen und bügelte weiter. Die Tischdecke war grob und trocken und brauchte lange, um glatt zu werden. Der Stoff roch ein wenig nach Vanille.

Irgendwo in ihrem Kopf hörte sie ein dumpfes, dunkles Geräusch. Wie das tiefe Fauchen einer außergewöhnlich wütenden Katze. Das beunruhigende Geräusch erinnerte sie an etwas, das ihr Unterbewusstsein schon vor langer Zeit gespeichert hatte. Etwas, das nicht stimmte, etwas, das entsetzlich falsch war.

Als Wiggo die Haustür öffnete, stand seine Mutter noch immer in der Küche und bügelte. Sie machte an diesem Tag alles auf einmal, bügelte und kochte ein. Das Ganze hatte etwas Manisches, da sie sonst eher antriebslos war. Aber die Unruhe zwang sie jetzt dazu, sich die ganze Zeit neue Beschäftigungen zu suchen. Der süße überreife Geruch des Rhabarbers hing schwer im Gang draußen.

Wiggo ging in die Küche. Auf dem Herd stand ein Kessel voll Rhabarbermarmelade. Daneben lag ein hölzerner Kochlöffel. Die zähe Masse war auf die schwarze Herdplatte mit den weißen Pünktchen gespritzt.

Ob seine Mutter sauer war? Wie immer sah sie müde aus. Immer müde, dachte er verärgert. Ob sie nun draußen im Katzengehege war oder auf dem Hocker vor dem Küchentisch saß. Oder mit einem Bier unter der Eiche. Es war leicht zu sehen, dass sie auch an diesem Tag nicht in Form war. Sicher hatte sie ein wenig zu viel konsumiert. Ihn konnte sie nicht täuschen. Und jetzt bügelte sie und kochte gleichzeitig ein. Sein Zorn überschlug sich. Der bloße Gedanke, dass Inga zu Hause in der Wohnung auf ihn wartete, machte ihn so geil, er hätte in die Luft gehen können. Er musste versuchen, sich zu beruhigen.

»Warum siehst du so besorgt aus«, fragte er gereizt.

»Tu ich doch gar nicht.«

»Doch. Wo steckt Henning?«

»Henning ist nicht zu Hause«, sagte sie. »Darfst du privat mit dem Eiswagen fahren?«

»Nein«, sagte er. »Ich muss auch gleich weiter. Aber morgen bekomme ich den Volvo zurück. Wo steckt Henning?«, fragte er noch einmal. Ihr bloßer Anblick und der Geruch der süßen Marmelade machten ihn wütend. Noch vor zwei Wochen war er nicht so gewesen.

»Nein, ich weiß nicht ... er ist über das Feld und in den Wald gegangen. Ich stehe hier und bügele und koche Marmelade ein. Ich bin so unruhig, Wiggo, was ist denn nur los?«

»Nichts ist los, was soll denn los sein?«

»Aber warum haben sie dein Auto geholt?«

»Reine Routine. Morgen kriege ich es zurück, hab ich doch gesagt. Das haben sie gesagt. Reg dich ab, alles ist in Ordnung. Aber ich wollte Henning fragen, ob er morgen mitkommt.«

»Wohin denn?«

»Ach, einfach auf einen kleinen Ausflug. Trotz allem ist doch Sommer.«

»Ja, es ist Sommer.«

Wiggo gab keine Antwort. Er wollte den Bruder dabei haben, wenn er mit den beiden Mädchen sprach. Denn er wusste nicht, wie dieses Gespräch verlaufen würde. Sie nannten sich Nixen, aber er wusste, wer sie waren. Sie hatten ihm schon wieder so einen blödsinnigen Brief geschickt, in dem sie behaupteten, etwas gesehen zu haben. Aber sie konnten doch gar nichts gesehen haben, dachte er. *An dem Tag* war niemand in der Nähe gewesen. Da war er sich ganz sicher, nur diese Verrückte, die überhaupt nichts kapierte. Sie war mehrmals hinter dem Eiswagen hergelaufen, wenn er auf ihrem Hofplatz gewendet hatte. Sie hatte mit ihren großen Fäusten gegen die Seite des Wagens gehämmert. Einmal hatte sie ihn auch mit Kieselsteinen beworfen. Er hatte das Fenster heruntergekurbelt und erklärt, er werde sie anzeigen, und da hatte sie aufgehört. Aber ihr war allerlei zuzutrauen, das war ihr anzusehen. Ihr war allerlei zuzutrauen.

Vera Mattson zog die Spitzengardine zur Seite. Eine tote Fliege hing am Nylonstoff fest. Früher an diesem Tag hatte sie den Eiswagen gesehen, der mit laufendem Motor gleich vor dem Haus gestanden hatte. Sie hatte gesehen, wie der Eismann sich im Auto vorbeugte und zu dem gelben Haus hinüberschaute, ehe er im Rückwärtsgang auf den Hofplatz setzte und wendete. Sie wusste, wen er gesucht hatte. Diese beiden albernen Mädchen. Aber das Trampolin war leer.

Das war drei Stunden her. Jetzt passierte wieder etwas. Plötzlich tauchte in ihrem Garten ein Mann auf, wie ein Springteufelchen ragte er plötzlich vor ihrem Küchenfenster auf. Er schaute ihr voll ins Gesicht. Erschrocken fuhr sie zusammen, aber es war zu spät, um sich zu verstecken. Er hielt etwas hoch, mit der einen Hand. Es war ein Dienstausweis. Er war von der Polizei. Es war der Mann, der schon einige Tage zuvor um das Haus herumgestrichen war. Sie hatte keine Wahl, sie musste die Tür öffnen. Schauspiel, dachte sie. Ich muss eine andere sein, als ich bin. Wenn sie allein war und ihrer Phantasie freien Lauf ließ, konnte sie sich in den großartigsten Rollen und den feinsten Kostümen sehen. Sie konnte durch die Säle flattern. Sie war keine graue und langweilige Person, sie wollte nur nicht draußen im wirklichen Leben sein. Was sie tat, ging niemanden etwas an. Reichte es jetzt nicht bald? Wie oft würde sie das alles noch wiederholen müssen? Sie war jetzt immer so müde, schlief mehr als früher. Das hing sicher mit den ganzen Ereignissen zusammen.

Sie standen in der Küche. Weiter ins Haus wollte sie ihn nicht lassen. Cato Isaksen betrachtete die grobgebaute Frau. Er musterte die zusammengewachsenen Augenbrauen und die breite Stirn.

Er sah sich in der unordentlichen Küche um. Im Haus hing ein undefinierbarer Geruch. Etwas daran erinnerte ihn an Lettland. Fragmente des Geruchs, den er in den Häusern und Wohnungen dort wahrgenommen hatte. Eine Mischung aus Staub, Dreck und etwas *anderem*. »Warum stehen Sie die ganze Zeit am Fenster?«, fragte er.

»Ich stehe wirklich nicht die ganze Zeit am Fenster. Und darf man jetzt nicht einmal mehr aus dem eigenen Fenster blicken? Darf die Polizei einen zu jeder Zeit belästigen?«, fragte sie mit monotoner Stimme.

»Ja«, sagte Cato Isaksen. In diesem Moment bekam er eine SMS. Er zog sein Telefon hervor, die Nachricht stammte von Marian. *Wo steckst du? Wir wollten doch zusammen fahren!* Er drückte die Meldung weg und sah wieder Vera Mattson an. »Die Polizei darf Sie durchaus belästigen, wenn es notwendig ist.«

»Ich habe alles gesagt«, sagt sie seufzend.

»Sie haben den Eiswagen bei keiner der Vernehmungen bisher erwähnt.«

»Vernehmungen, das waren doch keine Vernehmungen. Sie haben ganz normal mit mir gesprochen. Und der Eiswagen, was hat der dann damit zu tun?«

»Sie lesen doch sicher Zeitung? Warum haben Sie nicht gesagt, dass der Eiswagen auf Ihrem Hofplatz wendet? Dass er ungefähr zu dem Zeitpunkt hier war, als Patrik Øye verschwunden ist? Dass er an *jenem* Tag hier war?«

Vera Mattsons Gesicht verdüsterte sich für einen Moment. Am besten, sie stellte klar, dass sie überhaupt nichts gesehen hatte. In der Regel gab es ja doch immer nur Ärger. Sie wollte ihre Ruhe haben. »Ich will einfach nicht in diese Sache hineingezogen werden, das habe ich doch schon gesagt«, erklärte sie irritiert. »Der Junge rannte doch wie ein Verrückter die

Straße entlang, nachdem der Eiswagen gefahren war. Das habe ich schon hundertmal gesagt. Seine Schultasche war viel zu schwer. Wie oft muss ich das noch sagen? Ich habe das doch gesehen. Der Eiswagen war hier gewesen und wieder gefahren. Der Müllwagen kommt montags ebenfalls her«, fügte sie hinzu.
»Hat der auch etwas mit dem Fall zu tun, was meinen Sie?«
Cato Isaksen musterte sie. »Sie haben bei der Vernehmung gesagt, er sei über die Straße gelaufen, aber nicht, dass er hinter dem Eiswagen hergelaufen ist.«
»Er ist auch nicht hinter dem Eiswagen hergelaufen. Der war doch schon gefahren, habe ich gesagt.«
In der Nacht hatte sie unter der weißen Wolldecke im Sessel geschlafen. Sie war gegen Mitternacht eingeschlafen und erst gegen Morgen aufgewacht, und weil sie unbequem gesessen hatte, waren ihre Muskeln steif und wund gewesen.
Cato Isaksen sah sie noch immer an. »Die Kinder haben Angst vor Ihnen«, sagte er. »Das haben mehrere von ihnen gesagt.«
»Ja, das kann schon sein. Hier schleicht sich keines mehr vorbei. Und darüber bin ich froh.«
»Dass der Eiswagen schon gefahren war, als Sie den Jungen gesehen haben, sind Sie sich da sicher?«
»Der war gefahren«, wiederholte sie monoton.
»Sie glauben also nicht, dass der Fahrer des Eiswagens auf irgendeine Weise in die Sache verwickelt sein kann?«
»Nein.«
»Aber können Sie mir sagen, warum der Eiswagen hier steht, ganz am Ende einer Sackgasse? Das kann doch kein guter Verkaufsort sein.«
»Der verkauft hier ja auch kein Eis. Haben Sie denn gar keine Ahnung? Der Eiswagen steht dort hinten.« Sie hob müde den Arm und zeigte. »An der Kreuzung, fast bei der Schule, da steht er. Aber wenn er weiterfahren will, dann ist es nicht so leicht, zurückzusetzen, deshalb fährt er weiter bis hierher. Und dann

wendet er auf meinem Hofplatz.« Sie beschrieb mit einen Arm einen Bogen. »Setzt auf meinen Hofplatz zurück, weil ich zufällig kein Tor mehr habe. Das war verrostet, deshalb musste ich es abnehmen lassen. Schlimm, dass ich mir ein neues Tor kaufen muss, nur weil ich meine Ruhe haben will. Das hier ist Privatbesitz.«

Cato Isaksen blickte sie fragend an. »Haben Sie jemals bei dem Wagen Eis gekauft?«

Sie schloss für einen Moment müde die Augen. Am liebsten hätte sie nicht einmal ihren Garten verlassen, aber natürlich musste das manchmal sein. Wenn es eben sein musste. Wenn sie einkaufen musste oder in der Post etwas zu erledigen hatte. »Ich habe von dem Wagen noch nie Eis gekauft«, sagte sie.

Louise Ek saß auf einem grünen Frotteehandtuch am Veritasstrand. Ein Mann ging vorbei, er trug eine Kamera um den Hals. Er starrte sie an, dann wandte er sich ab. Hinter ihm trottete ein schwarzer Hund. Das Wasser war unruhig. Die Nachmittagssonne war so blass, dass sie an ein weißes Loch im Himmel erinnerte. Louise kniff die Augen zusammen und zählte Möwen und Boote. Nach der Schule waren sie und Ina schnell nach Hause gelaufen, um Badesachen und Fahrräder zu holen. Sie wollten zum Strand. Sie hatten selbstgebackene Rosinenbrötchen und Cola mitgenommen. Die Lehrer hatten es aufgegeben, an diesen letzten Tagen von den Kindern noch Konzentration zu verlangen. In der Schule wurde nur noch gejuxt. Sie dachte an die Klassenfahrt, die sie vor den Ferien noch unternehmen würden. Sie würden über Mittsommer zum Burudvannet fahren. Dort würden sie in kleinen Zelten übernachten, zu zweit oder zu viert. Sie und Ina würden ein Zweipersonenzelt nehmen.

Hinten auf der Straße hatte ein Mann gestanden und sie betrachtet, als sie vorhin vorübergefahren war. Sie hatte die Tasche über ihrer Schulter geradegezogen und den Fahrradlenker fest gepackt. Ina hatte bei der Kreuzung auf sie gewartet. Plötzlich fiel ihr ein, wer dieser Mann gewesen war. Der Polizist, der wegen Patrik Øyes Verschwinden in der Schule gewesen war. Er hatte hinten beim Bagger mit ihr und Ina gesprochen, er hatte diese vielen seltsamen Fragen gestellt. Louise wollte nicht an Patrik denken, das war alles so widerlich. Immer, wenn sie an ihn dachte, musste sie in der nächsten Sekunde an den Eiswagen denken.

Ihr schauderte, und sie drehte sich um und kam auf dem

Bauch zu liegen. Plötzlich hörte sie die kleine Melodie ihres rosa Telefons. Eine SMS. Sie kam auf die Knie und griff nach dem Telefon. Drückte auf »yes«, sodass der Text auf dem Display erschien. *Was ist mit morgen Abend, Gruß, Wiggo.*

Louise Ek schloss die Augen und spannte den Rücken an. Er hatte sich ihre Handynummer besorgt. Das überrumpelte sie jetzt wirklich. Sie sprang auf und lief zum Wasser hinunter. »Ina«, rief sie. »Ina.«

Ina drehte sich um. Sie stand bis zu den Waden im Wasser und sprach mit einigen anderen Mädchen aus der Schule. Direkt vor ihrem Fuß lag ein kleiner toter Fisch. Der glitt langsam hin und her.

Louises Herz hämmerte dermaßen, dass es in ihrem Hals wehtat. »Ina«, rief sie. »Komm!«

Ina lächelte die Mädchen an, drehte sich um und kam ihrer Freundin entgegen. Sie war triefnass.

»Er«, sagte Louise eifrig und schwenkte ihr Telefon. »Eine SMS von *ihm*. Was soll ich antworten?«

»Von Wiggo? Gar nichts, natürlich«, sagte Ina. »Wir wissen doch nicht, was er will.«

»Ich muss doch antworten.«

»Das musst du nicht. Du musst die SMS löschen, damit deine Mutter sie nicht entdeckt.«

Louise hielt ihr das Telefon hin, damit sie die Nachricht selbst lesen konnte.

»Nicht antworten«, sagte Ina noch einmal. Dann lachte sie. »Oder schreib, dass du kommst, dass wir beide kommen.«

»Nein«, sagte Louise. »Ich antworte nicht.« Sie löschte die Nachricht. »Irgendwas stimmt nicht mit ihm. Ich vertrau ihm nicht.«

Ina zuckte mit den Schultern und lief zurück zum Wasser. Sie ging wieder hinein und blieb bei ihren Schulkameradinnen stehen. Sie sah die kleinen Steine auf dem Boden an. Der Sand war grob, wurde aber immer feiner, je weiter man hinausging.

Einen Moment lang schien die Sonne ganz verschwinden zu wollen, aber dann fand sie plötzlich ein kleines Loch in der Wolkendecke.

Louise legte sich wieder auf das Handtuch. Ihr Puls pochte in den blauen Adern, wo die Haut am dünnsten war, am Handgelenk. Sie drehte sich auf den Bauch und bereute, die SMS gelöscht zu haben. Die war doch auch ein wenig spannend gewesen. Sie wusste genau, was draußen in der Welt auf sie wartete. Ihr wurde abwechselnd heiß und kalt, wenn sie daran dachte. Louise spürte die Blicke, die sie trafen, wenn sie in den Laden ging. Vor allem, wenn sie sich *so* anzog. Die Mutter nannte es *so*. »Wenn du dich *so* anziehst«, konnte sie vorwurfsvoll sagen, »darfst du dich nicht wundern, wenn eines schönen Tages etwas passiert. Eines schönen Tages, du meine Güte.«

Louise fühlte sich immer durchschaut, wenn ihre Mutter so anfing. Sie stritten sich. Sie stritten sich im Moment sehr oft. Und bald waren Sommerferien. Sie würden für drei Wochen nach Italien fahren. Drei Wochen ohne Ina.

Louise dachte daran, wie sehr sie die Mutter hasste, wenn die ihr Vorwürfe machte, wenn sie ihre Kleidungsstrategien durchschaute, oder auch andere Strategien. Aber der Vater war noch schlimmer. Wenn sie nur daran dachte, taten ihr die Knochen im Handgelenk weh. Es war widerlich, wenn der Vater fragte, was sie *eigentlich* machte. Als ob sie überhaupt etwas machte. Wenn der Vater ihre Hüften ansah, ihre Hose, die nur das allernötigste bedeckte. Die Mode sei nun mal so, sagte sie. Es sei doch nicht ihre Schuld.

Aber jetzt hatte Wiggo ihr eine SMS geschickt. Nicht, dass er so besonders toll wäre, das war er wirklich nicht. Er hatte einige ziemlich fiese Aknenarben auf der einen Wange. Aber er sah sie mit einem ganz besonderen Blick an. Der ähnelte zum Verwechseln dem Blick, den sie ab und zu im Spiegel in ihren eigenen Augen vorfand. Als sei sie hin und weg. Von sich selbst.

Signe Marie Øye starrte Patriks Foto an. Plötzlich fiel ihr ein Traum der vergangenen Nacht ein, in dem Patrick sich in ein kleines weiches Pelztier verwandelt hatte, das zwischen Grashalmen und Blättern über den Waldboden lief. Sonnenstrahlen fielen durch das Blattwerk der dichten Bäume und zeichneten gelbe Streifen auf die braune Erde. Und während Patrik einige vorsichtige Sprünge machte, fiel plötzlich ein großer Schatten über ihn. Es waren die Flügel eines Raubvogels. Und plötzlich hatte der das weiche kleine Tier mit seinen groben Krallen gepackt. Doch dann, genau in diesem Moment, klickte ein metallisches Geräusch durch ihren Traum. Wie eine große Schere, die sich schloss. Das Klicken einer Tierfalle. Sie war aus dem Schlaf hochgefahren und hatte sich auf dem Sofa aufgesetzt, das Geräusch war so echt gewesen.

Und wenn sie jetzt an diesen Traum dachte, hörte sie noch immer das Rauschen der großen Flügel. Und das Klirren der Tierfalle erklang in ihrer Erinnerung. Wieder und wieder.

Sie war keine gute Mutter gewesen. Konnte das nicht gewesen sein, wo er einfach so verschwunden war. Sie lief einfach nur im Haus hin und her. In der Hitze, Tag für Tag. Ihre Kolleginnen schickten ihr kleine Briefe und Blumen. Das war fast albern. Sie war doch Blumenverkäuferin, da brauchten sie wohl nicht … aber was half das schon? Nichts half. Sie konnte keinen seiner kleinen Schulkameraden mit nach Hause nehmen und so tun, als sei das ihr Kind.

Wann immer sie sein Zimmer betrat, brach wieder die Angst über sie herein. Würde er jemals zurückkehren? Würde er jemals wieder in seinem Bett liegen?

Und die Dinge im Wohnzimmer, alles hatte sich verändert.

Das Sofa war nicht mehr das Sofa, das immer dort gestanden hatte. Die Möbel hatten ihren Körper gewechselt. Alles war zu klein geworden. Der Teppich, der früher beige mit braunen Feldern gewesen war, war jetzt braun mit beigen Feldern. Und die Tischdecke sah aus wie eine andere. Sie konnte sich nicht daran erinnern, dass die Fäden im Stoff ein so deutliches Muster ergeben hatten. Im Haus roch es anders. Als sei sie ein Giftsprühgerät, das hin und her wanderte und Finsternis verbreitete. Denn *sie* war es, von der der Geruch stammte, das merkte sie, wenn sie abends unter der Dusche stand, ihr Körper sonderte jetzt einen scharfen Geruch ab.

Sie ging zu dem Foto, das an der Wand hing. Dem Bild, das die Polizei an einem der ersten Tage mitgenommen und kopiert hatte. Das Bild war in jeder einzelnen norwegischen Zeitung gedruckt und von jedem Fernsehsender gezeigt worden. Ihr schöner Junge. Seine weißen Haare, die großen Vorderzähne und die Augen, wie zwei dunkle Riesen.

Sie setzte sich auf das Sofa. Eine Zeitung lag aufgeschlagen auf dem Couchtisch. Sie beugte sich vor und sah die Todesanzeigen an, die vielen kleinen viereckigen Anzeigen mit Kreuzen und fremden Namen. Sie kniff die Augen zusammen und sah Patriks Namen vor sich. Darüber sollte kein Kreuz stehen, sondern ein Herz. *Patrik Øye. Innig geliebt. Nur sieben Jahre alt …* Sie hatte ein Gedicht gefunden, das sie verwenden könnte. *Steht nicht an meinem Grab und weint. Ich bin nicht dort. Ich schlafe nicht. Ich bin tausend wehende Winde … Sonnenlicht auf reifem Korn. Ich bin der sanfte Schein der nächtlichen Sterne. Steht nicht an meinem Grab und weint. Ich bin nicht dort.* Plötzlich schrie sie, als sei ihr Hals eine Schleuse, über die sie keine Gewalt hatte. Sie presste die Hände auf ihren Mund, um das Geräusch zu ersticken, aber es gelang ihr nicht. Das Geräusch presste sich durch ihre Kehle nach oben. Fremd und vertraut zugleich. Sie hatte keinerlei Kontrolle mehr über ihre eigene Stimme. Jetzt starb auch sie. Konnte der Tod des einen Menschen einen anderen Menschen sterben lassen?

Ein plötzliches Geräusch ließ sie aufspringen und durch das Zimmer rennen. Ein vertrautes Geräusch. Der Ball gegen die Wand. Der Ball gegen die Wand. Sie stürzte zur Verandatür und riss sie auf. Dann ging sie langsam hinaus. Durfte das hier nicht dadurch zerstören, dass sie zu schnell ging.

Die Jungen standen hinter dem im Gras liegenden Ball. Patriks Ball. Sie sahen sie aus großen Augen an. Ihre Gesichter waren nur verschwommene Flächen. Klaus und Tobias. Tobias und Klaus. »Ist Patrik jetzt wieder da«, fragte einer von beiden. Sie spürte, wie ihre Knie zu zittern begannen. »Seid ihr nur gekommen, um *das* zu fragen?«, rief sie.

Gunnhild Ek rannte mit dem rosa Mobiltelefon ihrer Tochter in der Hand die Treppe hinunter. Sie war barfuß und ihre Füße klatschten über die Treppenstufen. Ein erwachsener Mann hatte versucht, sich mit ihrer Tochter zu treffen. Er hatte eben ihr Telefon angerufen. Die Mutter hatte sich gemeldet und der Mann hatte gefragt, ob er hier mit der Nixe spreche. Er hatte sie für Louise gehalten. Er hatte gefragt, ob sie sich treffen könnten, und dann hatte er sofort aufgelegt, als ihm aufgegangen war, wer sie in Wirklichkeit war.

Louise lag auf dem Rücken auf dem Trampolin und hatte den iPod im Ohr. Sie trug ihren hellgelben Bikini und eine große silberne Sonnenbrille.

Die Bilder flimmerten in Bruchstücken durch Gunnhild Eks Gehirn. Bilder von Louise, in einem wogenden Tüllrock oder einer tiefsitzenden Hüfthose, mit bloßem Bauch und Hüftschwung. Louise hatte angefangen, sich zu schminken, Wimperntusche, Lidschatten und rosa Lippenstift. Die Mutter konnte argumentieren und drohen, so viel sie wollte. Wenn sie Louise zwang, sich die Schminke abzuwaschen, dann schminkte die sich eben einige Stunden darauf aufs neue. Und dabei war sie erst elf Jahre alt.

Ein piepsendes Geräusch ertönte, als sie die Tür aufriss. Die Nachmittagssonne schien auf den hohen Ahornbaum. Das Rauschen der Hauptstraße lag wie ein Vorhang vor ihrem Gehirn. Sie lief mit großen Schritten über den Rasen, registrierte den Zivilwagen des Polizisten und den weißen Kastenwagen, die in diesem Moment auf Vera Mattsons Hofplatz fuhren. Wieder die Polizei, dachte sie. Der Kommissar war doch auch am Vortag schon dort gewesen. Was war im Nachbarhaus bloß los?

Ihre Wut mischte sich mit einer tiefen Angst. Immerhin war gleich vor ihrem Tor ein kleiner Junge verschwunden.

Louise war in die Melodie in ihrem Ohr versunken. Sie dachte darüber nach, in wie vielen Tagen der Eiswagen wiederkommen würde. Seit sie vier Stunden zuvor Wiggos SMS gelöscht hatte, waren keine weiteren Meldungen mehr gekommen. Aber das konnte sie ja gar nicht wissen, denn ihr Telefon lag im Haus. Aber sie wollte Wiggo nicht ohne Ina treffen. Wenn, dann würden sie das zusammen machen. Sie machten alles zusammen.

Plötzlich packte ein Raubtier ihren Oberarm. Louise setzte sich mit einem Ruck auf. Die Mutter schüttelte sie. Gunnhild Ek packte den iPod und riss Louise die Ohrstöpsel aus den Ohren. Dann schrie sie: »Da hat ein Mann mit einer verborgenen Nummer angerufen und gefragt, ob ich die Nixe sei.«

Louise sah ihr Telefon in der Hand ihrer Mutter.

»Kannst du mir sagen, was das zu bedeuten hat?«

Louise blickte ihre Mutter erschrocken an. »Was das zu bedeuten hat? Ich habe keine Ahnung, wovon du da redest.«

»Er hat mich für dich gehalten. Louise, das war ein erwachsener Mann, der da angerufen hat. Was treibst du eigentlich?«

»Was ich treibe, meine Güte, hast du mein Telefon beantwortet? Du hast kein Recht, an mein Telefon zu gehen, wenn es klingelt.«

Die Angst vor allem, was passieren könnte, war wie ein scharfer Schmerz in ihrer Lunge. »Du hattest es im Haus liegen lassen und ich dachte, es sei Ina.«

»Die hat doch keine verborgene Nummer, Mama.«

»Aber das habe ich ja erst nachher gesehen. Du darfst nicht mit deiner Klasse zelten fahren, wenn du mir nicht verrätst, wer dieser Mann ist. Was glaubst du, was Papa sagen wird? Ist das jemand, den du im Internet kennengelernt hast? Du darfst nicht mit auf Klassenfahrt gehen, wenn du solche Dinge anstellst.«

Louise merkte, wie ihr die Tränen kamen. »Ich surfe doch gar nicht im Netz, das weißt du. Ich habe keine Ahnung, wer das ist. Er hat bestimmt die falsche Nummer erwischt. Ich hasse euch, ich hasse dich und Papa.«

Sie schluckte ihre Tränen hinunter. Natürlich war es nur Wiggo, der angerufen hatte. Sie hasste sie wirklich, ihre Mutter und ihren Vater. »Jesus Christus, du bist nur eine alte Hure«, rief sie. »Warum bist du so sauer auf mich? Ich weiß ja nicht einmal, wer da angerufen hat. Und ich gehe *wohl* mit auf Klassenfahrt!«

»Er wusste doch deinen Namen und wage es ja nicht, mich Hure zu nennen!«

Ein plötzlicher Wind erfasste die offene Tür und knallte sie zu. Ein Sonnenfleck reflektierte das Licht im Glas und traf Louises Gesicht. Gunnhild Ek starrte ihre Tochter an. Sie war so unglaublich, so verdammt schön. »Und warum verstreust du deine Kleider im ganzen Haus«, rief sie und packte Louises Arm wieder fester.

»Du bist eine Psychopathin«, schrie Louise und riss sich los. »Was hat das hier mit meinen Kleidern zu tun?« Sie rief so laut, dass ihr Hals dabei brannte. »Ich hab keine Ahnung, wer da angerufen hat, das sag ich doch.« Plötzlich standen ihr Tränen in den Augen. Der Eismann wollte sich mit ihr treffen. Ihre Mutter durfte davon nichts erfahren. Es gab Dinge, die passierten, die sie nicht lenken konnte, die sie nicht lenken wollte. Es gab Dinge, die Erwachsene nicht begriffen. Es war nur der Eismann, der angerufen und diesen Nixenunsinn gesagt hatte.

»Mir kannst du keine Angst machen«, rief Louise, warf sich vor und riss der Mutter das Telefon aus der Hand. Gunnhild Ek fuhr zusammen. Die Elfjährige hatte etwas abstoßend Entschiedenes, was ihr entsetzliche Angst machte. Das Manöver der Tochter geschah schnell. Nichts würde je so sein wie früher, dachte Gunnhild Ek. Jetzt nicht mehr. Aber so kam es ihr ja jedes Mal vor. Sie ließ Louises Arm los. Louise fuhr sich über die malträtierte Haut. Sie saß so da wie vorher, schien in dieser Haltung erstarrt zu sein.

Gunnhild Ek machte kehrt und ging wieder über den Rasen ins Haus.

Louise ließ sich auf den Rücken fallen. Blieb liegen und wiegte sich langsam auf und ab. Über sich sah sie den Himmel und die majestätische Baumkrone. Unmittelbar vor dem Angriff ihrer Mutter hatte sie von Wiggo geträumt, dass er sie küsste. Es war ein gieriger Kuss gewesen. Im Traum hatte er ihr die Kleider vom Leib gerissen und sie zu Boden gestoßen, wo sie auf dem Bauch gelandet war. Dann hatte er ihre Taille gepackt, ihr Hinterteil hochgezogen und sich in sie hineingepresst. Dieses Bild war so heftig gewesen, dass ihre Kopfhaut fror. Aber jetzt, wo die Mutter sie angeschrien hatte, waren die Bilder vergiftet und endeten an irgendeiner wehen Stelle ganz am Rand ihres Nervensystems.

Auf einem Teller auf dem Tisch unter dem Fenster lagen zwei gebratene Koteletts und ein paar gekochte Kartoffeln mit vertrockneter Haut. Zwei fette Fliegen flogen brummend zwischen Fenster und Teller hin und her.

»Das ist das Essen von gestern«, erklärte Vera Mattson mürrisch. »Ich werfe keine Lebensmittel weg.«

Cato Isaksen hob eine Augenbraue. Das Essen sah nicht gerade frisch aus. Mit einer müden Hand fuhr er sich über die Bartstoppeln. Marian hatte unbedingt mit zu Vera Mattson kommen wollen. Um sich *ein eigenes Bild zu machen,* wie sie das nannte. Es war dumm von ihm gewesen, am Vortag einfach allein loszufahren. Er hätte doch wissen müssen, dass Marian sich niemals geschlagen gab.

Die Haustür stand sperrangelweit offen, die weiße Katze war draußen. Das Tier saß auf der niedrigen Mauer neben der windschiefen Garage und putzte sich gelassen.

Vera Mattson sah Marian Dahle an. Die hatte gesagt, sie habe einen Hund im Auto. Cato Isaksen musterte Vera Mattson. Ihre Haare waren dick und grau und zu einem Pferdeschwanz gebunden, der lang über ihren breiten Rücken fiel. Sie wirkte angespannt.

Sie blieben vor dem Küchentisch stehen. Die weiße Katze kam in die Küche, strich an ihnen vorbei und lief dann weiter durch die halboffene Tür in den Raum, bei dem es sich um das Wohnzimmer handeln musste.

»Sie haben also eine weiße Katze«, sagte Cato Isaksen.

»Ja.«

»Die Nachbarin aus dem gelben Haus hat erzählt, dass hier in der Gegend Hunde verschwunden sind.«

»Nicht nur Hunde, auch Katzen«, sagte Vera Mattson. »Ich habe mehrere verloren. Ich glaube, das sind die Kinder. Diese Mädchen. Sie haben ja keine Ahnung, was Kinder für einen Krach machen. Ich hasse auch diese Trampolinspringerei. Sehen Sie nur.« Vera Mattson beugte sich zum Fenster vor und zeigte auf den Garten der Nachbarn. »Jetzt liegt sie nur auf dem Trampolin herum und hört Musik.«

Marian Dahle löste sich vom Küchentisch. »Sie haben wirklich recht, was die Kinder angeht«, sagte sie. »Ich kann verstehen, dass es Sie ärgert, wenn die sich die ganze Zeit hier vorbei schleichen. Ich mag Kinder selber auch nicht. Das kann ich Ihnen ganz offen sagen.«

Cato Isaksen sah sie an und dachte an Elna Druzikas drei Jahre altes Schwesterchen. Was Marian Dahle da sagte, stimmte nicht, sie mochte Kinder gern.

»Die Kinder haben sich zwischen dem morschen Spalier, wo die Zuckererbsen festgebunden sind, und den Fliederbüschen am Zaun hindurchgeschlichen. Sie waren nicht jeden Tag hier. Jetzt habe ich kein Kind mehr gesehen, seit dieser Junge verschwunden ist. Aber ich habe es immer noch im Blut, ich bin gegen drei, halb vier immer besonders wachsam. Horche auf Kinder, schaue aus dem Küchenfenster. Oft notiere ich Datum und Uhrzeit in einem schwarzen Notizbuch, damit ich das notfalls belegen kann.«

Marian Dahle sah sie an. »Warum wollen Sie das belegen können? Haben Sie das Buch hier?«

»Nein«, sagte Vera Mattson rasch. »Nicht mehr. Ich habe es weggeworfen.«

Sie hatte in die Schule gehen, durch die Gänge wandern und an der Tür des Rektors anklopfen wollen. Sie hatte sich das immer wieder vorgestellt, hatte es sich in allen Einzelheiten ausgemalt, war aber nie so weit gekommen.

»Warum haben Sie es weggeworfen?«

»Weil es kein Problem mehr ist. Weil Patrik Øye verschwunden ist. Die Kinder nehmen jetzt keine Abkürzungen mehr. Ich habe eine viel zu große Schultasche gesehen, die auf seinem Rücken auf und ab hüpfte ...«

Marian Dahle sah sie an und fragte, ob sie einen Blick ins Wohnzimmer werfen dürfe.

»Warum das?«, fragte Vera Mattson misstrauisch.

»Einfach so«, sagte Marian Dahle.

»Haben Sie etwas dagegen?«, fragte Cato Isaksen.

»Nein, nein«, sagte Vera Mattson. »Von mir aus.«

Marian Dahle schaute ins Wohnzimmer und ging dann hinein. Der Boden knackte unter ihren Füßen. Es war ein ziemlich dunkler und mit Möbeln vollgestopfter Raum mit nur zwei kleinen Fenstern, durch die man in den hinteren Garten hinausschaute. Dazu gab es eine Glastür mit kleinen Fenstern, die auf einen mit Steinplatten belegten Platz führte. Eine Wolldecke lag über einem Sessel und die weiße Katze lag zusammengerollt neben einem Stapel alter Zeitungen auf dem Sofa. Es waren nur Ausgaben von Aftenposten. Die oberste war auf der Jugendbeilage aufgeschlagen. *Si ;D* war die Überschrift über der bekannten Kolumne. Marian Dahle blieb vor einem altmodischen grünen Sessel stehen, der mit weißen Katzenhaaren bedeckt war. Davor stand ein Tisch. Sie sah die lila Häkeldecke und die roten Plastikrosen in der Vase an. Drei benutzte Kaffeetassen und ein Teller voller Krümel standen daneben.

Auf einer Kommode standen ein Laptop und ein Drucker. Vera Mattson ging also ins Netz?

Marian Dahle hörte aus der Küche die Stimmen von Cato Isaksen und Vera Mattson. Die Stimmen ließen sie eine gewisse Distanz empfinden, die sie vor diesem Zimmer beschützte. Eine große Spinne lief quer über den Boden. Plötzlich stellte die widerliche Stimmung sich wieder ein, die ihr nicht fremd war, die ab und zu auftauchte. Ein Gefühl der Verletzlichkeit. Als werde nichts jemals ein Ende nehmen. Und ein Gefühl der

Langeweile, ein endloser Zustand. Wie ein langer Sonntag ohne Ende. Als werde sich niemals etwas ändern. Das Gefühl hing mit ihrer Kindheit zusammen. Sie versuchte, es zu verdrängen, indem sie die Spinne anstarrte. Und aus dem Fenster, auf den überwachsenen Garten, wo alte Apfelbäume und Büsche und hohes Gras um jeden Zentimeter Platz kämpften. Auf der Fensterbank lagen einige verstaubte Fossilien und Muscheln.

Sie öffnete die Gartentür und trat hinaus auf die Steinplatten. Die Wildnis breitete sich in alle Richtungen aus. In der Falte eines Blattes sah sie einen Marienkäfer, blank wie ein Tautropfen, wie ein Blutstropfen. An den Bäumen hingen an einem Stahldraht kleine Kugeln und Körbe.

Marian ging hinüber und schaute in einen der Krüge. Er stank. Er war mit Schnaps gefüllt. Darin schwammen tote Insekten. Wespen, Hummeln und Mücken.

Weder Randi noch Roger ließen sich von Birka stören, die unter dem Tisch lag und tief schlief. Aber Cato Isaksen war sich der Anwesenheit des Tieres überaus bewusst, vor allem, weil Birka teilweise auf seinem einen Fuß lag. Immer, wenn im Gespräch eine kleine Pause entstand, war der schnaufende Atem des Hundes wie ein Störgeräusch im Raum zu hören.

»Ich habe mit Ahmed Khans Frau gesprochen«, sagte jetzt Asle Tengs. »Sie macht einen sehr unsicheren und ängstlichen Eindruck. Sie wollte mir auch nicht sagen, ob wir auf der Videoaufnahme aus der Moschee wirklich ihren Mann sehen. Sie sagte, ich sollte mit Ahmeds Vetter sprechen. Also werde ich gleich nach dieser Besprechung zu ihm fahren.«

»Und wo wohnt der?« Cato Isaksen zog seinen Fuß zurück.

»Ob du's glaubst oder nicht, er hat eine Autovermietung.«

»Verdammt.« Cato Isaksen beugte sich über den Tisch. »Aber dann …«

»Genau«, sagte Asle Tengs. »Tony und ich fahren gleich hin, wie gesagt. Wir haben so eine Theorie, dass Nyman und Ahmed Khan zusammen in diese Sache verwickelt sein können.«

»Aber Vera Mattson ist ein Pulverfass«, fiel Marian Dahle ihm ins Wort.

»Das hast du auch über Wiggo Nyman gesagt«, erwiderte Randi Johansen.

»Das kann schon sein, aber ich meine es auch wirklich.«

»Und was befähigt dich dazu, pausenlos alle Welt zu charakterisieren?« Cato Isaksen ärgerte sich noch immer darüber, dass er Vera Mattson am Vortag noch einmal einen Besuch hatte abstatten müssen. Und jetzt, wo andere Spuren aufgetaucht waren …

195

»Nicht pausenlos, und ich kann das eben riechen«, sagte sie.

»Riechen. Wie ein Trüffelschwein«, sagte Roger Høibakk und lachte.

»In Wiggo Nymans Volvo haben wir übrigens nichts gefunden. Das hat Ellen uns mitgeteilt«, sagte Randi. »Wir haben nichts, was wir gegen ihn verwenden könnten. Er streitet energisch ab, irgendetwas mit diesen beiden Fällen zu tun zu haben. Und gegen Ronny Bråthen liegt auch nichts vor. Sein Eiswagen wird auch noch von einem anderen Fahrer genutzt. An dem Abend, an dem Druzika angefahren worden ist, ist er von Alnabru direkt zu ein paar Kumpels gefahren.«

Cato Isaksen starrte zwei Flecken an der Wand an. Starrte, als ob es sich bei den beiden Flecken um Blindenschrift handelte. Er hatte am Vortag versucht, nachdem er Vera Mattsons Haus verlassen hatte, mit Patriks Freunden zu sprechen. Cato Isaksen hatte Tobias' Mutter angerufen und darum gebeten, mit ihrem Sohn sprechen zu dürfen. Die Mutter hatte gesagt, der Junge sei in der Schule, und Cato Isaksen war hingefahren und hatte die Jungen eine Weile auf dem Schulhof betrachtet, ehe er zu ihnen gegangen war. Klaus und Tobias hatten Fußball gespielt. Cato Isaksen hatte sie gebeten, von Patrik zu erzählen. Aber die Jungen hatten nichts sagen wollen. Sie waren einfach mit wütenden Gesichtern davongelaufen.

Unmittelbar vor der Besprechung hatte er dann auch noch mit Bente telefoniert. Ihr war bewusst, dass er die Ermittlung wie immer wichtiger nehmen würde als die Familie, und sie quengelte nun jeden Tag wegen der Sommerferien. Es waren nur noch einige wenige Tage bis Mittsommer. Cato Isaksens Urlaub sollte eigentlich am 2. Juli beginnen.

Tony Hansen hatte sich zusammen mit Asle Tengs mit Vidar Edland aus Asker und Bærum getroffen, um die Ermittlungen zu koordinieren und sich darüber zu einigen, wie viel an die Presse gegeben werden sollte. Er arbeitete selbständig und wandte sich in regelmäßigen Abständen aus eigener Initiative an Interpol, um sich zu erkundigen, ob es neue Informationen in Bezug auf Juris Tschudinow gebe.

»Es steht übrigens fest, dass Juris Tschudinow vor nicht allzu langer Zeit in Stockholm war«, sagte Tony Hansen. »Offenbar war er dort in irgendeine Auseinandersetzung auf einer Baustelle verwickelt. Seine Fingerabdrücke sind identifiziert worden, aber ihn selbst hat seit einer Weile niemand mehr gesehen, also ...«

»Also«, wiederholte Randi Johansen und sah Cato Isaksen an. »Sollen wir nach ihm fahnden lassen?«

»Ja«, sagte Cato Isaksen. »Eigentlich glaube ich, das sollten wir tun. Wir haben eine Mail aus Deutschland bekommen. Sie haben Lack und Scheinwerfer analysiert. Ich habe diese Ergebnisse an alle aktuellen Autohändler weitergereicht, jetzt werden wir auch bald die Automarke kennen. Und das mit diesem Vetter von Ahmed Khan ist ungeheuer interessant.«

Marian Dahle streichelte Birka, die sich aufgesetzt hatte.

»Können wir mit der Fahndung nicht warten, bis wir die Automarke kennen? Wenn das nun etwas mit Ahmed Khan zu tun hat? Dann können wir alles in einem Aufwasch erledigen, meine ich.«

»Wir werden jetzt nach Tschudinow fahnden«, sagte Cato Isaksen. »Hast du nicht gehört, was ich gesagt habe?«

Sie reizte ihn, und er kam immer mehr zu der Überzeugung, dass sie das ganz bewusst machte. Er wusste nie, was sie als Nächstes sagen oder wie sie auf seine Aussagen reagieren würde. Außerdem zeigte sie ihm nicht den geringsten Respekt. Obwohl sie dem Team erst seit wenigen Wochen angehörte, nahm sie es sich immer wieder heraus, ihm ins Wort zu fallen. Und sie kam auf die absurdesten Ideen. Cato Isaksen hatte Roger gegenüber noch nie so viel Gesprächsstoff gehabt. Immer wieder wurde Marian Dahle zum Thema. Ihre Redseligkeit war einfach unerträglich. Ununterbrochen platzte sie mit ihren Ansichten und Gedanken heraus. Marian Dahle nahm unendlich viel Platz ein. Als ob er nicht ohnehin schon Ärger genug gehabt hätte, mit Ingeborg Myklebust und Bente und dem ganzen anderen Kram. Wie viel musste ein armer Ermittler sich eigentlich gefallen lassen?

»Vera Mattson ist ein Pulverfass«, sagte Marian Dahle noch einmal.

Cato Isaksen schüttelte demonstrativ den Kopf. »Du bezeichnest alle Welt als Pulverfässer. Du redest einfach zu viel, Marian, bring lieber Ergebnisse. Wenn du denn so phantastisch tüchtig bist, wie du selbst zu glauben scheinst.«

Marian Dahle drehte sich um und sah ihn an. »Man sollte nie von sich auf andere schließen, weißt du«, sagte sie und erhob sich. Sie verließ den Raum, und Birka trottete mit hängendem Schwanz hinter ihr her.

Randi ließ verzweifelt ihren Blick durch die Runde wandern. »Bitte ...«

»Erzähl mir mal, warum Marian Dahle Anspruch auf Sonderbehandlung haben sollte.«

»Genau«, sagte Roger grinsend. »Warum eigentlich? Wo sie doch in Grünerløkka wohnt und überhaupt.«

Randi setzte sich gerade und sah Roger an. »Ich habe eine Tochter und muss einfach sagen ...«

»Was musst du einfach sagen?«

»Dass ich hoffe, sie wird halb so viel Selbstvertrauen entwickeln wie Marian, denn dann wird sie es weit bringen.«

»Dann wird sie es verdammt nochmal überhaupt nicht weit bringen, dann wird sie ganz unten landen«, sagte Roger Høibakk. »Jedenfalls, wenn es um Männer geht.«

»Es geht aber nicht um Männer. Es geht um ... das Leben.«

»Herrjesus«, stöhnte Cato Isaksen. »Können wir nicht mit diesem Blödsinn aufhören und zur Sache kommen. Wir können einfach nicht zulassen, dass diese Töle immer hier rumliegt.«

»Ich kann das Scheißvieh eigentlich gut leiden. Als ich auf Birka aufgepasst habe, während ihr in Lettland wart ... also, mir hat das Spaß gemacht.« Roger Høibakk bohrte sich mit einem Zahnstocher zwischen den Zähnen herum.

»Sie hat ja wohl nicht auch noch bei dir im Bett gelegen?«, fragte Randi lachend.

Roger Høibakk schlug sich demonstrativ auf die Brust. »Die Dschungelabteilung ruft.«

Cato Isaksen verzog seine Lippen zu einem raschen Lächeln. »Ich fühle mich fast versucht zuzugeben, dass ich die Töle doch lieber mag als ihre Besitzerin. Und dann könnt ihr euch den Rest ja denken«, fügte er hinzu.

»Nicht doch«, gab Roger rasch zurück. »Du magst Marian Dahle eigentlich sehr gern, du weißt es nur noch nicht. Sie ist ein fetter Sonderling mit einem extrem hohen IQ. Aber wie eine Dame wird sie niemals aussehen.« Er ahmte jetzt Marians Tonfall nach. »Ihr seid allesamt Weiber.«

»Jetzt hört aber auf«, sagte Randi Johansen und stand auf. »Das ist mein Ernst. Ihr vergeudet viel zu viel Zeit mit diesem Gefasel. Reißt euch gefälligst beide zusammen.«

Die Sonne fiel gerade durchs Fenster. Cato Isaksen und Roger Høibakk tauschten einen überraschten Blick.

»Meine Güte«, sagte Roger. »Haben alle Damen hier einen Sonnenstich abgekriegt oder was?«

Er erhob sich demonstrativ, ging durch den Raum und riss ein Fenster auf. Der Lärm der Stadt drang ins Zimmer ein. Marian Dahle steckte den Kopf durch die Tür. »Übrigens, Cato«, sagte sie. »Kennst du dieses Gedicht von Emily Dickinson?«

Cato Isaksen drehte sich mit seinem Stuhl um. »Hast du denn vollkommen den Verstand verloren«, fragte er. Marian Dahle lehnte sich an den Türrahmen und sagte: »A word is dead when it is said, some say. I say it just begins to live that day.«

Vielleicht hat sich nach Elnas Tod ja doch irgendetwas zum Besseren verändert, dachte Åsa Nyman. Das goldene Sonnenlicht, das letzte, ehe die Sonne hinter den Bäumen verschwand, drang in die Zimmerecke vor und traf auf die Herdplatten auf. Sie stand auf und schaute aus dem Fenster, sah, dass Henning aus der Scheune kam und zu seinem Auto ging. Er bückte sich und sprach mit dem Bruder, der bei laufendem Motor auf dem Vordersitz saß.

Ihre Söhne schienen einander nähergekommen zu sein. An diesem Abend wollten sie zusammen in die Stadt fahren. Wiggo hatte seinen Volvo zurückerhalten. Er hatte mit *nichts* etwas zu tun.

Henning kam ihr verändert vor. Lockerer, froher, auf irgendeine Weise entspannt. Wiggo schaltete den Motor aus und stieg aus dem Auto aus. Sie sah, dass er Henning einen Zettel reichte. Neugierig löste sie die Fensterhaken und öffnete das Fenster. Sie konnte nur Bruchstücke von der Unterhaltung der beiden verstehen.

*Kleine … Verehrerinnen offenbar. Nimm dich in Acht … gib ihnen wirklich nur Eis.*

In diesem Moment gingen zwei Katzen im Gehege wütend aufeinander los. Ihr Geschrei füllte den ganzen Hof. *Diese Tiere sind eine verdammte Plage*, dachte sie. Henning müsste seine Fallen im Katzengehege aufstellen und sie auf blutige Weise fangen, eine nach der anderen.

*

Wiggo und Henning warteten im Volvo. Wiggo hatte den Wagen ziemlich weit an den Straßenrand gefahren, neben die gelbgraue Skulptur beim Henie-Onstad-Zentrum. Die Skulptur endete oben in einer schmalen Spitze. Die Wellen schwappten hin und her und ließen die Boote im Freizeithafen langsam auf und ab schaukeln. Der weiße Sommermond stand rund und durchsichtig am Himmel.

»Es steht ja nicht fest, ob sie kommen.« Henning fuhr sich unmerklich mit der Hand über die Innenseite seiner in Jeans steckenden Oberschenkel. Wiggo gab keine Antwort, obwohl sonst immer er das Wort führte.

Vielleicht würde die Blonde allein kommen. Dann wäre alles einfach. Er hatte mit ihrer Mutter telefoniert. Das war ein Irrtum gewesen. Er hatte geglaubt, die Blonde an der Strippe zu haben, und er hatte versucht, ein paar Witze zu reißen. Weil sie doch immer über ihn lachte. Aber die Rothaarige war anders. Schwer und düster, dachte er. Beobachtend, als ob sie ihn auf irgendeine Weise durchschaut hätte.

*

Henning konnte die Gedanken seines Bruders nicht erraten. Der hatte ihm nicht alles über diese Mädchen erzählt, darüber, was an ihnen eigentlich so gefährlich war. Was sie getan hatten. Wussten sie etwas über Elna? Das ergab doch keinen Sinn. Woher hätten sie etwas über Elna wissen sollen? Wiggo hatte nichts darüber gesagt, was sie mit den Mädchen machen würden, wenn sie sie zu fassen bekämen. Er hatte überhaupt nicht sehr viel erzählt, nur, dass die beiden Ärger machten, dass sie ihm zwei Briefe geschrieben hatten. Und dass sie elf Jahre alt waren.

Henning dachte an die Zeitschriften in Elmer Ruuds Haus. Diese Zeitschriften waren eigentlich verboten, das war ihm schon klar, und sicher würde Helmer Ruud wieder nach Hause kommen, wenn sein Oberschenkelhals geheilt wäre, die Zeit lief ihm also davon.

»Verdammt, warum kommen die denn nicht endlich?« Wiggo kurbelte das Fenster herunter.

»Was wissen die eigentlich?«

»Ach, scheiß doch darauf. Was meinst du überhaupt?«

Henning dachte, dass er seinen Bruder nicht sonderlich gut kannte.

»Warum müssen wir überhaupt auf sie warten?«

»Ich dachte, du machst hier mit?«

»Wobei denn?«

»Scheiße, Henning, willst du zu Fuß nach Hause gehen?«

Wiggo hatte Arbeit und kam bei Frauen an. Konnte er sich diese herablassende Miene nicht sparen? Henning musterte seinen jüngeren Bruder aus zusammengekniffenen Augen. Da saß er nun und spielte sich auf. Seit Elnas Tod hatte sein Gesicht etwas Erschöpftes. Wiggo hatte dunkle Ringe unter den Augen und rauchte ununterbrochen, aber trotzdem. Er war weiterhin der Stärkere.

Wiggo fing plötzlich an zu lachen. Henning sah seinen Bruder an. Er konnte Wiggo nicht sagen, dass er Helmer Ruuds Haus aufsuchte. Wiggo wurde über alles Mögliche sauer. »Worüber lachst du?«, fragte er.

»Über gar nichts«, sagte Wiggo.

Henning starrte durch die Windschutzscheibe. Im Herbst, wenn der Frost kam, würde sich eine durchsichtige Eisdecke über das hohe Gras am Straßenrand legen. Kaum war dieser Gedanke durch sein Gehirn geglitten und hatte sich als kaltes Bild dort festgesetzt, da tauchten die Mädchen auf. Plötzlich standen sie da. Einfach genau vor dem Wagen.

Die Blonde trug eine weiße Jacke, leuchtend sauber, aus einem dünnen knitternden Stoff. Ihre Haare glänzten und flossen über ihre Schultern.

Wiggo sprang aus dem Auto und legte die Ellbogen auf das Wagendach. »Hallo«, sagte er. »Schön, dass ihr gekommen seid.« Die salzige Seeluft traf sein Gesicht wie eine lauwarme Welle. »Steigt ein.«

Die Mädchen wechselten einen unsicheren Blick. Die Rothaarige machte eine kaum bemerkbare Geste.

»Ihr braucht doch keine Angst zu haben«, sagte Wiggo beruhigend. »Wir tun euch nichts. Wir können einfach hier sitzen und ein wenig reden.«

Louise sah Ina an. Ihre Stimme war ihr im Hals steckengeblieben. Ihr wurde am ganzen Körper eiskalt, sie erstarrte. Ihre Beine wollten ihr fast nicht gehorchen. Sie packte Inas Arm, spürte, wie sie zusammenhingen, wie ein doppelter Körper. Der Eismann hatte sich wieder hinter das Lenkrad gesetzt, neben den anderen. Er drückte auf einen Knopf und drehte die Anlage voll auf. Die Musik trieb in harten Stößen in den Sommerabend hinaus.

Wiggo sah Henning an und beugte sich über den Bruder. »Steigt einfach ein«, rief er durch das offene Fenster. »Das ist nur Henning, mein Bruder.«

\*

Louise saß neben Ina auf dem Rücksitz. Sie drängten sich eng aneinander. Der Sitz gab einen strengen Gummigeruch ab. Louise spürte, wie ihre kleinen Brustwarzen sich anspannten. Die Musik wogte durch ihren Körper. Gleich vor ihr saß der Bruder des Eismannes. Er hatte einen ziemlich breiten Nacken. Sie sah, wie Wiggo die Hände um das Lenkrad spannte. »Wo fahren wir hin?«, rief sie. »Keine Angst«, sagte Wiggo rasch. »Ich hab ja noch nicht mal den Motor angelassen.«

Er drehte die Musik leiser. Louise rutschte unruhig hin und her. Sie warf einen kurzen Blick in Inas weißes Gesicht.

Jetzt sollte Mutter mich mal sehen, dachte sie, und ihr schauderte. Die Kälte pflanzte sich durch ihre Fingerknöchel fort. Sie versuchte zu lachen, aber ihr gelang nur eine Grimasse. Sie spürte Inas unsicheren Blick. »Ich glaube, wir müssen jetzt gehen«, sagte sie.

»Nur eins.« Wiggo Nyman drehte sich zum Rücksitz um und legte lässig den Arm um die Rücklehne. »Dieser Brief ...«

»Welcher Brief?«

»Stell dich nicht so dumm.«

Louise sah Ina unsicher an, dann wieder Wiggo und den Nacken seines Bruders.

Genau das hier durfte sie doch nicht. Genau das steckte hinter den vielen Ermahnungen ihrer Mutter. Das wusste sie ja, aber Wiggo war doch der Eismann. Wiggo würde wieder und wieder mit seinem blauen Wagen am Ende der Straße stehen. Er konnte ihnen einfach nichts tun.

Sie spürte den weichen Sitz unter ihren Oberschenkeln. Ina beugte sich zu ihr herüber und flüsterte mit zitternder Stimme: »Hauen wir ab?«

»Moment noch«, sagte Wiggo hart. Sie blieben schweigend sitzen. Irgendwo hinten bei den Booten schrie eine Abendmöwe. »Was habt ihr denn eigentlich wirklich gesehen?« Er drehte sich wieder nach vorn.

Louise schaute Ina fragend an. »Wir wissen nicht, worüber du da redest«, sagte sie. »Und bist du übrigens achtzehn?«

»Ja«, sagte Wiggo und drehte sich noch einmal um. »Und du?«

»Fast vierzehn«, sagte sie und ihr Hals wurde heiß, er kochte unter der weißen Jacke. Wiggos Bruder schwieg noch immer.

»Aber dann sind wir ja nur vier Jahre auseinander«, sagte er und spielte mit. »Vier Jahre sind nichts.«

»Nein«, sagte sie.

»Aber was habt ihr gesehen?«

»Gesehen?«

»Ihr seid hübsch«, sagte er und lächelte sie im Rückspiegel an. Louise Ek starrte ernst zurück. »Alle beide«, fügte er hinzu, aber das war nicht ehrlich gemeint. Die Blonde war gar nicht schlecht, aber die Rothaarige hatte ein riesiges Gesicht mit kugelrunden blauen Augen und einem großen Mund. Sie hatte fast keinen Hals, nur ein fettes Doppelkinn.

Er sagte: »Ihr konntet diesen Patrik also nicht gerade gut leiden, den, der verschwunden ist?«

Louise Ek blickte ihn fragend an. »Aber wir wollten doch nicht, dass er verschwinden sollte«, sagte sie.

»Ach, seht doch mal den süßen Hund!« Plötzlich zeigte sie aus dem Fenster. »Mein Hund ist tot. Der ist vor einigen Wochen gestorben.«

Wiggo Nyman seufzte und drehte sich wieder nach vorn. Sein Bruder saß ganz still neben ihm. Mit solchen Mädchen konnte man sich einfach nicht auskennen. Warum hatten sie ihm diesen Brief geschickt? Er begriff nicht so recht, was sie wollten. Vielleicht wäre es besser, sie nicht zu sehr herauszufordern. »Ihr könnt jede einen Karton Eis bekommen, freie Auswahl. In den USA mischen sie jetzt Vitamine ins Eis.«

Louise lachte. »Ha, Vitamine, igitt, das klingt doch widerlich. Nicht wahr, Ina?«

Ina nickte. »Doch«, sagte sie.

Er wollte mehr aus ihnen herausholen. Das musste ihm gelingen, wo sie nun schon einmal hier waren. »Wollen wir ein Stück fahren«, fragte er.

»Damit du dir die Spinnweben aus den Haaren pusten lassen kannst, meinst du?« Louises Stimme zitterte.

Wiggo musste lachen. Sie war wirklich nicht auf den Mund gefallen. Er drehte den Zündschlüssel um und ließ den Wagen an.

\*

Plötzlich standen Louise Tränen in den Augen. Sie dachte an ihr Geborgenheit schenkendes Zimmer, an Bittelise im Bücherregal und die weiche Schmusedecke auf dem Bett. Bei dem Gedanken wurde ihr schlecht. Sie glaubte, zu reden, sagte aber nichts. Starrte nur ihre Hände an, deren Nägel hier und da noch Reste des rosa Nagellacks aufwiesen.

Der Wagen fuhr vorbei am Postamt und weiter auf die Hauptstraße.

»Wir fahren doch wohl nicht zur E 18«, sagte sie. »Wir müssen jetzt nach Hause. Meine Mutter wird sauer, wenn ich um zehn noch nicht zu Hause bin.« Ina saß dicht neben ihr.

»Ich will euch nur schnell zeigen, wo ich arbeite«, sagte Wiggo und schaltete in den dritten Gang über. »Ihr möchtet doch sicher sehen, wo das ganze Eis herkommt?«

Sein Bruder sagte nichts. Er starrte nur vor sich hin. Seine blonden Haare fielen über den Rand seiner dunkelblauen Jacke. Die beiden vorn im Auto schienen einen genau durchdachten Plan auszuführen. Louise Ek hatte Angst. Wenn sie nach Hause kam, durften ihre Eltern nichts erfahren. Egal, was auch passierte, sie durften nicht erfahren, dass sie mit dem Eismann unterwegs gewesen war.

Später an diesem Abend, als er in dem schmalen Bett lag, in dem er schon sein Leben lang schlief, spürte Henning Nyman, wie sein Unterleib sich anspannte. Es war ein dunkles, tiefes Gefühl. Sie hatten die Mädchen nach Hause gefahren, nachdem sie in Alnabru und im Kühllager gewesen waren. Die Mädchen hatten sich über die Eiskartons gefreut. Aber er hatte bemerkt, wie unsicher sie waren. Wie sie mit ihren Rehaugen und den sich im Nacken kräuselnden Haaren dastanden. Er hatte ihren süßlichen, intimen Geruch wahrgenommen. Und als sie auf den Parkplatz zurückgekehrt waren und das Abendlicht vor ihnen auf dem Asphalt Flecken gezeichnet hatte, hatte er gespürt, wie groß seine Angst davor war, dass er ihnen etwas antun könnte. Nicht jetzt, aber später. Ohne Wiggo.

Er würde am nächsten Tag wieder in das leere Haus gehen. Sich ausziehen und nackt durch die Zimmer wandern. Durch alle Zimmer, aber nicht hinab in den Keller.

Nachdem sie die Mädchen zurück nach Høvik gefahren hatten, hatten die Brüder noch eine Weile im Auto gesessen und leise miteinander gesprochen. Die Mutter war schon ins Bett gegangen und die Katzen schliefen in ihrem Gehege. Die gelbe Waschbütte stand an der Wand, über ihren Rand war zum Trocknen ein hellblauer Waschlappen aufgehängt.

Wiggo hatte plötzlich eine unerwartete Handbewegung gemacht, eine Art Ablenkung. Henning war aufgefallen, dass sich auf irgendeine Weise die Macht verschoben hatte. Jetzt war Henning derjenige, der alle Karten in der Hand hielt. Er begriff, dass *etwas* geschehen war, etwas, das ihn und seinen Bruder enger miteinander verbinden könnte. Elna war tot, aber die Sache mit den kleinen Mädchen war etwas ganz anderes.

Plötzlich schien Henning etwas zu erkennen, das er noch niemals erlebt hatte.

Sie waren sich ziemlich ähnlich, er und Wiggo, aber darüber sprachen sie nicht. Die Vorstellung, zwei Kinder zu fangen, reizte ihn ungeheuer. Nun hatte Wiggo nicht gerade *das* gesagt, dass sie sie fangen würden. Wiggo hatte *versprochen,* dass die Veränderung nichts mit Elna zu tun haben würde, es sei nur sicherheitshalber, hatte er gesagt. Weil er es nicht mehr ertrug.

Ob Henning das verstanden habe. Er wusste nicht, was er antworten sollte. Sein Bruder hatte ihn um Hilfe bei den beiden Mädchen gebeten, Henning wusste aber nicht so recht, wie diese Hilfe aussehen sollte.

Henning dachte an die Mutter, an ihr müdes Gesicht, den dünnen Körper. Daran, wie sie um Atem rang. Die Mutter durfte nichts erfahren. Die Mutter begriff bestimmt, dass sie nicht drängen durfte.

Henning hob den Kopf und lauschte. Es konnte nicht der Rasierapparat seiner Mutter sein, den er da hörte, denn es war mitten in der Nacht. Aber in seinem Kopf dröhnte etwas, leise und verärgert, wie eine kleine Maschine. Vielleicht wurde er ja verrückt. Das Geräusch, das er hörte, gab es nicht, es existierte nur in seinem eigenen Kopf.

Er musste sich zusammenreißen. Eine Methode, um den Irrsinn zu isolieren, war, in die entgegengesetzte Richtung zu gehen, überaus entgegenkommend und einfühlsam zu werden. Das war nicht so schwer.

Er stand auf und zog aus der untersten Schublade eine Zeitschrift. Er starrte die beiden glatten, nackten Frauen mit ihren zum Bersten prallen Brüsten an. Die erotische Weise, wie sie lagen und standen und saßen, erregte ihn nicht. Was die düstere Sehnsucht in ihm erweckte, waren die *anderen* Zeitschriften. Helmer Ruuds Zeitschriften.

Ein Tier konnte in ihm solche Gefühle auslösen. Ein weiches Tier, das sich mit größter Selbstverständlichkeit an seine Beine presste, um gestreichelt zu werden. Die Hingabe im Blick, die etwas in ihm lockerte. Aber dann, ganz plötzlich, konnte er Lust verspüren, es zu töten. Er wurde oft traurig, wenn er die Fallen aufstellte. Aber er genoss es, zu hören, wie die Tiere in ihrer Todesangst schrien. Ihr Schmerz wurde zu seinem Genuss.

Die Schranktür stand zur Hälfte offen. In seinem Zimmer herrschte das Chaos. Die Vorhänge wehten in dem gleichmäßigen Strom aus warmer Luft, der durch den schmalen Spalt im Fenster eindrang, hin und her. Trotzdem kam die Luft ihr heiß und stickig vor. Sie starrte die Falten der Bettdecke mit dem Harry-Potter-Bezug an. Sie hatte nichts angefasst. Die Polizei hatte sie gebeten, nichts anzufassen. Sie hatten alles durchsucht, aber nichts gefunden. Was mochten sie wohl suchen?

Signe Marie Øye ging zum Schreibtisch und legte die Hand auf die verstaubte Tischplatte. Sie hatte es die ganze Zeit *gewusst*. Jetzt im Nachhinein konnte sie es sagen, dass sie das Gefühl hatte, am letzten Morgen *geahnt* zu haben, dass etwas geschehen würde.

Nach dem Sommer würde die Schule wieder anfangen. Sie würde dann nicht zur Schule gehen und nach ihm Ausschau halten können. Denn er würde nicht dort sein, würde nicht an seinem Tisch sitzen. Sie hatte an diesem Tag nicht über den Kiesweg gehen können. Hatte auf halbem Weg kehrtgemacht. Vielleicht würde sie nie wieder über den Kiesweg gehen. Am Vorabend war sie mehrere Stunden durch den Veritaspark geirrt. Hatte zwei Mädchen gesehen. Und zwei junge Männer, die auf sie gewartet hatten, in einem Auto. Sie hatten die Stereoanlage voll aufgedreht. Der Lärm hatte wehgetan.

Sie hatte ihre Runde am Ufer gedreht, zum Veritasstrand. Dort hatte sie die Schuhe ausgezogen und war losgewatet. Plötzlich wurde alles ganz still. Sie hörte das Wasser, das sich in kleinen Rucken zum Strand hin bewegte, und das Rauschen der Baumwipfel. Nach und nach verschwand alles. Es wurde lautlos. Es wäre gut, einfach zu verschwinden. In den Wellen zu sterben. Ihr rosa Mantel war unten nass. Er trieb auf dem Wasser und umwogte sie. Aber dann hatte sie an Patrik denken müssen. Wenn er nun doch zurückkäme? Und sie wäre nicht im Haus. Sie musste da sein, wenn er kam, musste die Tiefkühltruhe mit Pizza und Würstchen füllen. Und Limonade kaufen. Und dieses Spielzeug, das er sich so sehr gewünscht hatte, von dem sie gesagt hatte, er dürfe es nicht haben. Ein Gewehr, ein Maschinengewehr aus Plastik.

Sie war wieder zum Ufer zurückgewatet. Die Fasern in ihrem Mantel waren angeschwollen, es war ein dicker Stoff. Wasser lief vom Saum nach unten. Tropfte auf den Sand. Sie stand dort und war niemand. Sie hätte Frau, Kind, Jugendliche, alt oder krank sein können, es war einfach unwichtig, wer sie war. Als sie einen Moment später ihr volles Bewusstsein zurückerlangte, war es so, als würde sie von einem Punkt zu fallen, als habe sie in Wirklichkeit eine ganz andere Lebensgeschichte gehabt als die, die sie mit sich herumtrug. Sie musste sich beschützen.

Nichts war sicher, solange keine Nachricht gekommen war. Eine Erinnerung trat ihr vor Augen. Patrik hatte im Wohnzimmer mit einem Ball herumgespielt. Das durfte er nicht, aber er hatte nicht aufgehört, und am Ende hatte sie sich auf ihn gestürzt und ihn gekitzelt, bis er um Gnade gebeten hatte. Und plötzlich empfand sie wieder die Freude dieses Tages. Die Freude setzte sich in ihr fest, wie ein Licht, doch dann wurde sie nach und nach schwächer und war schließlich ganz verschwunden.

Der schreckliche Plan erschien zuerst wie ein grauenhafter Traum. Er setzte sich nicht wie ein konkreter Gedanke fest, er wogte nur grau und vage weit hinten in seinem Gehirn. Henning hatte schlecht geschlafen und war davon geweckt worden, dass die Mutter unten in der Küche mit Tassen klirrte. Er stand auf, zog die Vorhänge zur Seite und riss das Fenster auf. Der Traum war so wirklich. Er hatte von der Rothaarigen geträumt. Der Anblick des heftigblauen Himmels deprimierte ihn. Der blaue Himmel und die grünen Blätter und die perfekte gelbe Sonne, alles zusammen erweckte in ihm den Wunsch, das Glas mit der Faust zu zerschlagen. Das Rauschen des Waldes machte ihm seine Einsamkeit klar. Dieses Rauschen, er erinnerte sich daran aus seiner Kindheit, wenn die Sommerferien näher rückten. Endlose heiße Tage, ohne etwas zu tun.

Es war nur ein Traum, Gedankenspinnerei. Phantasie vielleicht. Dass er die Mädchen fangen würde. Er stellte sich vor, wie er sich ihrer später entledigen würde. Wenn er sie erwürgt hatte. Er musste sie irgendwo vergraben, tief im Wald. Musste sie über den Waldweg wegbringen. Die Schranke öffnen und in den Wald fahren. Bei dieser Vorstellung wurde sein Glied sofort steif. Er wusste, dass es jenseits aller Vernunft war, aber ein Gedanke war doch nur ein Gedanke.

Wenn er noch fünfzig Jahre lebte, was nicht sonderlich wahrscheinlich war, würde die Zeit trotzdem nur von endlosen Stunden und Tagen gefüllt sein, die alle gleich wären. Das leere Haus war der einzige Ort, an dem er seine Ruhe hatte. Vor nur drei Wochen war er zum ersten Mal dorthin gegangen, war am Rapsfeld entlanggegangen, dann weiter über den Weg und durch den Wald. Unter den großen Bäumen. Damals hatte er ja nicht gewusst, dass er diese Zeitschriften mit den Bildern der nackten Kinder finden würde. Diese Zeitschriften hatten so vieles in Gang gesetzt.

Obwohl er der Ältere war, hatte er sich in seiner Jugend immer vor allem Möglichen gefürchtet. Wiggo hatte niemals Angst gehabt. Vor gar nichts, glaubte Henning. Wiggo hatte ihn ausgelacht, als er von dem Troll erzählt hatte. Ihm war am Waldrand, hinter dem Kindergarten, ein Troll begegnet. Der Troll war er selbst gewesen. Das Gesicht des Trolls war mit seinem eigenen vertauscht worden. Aber Wiggo hatte nur gelacht. Das sei doch lächerlich.

Was würde das hier für ein Tag werden, sicher doch ein ganz normaler. Es geschah nichts, und die ganze Zeit hatte er seine Mutter am Hals. Wie sollte er jemals von hier wegkommen? Sie erwartete von ihm, dass er ihr mit den Katzen half. Dass er ihnen Trockenfutter und Wasser gab und die Streu in den Katzenklos erneuerte.

Nach dem Essen ging er hinaus in die Scheune, um seine Tierfallen zu richten. Er konnte seine Angst nicht länger zügeln. Wer würde es denn merken, wenn er die Mädchen fing und das Haus auf *diese* Weise benutzte?

Niemand würde es merken. Die Antwort war: *niemand*. Sein Herz hämmerte dermaßen, dass er fast nicht atmen konnte. Als dieser Gedanke sich dann festgesetzt hatte, wuchs er zu einem unheilverkündenden Lärm in seinem Kopf.

Der Lärm in seinem Kopf wanderte immer weiter nach unten, in die Herzregion. Er verursachte in seinem Hals stechende Schmerzen. Ein seltsames Gefühl, wie verliebt zu sein. Alles hatte sich verändert. Das gefiel ihm. Es war etwas Neues, eine Art Freiheit. Ein Übergang vom Stillstand zu etwas, das ihn zutiefst bewegte. Verliebt, er war verliebt in die Rothaarige. Sie erinnerte ihn an ein weiches kleines, hilfloses Tier.

Die Mädchen hatten geglaubt, was er ihnen über die Kosmetikfabrik gesagt hatte. Dass er in einer Kosmetikfabrik arbeitete.

Wiggo hatte sich nichts anmerken lassen, als Henning diese Lüge erzählt hatte. Wiggo konnte sich sicher nicht vorstellen, dass Henning diese Lüge wirklich nutzen wollte. Wie sollte Wiggo das auch verstehen, er verstand es ja selber nicht. Hatte es jedenfalls nicht verstanden. Wiggo hatte nur die Finger um das Lenkrad geschlossen und durch die Windschutzscheibe gestarrt.

*

Eine schwarze Fliege mit glänzenden Flügeln lief über den braunen Couchtisch. Henning Nyman knallte die Zeitungen auf den Tisch. Sofort war die Fliege verschwunden. Er schlug die dritte Seite der obersten Zeitschrift auf. Dort gab es ein Bild von einem vielleicht acht Jahre alten Mädchen. Sie lag auf einem Bett mit sauberer weißer Spitzenbettwäsche. Sie posierte nicht, sie lag nur da in ihrem rosa Spitzenhemdchen, während ihr Unterleib nackt war. Ein erwachsener Mann saß neben ihr auf dem Bett. Seine kräftige Hand ruhte auf seinem eigenen behaarten, muskulösen Oberschenkel. Seine Miene war grausam und ohne Erbarmen. Als Henning sich über das Bild beugte, schien das Mädchen zu weinen oder kurz davor zu stehen. Bald würde etwas Entsetzliches geschehen. Die Zeitschrift war alt. Er schlug sie zu und sah sich die Jahreszahl an. Er hatte den Kopf gesenkt und die Hände auf die Knie gelegt. Wenn dieses Mädchen noch lebte, wäre sie jetzt neunzehn oder zwanzig, so ungefähr jedenfalls, dachte er.

Er stand auf, ging hinaus in den kleinen Windfang und starrte sein Bild im Kommodenspiegel an. Er starrte seinen nackten Körper an, die Muskeln, die in den schlaffen Armen ruhten, den üppigen Bauch und die hellen Haare auf den Unterarmen. Die gelbweißen Zähne.

Er sah die Mädchen vor sich. Tränen, wie Sterne. Die unschuldigen Blicke. Den Schmerz. Alles zusammen. Es waren keine Bilder, die man im Gehirn speichern wollte. Es waren Bilder, die man *loswerden* wollte. *Vergessen.* Und *behalten.*

Auf dem Boden lagen Kleider, Schulbücher, ein rosa und türkiser Bademantel und ein kleiner Rucksack herum. Louise stopfte eine Fleecejacke und einen leichten Trainingsanzug in den Rucksack.

»Wie viel müssen wir eigentlich mitnehmen? Es ist doch nur für zwei Nächte!«

Louise drehte sich um und sah Ina an, die neben einem kleinen Haufen Süßigkeiten, den sie mitnehmen wollten, auf dem Bett saß. Louise versetzte dem aufgerollten Zelt einen Tritt und es kullerte durch das Zimmer. Sie saugte an einem Kratzer auf ihrem Unterarm. Es schmeckte bitter nach der Sonnencreme, mit der sie sich vorher eingerieben hatte. »Ich glaube, das wird eine stinklangweilige Tour, meinst du nicht, Ina?«

»Ja, stinklangweilig.«

»Gut, dass wir Papas Zelt leihen dürfen, wo nur wir beide reinpassen. Dann brauchen wir nicht mit den anderen zusammenzuschlafen. Die sind so kindisch.«

Louise lachte. Die Erleichterung hatte sich in ihrem Körper ausgebreitet wie ein wachsendes Blatt, als der Eismann und sein traniger Bruder Ina und sie zwei Tage zuvor nach Hause gefahren hatten. Nichts war passiert.

Wiggo und Henning hatten ihnen einfach das Eislager gezeigt, hatten über *diesen Brief* gesprochen und hatten ihnen *nichts* getan. Im Lager war es eiskalt gewesen. Frostwolken waren allen vieren aus dem Mund gequollen. Für einen kurzen Moment hatte Louise eine dunkle Angst verspürt.

Am Ende hatte sich jede einen Karton voll Eis aussuchen dürfen. Dann hatten Wiggo und sein Bruder sie wieder zurückgefahren.

Ina sah Louise an. »Glaubst du, was Wiggos Bruder da sagt, dass er in einer Kosmetikfabrik arbeitet?«

»So hat er nicht gerade ausgesehen«, sagte Louise, rutschte rückwärts und lehnte sich an der Wand an. »Aber es kann ja trotzdem stimmen. Bestimmt arbeitet er einfach nur im Lager. Aber denk doch nur, was die da alles haben. Wimperntusche und Eyeliner und Rouge und Cremes und Lippenstifte. Das wird lustig! Stell dir nur vor, wir kriegen, was wir wollen. Das wird ein ganz neues Gefühl. Eis ist nur ein Dreck, aber Schminke ...«

Ina ließ sich zurücksinken und stützte sich auf die Ellbogen. Ihre kleinen runden Brüste hoben sich. Nicht alles machte Spaß, aber Louise hatte nicht unrecht. Es wäre ein neues Gefühl. Trotzdem hatte sie eine Ahnung. Es gab Dinge, die Menschen im Laufe einer Sekunde zusammenbringen oder die sie trennen konnten. So war es bei allem, was man gemeinsam machte. Ihre Mutter quengelte immer wieder herum und wollte wissen, wie Louise *eigentlich* war. Ina sah die Süßigkeiten an, die neben ihr auf dem Bett lagen. Eine Schachtel mit Pastillen, zwei Tafeln Schokolade, eine Tüte mit Geleehütchen und ein Haufen rosa Lakritzschnüre. Sie stopfte sich eine Lakritzschnur in den Mund. »Aber vielleicht wäre es klüger von dir, aufzulegen. Wenn Wiggo nochmal anruft, meine ich.«

Einen Moment lang war alles still. »Das weiß ich«, sagte Louise. »Aber Mama ist mir scheißegal. Die hat doch überhaupt keine Ahnung. Und sie haben uns doch nach Hause gefahren, oder was? Mama hat dauernd rumgenervt, seit Wiggo angerufen hat. Die macht mich noch verrückt.« Louise schob die Zunge hinter die Unterlippe. Ina machte es ihr nach. »Gemein, dass deine Mutter meine Mutter angerufen hat«, sagte Ina. »Meine ist auch total durchgedreht. Ich bin stundenlang verhört worden.«

»Igitt, ja, ich weiß.« Louise warf Ina ein nasses Handtuch

über den Kopf. »Wenn ich je eine Tochter bekomme, werde ich eine ganz andere Mutter sein. Das schwöre ich. Ich werde eine *gute* Mutter sein.«

Ina lächelte, zog das Handtuch weg und fuhr Louise dann über die Haare.

»Fass mich nicht an«, sagte Louise schroff.

»Warum nicht?« Ina ließ die Hand sinken.

Louise schlug die Arme übereinander und sah sie aus dem Augenwinkel an. Sie wollte nicht sagen, dass sie es schön fand, dass das der Grund war. »Jetzt ruf ich Wiggo an«, sagte sie. »Oder schicke ihm eine SMS.«

»Was willst du ihm sagen?«

»Dass wir uns um vier Uhr treffen können. Wenn er zurückruft, werde ich fragen, ob sein Bruder Schminke für uns mitbringen kann. Das hat er doch so gut wie versprochen, oder nicht?«

»Okay«, sagte Ina. »Ich friere.«

»Ich auch. Das liegt nur daran, dass wir zu lange im Wasser waren. Ich sage, dass wir uns um vier beim Springbrunnen im Veritaspark treffen können. Jetzt packe ich nur noch eben fertig, dann gehen wir zu dir und holen deinen Kram. Und dann gehen wir einfach. Wiggo fährt uns danach sicher zur Schule. Da treffen wir uns ja erst um sechs. Und den anderen wird garantiert die Kinnlade runterklappen. Ich hör sie schon. *Wer war das? Wer war das? Wer war das, du meine Güte.*«

»Saugst du hier eigentlich niemals Staub?« Ina legte sich neben das Bett und steckte sich Süßigkeiten in den Mund. Ihre Wangen beulten sich aus.

Louise machte Kussgeräusche, auf ihrem Handy. »Schmatz, schmatz«, sagte sie und lachte. »Jetzt habe ich einen Kuss hinterlassen und jetzt schicke ich eine SMS. So.«

»Bereust du es?«

»Nein.«

»Du bereust es nicht?«

»Nein. Er hat heute frei. Freitags fährt er nicht. Was glaubst du, was die anderen sagen werden, wenn sie ihn sehen? Wenn er nicht antwortet, versuchen wir es einfach bei seinem Bruder.«

Cato Isaksen brauchte fünf Minuten, um die Tür aufzustochern. Er wusste nicht, was er eigentlich suchte, aber plötzlich gab es ein leises Klicken und die Tür zu Wiggo Nymans kleiner Wohnung sprang auf. Roger Høibakk stand hinter ihm und schaute nervös ins Treppenhaus hinunter. »Lass uns endlich reingehen«, sagte er ungeduldig.

Der Boden der kleinen Diele knackte unter ihren Füßen. Das Deckenlicht brannte. Im Wohnzimmer waren die Vorhänge vorgezogen. Cato Isaksen lief hin und riss sie auf. Er sah sich in dem kleinen Zimmer um.

In einer Ecke gab es eine Kochnische. Die Resopalplatte der Arbeitsfläche war vollgestellt mit schmutzigem Geschirr und Stapeln von benutzten und mit vertrocknetem Ketchup beschmierten Papptellern. Ein ungemachtes Bett stand hinter einem roten IKEA-Tisch vor der einen Wand.

»Meine Fresse, was für ein Chaos«, sagte Cato Isaksen und betrachtete den teuren Flachbildschirm über der Stereoanlage.

»Fang an zu suchen«, sagte Roger Høibakk und öffnete eine Schranktür in dem schmalen Flur.

»Aber ordentlich«, ermahnte ihn Cato Isaksen. »Damit Nyman nicht merkt, dass wir hier gewesen sind. *Irgendetwas* werden wir finden.«

»Vergiss nur nicht, die Vorhänge wieder zuzuziehen, Chef. Und ich glaube ja eher nicht, dass wir irgendetwas finden werden. Was sollte das denn sein?«

»Irgendetwas«, wiederholte Cato Isaksen, bückte sich und schaute unter das Bett. Es war verdammt ärgerlich, dass Asle Tengs bei der Mietwagenfirma, wo der Vetter von Ahmed und Noman Khan arbeitete, keinen beschädigten roten Wagen gefunden hatte.

Cato Isaksen blieb auf allen vieren liegen und schaute unter den beiden Sesseln und der Stereoanlage nach. Überall lagen Wollmäuse, leere Wasserflaschen und alte Zeitungen und Zeitschriften herum.

Er hörte, wie Roger in dem Schrank draußen auf dem Gang herumwühlte. Die Kommode, auf der die Anlage stand, wies oben drei kleine Schubladen auf. Cato Isaksen öffnete die mittlere und fand eine Packung Kondome sowie eine kleine Schachtel Büroklammern. Er schob die Hand in die Schublade und tastete darin herum. Nichts. Die andere Schublade enthielt Kleinkram, CDs, leere Bonbonschachteln und ein Landkartenbuch. In der dritten lagen ein paar Unterhosen und zwei zusammengefaltete T-Shirts. Er wollte die Schublade gerade wieder zuschieben, als er zwischen den Kleidungsstücken ein Stück Papier entdeckte. Er zog es heraus. Es war ein Brief.

Er war mit dem Computer geschrieben, auf hellrosa Papier mit einem lila Rand mit kleinen Nixen. Er war mit der Post geschickt worden, der Umschlag lag daneben. Cato Isaksen sah sich das Datum an. Der Brief war am 12. Juni abgestempelt.

Plötzlich stand Roger hinter ihm. »Was hast du gefunden, Chef?«

Cato Isaksen schob die Schublade mit dem Knie zu und überflog den Brief. »Einen Brief«, sagte er.

*Lieber Eismann.*
*Wir haben die Auskunft angerufen und die Nummer von deiner Arbeit bekommen. Direkt-Eis, du weißt schon! Und da haben wir nach deiner Adresse und wie du heißt gefragt. Wir haben gesagt, eine von uns hätte ihre Mütze in deinem Auto vergessen. Aber das stimmt doch überhaupt nicht, Mensch. Im Sommer tragen wir doch keine Mütze. Aber wir haben ganz oft Eis von dir gekauft. Wir haben nichts von du weißt schon gesagt. Aber an dem Tag haben wir alles gesehen.*

*P. S. Patrik war ungezogen. Wir mochten ihn nicht, deshalb werden wir nichts sagen. Aber du musst uns Gratis-Eis geben. Ha, ha!*
*Zwei Nixen.*

Cato Isaksen drehte sich zu Roger Høibakk um und schwenkte den Brief. »Da siehst du's«, sagte er aufgeregt. »Was habe ich gesagt? Ich wusste einfach, dass Nyman in die Sache verwickelt ist.«

»Das hat Marian gesagt, Chef, nicht du.«

»Das stimmt verdammt nochmal nicht. *Ich* habe das gesagt. Was bedeutet das wohl, was meinst du? Irgendwer hat *alles* gesehen, steht hier. Was kann das bedeuten?«

Cato Isaksen hob den Blick und starrte ins Leere. Wer mochten diese Nixen sein?

Auf einmal kam ihm ein Gefühl. Ein Zusammenhang tauchte in seinen Gedanken auf. Der Wortlaut des Briefes, Patrik sei ungezogen gewesen … *Patrik hat sich vor so vielem gefürchtet, vor großen Mädchen …*

»Verdammt, was weiß denn ich, aber ich glaube, es gibt da ein paar Mädchen im Nachbarhaus von Vera Mattson … ich habe nach dieser Veranstaltung in der Schule mit ihnen gesprochen. Ich habe übrigens vor ein paar Tagen die Mutter der einen getroffen. Das war die, die von den verschwundenen Hunden erzählt hat. Und über einen, der umgebracht worden war.« Langsam machte sich eine schwelende Gewissheit in ihm breit. Ein Zusammenhang, etwas, das er bisher nicht begriffen hatte. Plötzlich musste er an das Erdloch vor dem Bagger denken, wo er nach der Veranstaltung in der Schule mit Louise Ek und Ina Bergum geredet hatte. »Zieh die Vorhänge wieder zu. Wir hauen ab.«

Roger Høibakk sah ihn an und riss den Brief an sich. Er hielt ihn am äußersten Rand fest und legte den Kopf schräg. »Wir dürfen ihn nicht schmutzig machen«, sagte er. »Sieh mal nach, ob du etwas findest, wo wir ihn hineinstecken können. Eine Plastiktüte oder so was.«

Cato Isaksen öffnete den Küchenschrank, nahm eine Tüte heraus und steckte den Brief hinein. »So«, sagte er. »Jetzt hauen wir ab.« Sie schlossen die Vorhänge, zogen vorsichtig die Tür hinter sich zu und liefen die ausgetretenen Holztreppe hinunter. In solchen Holzhäusern aus den fünfziger Jahren gab es immer einen ganz besonderen Geruch. »Diese Mädchen …«, sagte Cato Isaksen. »Die Nixen …«

Er zog zerstreut sein Telefon hervor und wählte Asle Tengs' Nummer. »Ich habe zweimal mit diesen Mädchen gesprochen«, sagte er zu Roger Høibakk. Er warf ihm die Wagenschlüssel zu.

»Fahr du. Ich muss telefonieren.«

»Woran denkst du?«

»Nein, es ist etwas mit diesem Brief. Ich weiß einfach, dass der wichtig ist. Es ist ein Detail.«

Sie stiegen ein und Roger setzte vom Parkplatz zurück. Cato Isaksen fluchte leise. Warum antwortete Asle Tengs nicht? Er schloss die Hand um die Plastiktüte.

Endlich meldete sich jemand. »Hallo, Asle, du, mir ist etwas eingefallen … Ach, wann denn?«

Roger Høibakk schaltete.

»Aber dann lass einfach Randi mit ihm reden. Ja, schön. Kannst du jemanden zur Høvik Verk-Schule schicken und die Stelle überprüfen lassen, wo gleich vor dem Schulhof ein Bagger steht … ja, gleich beim Parkplatz, am Straßenrand … nein, ich weiß nicht, möchte das nur überprüfen. Es ist nichts Konkretes, nur eine böse Ahnung, um es mal so zu sagen … ja, jetzt sofort. Schön, danke.«

Roger Høibakk sagte kein Wort. Er kannte diese Signale. Wenn Cato Isaksen gestresst war, dann hielt man besser den Mund.

»Fahr nach Høvik«, sagte Cato Isaksen kurz.

»Jetzt?«

»Ja, jetzt, verdammt nochmal. Asle hat gesagt, der Vetter der Khan-Brüder sagt, dass er auf diesem Video zu sehen ist und dass Ahmed Khan ihn gebeten hatte, ihm seine Jacke zu leihen. Damit wir glauben, dass er es ist, verstehst du. Ahmed Khan hat ein Problem. Er war nicht in der Moschee. Also kann er Elna Druzika angefahren haben. Aber wir fahren zum Selvikvei. Zu dem gelben Haus. Ich muss sofort mit diesen beiden Mädchen sprechen.« Diese dünne Blonde, Louise. Sie hatte über Wiggo Nyman gesprochen wie über einen guten Bekannten. Und sie war absolut gefühllos gewesen, als von Patrik Øye die Rede gewesen war.

»Mädchen«, sagte Roger Høibakk, »können überaus giftige Wesen sein.«

»Ja, danke, da kann ich dir nur zustimmen. Aber red jetzt keinen Scheiß, das hier kann reichlich ernst sein. Patrik Øyes Mutter hat gesagt, dass er Angst vor Mädchen hatte. Und etwas stimmt nicht mit diesen beiden Mädchen im Garten neben Vera Mattsons. Und dieser Brief hier beweist doch, dass sie etwas gesehen haben. Etwas, das Wiggo Nyman getan hat.«

»Du kannst dich also auch an ihre Namen erinnern?«

»Ina Bergum und Louise Ek. Sie werden im Bericht aus Asker und Bærum erwähnt. Ich kann diese Informationen nicht schnell genug zusammenbringen. Einige Stücke fehlen. Und irgendwas passiert hier gerade.«

Kaum hatte er das gesagt, da wurde die Haustür geöffnet und die junge Russin mit den weißen Stiefeln kam heraus. »Halt«, rief Cato Isaksen.

Roger Høibakk trat auf die Bremse und setzte zurück. Cato Isaksen sprang mit der Plastiktüte in der Hand aus dem Auto. »Hallo«, rief er und lief der Frau entgegen. Als die junge Russin mit den gebleichten Haaren ihn sah, verschwand sie wieder im

Haus. Cato Isaksen lief hinterher und versuchte, die Tür aufzureißen, aber die Frau hatte schon ihre Wohnung erreicht und machte auch nicht auf, als er gegen die Tür hämmerte und rief, sie solle herauskommen.

Gunnhild Ek blickte den Polizisten vor ihrer Tür überrascht an. *Schon wieder*, dachte sie. *Nimmt das denn nie ein Ende?* Er starrte sie an. Sie trug einen Bikini und fühlte sich plötzlich sehr unwohl in ihrer Haut. »Ach, tut mir leid«, sagte sie. »Ich zieh nur schnell etwas an.« Sie rannte in ihr Schlafzimmer und streifte einen Morgenrock über.

Cato Isaksen wartete ungeduldig auf sie. »Ich muss mit Louise sprechen«, sagte er. »Ist sie zu Hause?«

»Louise ist auf Klassenfahrt«, sagte die Mutter. »Kann sie nicht wenigstens am Wochenende in Ruhe gelassen werden? Es war so viel los. Sie kommen am Sonntagabend zurück. So wichtig kann das doch nicht sein.«

»Wo wollten sie hin?«

»Zum Burudvann. Abschlussfahrt mit der Klasse, gleich hier draußen im Wald.«

»Ja, ja. Ich weiß, wo das ist«, sagte Cato Isaksen. »Na gut. Ich werde am Montag mit ihr sprechen.« Er nickte ihr zu und lächelte kurz. »Entschuldigen Sie die Störung.«

\*

Ein Mann stand vor Vera Mattsons Garten und starrte hinein. Er wollte gerade ein Foto machen, als Cato Isaksen und Roger Høibakk die Autotüren öffneten und sich in ihren zivilen Dienstwagen setzten.

Cato Isaksen sah nicht den Mann, nur den Hund. Der Mann ging an dem alten Haus vorbei, trat das Gras platt und verschwand dann, gefolgt von seinem Hund, in Richtung Oddenvei.

Als Roger zum Wenden auf Vera Mattsons Hofplatz zurücksetzte, sagte Cato Isaksen zu ihm: »Die Familie Ek hat ihren Hund verloren. Einen kleinen weißen, der erstochen worden ist. Ich glaube, wir können uns Wiggo Nyman auch gleich holen. Warten hat doch keinen Zweck. Fahr zurück zur Wache, dann machen wir eine kurze Besprechung, ehe wir ihn holen.«

»Okay, Chef«, sagte Roger Høibakk. »Aber apropos Hunde. Marian ist stocksauer auf dich. Sie weiß, dass du dich zum mittlerweile hundertsten Mal über Birka beklagt hast. Myklebust hat mit ihr gesprochen und gesagt, dass sie deiner Ansicht ist. Und Birka darf nicht mehr mitkommen, sagt Marian.«

»Wir sind Ermittler, keine Hundesitter. Wir betreiben doch keinen verdammten Zwinger. Soll ich demnächst auch meinen Kater mit zur Arbeit bringen?«

Roger Høibakk grinste. »Reg dich ab, Chef. Sie wird sich schon wieder beruhigen.«

»Das will ich doch nun wirklich nicht hoffen. Es wäre ein Glück, wenn sie sauer würde und aufhörte.«

\*

Cato Isaksen ging sofort zu Ingeborg Myklebusts Büro. »Wo ist Asle?«, fragte er.

»Der ist noch immer mit dem Vetter der Khan-Brüder beschäftigt.«

»Ich habe einen Brief, der, wie ich glaube, beweist, dass Wiggo Nyman etwas mit dem Fall zu tun hat.«

Ingeborg Myklebust sah ihn an. »Dann hol ihn doch.«

»Geht gleich los«, erwiderte Cato Isaksen. »Wiggo Nyman meldet sich nicht auf seinem Handy. Vielleicht ist er oben in Maridalen. Er hat sein Telefon ausgeschaltet. Es ist Freitag, also arbeitet er heute nicht. Wir fahren hin, Roger und ich. Gleich«, fügte er hinzu.

»Gut«, sagte die Abteilungsleiterin. »Ich werde nicht fragen, wie du an diesen Brief gekommen bist.«

»Nein«, sagte Cato Isaksen. »Lass das lieber. Wir müssen

auch die Mädchen überprüfen, die in dem Haus in Karihaugen wohnen. Russische Prostituierte. Da bin ich sicher. Aber Nyman zuerst.«

»Übrigens, Cato, du gewinnst«, sagte sie. »Ich sehe ja ein, dass es wenig bringt, mit Leuten zusammenzuarbeiten, die man nicht ausstehen kann. Also sollst du deinen Willen habe. Ich werde Marian Dahle versetzen. Ich habe vor einer halben Stunde versucht, sie zurechtzuweisen. Aber sie hat mir einfach unverschämte Antworten gegeben. Ich verstehe jetzt, was du meinst.«

»Warte noch zwei Tage«, sagte Cato Isaksen gestresst. Plötzlich fühlte er sich unsicher. Das war alles ein wenig zu viel auf einmal. »Jetzt hole ich Nyman.«

Ingeborg Myklebust sah ihn verzweifelt an. »Aber du hast doch gesagt, dass ...«

»Was ich gesagt *habe,* ist jetzt egal, hör dir an, was ich jetzt sage.« Er starrte sie gereizt an. »Kannst du denn niemals lernen, zuzuhören? Alle hier in dieser Abteilung kümmern sich nur um ihren eigenen Kram, wursteln so vor sich hin. Und es ist deine Schuld, dass ich die ganze Zeit so aggressiv auftreten muss, und ich habe das verdammt nochmal satt. Du hast Dahle eingestellt, und ich möchte sie gern loswerden, aber nicht gerade jetzt, wo wir vermutlich unmittelbar vor einem Durchbruch stehen.«

Der Stress verursachte hinter seiner Stirn einen stechenden Schmerz. Ein Satz tauchte in seinem Kopf auf. *Wenn du das Ziel klar siehst, dann bist du auf dem Weg zum Ziel, und das Ziel ist auf dem Weg zu dir.*

Ingeborg Myklebust sah offenbar ein, dass sie den falschen Zeitpunkt gewählt hatte. Sie nickte kurz und zog sich zurück, während gleichzeitig Ellen Grue das Zimmer betrat. »Elna Druzika ist von einem Mazda angefahren und getötet worden«, sagte sie und hielt Cato Isaksen ein Blatt Papier hin.

Cato Isaksen hätte sie umarmen mögen. Endlich eine normale Frau, dachte er. Jetzt ging alles in die richtige Richtung.

»Der endgültige Obduktionsbericht liegt ebenfalls vor«, sagte Ellen Grue jetzt und hielt ihm ein weiteres Dokument hin. »Es gibt keine großen Abweichungen vom vorläufigen. Ich soll außerdem von der Ordnungsabteilung ausrichten, dass es keine seriösen Tipps über den roten Wagen oder über Juris Tschudinow gegeben hat. Nur viele unseriöse Anrufe, um das mal so zu sagen. Du weißt ja, wie das ist. Die beiden letzten werden gerade überprüft, aber es sieht nicht so aus, als ob die ein Treffer wären. Aber nun könnt ihr auch überprüfen, ob in Schweden ein roter Mazda gemietet worden ist. Jetzt haben wir etwas.«

»Super«, sagte Cato Isaksen und sah sie an. »Dann werde ich in Norwegen und Schweden nach dem Mazda suchen lassen.«

Ellen Grue sah farblos aus. Sie war sonst immer voller Kontraste, mit ihren dunklen Haaren und dem roten Lippenstift. »Du, Ellen ... geht's dir nicht gut?«

»Doch«, sagte sie und lächelte rasch. Sie wollte nur noch nach Hause ins Bett. Noch hatte sie es nicht geschafft, sich einen Termin für die Abtreibung geben zu lassen, obwohl sie doch wusste, dass ihr die Zeit davonlief.

»Aber kannst du nicht ... ich will mir jetzt Wiggo Nyman schnappen, aber es ist wichtig, dass wir über den Fall nachdenken«, sagte Cato Isaksen. »Kannst du nicht mit Randi und Asle sprechen?«

»Auf keinen Fall«, sagte sie und lächelte kurz. »Ich denke nicht nach. Ich bringe Tatsachen. Heute nicht mehr, Cato. Morgen vielleicht.« Ehe er dazu etwas sagen konnte, war sie bereits aus dem Zimmer verschwunden und über den Flur gelaufen.

*

Cato Isaksen schaute in Marian Dahles Büro. Sie blätterte gerade in einem dicken Buch.

»Liest du hier etwa? Jetzt musst du umschalten. Wir sind gerade dabei, Nyman und möglicherweise auch Ahmed Khan an den Fall zu nageln. Wir haben in Nymans Wohnung einen Brief gefunden. Kannst du in Schweden und Norwegen nach einem roten Mazda fragen lassen?« Cato Isaksen warf die Mitteilung, die er soeben von Ellen Grue erhalten hatte, auf Marian Dahles Schreibtisch.

Sie sah ihn verärgert an, der Hund kam unter dem Tisch hervor und wedelte ein wenig mit dem Schwanz.

»Ich bin doch nicht deine Sekretärin. Nach dieser Karre können ja wohl andere suchen. Ich lese Fachliteratur«, sagte sie. »Ich wiederhole: Fachliteratur. Ich informiere mich darüber, auf was für Ideen Menschen verfallen können, die gerade kaputtgehen.«

»Zum Teufel, Marian ...«

»Ich gehe davon aus, dass wir etwas übersehen haben. Etwas damit, ... ich glaube, ich habe etwas entdeckt.«

»Die Töle arbeitet also immer noch hier«, sagte Cato Isaksen sarkastisch. »Nicht einmal die Befehle der Abteilungschefin können dich beeindrucken, wie ich sehe.«

»Myklebust hat mir ein Ultimatum gestellt, Birka oder der Job – das ist deine Schuld, Cato. Ich kann dich nicht ernst nehmen.«

Seine Augen wurden schwarz. »Das nenne ich verquer, Marian Dahle. Zu sagen, dass du mich nicht ernst nehmen kannst, bedeutet, dass du mir sagen willst, dass ich degradiert worden bin. Du weigerst dich, Befehle auszuführen. Und dann ist es besser, wenn du aufhörst.«

Marian Dahle wirkte ausnahmsweise einmal verunsichert. Seine Worte hatten sie getroffen. Sie mochte Cato Isaksen im Grunde ja leiden. Das Problem war nur, dass er *sie* nicht leiden konnte. Cato Isaksen betrachtete sie. Es war deutlich, dass sie begriff, dass sie zu weit gegangen war. Mit einer Handbewegung verdrängte sie ihre Verwirrung. Trotz allem war Angriff die beste Verteidigung. Er würde sie überfahren, wenn sie ihm auch nur die geringste Gelegenheit dazu gäbe. »Du bist kein

Mensch, der zu Loyalität ermutigt«, sagte sie scharf. »Das hörst du sicher nicht zum ersten Mal. Offenbar willst du mich erst am Boden sehen, ehe du mich akzeptieren kannst. Du bist so leicht zu durchschauen wie ein kleines Kind. Aber ich lasse mich nicht zu Boden drücken. Du kannst deinen Willen haben. Meistens sitzt Birka im Auto. Aber jetzt war sie da so lange allein, dass ich sie geholt habe. Ich glaube auch gar nicht, dass Birka das Problem ist. Ich glaube, dass du Angst vor mir hast.«

»Du solltest nicht so sarkastisch sein, Marian Dahle, das steht dir nicht.«

»Sarkasmus ist niemals kleidsam«, sagte sie. »Aber er kann notwendig sein. Ich weiß, dass du Probleme hattest, nachdem dein Sohn ...«

»Mein Sohn – was zum Teufel weißt du über meinen Sohn? Du kennst mich doch überhaupt nicht!«

»Ich weiß, dass der Junge, der im Januar diese Frau oben in Vindern umgebracht hat ... dass der ...«

Cato Isaksen spürte die Erleichterung durch seinen Körper wogen. Für einen Moment hatte er gedacht, sie wisse Bescheid über Gard, seinen ältesten Sohn, der vor Jahren in die Drogenszene gerutscht war. »Nein, diesen Quatsch muss ich jetzt wirklich nicht haben«, sagte er gereizt. »Was willst du damit eigentlich erreichen?«

»Aber du warst danach doch krankgeschrieben, ziemlich lange sogar.«

Cato Isaksen hob die Hand und bohrte ihr fast seinen Zeigefinger ins Gesicht. »Du musst weg hier«, sagte er. »Du musst raus aus dem Team. Wenn ich dir eins versprechen kann, dann das. Und jetzt werde ich Roger suchen und Wiggo Nyman holen, wenn du damit einverstanden bist.«

Henning Nyman steckte den Schlüssel ins Schloss und drehte ihn um. Er öffnete die Garagentür und starrte Helmer Ruuds roten Mazda an. Der stand mit der Front zur Wand. Für einen Moment glaubte Henning, sich geirrt zu haben. Der Wagen sah unversehrt aus.

Er drehte sich um und starrte die Tannen an. Der Wind zupfte ein wenig an den untersten Zweigen. Sie sahen aus wie Flügel. Schwarze Flügel. Er hörte die Geräusche der Vögel, die unheimlichen Schreie, die einfach kein Ende nahmen.

Wiggo hatte gesagt, dass Helmer bestimmt nichts dagegen haben würde, wenn sie den Wagen benutzten. Vom Herumstehen rosteten Autos, sagte Wiggo. Doch er meinte damit keinen normalen Rost, sondern, dass der Motor litt, wenn er nicht benutzt wurde. Das lag ja auf der Hand, es war nur gut für Automotoren, sich regelmäßig auspusten zu können.

Henning besah sich die Heckscheinwerfer eine Weile, dann quetschte er sich an der Wand entlang. Er wollte sehen, wie der Wagen von vorn aussah. Es war eng in der Garage. Er musste über zwei Leca-Blöcke und einen Werkzeugkasten steigen. Auf dem Boden gab es Ölflecken und es lagen benutzte Putzleder herum.

Er sah es sofort. Der vordere Kotflügel war stark beschädigt, der Scheinwerfer war zerbrochen. Nun ging ihm die Wahrheit auf. Er hatte es ja die ganze Zeit gewusst, dass Wiggo Elna umgebracht hatte, dass er sie mit Helmer Ruuds Auto angefahren hatte. Vorher hatte er sie verprügelt. So musste es gewesen sein. Das hatte ja auch in der Zeitung gestanden. Aber das mit dem verschwundenen Jungen, das konnte Wiggo nicht gewesen sein, denn wo hätte er den Kleinen lassen sollen?

Er setzte sich ins Auto und ließ den Motor an. Schaltete in den Rückwärtsgang und fuhr aus der Garage. Louise Ek hatte ihn angerufen und gefragt, ob es stimmte, das mit der Schminke.

Die Mutter musste doch etwas begriffen haben, überlegte er. Die Mutter mit ihren Gummistiefeln und ihrer Plastikbütte. Verachtenswert, das alles. Sie musste doch begriffen haben, dass Wiggo Helmer Ruuds Auto benutzt hatte. Sie musste doch begriffen haben, dass Henning zu Helmer Ruuds Haus wollte, wenn er den Acker überquerte.

Am Nachmittag hatte sie sich umgedreht und hinter ihm hergeschaut, als er gegangen war. Im Wohnzimmer hing das Foto von ihm und Wiggo, aufgenommen beim Fotografen, als sie fünf und fünfzehn Jahre alt gewesen waren. Auf diesem Bild hatten sie eine unheimliche Ähnlichkeit mit den Hasen und den Füchsen, die er mit seinen Fallen tötete. Mit ihren listigen Augen, ihren scharfen Schnauzen. Jetzt lag Wiggo oben in seinem alten Zimmer und schlief.

Er zog die Garagentür hinter sich zu und setzte sich wieder ins Auto, bog nach links ab und folgte dann der Straße. Goldene Sonnenflecken tanzten vor dem Wagen hin und her, wenn die schweren Zweige der Bäume im Wind auf und abwogten. Eine tiefe Leere schlug ihm aus dem Wald entgegen.

Er stellte sich vor, wie die Rothaarige sich die Wangen nass weinte. Es war jetzt zu spät, um sich die Sache noch anders zu überlegen. Er war auf dem Weg, um die Mädchen zu holen. Sie glaubten, er würde ihnen Schminke schenken. Das hatte er ja auch gesagt. Sein Herz hämmerte ihm in den Ohren. Die Blonde hatte gesagt, dass sie kommen würden. In den Veritaspark, hatte sie gesagt. Zum Springbrunnen, wenn er sie danach in die Schule führe. Zum Bus, mit dem die Klasse auf Klassenfahrt gehen würde.

Er hatte es versprochen. Er würde sie danach zur Schule

fahren. Die blonde Louise hatte gefragt, ob Wiggo auch kommen würde. Er hatte ja gesagt, natürlich. Aber was, wenn er die Mädchen wirklich mitnehmen könnte? Was, wenn er sie ins Auto und ins Haus schaffen könnte? Wie brachte man zwei solche Mädchen dazu, zu tun, was man ihnen sagte? Vielleicht könnte er sie außer mit Schminke noch mit etwas anderem locken. Vielleicht reichte Schminke nicht? Die eine hatte doch einen Hund verloren. Was, wenn er behauptete, im Keller einen Korb voller Hundebabys zu haben? Hundebabys waren weich und niedlich. Solche Mädchen liebten Hundebabys.

Åsa Nyman saß mit lauwarmem Kaffee in einer gesprungenen weißen Tasse am Küchentisch. »Mutter« stand in abgenutzter Goldschrift auf dem Porzellan. Draußen auf dem Hofplatz stand Wiggos Wagen. Er lag oben in seinem alten Kinderzimmer und schlief. Sie hatte den Eindruck, dass er sich seit dem Tod seiner Freundin in seiner kleinen Wohnung unten in der Stadt nicht mehr so wohl fühlte. Sie hatte ihn mehrmals im Schlaf reden hören, er hatte etwas darüber gemurmelt, dass Elna in den Schatten im Gras wohne. Dass es nicht seine Schuld sei, dass ihr Herz ein kleiner Hammer sei, der immer weiter schlagen und schlagen werde. Solche seltsamen Dinge, die ihm überhaupt nicht ähnlich sahen. Als er vorhin zum Schlafen nach oben gegangen war, hatte er gesagt, dass er irgendwann einmal Inga mitbringen würde. Er hatte mitten auf der Treppe gestanden, als er das sagte, hatte sich unter dem Fenster mit dem bunten Glas zu ihr umgedreht. Das Licht war von hinten gekommen und hatte sich auf seine Schultern gelegt. Er war ihr plötzlich etwas weniger traurig vorgekommen. »Ich werde Inga mitbringen«, hatte er gesagt.

*

Sie wusste, dass es die Polizei war, die da kam. Als der graue Wagen vor ihrem Haus vorfuhr, dachte sie, dass alles so vertraut wirke, das Geräusch des Motors, der nun verstummte, die beiden Männer, die aus dem Auto ausstiegen, die Farbe des Himmels. Alles war gleich und war es eben doch nicht.

Åsa Nyman erhob sich schwerfällig und ging hinaus auf den kleinen Gang. »Wollen Sie ihn etwa verhaften?«, fragte sie ängstlich.

»Nein«, sagte Cato Isaksen. »So können Sie das nicht nennen. Wir möchten ihn nur zu einer neuen Vernehmung mitnehmen. Wo ist Wiggo?«

»Oben«, sagte sie und wandte sich ab, wollte nicht mehr fragen. Im Sommer war etwas passiert, etwas, das sich ihrer Kontrolle entzogen hatte. Sie ging ins Wohnzimmer und stellte sich vor ein Schwarzweißfoto von Wiggo und Henning. Fast jede Nacht in der vergangenen Woche hatte sie von den beiden geträumt. Hatte sie so dastehen lassen, wie sie *früher* gewesen waren. Sie hatte sie auf den Hofplatz geträumt, sie waren klein und spielten Fußball. Sie hatte gesehen, wie der Staub beim Dribbeln in Wirbeln hochstob.

Sie hatte immer den Verdacht gehabt, dass es *draußen in der Welt* gefährlich sei, und jetzt stellte es sich heraus, dass sie recht gehabt hatte. Maridalen war eine Nische in der Zeit, ein Stück außerhalb Oslos. Weit entfernt von allem, zugleich aber auch nicht. Amerika und Oslo, das waren *andere Orte*. Sie war seit vielen Jahren nicht mehr in der Stadt gewesen. Wiggo müsste sich eine andere Arbeit suchen, statt mit rosa Träumen für kleine Kinder in einem hellblauen Auto herumzufahren. Sterneneis oder Sternengeschmack. Was sollte das denn nur, was hatte das mit der Wirklichkeit zu tun? Und Henning und seine Tierfallen, was machte der da eigentlich? Die Hasen, die er fing, ihr seltsames Geschrei. Hasen änderten im Winter ihre Farbe. Dinge änderten sich. Aber warum lief er mehrmals in der Woche über das Feld und verschwand dann im Wald? Und wo steckte er gerade jetzt?

Sie hatte das Gefühl, dass bald etwas passieren würde. Signe Marie Øye ging ans Fenster und starrte hinaus. Ihr Auge fing eine Bewegung am Ende des Gartens ein. Hinten bei den üppigen weißen Spiräen huschte etwas davon. Etwas Schwarzes und Blankes. Es musste ein Hund sein, ein dunkler Hund. Konnte es *der* Hund sein? Sie glaubte, einen Mann zu sehen. Jetzt verschwanden beide auf der Straße. Es gab an diesem Bild etwas, das sie nicht sehen wollte. Sie brachte es nicht über sich, brachte es ganz einfach nicht über sich.

Sie drehte sich um und sah Patriks Foto an. Ihre Bluse fühlte sich steif an ihrem Oberkörper an. Unruhig lief sie zweimal vor dem Bild hin und her. Dann ging sie in die Küche. Das Brummen der Spülmaschine lag unter dem Spülbecken auf der Lauer. Das Geräusch flüsterte ihr etwas zu. Es war ein hartes und kaltes Geräusch. Heute in einem Jahr werde ich vielleicht nicht mehr hier sein, dachte sie und überzeugte sich davon, dass der Wasserhahn fest zugedreht war. Sie schaltete die kleine Lampe über der Anrichte ein, obwohl das unnötig war, und drehte das Radio an. Die Musik floss albern und störend in den Raum. »I was born to love you«. Sie schaltete es wieder aus. Irgendwo musste Patrik doch sein. Verstand denn niemand, dass sie nicht mehr konnte? Dass sie nur eine Antwort haben wollte. Erfahren, dass er tot war, dass er nicht leiden musste. Plötzlich verspürte sie einen Brechreiz, stürzte zum Ausgussbecken, aber nichts kam heraus.

Sie hatte ihr Kind nicht retten können. Sie hob die Hände und legte sie an ihr Gesicht. Drückte die Hände auf die Wangen. Der Schmerz bohrte sich wie eine eiserne Saite durch ihren Leib. Sie ging hin und her und starrte dabei hinaus in den Garten. Vier

Jahre zuvor hatten sie in einem Boot Sommerferien gemacht. Mit einigen Freunden. Sie und Patrik und Patriks Vater. Sie würde niemals den Geruch von Teer und Holz und von Patriks dickem Pullover vergessen. Das Boot wogte nachts auf und ab, während sie in dem feuchten Geruch schliefen. Es war der Sommer gewesen, bevor sie sich getrennt hatten. Nichts war gut, und in jenem Herbst war ihre Entfremdung voneinander zur Tatsache geworden. Patrik litt. Patrik war traurig. Patrik wollte, dass sein Vater wieder zu Hause einzog.

Sie hatten sich bei einem Seminar kennengelernt, sie und Patriks Vater. Sie sollte Blumenkränze flechten und er sollte sie fotografieren. Bilder, Bilder, Bilder. Was hatten Bilder schon für eine Bedeutung?

Sie ging wieder ins Wohnzimmer. Die leeren Übertöpfe auf der Fensterbank leuchteten ihr entgegen. Jedes einzelne Möbelstück war mit Schmerz gefüllt. Nichts geschah. Es geschah nichts. Es gab nur diese leblosen Dinge, zwischen denen sie hin- und herwanderte. Stunde für Stunde für Stunde, seit Patrik verschwunden war.

Es hatte in letzter Zeit allerlei in den Zeitungen gestanden, über verschwundene Kinder, die wieder aufgetaucht waren. Natascha Kampusch war gefangengehalten worden, hatte aber überlebt und war zurückgekommen. Zu ihrer Mutter. War das in Deutschland oder Österreich gewesen? Es hatte überall Bilder von ihr gegeben, in den Zeitungen, auf allen Fernsehsendern.

Signe Marie Øye starrte durch das Glas in der Wohnzimmertür. Das ganze Zimmer kam ihr plötzlich vor wie ein Taubenschlag. Das lag an dem Geruch, so, als ob hier immer Vögel gewesen wären. Tauben, die aus und einflogen. Zu der Adresse, die ihren kleinen Gehirnen eingeätzt worden war. In dieser Richtung, hin und her.

Sie konnte nicht mehr, musste fort aus dem Haus.

Sie riss den rosa Sommermantel vom Garderobenständer. Hüllte sich hinein wie hinter einen Schutzschild. Schob ihre bloßen Füße in zwei abgewetzte Turnschuhe. Sie wollte zum Wasser. Am Wasser entlanggehen und wieder zurück. Wie viele Male würde sie wieder zurückgehen? Sie öffnete die Tür und verließ das Haus, ohne hinter sich abzuschließen.

Henning Nyman hörte die Mädchen schon von weitem. Solche Mädchen machten ein ganz besonderes Geräusch. Er konnte sie oben zwischen den hohen Bäumen erahnen. Jetzt gingen sie abwärts, auf den Springbrunnen zu.

Er stand vor seinem Auto und wartete. Lehnte sich an die Tür und wartete. Er hatte Wagenheber und Ersatzreifen von der Rückbank entfernt. Für den Fall, nur für den Fall, dass es für sie keinen Platz gäbe. Er hatte bei einer Parfümerie angehalten und einige grelle Lippenstifte gekauft.

Sein Herz hämmerte schwer und hart. Jetzt gingen sie an dem Pfosten beim Springbrunnen vorbei. Das Gras im Kreis um den Brunnen war noch grün, ansonsten war alles grau. In seinem Kopf war alles grau.

Er hatte unterwegs mit Louise gesprochen. Hatte gesagt, jede werde einen großen Karton voller Schminke bekommen. Und nicht nur das, hatte er gesagt, ein Freund von ihm habe vier Hundebabys. Promenadenmischungen, die er nicht loswerden konnte. Wenn die Mädchen wollten, könnten sie gratis eins haben. Louise war am Telefon still geworden. Ich weiß nicht, hatte sie gesagt. Weiß nicht, ob ich *darf.* Aber er hatte gehört, dass ihr Interesse geweckt war.

Sie trugen große Rucksäcke, und beiden hingen die Jeans tief unten auf der Hüfte. Die Rothaarige trug einen ärmellosen Pulli mit Kapuze. Ihre Haut war ganz weiß, obwohl doch Sommer war. Sie hatte kleine Sommersprossen auf der Nase und ihre Oberarme sahen weich und teigig aus. Sie hatte einen dicken Speckwulst zwischen Pulli und Hosenbund. Weißrosa, wie ein Säugling. Sie war ein Kind, ein wunderbares, verletzliches Kind.

Louise plapperte und plapperte, blieb ab und zu stehen und schlug sich auf die Knie. Drehte sich für einen Moment um und ging rückwärts, wobei sie weiter auf ihre Freundin einredete. Ihre Stimme war schrill, wie Mädchenstimmen das sein konnten.

Eigentlich brachte er Louise nur Verachtung entgegen. Ihrer Stimme, ihrer Selbstsicherheit, die aus ihren blauen Augen strahlte, ihren viel zu blonden Haaren. Sie war groß für ihr Alter, und mager. Von Brüsten hatte sie nicht einmal eine Andeutung, war ganz flach vom Bauch bis zum Hals. Plötzlich gackerte sie hysterisch los und fuchtelte mit den Armen.

In diesem Moment sahen die Mädchen ihn. Sie blieben stehen. Die Rothaarige trug ein aufgerolltes Zelt in den Armen. Für einen Moment war alles still, dann drehten sie sich um und rannten los. Er sah, dass sie dabei lachten. Das war immerhin ein gutes Zeichen. Er blieb noch eine Weile stehen und zählte ein paar Sekunden an seinen Knöpfen ab, dann ging er hinter ihnen her. Es regnete mittlerweile. Oder vielleicht lag das nur am Springbrunnen? Ein hellgrüner Schleier aus Wasser trieb wie dünner Rauch zwischen den Lichtkegeln beim Springbrunnen. Er merkte, wie die Tropfen unter seiner Nase hängen blieben. Nun lief auch er los. Es war kein Problem, die beiden einzuholen.

Es war ein schlechtes Zeichen, dass das Auto rot war, fand Louise. Vorne rechts wies es eine tiefe Beule auf und ein Scheinwerfer war zerbrochen. Etwas zwängte sich aus ihrem Unterbewusstsein herauf. Ein Gefühl. Hatte in den Zeitungen nicht etwas über ein rotes Auto gestanden? Ina lachte neben ihr laut auf und presste sich das Zelt an die Brust. Wiggos Bruder hatte sie eingeholt. Rotkäppchen und der Wolf, dachte Louise und starrte die großen Hände des Bruders des Eismanns an.

Der schwarze Labrador kam schwanzwedelnd auf sie zu. Louise hatte seinen Besitzer schon oft gesehen. Sie streckte die Hand aus und streifte das Fell des Hundes. Der Hund fing an zu bellen, heiser und glücklich. Aber sein Besitzer rief ihn zu sich, und mit hängenden Ohren verschwand er im Gras hinter den hohen Hagebuttensträuchern. Sie konnten ihn nicht sehen, hörten nur, dass er leise auf den Hund einredete.

Der Bruder des Eismannes grinste. »Ihr Dussel«, sagte er und griff nach Louises Arm.

»Au«, schrie sie. »Mach keinen Scheiß!« Ihr drängte sich die Gewissheit auf, dass das Allerschlimmste passieren könnte. Aber er lachte nur und zog sie mit sich. »Ich hab euch Schminksachen mitgebracht.« Der harte Griff um ihren Oberarm lenkte sie wie eine schlaffe Stoffpuppe. Das glatte Gras unter ihren Füßen sorgte dafür, dass sie fast vorwärts rutschte. Das Geräusch ihrer Schuhe pflanzte sich durch ihren Körper nach oben fort. Ihr Herz hämmerte düster und schwer in ihrer Brust. »Wo ist Wiggo?« Sie spürte seinen Griff wie eine schmerzhafte Kralle um ihren Oberarm. Er lachte nur immer weiter. »Ich hab doch gesagt, dass jede von euch einen Hund haben kann«, sagte er und ließ sie los.

Louise sah zu Ina hinüber, die hinter ihnen hergelaufen war. Ina lächelte unsicher und zuckte mit den Schultern.

»Ihr könnt euch doch denken, dass ich nur Jux mache«, sagte Henning Nyman. »Ich soll euch von Wiggo grüßen und ausrichten, dass er auf euch wartet.«

Louise legte den Arm um Ina, dann sah sie Henning Nyman an. *Wie sagt man nein zu einem erwachsenen Mann, der will, dass man sich in ein Auto setzt?*

»Wo denn?«

»Da, wo die Hundebabys sind«, sagte Henning Nyman.

Louise kniff Ina fest in den Arm. Ina drückte das Zelt an ihre Brust. »Sollen wir es lieber lassen?«, flüsterte Louise.

Ina sah sie an und verzog den Mund. »Ich weiß nicht«, sagte sie. »Du hast doch mit ihm gesprochen«, flüsterte sie. »Die Hundebabys sind sicher niedlich. Aber was glaubst du, was dein Vater sagen wird?«

»Oder meine Mutter.« Louise schluckte.

»Jetzt steigt schon ein«, rief Henning Nyman.

*Wie sagt man nein zu einem erwachsenen Mann, der will, dass man sich in ein Auto setzt?*

Louise sah ihn an. »Aber wir können die Hunde heute nicht mitnehmen, können wir sie am Montag holen?«

»Kein Problem«, sagte er. »Aber ansehen müsst ihr sie euch jetzt.«

Ina sah Louise an. »Ich passe auf deinen auf, wenn ihr nach Italien fahrt«, sagte sie. »Das ist kein Problem. Ich bleibe ja den ganzen Sommer zu Hause. Es macht Superspaß, auf einen kleinen Hund aufzupassen.«

»Setzt euch nach hinten«, sagte Henning Nyman, öffnete die Tür und klappte den Vordersitz nach vorn.

»Was für ein altes Auto«, sagte Louise. »Sind wir sicher bis sechs Uhr wirklich wieder hier?« *Wie sagt man nein zu einem erwachsenen Mann, der will, dass man sich in ein Auto setzt?*

»Kein Problem. Steigt ein.«

Danach, als Henning Nyman die Tür geschlossen hatte, sah Louise seine Augen, sah, wie sie vom Rückspiegel zu einem kleinen Bild gerahmt wurden.

»Fährst du uns danach dann gleich zum Burudvann«, fragte Ina. »Wenn wir es bis sechs nicht schaffen? Wenn wir die Schminke bekommen und die Hunde gesehen haben?«

»Klar«, sagte er.

»Kannst du unseren Lehrer anrufen und sagen, dass du mein Vater bist? Oder Louises Vater?«, sagte Ina. »Und sagen, dass wir ein bisschen später kommen. Dass wir direkt zum Burudvann kommen.«

»No problem«, sagte Henning Nyman und stieg aus dem Auto. »Ihr giggelt so laut, jetzt seid mal still. Schaut her, hier habt ihr ein paar Lippenstifte. Gib mal dein Telefon.« Er streckte Louise die Hand hin. Sie reichte ihm ihr rosa Handy und zeigte ihm die Nummer des Lehrers.

Die Mädchen sahen durch das Autofenster, wie Henning Nyman telefonierte. Sie hörten Bruchstücke: »*... alle beide ... kommen nicht ...*«

Sie wechselten einen Blick und zuckten mit den Schultern.

»Er fährt uns danach zum Burudvann«, sagte Ina und drehte die Kappe von dem einen Lippenstift. »Er arbeitet in einer Kosmetikfabrik. Nachher kriegen wir noch mehr.«

Plötzlich tauchte die Frau von nirgendwoher auf. Auf einmal stand sie da und starrte durch die Windschutzscheibe herein. Sie sah in der Hitze ein wenig verfroren aus und hatte sich in einen rosa Sommermantel gewickelt. Mit ihrer weißen Haut und den hellen Haaren wirkte sie wie ein Gespenst. Louise erkannte Patrik Øyes Mutter. »Was macht ihr denn hier?«, fragte sie. Aber die Fenster waren geschlossen, deshalb hörten die Mädchen nicht, was sie sagte.

Henning Nyman lief zum Auto zurück und bat die Frau, weiterzugehen. Sein rechtes Bein zitterte, als er den Motor anließ und die Kupplung betätigte. Er setzte einige Meter zurück, dann schaltete er in den ersten Gang und fuhr vorbei an der Frau und über den mit Platten belegten Weg.

Die Polizeijuristin Marie Sagen schob ihren Dienstausweis durch den Scanner und ging durch den Bereitschaftsraum. Er war erstickend heiß. Sie nickte zwei Kollegen kurz zu und fuhr sich durch die blonden Haare. Sie bereute, in diesem Jahr so spät Urlaub genommen zu haben. Erst im August würde sie drei Wochen frei haben. Es war noch lange bis August.

Sie stellte ihren Diplomatenkoffer vor sich in den Fahrstuhl, strich ihre hellblaue Hemdbluse gerade und drückte auf die 5. Cato Isaksen erwartete sie schon auf dem Gang.

Die Polizeijuristin war hübsch in ihrer konservativen Kleidung, fand er. Blauer Rock und hellblaue Bluse. Fast hätte er auch eine Stewardess vor sich haben können.

Er informierte sie in kurzen Zügen über die außergewöhnliche Situation, worauf Marie Sagen ihn sofort unterbrach und erklärte, dass ein neues Rundschreiben eingetroffen sei, welches die Bedingungen, Verhaftungen vorzunehmen und Polizeiarrest zu verhängen, um ein Geständnis zu erlangen, abermals erschweren. »Das CPT, das europäische Antifolterkomitee, hat Norwegen kritisiert«, sagte sie. »Aber wir werden trotzdem sehen, wie weit wir kommen. Wenn der kleine Junge nicht vermisst würde, würde ich sagen, wir müssten bis morgen warten. Es ist spät. Und es ist heiß. Wir müssen natürlich auf den Verteidiger des Betreffenden warten.«

»Natürlich«, sagte Cato Isaksen leicht verärgert. Er war ja auch nicht ganz blöd. Wiggo Nyman wartete in einem Vernehmungsraum. Im anderen saß Ahmed Khan. Er hatte sie gebeten, Inga Romulda zu holen, was immer das bedeuten mochte.

»Pass auf, dass sie etwas zu essen und zu trinken bekommen«, sagte Marie Sagen. »Damit nicht *alles* von Anfang an schiefläuft. Du weißt doch, wie diese Anwälte ...«

»Ja, ich weiß, wie diese verdammten Anwälte sich anstellen. Und wie jeder normale Mörder behauptet Wiggo Nyman natürlich, mit rein gar nichts irgendetwas zu tun zu haben. Was Khan angeht, da haben wir noch nicht richtig angefangen. Er behauptet, eine Zeugin zu haben, die ihn von jeglichem Verdacht befreien kann, nämlich Elna Druzikas Freundin.«

»Perfekt«, sagte Marie Sagen und ging vor Cato Isaksen in den Besprechungsraum, wo das Team sich versammelt hatte. Sie reichte Marian Dahle, die sie noch nicht kannte, die Hand, dann nickte sie den anderen kurz zu.

Roger Høibakk riss die Fenster sperrangelweit auf und schnippte eine tote Fliege von der Fensterbank.

Marie Sagen legte ihren Diplomatenkoffer auf den Tisch und öffnete ihn mit einem leisen Klicken. »Wenn ich das richtig verstanden habe, wartet Wiggo Nyman jetzt also in einem Vernehmungsraum«, sagte sie und setzte sich ans Tischende.

»Ja«, erwiderte Cato Isaksen ungeduldig. Er wollte unbedingt mit der Vernehmung beginnen und Wiggo Nyman mit den neuen Erkenntnissen konfrontieren. Jetzt mussten sie sich nur über ihre Vorgehensweise einigen.

Asle Tengs kam ins Zimmer. Er begrüßte Marie Sagen kurz. »In dem Baggerloch draußen bei Høvik Verk haben wir nichts gefunden. Chef«, sagte er und sah Cato Isaksen an. »Nur trockene Erde. Die Technik hat eben angerufen.«

»Okay«, sagte Cato Isaksen. »War auch nur so ein Gefühl. Irgendwas mit den beiden Mädchen ... setz dich. Wann kommt Inga Romualda?«

»Sie ist gerade auf dem Weg. Tony holt sie. Aber wir haben vermutlich etwas, Asle.« Cato Isaksen warf einige Papiere auf die Tischplatte und zog sich einen Stuhl heraus. »Ein Puzzlestück nach dem anderen. Intuition reicht nicht, darüber haben wir ja schon gesprochen.«

Asle Tengs lächelte kurz zu Randi Johansen hinüber, die drehte sich auf ihrem Stuhl um und legte ihre Jacke über den Stuhlrücken.

»Ist es nicht auch wichtig, dass ihr diese beiden Mädchen holt, die vermutlich den Brief geschrieben haben, und euch vor der Vernehmung erst mal anhört, was sie zu sagen haben?«, fragte Marie Sagen.

»Schon, aber sie sind auf Klassenfahrt. Wir können ja erst mal Nyman ausquetschen«, sagte Cato Isaksen. »Vielleicht gibt er auf, wenn er sieht, dass wir diesen Brief der sogenannten Nixen haben. Und dann ist da ja auch noch Inga Romualda.«

»Nyman kann sich von diesem Brief ja nicht weglügen«, sagte Roger Høibakk. »Idiotisch von ihm, den nicht wegzuwerfen.«

»Wenn wir wirklich Untersuchungshaft beantragen«, sagte Marie Sagen, »dann kann er irgendwann morgen dem Untersuchungsrichter vorgeführt werden. Der Brief der Mädchen und der Zeitpunkt, zu dem der Eiswagen im Selvikvei gestanden hat, sind doch immerhin gute Anhaltspunkte.«

»Aber lange reichen die nicht aus«, sagte Asle Tengs. »Wir haben nur verdammt wenig Zeit, um ihm noch mehr anzuhängen. Wir haben ja keine Leiche und wir haben keinen roten Mazda.«

»Er kann ihn gestohlen und nachher irgendwo abgestellt haben«, sagte Asle Tengs.

»Lasst uns Tschudinow nicht vergessen«, sagte Randi. »Dass Nyman etwas mit dem verschwundenen Jungen zu tun hat, glauben wir ja alle, aber der Fall Druzika …«

»Der Anwalt des Betreffenden …«, fiel Marie Sagen ihr ins Wort.

»Der wird gleich hier sein«, antwortete Randi Johansen kurz. »Es ist ein junger Mann. Seinen Namen habe ich noch nie gehört. – Vielleicht eine Urlaubsvertretung, er heißt Thomas Fuglesang.«

»Witziger Name jedenfalls«, sagte Roger Høibakk.

Randi Johansen spielte an einem Stück Papier herum.

Die Polizeijuristin Marie Sagen runzelte heftig die Stirn. »Das klingt doch ziemlich unglaublich, alles zusammen, meine ich. Wir müssen hier wirklich die Vorschriften einhalten. Wie gesagt, wir können Festnahme und Arrest nicht benutzen, um einem Beschuldigten ein Geständnis abzupressen.«

»Wir müssen ihm irgendwas anhängen können.« Marian Dahle hatte bisher den Mund gehalten. Sie versuchte, Cato Isaksens Blick einzufangen. Er schaute in eine andere Richtung.

Marie Sagen fuhr sich mit einer gepflegten Hand mit rosa Perlmuttnagellack über die Stirn.

»Wir dürfen jedenfalls nicht gegen irgendeine Vorschrift verstoßen, die gelten absolut. Ihr könntet sonst wegen grober Dienstvergehen angeklagt werden. Wie wollt ihr den Antrag auf Untersuchungshaft begründen?«

»Lasst uns mit der Vernehmung anfangen und sehen, wo wir dann enden«, sagte Roger Høibakk.

»Nein«, sagte Marie Sagen.

»Kann Marian nicht ...«, begann Randi Johansen.

»Was denn?«, fragte Cato Isaksen.

»Nyman vernehmen.«

»Warum denn?«

»Weil sie eine Technik ...«

Cato Isaksen schnaubte.

Marie Sagen blickte Marian Dahle interessiert an. »Was ist das denn für eine Technik?«, fragte sie lächelnd.

»Gar keine«, sagte Marian kurz. »Ich habe keine besondere Technik.«

Plötzlich stand Thomas Fuglesang in der Tür. Der junge Anwalt wirkte durchaus nicht unsicher. »Ich habe das Wichtigste gemailt bekommen«, sagte er. »Aber ich konnte mit meinem Mandanten noch nicht sprechen.«

Cato Isaksen konnte sich nicht beherrschen. »Ich bitte Sie, aus Rücksicht auf Ihren Mandanten, mit der offiziellen Darstellung unserer Beschuldigungen noch zu warten. Wir wissen nicht so recht, was bei der Vernehmung herauskommen wird, um das mal so zu sagen.«

Der junge Anwalt machte ein besorgtes Gesicht. »Und welche Garantie haben wir dafür, dass …«

»Wir werden natürlich alles ordnungsgemäß machen.« Marie Sagen schaltete sich in das Gespräch ein. »Es besteht kein Grund zu leugnen, dass wir vermutlich Untersuchungshaft beantragen werden.«

»Lasst uns endlich anfangen«, sagte Roger Høibakk. Er sah Cato Isaksen an. »Marian und du, ihr könnt das doch gemeinsam machen.«

Thomas Fuglesang erhob sich und sah Marie Sagen an. »Ich will zuerst allein mit meinem Mandanten sprechen.«

Cato Isaksen ließ seinen Blick zwischen den beiden hin und her wandern. »Natürlich«, sagte er gereizt.

Henning Nyman kurbelte das Fenster herunter. In dem Moment, in dem die beiden in sein Auto eingestiegen waren, hatte die Gewissheit ihn durchlodert wie eine Flamme. Jetzt führte kein Weg mehr zurück. Jetzt musste er sich beruhigen.

Es war nicht viel Verkehr. Die Leute hielten sich am Strand auf oder saßen mit einem Glas kalten Weißwein auf der Terrasse. Er behielt die Mädchen im Rückspiegel im Auge und dachte, dass ihnen doch klar sein müsste, dass das hier kein gutes Ende nehmen würde. Er sah ihren Gesichtern an, dass sie unsicher waren. Er war trotzdem beeindruckt von sich und davon, wie er mit ihnen sprach. Mit fester und natürlicher Stimme wiederholte er, dass er ihnen doch nur die Hundebabys zeigen wollte. »Wiggo hat mich gebeten, euch zu holen. Er hat erzählt, dass eine von euch ihren Hund verloren hat. Und die Hundebabys gehören einem Freund von mir.«

Er spürte, dass er eine ganz eigene Kraft in sich hatte, aber zugleich brannte in seinem Brustkasten die Angst. Er war nicht dumm genug, seiner Mutter die Schuld für das hier zu geben. Es war seine eigene Schuld, alles zusammen. Er könnte auch auf normale Weise mit Menschen umgehen. Aber er hatte sich für diesen Weg entschieden. Die Finsternis hatte so viele Jahre lang gewartet. Jetzt führte kein Weg zurück.

Er bog von der Schnellstraße ab. »Er hat vier Hundebabys in einem Korb in seinem Haus. Eine Mischung aus Labrador und Pudel. Richtig niedlich. Und außerdem gratis.«

Louise schluckte. »Labrador und Pudel, wie soll das denn möglich sein?«

»Das ist möglich«, sagte er. »Der Labrador hat sich mit dem Pudel gepaart.« Die Mädchen lächelten kurz, und Louise stellte sich plötzlich den großen Hund auf dem Rücken des kleinen vor.

In der Schule hatten sie ein Gedicht durchgenommen, von einer gewissen Edith Södergran. Ein seltsames Gedicht, ein Satz hatte ihr nicht aus dem Kopf gehen wollen. *Meine Freunde haben ein falsches Bild von mir. Ich bin nicht zahm.* Die Hitze im Klassenzimmer war während der letzten Tage unerträglich gewesen. Die Luft war schwer von Kreidestaub und Schweiß; man konnte ohnmächtig werden, wenn man zu tief durchatmete. Sie dachte an ihre Eltern, die an diesem Abend ins Kino gehen wollten. Wo Louise ja nicht zu Hause sein würde.

Henning Nyman fuhr auf den Ring 3 und verließ ihn dann gleich hinter Tåsen. Seine Hände lagen ruhig auf dem Lenkrad. Denn das hier war ein sorgfältig geplanter Feldzug. Die Rothaarige trug eine enge Hose und einen hellblauen Kapuzenpulli, der am Rand mit Spitzen besetzt war. Und unter ihrer Kleidung war ihr teigig weißer Körper. Die Blonde war nur dünn, aber auf mehreren Bildern in Helmer Ruuds Zeitschriften waren magere Mädchen abgebildet gewesen.

Er sah sie im Rückspiegel an. Ina und Louise. Louise und Ina. Die Rothaarige hatte einen Mittelscheitel. Er betrachtete für einen Moment beide Gesichter. Er nahm den leichten süßlichen Geruch der beiden wahr. Er träumte sie in einen Kellerraum mit verschlossener Tür. Sie ähnelten kleinen Tieren, die getötet werden mussten.

»Ihr könnt alle Hundebabys haben, wenn ihr wollt«, sagte er. »Alle vier.«

»Eins für jede reicht«, meinte Louise.

Ihr Vater hatte ihr wirklich einen neuen Hund versprochen, nachdem der andere getötet worden war. Er hatte es versprochen, aber sie hatte keinen bekommen. Sie war ja nicht so oft mit Dennis spazieren gegangen. Nicht so oft, wie sie versprochen hatte. Aber sie hatte ihn geliebt. Alles an ihm. Seine fröhliche Art. Sein Fell, seine Schnauze und seine Augen. Er war der feinste kleine Hund auf der Welt gewesen. Wenn sie jetzt mit einem neuen Hundebaby nach Hause käme, wenn der Vater ihn erst sähe, dann würde er möglicherweise begeistert sein. Genauer gesagt, wusste sie, dass er begeistert sein würde. So war ihr Vater nämlich. Und die Mutter auch, wenn sie erst sähen, wie niedlich der Kleine war. Sie würden ihr nicht befehlen, den Hund zurückzubringen. So gut kannte Louise ihre Eltern.

»Ich habe doch gesagt, dass ich mich an nicht an alle erinnern kann. Ich glaube, ich habe das jetzt schon zehnmal gesagt.« Wiggo Nyman sah die anderen gereizt an. Da saß wieder diese Asiatin. Und Cato Isaksen.

Sein Anwalt hatte ihn gebeten, sich jede Antwort gut zu überlegen. Er hatte sich so ausgedrückt: »*Überlegen Sie genau. Sie können es nicht mehr zurücknehmen, wenn Sie es erst gesagt haben.*«

Das hier war der pure Sport, sich daran zu erinnern, was man gesagt und was man nicht gesagt hatte. »Ich kann mich nicht an alle erinnern.« Wiggo Nyman starrte die anderen an. »Da waren einige Mütter mit Kinderwagen ...«

Marian Dahle schlug mit der flachen Hand auf den Tisch. »Jetzt hören Sie aber auf ...« Wiggo Nyman zuckte zusammen.

Cato Isaksen und Thomas Fuglesang warteten.

»Wir können beweisen, dass die beiden Mädchen etwas gesehen haben. Es steht schwarz auf weiß in dem Brief, den Sie von ihnen bekommen haben.«

Cato Isaksen erhob sich und holte die Plastiktüte von der Fensterbank.

Wiggo Nyman sah es sofort. Es war dieser verdammte rosa Brief. The fucking rosa Brief. Plötzlich musste er an die Tierfallen seines großen Bruders denken. An die toten Tiere, die ganz still im Gras lagen, mit einer Schnittwunde, wo das rostige Eisen ihnen die Kehle zerfetzt hatte. Solche Wunden, wie sie auch bei Autounfällen entstehen konnten. Der Tod wiederholte und wiederholte sich.

»Woher haben Sie den denn?«

»Louise Ek und Ina Bergum«, sagte Cato Isaksen.

Wiggo Nyman starrte ihn mit leerem Blick an.

»Wie sind Sie eigentlich an diesen Brief gekommen?« Thomas Fuglesang sah Marian Dahle fragend an. Er las ihn eilig durch die Plastikfolie hindurch.

»Fragen Sie mich nicht«, sagte sie.

»Dann solltet ihr ja wohl versuchen, die Mädchen zu finden und sie zu fragen«, sagte Wiggo Nyman.

Cato Isaksen seufzte müde. »Im Moment fragen wir Sie. Sie wissen, dass auch die Kripo eingeschaltet ist.«

Wiggo Nyman sah plötzlich Inga Romualda vor sich. Sie hatte ihn am Vortag auf eine ganz besondere Weise angeblickt, als sie sich, mit Mehl bis zu den Ellbogen, zu ihm umgedreht hatte. Sie hatte eine gelbgemusterte Schürze getragen, die sie mit einem Gürtel um ihre schmale Taille gebunden hatte. Ihr Hintern hatte sich unter dem Rock abgezeichnet wie zwei Hälften, die ein Herz bildeten. Inga wusste *nichts* über ihn. Sie war einsam und traurig. Sie hatte Lust auf ihn – wenn er nur daran dachte, spannte sich sein Unterleib an. Sie strahlte ihre Trauer auf eine ganz besondere Weise aus. Die Mutter hatte ihn gebeten, sie mit nach Hause zu bringen. Das wollte er tun, wenn er nur *das hier* erst hinter sich hätte. Andere hatten schon schlimmere Anklagen überlebt. Er musste einfach durchhalten. Der junge Anwalt hatte ihn *verstanden*.

Cato Isaksen musterte Wiggo Nyman ungeduldig. »Hallo«, sagte er. »Woran denken Sie?«

»Was?«, gab er zurück.

»Die beiden kleinen Mädchen«, sagte der Ermittler.

»Ich weiß nicht, was die mit der Sache zu tun haben sollen. Es gibt doch keinen Zusammenhang zwischen Elna und ... ihr dürft einfach nicht glauben ... das stimmt überhaupt nicht.«

»Die alte Dame am Ende der Straße«, sagte jetzt Cato Isaksen, »Sie wenden auf ihrem Hofplatz. Darüber ärgert sie sich. Das ist ein Privatgrundstück.«

»Sicher«, sagte Wiggo Nyman gleichgültig, wandte sich ab

und starrte einen Vogel an, der draußen am Fenster vorüberflog.

»Warum interessiert es Sie nicht, ob wir feststellen, wer Elna misshandelt und umgebracht hat?«

Wiggo Nyman lachte kurz auf. »Ich verstehe nur einfach den Zusammenhang nicht. Was soll ich Ihnen eigentlich sagen?«

»Sie sollen es Ihretwegen sagen«, sagte Marian Dahle. »Ehe Sie sich noch tiefer in diese Angelegenheit verwickeln. Das kann sich zu Ihren Gunsten auswirken ...«

Thomas Fuglesang schaltete sich ein. »Versuchen Sie nicht, seine Antworten zu dirigieren. Und was soll sich zu seinen Gunsten auswirken?«

Marian Dahle winkte ab und redete weiter: »Wir wollen genau wissen, was die sogenannten Nixen gesehen haben. Die beiden Freunde von Patrik Øye sagen, dass sie alle drei am Eiswagen vorbeigegangen sind, da standen Sie allerdings ein Stück weiter die Straße hinunter ...«

»Da habe ich ja auch Eis verkauft, ich kriege nicht alles mit, wenn ich damit beschäftigt bin. Die meisten Kinder haben kein Geld. Sie bleiben stehen und glotzen, dann gehen sie weiter.«

»Louise Ek und Ina Bergum, alias die Nixen«, beharrte Marian Dahle. »Sie haben gesehen, was an dem Tag passiert ist. Am 3. Juni, als Patrik Øye wieder zurückgelaufen ist. Er ist als Einziger zurückgelaufen, die beiden anderen sind durch den Garten der alten Dame gegangen.«

Wiggo Nyman schüttelte den Kopf.

Cato Isaksen seufzte resigniert. »Wollen Sie die ganze Nacht hier sitzen bleiben?«

Marian Dahle zog ein Stück Papier hervor und knallte es vor Wiggo Nyman auf die Tischplatte. »Ich werde Ihnen einen anderen Brief vorlesen«, sagte sie leise. »Den hat Elnas Mutter geschrieben. An mich.«

Cato Isaksen sah sie an. Das hier war nicht verabredet. Plötzlich bereute er den Streit, den sie früher an diesem Tag gehabt hatten. Sie hätte zu einer guten Freundin werden können. Es lag an ihrer Art. Er verspürte eine Art Wut, wenn jemand sich ihm näherte. Und Marian hätte, mit ihrem Wesen, in seinen persönlichen Kreis eindringen können. Und damit konnte er nicht umgehen. Sie war ein wütender und klar denkender Mensch. Sie war genau wie er.

Marian redete weiter: »Wir haben Elnas Sarg nach Lettland gebracht, Cato und ich. Ihre Mutter hat sehr gut von Ihnen gesprochen, Wiggo. Sie hat gesagt, dass Sie lieb zu Elna waren, dass Ihre Mutter lieb zu ihr war. Dass Sie sie hier in Norwegen fast gerettet haben. Dass ihr Leben nicht leicht war. Aber dass Sie alles für sie bedeutet haben. Verstehen Sie das, Wiggo? Sie haben alles für sie bedeutet.«

Wiggo Nyman spürte, wie der Schweiß über seinen Rücken strömte. Das hier war unangenehm. Plötzlich entdeckte er Inga draußen auf dem Gang. Cato Isaksen drehte sich um und sah durch das Fenster in der Tür, dass Tony Hansen und Inga Romualda vorüber gingen.

»Fanja Druzika ist Kummer gewöhnt«, sagte Marian Dahle jetzt. »Das ist nichts Neues für sie, aber ich will vorlesen, was sie über ihre Trauer um Elna schreibt. Ich habe den Brief ins Norwegische übersetzen lassen. Fanja schreibt, dass Trauer ein Dreieck ist, das sich mit schneidenden Spitzen im Herzen umdreht. Es tut entsetzlich weh. Aber nach und nach werden die Spitzen immer weiter abgeschliffen und am Ende ist das Dreieck dann rund. Es dreht sich weiter, tut aber nicht mehr weh. Trauer ist ein Prozess, der Zeit braucht. Wie lange es dauert, bis man wieder leben kann, hängt von vielen Umständen ab. Davon, welche Hilfe man hat, und welche Hilfsmittel. Wenn Sie sehen können, dass irgendwann die Freude darüber, was Sie haben, größer sein wird als die Sehnsucht nach dem, was sie nicht haben. Wenn Sie die Trauer loslassen können, dann sind die Spitzen des Dreiecks abgeschliffen und die Kugel wird zu einem Schatz in Ihrem Herzen. Wenn wir nur wüssten, was passiert ist und warum. Grüßen Sie Wiggo von uns, von Elnas Geschwistern und von mir, und sagen Sie, dass er ein wunderbarer Mensch ist.«

Rotes Haus und rotes Auto. Rot bedeutet Gefahr, dachte Louise und verspürte eine starke Unruhe, als Henning Nyman vor dem Haus hielt. Etwas hier stimmte nicht. Sie waren tief drinnen im Wald. Und sie hatte ihr Telefon nicht zurückbekommen. Wiggos Bruder hatte es ins Handschuhfach gelegt. Konnte es wirklich stimmen, dass die Hundebabys sich in diesem Haus befanden? Es war so einsam gelegen. Der Wald spiegelte sich in den Fenstern. Die Lampe über der Haustür brannte, obwohl es doch mitten im Sommer war. Und der Mond war groß und kalt. Weiß und durchsichtig wie Papier. Weißer Mond an weißem Himmel. Er schien in den Ästen eines Baumes zu ruhen. Die Mondmeere zeigten sich als vage graue Schatten auf der weißen Fläche. Es würde Regen geben. Es war zu spät. Sie wussten es beide, dass das Schlimmste passieren würde. Ina saß ganz still neben ihr auf dem Rücksitz.

\*

Er hatte alles vorbereitet, ehe er losgefahren war, um sie zu holen. Hatte die Türen geöffnet, um sie leichter durch die Waschküche und die Kellertreppe hinunterschaffen zu können. Alles war bereit.

\*

Sie stiegen aus, blieben stehen und sahen einander an. Henning fuhr den Wagen in die kleine Garage aus Holz, zog das Tor herunter und schloss ab. Warum liefen sie nicht weg? Warum liefen sie nicht in verschiedene Richtungen, damit er nicht wüsste, welche er einfangen sollte? *Wie sagt man nein zu einem erwachsenen Mann, der bestimmt?*

Sie stellten ihre Rucksäcke auf den Boden, Ina lehnte das aufgerollte Zelt an den einen Rucksack. Ein großer Traktor stand auf dem Hofplatz, dazu ein alter verrosteter Rasenmäher und irgendwelcher Schrott unter einer Plane.

»Willst du uns nicht zurückfahren, wenn wir die Hundebabys gesehen haben?« Louises Stimme war dünn. Sie spürte, wie sich in ihrem Nacken die Haare sträubten. Eine kalte Welle durchfuhr sie. Sie fror. Die Katastrophe war nahe.

»Doch, doch«, sagte Henning Nyman. »Es ist nur, dass mein Freund nicht will, dass das Auto hier steht. Es gibt so viele Vögel. Die kacken auf den Lack. Kommt, dann zeig ich euch die Hundebabys.«

*Wie sagt man nein zu einem erwachsenen Mann, der bestimmt?*

Er schloss die Haustür mit dem Buckelglas auf. »Kommt schon, Mädels«, sagte er.

Überall war Wald. Die dunklen Tannen zischten. Die Blätter der Laubbäume hatten Ohren, die in die Landschaft hinaus lauschten. Louise sah Ina an. Die zuckte mit den Schultern. Vorsichtig gingen sie einige Schritte auf die Tür zu. »Du wohnst hier also gar nicht?«

»Nein, nein. Das Haus gehört einem Freund von mir, das hab ich doch gesagt.«

Louise sah Ina noch einmal an. Sie wusste, dass auch Ina wusste, dass etwas hier nicht stimmte. Aber dass es zu spät war. Wiggo war nicht zu sehen.

Louise schaute das Haus an. Die Fenster, die Fußmatte, die offene Tür, alles, was die Endstation war. Ihre Augen füllten sich mit Tränen.

In diesem Moment sah sie, dass er wusste, dass sie es wusste.

»Und die Schminke?« Louises Stimme zitterte. Sie bohrte die Schuhspitze in den Kies und malte ein Zeichen.

»Die steht drinnen im Gang. Lipgloss. Rosa und touch and go«, sagte er düster.

*Touch and go*, was war das denn wohl? Sie blieben stehen.

Henning Nyman verzog ungeduldig das Gesicht. »Muss ich diese verdammten Viecher raufholen, wollt ihr das?«

Er war böse. Sehr böse.

»Nein, nein«, sagte Louise und hörte, wie aus ihrem Hals ein raues Schluchzen kam. »Wir kommen ja schon. Aber Wiggo ...?«

*Wie sagt man nein zu einem erwachsenen Mann, der bestimmt?*

»Der kommt nachher.«

»Wann ...?« *Wie sagt man nein zu einem erwachsenen Mann, der bestimmt?*

\*

Er stürzte auf sie zu. Plötzlich war er da und packte sie mit Eisengriff. Jetzt hielt er sie beide fest um den Nacken. Presste ihnen die Ellbogen gegen den Hals, sodass sie sich nicht bewegen konnten. Seine Stimme war wie ein Messer. Louise dachte an Bittelise. Sah die Puppe vor sich, wie sie auf dem Bett saß, auf der sauberen weißen Spitzendecke, und starr ins Zimmer schaute, mit ihren toten Augen. Die Eltern waren im Kino und dem Lehrer hatten sie ausrichten lassen, dass sie nicht kommen würden. Niemand vermisste sie. Erst am Sonntagabend würden die Eltern erfahren, dass sie an der Klassenfahrt nicht teilgenommen hatten.

\*

Wenn sie sich jetzt losreißen können, ist alles ruiniert, dachte er. Er zog sie mit sich ins Haus, durch die Waschküche und die Kellertreppe hinunter. Die Rothaarige hatte aufgegeben, sie hing wie ein Sack in seinem Griff. Die dünne Blonde dagegen schlug und trat und versuchte, ihn zu beißen. Und sie schrie. Laut und wütend. Hysterisch. Er schüttelte ihren Kopf hin und her, damit sie aufhörte.

»Inga Romualda ist hier, um eine Aussage zu machen«, sagte Tony Hansen und nickte kurz zu Marie Sagen hinüber. »Wollen wir beide mit ihr reden, Asle?«

Asle Tengs stand auf. Inga Romualda stand mit hochgezogenen Schultern und gesenktem Kopf in der Tür. »Ich möchte mit ihr sprechen«, sagte Randi Johansen mit einer Handbewegung. Asle Tengs setzte sich wieder.

Inga Romualda erinnerte Randi an ein Möwenei, das sie einmal gefunden hatte, graubraun, matt und zerbrechlich. Es lag an etwas in ihrem Blick. Etwas, das davon handelte, Frau zu sein.

Inga wollte den Vernehmungsraum nicht betreten. »Ich werde das schnell hier draußen sagen«, sagte sie und hob die Hand an den Hals.

Sie standen draußen auf dem Gang. Randi Johansen, Tony Hansen und Inga Romualda.

»Ahmed hat Elna nicht umgebracht. Er war zu dieser Zeit nicht in Alnabru. Er war auch nicht in der Moschee. Er war in Karihaugen.«

Randi sah sie an. »In Karihaugen?«

Inga Romualda nickte. »Er hat mich gebeten, mit Ihnen zu sprechen. Er hat Elna nicht umgebracht. Er war bei den Frauen im Erdgeschoss. Bei den Russinnen. Ich kenne sie nicht. Aber Ahmed war da. Ich habe sie gesehen. Das hat ihm überhaupt nicht gefallen. Seine Frau darf nichts erfahren … Sie … Sie wissen doch, was die tun, diese Frauen. Ich habe es versprochen. Ahmed hat Angst. Er … Sie wissen schon, muslimische Männer. Er hätte bei dieser Hochzeit sein müssen. Solche Hochzeiten dauern drei Tage. Die Gäste kommen und gehen. Später, als Ahmed aufging, dass Sie glaubten, er sei da auf dem Video zu sehen … aber das ist überhaupt nicht sein Rücken. Das ist sein Vetter. Also hat er sich von seinem Vetter die Jacke geliehen. Nur, damit seine Frau … und seine Familie nicht erfahren, dass er … Sie dachten, dass er auf dem Film zu sehen ist, aber er besucht die Russinnen. Ziemlich oft«, fügte sie hinzu. »Er war da. Ich bin ihm unten im Treppenhaus begegnet. Er war gerade auf dem Weg zu ihnen. Das war eine Viertelstunde, bevor Elna überfahren worden ist. Ahmed hat Elna nicht umgebracht.«

Randi Johansen und Tony Hansen wechselten einen Blick. »Na gut, Inga«, sagte Randi und legte ihr die Hand auf die Schulter. »Vielen Dank. Und Ronny Bråthen …«

»Nein, Millys Enkel, nein!«

»Und Wiggo?«

Inga Romualda senkte den Kopf und fing leise an zu weinen.

*

Wiggo Nyman musste rasch überlegen. Er wusste nicht so recht, was es zu bedeuten hatte, dass die Polizei diesen verdammten Brief gefunden hatte. Und warum war Inga hier? Was konnte sie denn überhaupt wissen? In seinem Kopf drehte sich alles. Etwas flackerte in seinem Bewusstsein auf, war aber verschwunden, ehe er es fassen konnte. Er durfte nicht rauchen. Er brauchte eine Zigarette. Sie saßen hier zu viert, hier in diesem heißen Zimmer. Die beiden Leute von der Polizei und der steife Anwaltstyp. Warum waren Anwälte wohl so? Und wie lange würde er hier sitzen müssen, ohne zu rauchen?

Er fühlte sich in die Enge getrieben. Er musste sich in Acht nehmen, musste die richtigen Worte sagen. Eine passende Strategie finden.

*Grüßen Sie Wiggo von uns, von Elnas Geschwistern und von mir, und sagen Sie, dass er ein wunderbarer Mensch ist.*

Die Ermittlerin hämmerte auf ihn ein. »Wir müssen jetzt eine Antwort haben. Ich sehe Sie. Sehe Ihre Persönlichkeit. Jeder Mensch hat *seine*. Wissen Sie, was ich über Sie denke, ich denke, dass Sie ziemlich schlau sind. Aber dass Sie in Ihre eigene Falle getappt sind.«

In die eigene Falle? Was redete sie da?

Thomas Fuglesang hob die Hand. Draußen fuhr ein Lastwagen vorbei.

»Sie müssen krank genug sein, um es zu schaffen. Aber gesund genug, um nicht zu versagen. Verstehen Sie, was ich sage, was ich meine?«

Wiggo Nyman starrte sie mit halboffenem Mund an. Er merkte, dass er kurz vorm Weinen stand. Plötzlich hörte er seine eigene Stimme. Er hörte sich sagen, er habe dem Jungen nichts *getan*. Sondern ihn nur mit ins Auto genommen.

Die Stille im Raum war jetzt greifbar. Was hatte er hier gerade gesagt?

Wiggo Nyman verschränkte die Hände ineinander und starrte zu Boden. »Er ist gefallen und hat sich das Knie aufgeschrammt«, sagte er dann. »Das war alles. Gleich hinter dem Wagen, als ich wenden wollte. Auf dem Hofplatz dieser übellaunigen Alten.«

Thomas Fuglesang schaute auf die Uhr.

Cato Isaksen und Marian Dahle starrten Wiggo Nyman an.

»Er hat nur gefragt, ob er mitfahren dürfte. Das war alles. Ich bereue bitterlich, dass ich ja gesagt habe. Ich habe den Jungen mitfahren lassen, aber dann habe ich ihn unten an der Kurve abgesetzt, beim Oddenvei. Das ist alles. Ich wollte nur in nichts hineingezogen werden. Das müssen Sie verstehen! Was die Mädchen sagen, stimmt nicht. Sie haben nur gesehen, dass er gefallen ist und dass ich ihn mitgenommen habe. Den Rest wissen sie nicht. Denn mehr gibt es nicht. Aber was die alte Dame sagt, stimmt nicht, er hatte gar keine Schultasche.«

Marian Dahle schaute Wiggo Nyman wortlos an.

»Er hatte also keine Schultasche?« Cato Isaksen starrte ihn an und versuchte verzweifelt, zu analysieren, was diese Antwort bedeuten mochte.

Wiggo Nyman schüttelte den Kopf und wiederholte, dass der Junge keine Tasche gehabt habe. »Das stimmt nicht, das was in der Zeitung gestanden hat. Er hatte keine Schultasche. Darf ich jetzt eine rauchen?«

Marian Dahle stand auf und verließ das Zimmer. Cato Isaksen und der Anwalt wechselten einen Blick.

Cato beugte sich über den Tisch. »Darf ich kurz mal einen Blick auf Ihr Handy werfen?«

Wiggo Nyman nickte müde. »Ja«, sagte er und schob das Telefon über den Tisch. Cato Isaksen riss es an sich und ließ sich die letzten Mitteilungen zeigen. Eine stammte von Inga Romualda, eine von Noman Khan und eine von Louise Ek. *Wann sehen wir uns heute Abend?*, wurde da gefragt. Die Mitteilung stammte von diesem Tag.

Wiggo Nyman sah ihn müde an. Er hatte die Kuss-SMS gelöscht.

»Wollten Sie die beiden heute treffen? Louise und Ina?«

»Nein«, sagte er. »Ich habe nicht einmal geantwortet. Wann darf ich endlich rauchen?«

Der Anwalt sah Cato Isaksen an.

»Tut mir leid«, sagte der. »Rauchen ist hier verboten.« Dann fügte er hinzu: »Elna Druzika ist mit einem roten Mazda angefahren worden. Sagt Ihnen das etwas?«

Wiggo Nyman sah ihn an. »Nein«, sagte er hart. »Ich habe keinen roten Mazda. Kann ich jetzt gehen?«

»Nein«, gab Cato Isaksen zurück. »Das können Sie nicht. Wir sind für heute fertig, aber morgen machen wir weiter. Sie bleiben über Nacht hier.«

Das Team wartete im Besprechungsraum. Marie Sagen war mittlerweile gegangen. Cato Isaksen machte für Marian Dahle ein V-Zeichen. Sie lächelte hastig. Wandte sich halb ab, als sei dieses Lob ihr peinlich. Das Schweigen war seine Waffe, dachte sie. Darin lagen fehlende Anerkennung und Hochmut. Es war ein bewusstes Verhalten gewesen, das früher an diesem Tag seinen Höhepunkt erreicht hatte. Aber es war kein gutes Gefühl und es ärgerte ihn grenzenlos, dass er so herausgeplatzt war. Fast hätte er sie bitten mögen, ihren Hund aus der Garage hochzuholen. Er dachte an die Redensart, dass man sich selbst in anderen erkennt.

Randi und Tony fassten kurz zusammen, was Inga Romualda über Ahmed Khan erzählt hatte. Cato Isaksen atmete aus. Die Gewissheit breitete sich in ihm aus. Ahmed Khan hatte mit dem Fall also nichts zu tun. Jedenfalls nicht, wenn Inga Romualda die Wahrheit gesagt hatte. Und das hatte sie sicher. Was Milly in der Kantine der Fahrer gesagt hatte, hatte sich also doch nicht auf ihn bezogen. Milly Bråthen konnte Ahmed und alles, wofür dieser stand, nicht leiden. *Eine Mischung aus Sauer und Süß. Gegensätze sind nicht zwangsläufig gefährlich. Aber sie können es sein.* Das war es eben. Gegensätze. Einwanderer. Und vielleicht hatte Inga ihr von den Prostituierten erzählt, überlegte er.

»Na gut, Leute«, seufzte er. »Aber wir sind trotzdem einen Schritt weitergekommen. Khan ist vermutlich aus dem Fall raus. Aber Nyman hat zugegeben, dass er den Jungen im Auto mitgenommen hat. Das ist immerhin ein Anfang, nicht wahr?«

»Super«, sagte Randi müde.

»Ein guter Anfang«, kommentierte Roger Høibakk.

»Auf irgendeine Weise glaube ich, dass er die Wahrheit sagt, wenn er behauptet, dass der Junge keine Schultasche auf dem Rücken hatte. Ich habe keine Ahnung, was das bedeutet, aber ...«

»Er sagt die Wahrheit«, sagte Marian Dahle. »Ich glaube, das tut er. Und das bedeutet, dass Vera Mattson lügt.«

Cato Isaksen nickte und schaute in die Runde. Er sah, wie müde alle wirkten. »Aber warum lügt sie? Hat sie doch nicht gesehen, dass Patrik Øye über die Straße gelaufen ist, wie sie immer wieder behauptet?«

»Das nehmen wir uns morgen vor«, sagte Roger Høybakk und seufzte laut. »Es ist schon nach acht. Wir gehen jetzt ein Bier trinken. Na kommt schon, allesamt, wir trinken jetzt ein Bier.«

Cato Isaksen ignorierte ihn. »Aber Louise Ek und Ina Bergum, wir sind doch noch nicht so weit … vielleicht hätten wir zum Burudvann fahren und gleich mit ihnen reden sollen.«

»Meine Güte, Mann, das kann ja wohl bis morgen warten.« Roger Høibakk hatte die Nase voll. »Jetzt wissen wir immerhin etwas mehr. Da hören wir für heute Abend auf. Heute haben sich die Ereignisse doch überstürzt, mehr können wir einfach nicht mehr leisten. Oder können wir das?«

Cato Isaksen redete weiter. »Ich kann einfach nicht verstehen, was das mit der Schultasche zu bedeuten hat. Louise Ek sagt, dass Patrik eine schrecklich blöde Schultasche hatte. Wiggo Nyman behauptet, dass Patrik Øye keine Schultasche hatte, als er ihn aufgelesen hat. Und Vera Mattson sagt, die Schultasche, die auf dem Rücken des Jungen auf und ab hüpfte, sei das Letzte gewesen, was sie gesehen hat. Könnt ihr mir vielleicht sagen, was das bedeuten soll?«

»Aber halleluja, Cato, Wiggo Nyman hat doch nicht die Wahrheit gesagt.« Roger Høibakk fuhr sich durch das Gesicht. »Natürlich hatte Patrik Øye eine Schultasche auf dem Rücken. Du weißt doch, wie Täter Bilder von Dingen blockieren können, an die sie sich nicht erinnern wollen. Wir nehmen uns diese Details morgen vor.«

»Nein«, sagte Marian Dahle. »Es war etwas daran, wie Wiggo Nyman das gesagt hat. Warum sollte er lügen, was die Schultasche angeht? Hier stimmt etwas nicht. Aber geht ihr nur.«

Asle Tengs sah Cato Isaksen resigniert. Randi Johansen war blass. »Bitte, Cato«, sagte sie. »Wir machen das morgen.«

»Na gut«, sagte er. »Geht ihr ein Bier trinken. Wir machen morgen weiter. Von mir aus.« Der Ermittlungsleiter stand auf und verließ das heiße Zimmer.

Als die Ermittler gegangen waren, war es ganz still in der Abteilung. Birka stand hinten im Gang, beim Fahrstuhl, mit gespreizten Beinen und gesenktem Kopf. Der Boxer starrte Cato Isaksen hilflos an. Der starrte zurück. Dann ging er in sein Büro und setzte sich an seinen Schreibtisch. Vor ihm auf dem Tisch lag ein Brief. Er überflog ihn ein weiteres Mal.

*Lieber Eismann.*
*Wir haben die Auskunft angerufen und die Nummer von deiner Arbeit bekommen. Direkt-Eis, du weißt schon! Und da haben wir nach deiner Adresse und wie du heißt gefragt. Wir haben gesagt, eine von uns hätte ihre Mütze in deinem Auto vergessen. Aber das stimmt doch überhaupt nicht, Mensch. Im Sommer tragen wir doch keine Mütze. Aber wir haben ganz oft Eis von dir gekauft. Wir haben nichts von du weißt schon gesagt. Aber an dem Tag haben wir alles gesehen.*

*PS. Patrik war ungezogen. Wir mochten ihn nicht, deshalb werden wir nichts sagen. Aber du musst uns Gratis-Eis geben. Ha, ha!*
*Zwei Nixen.*

»Zwei Nixen«, sagte Cato Isaksen leise zu sich selbst. »Patrik war ungezogen.«
Dieses Wort, *ungezogen* ...
Plötzlich stand Marian Dahle in der Türöffnung. Sie hatte einen Stapel Papiere unter den einen Arm geklemmt.
Er sah sie müde an. »Bist du nicht mit den anderen gegangen?«

Marian kam ins Zimmer, legte die Papiere an den Rand von Cato Isaksens Schreibtisch und setzte sich auf den Stuhl. »Ich bring es nicht, mich mit dir zu streiten, im Moment bring ich das nicht.«

Cato Isaksen seufzte tief.

»Seufze, mein Herz, aber brich nicht.« Sie sah ihn mit ernster Miene an. »Du hast recht, hier stimmt etwas nicht. Ich denke daran, wie Wiggo Nyman das über die Schultasche gesagt hat. Ich glaube, dass das die Wahrheit war.«

Sie schaute Cato Isaksen ins Gesicht und erkannte, dass sie eigentlich nicht mehr böse auf ihn war. Sich über ihn zu ärgern hatte keinen Sinn. Sie hatte sich davor gegrault, ihm zu sagen, was sie dachte. Aber er hatte ja von Anfang an das Gefühl gehabt, dass mit Vera Mattson etwas nicht stimmte.

Cato Isaksen betrachtete sie. Er hatte das seltsame Gefühl, dass sie etwas *zusammen* machten. Er und Marian Dahle. Und es war ein gutes Gefühl. Er musste zugeben, dass er durchaus gehofft hatte, dass sie den Fall lösen würden, zusammen. Für einen Moment sah er das Gesicht eines jungen Mörders vor sich, den er im Frühling durchschaut hatte. Dieser Mann hatte Georg entführt. Und dafür gesorgt, dass Cato Isaksen sich für sechs Wochen hatte krankschreiben lassen müssen. Etwas an der Persönlichkeit dieses Mörders hatte seltsamerweise irgendetwas in ihm getroffen. Eine Verbindung, etwas, das etwas anderem ähnelte. Einen Fluchtpunkt weit draußen, der scharf war wie eine Glaskante. Er dachte daran, dass er den Jungen damit konfrontiert hatte. *Ich bin kreativ,* hatte der gesagt, *kreativ an der Grenze zu etwas anderem.* Der Mörder hatte eine erschreckende Einsicht in seine eigene Psyche besessen. Einmal hatte er sich als genial bezeichnet, aber das hatte Cato Isaksen energisch abgestritten. Der Junge aber hatte erklärt: *Verbrechen sind gar nichts, verstehen Sie, man muss nur ein wenig tiefer denken. Wenn die Dinge so einfach sind, dass die Polizei sie nicht sieht, dann ist man genial.*

*Nicht genial,* hatte Cato Isaksen mürrisch erwidert. *Nur verletzt und zerstört.*

Marian Dahle begriff, dass er in seine Gedanken versunken war, dass sein Gehirn intensiv an Details arbeitete, die vielleicht ein Ergebnis erbringen könnten.

Cato Isaksen stand auf und lief im Zimmer hin und her. Er hob abwehrend die Hand und ging zum Fenster. Dort blieb er mit dem Rücken zu ihr stehen. Nach einer Weile drehte er sich um und sagte: »Mir geht irgendetwas im Kopf herum, etwas, worauf wir bei den Ermittlungen gestoßen sind, das wir aber nicht zu fassen bekommen.«

»Ja«, Marian Dahle nickte.

»Verbrecher sind oft genial, oder vielleicht verletzt. Verletzt und zerstört«, fügte er hinzu. »Aber ...«

»Oder beides«, fiel Marian ihm ins Wort. »Alles zusammen«, sagte sie eifrig. »Sollen die anderen doch zur Entspannung ein Bier trinken. Wir gehen alles noch einmal durch.«

»Jetzt?«

»Ja, jetzt. Hier stimmt wirklich etwas nicht. Ich glaube das nicht, was Wiggo Nyman über Patrik gesagt hat, dass er ihn im Eiswagen mitgenommen hat.«

Cato Isaksen schien plötzlich weit weg zu sein, er sah ganz klar das Bild von Signe Marie Øye in ihrem heißen, stickigen Haus vor sich. Er hörte in Gedanken ihre Stimme: *Er fürchtet sich vor so vielen Dingen, vor großen Hunden und vor großen Mädchen.*

»Ja, hier stimmt etwas nicht«, sagte er. »Es kann kein Zufall sein, dass Wiggo Nyman in der Gegend war, als Patrik verschwunden ist. Und diese Mädchen ... was hältst du eigentlich von denen? Patrik hatte Angst vor großen Mädchen, das hat seine Mutter erzählt.«

»Etwas ist seltsam an den großen Mädchen«, sagte Marian Dahle und musterte ihn zerstreut. »Vor allem an der einen.«

»An der einen, an welcher denn?«

»Vera Mattson«, sagte sie leise.

Noch einmal jagten die Worte des jungen Verbrechers durch Cato Isaksens Gehirn. *Wenn die Dinge so einfach sind, dass die Polizei sie nicht sieht, dann ist man genial.*

»Ich würde meinen Hund darauf verwetten, dass es hier ein Missing Link gibt. Ich glaube, wir sehen falsch. Wir sehen einen möglichen Mörder, der nicht der wirkliche Mörder ist.«

»Himbeergeschmack«, sagte Louise mit tränenerstickter Stimme. »Mit Vanilleüberzug. Sollen wir versuchen, uns an alle verschiedenen Sorten zu erinnern?«

Es war still im Keller. Sie saßen nebeneinander, mit dem Rücken zur Wand. Der Kellerboden war kalt unter ihren Hintern. Die Kälte wanderte den Rücken hoch, bis in den Nacken.

Ina nickte und presste sich an sie. Louise starrte vor sich hin. Zum Glück hatte er das Licht brennen lassen. Eine gelbe Birne hing an einer Leitung von der Decke. »Weil dieses Eis anders ist als das übliche«, sagte sie. »Das hat Mama gesagt. Das macht das Direkt-Eis zu etwas Besonderem. In der Regel ist die Schokoladen- oder Erdbeerglasur außen, aber hier machen sie das anders, nicht wahr, Ina?«

Ihre Eltern waren im Kino. Louise sah sie vor sich im Saal, dicht nebeneinander, mit ausgeschaltetem Telefon. Sie hatte nicht gefragt, welchen Film sie sich ansehen wollten.

»Was wird er wohl mit uns machen?«

»Ich weiß nicht, Ina. Ich weiß nicht.« Louises Stimme zitterte ein wenig, als sie weitersprach: »Sie haben Geschmack und Farbe ins Eis gepackt und die Vanilleglasur nach außen genommen. Alle Eissorten sind von außen weiß. Das Erdbeereis heißt Virgo und das Himbeereis heißt Vela.«

Ina übernahm. »Und das Schokoladeneis heißt Corvus.«

Louise fing an zu singen, mit reiner, klarer Stimme. Ihr Gesang ging in leises Weinen über. Sie senkte den Kopf und hob die Hände. Spürte Inas Hand im Nacken. »Wir müssen versuchen, nicht solche Angst zu haben«, sagte sie.

»Irgendwann muss er uns doch wieder rauslassen. Und irgendwer wird uns retten. Das weiß ich einfach. Ich glaube, wir müssen aufstehen. Es ist so kalt. Wir kriegen sonst eine Blasenentzündung. Wir versuchen, uns noch an andere Eissorten zu erinnern.«

»Zitroneneis mit Vanilleglasur.«

»Sinus«, sagte Ina.

»Und mit Schokoladenstückchen und Nüssen?«

»Weiß nicht mehr. Du weißt, dass das Sterne sind, dass die Eissorten Sternnamen haben?«

»Ja«, Louise nickte. »Das weiß ich.«

Sie standen auf und lehnten sich an die Mauer. Ein angespanntes Schweigen folgte. Louise hatte einen bloßen Streifen Haut zwischen Hosenbund und Pullover. Es war seltsam, dass es im Keller so kalt war. »Weißt du, wie Papa mich immer nennt?«

Ina schüttelte den Kopf.

»Bauchkönigin. Weil … du weißt, der Spalt zwischen Hose und Pullover. Du weißt …«

Ina nickte. Auch sie hatte so einen Spalt. Ihr Fett quoll hervor, legte sich wie zwei Würste über ihren Hosenrand. »Das ist deine Schuld, Louise«, sagte Ina wütend und schluchzte plötzlich auf. »Du hältst dich immer für so hübsch, du willst … ich habe versucht, dir das zu sagen.«

»Du hast überhaupt nicht versucht, irgendwas zu sagen.« Louise starrte Ina aus weit aufgerissenen wütenden Augen an. »Du bist ein Arsch«, fügte sie hinzu.

*

Henning Nyman ging zurück zu seiner Mutter. Durch den Wald, mit dem Schlüssel in der Tasche. Seine Gedanken wirbelten durcheinander, das rote Haus, der Keller, die Mädchen. Die Rucksäcke und das Zelt, die er in den Gang geworfen hatte. Das Blut hämmerte in seinem Körper. Sein Unterleib pochte. Er hatte die weiße Haut in Inas Nacken an seiner Nase gespürt, als er die Mädchen die Treppe hinuntergestoßen hatte. Warme

Haut mit winzigen hellen Haaren, die süß an seinen Lippen kitzelten.

Er hatte sie in den Kellerverschlag gestoßen und die Tür abgeschlossen. Da saßen sie nun. Es war ganz abgeriegelt da unten, nicht ein einziges Fenster. Niemand würde sie rufen hören. Sie gehörten ihm. Er musste nur zuerst seine Nerven beruhigen. Es war zu spät, um auf Los zurückzugehen. Alles war jetzt zu spät. Er ging vorbei an den beiden großen Steinen, hörte die Vögel in den Bäumen zwitschern. Er sah die Steine an und dachte an das viele Licht, das darin eingesperrt war. An einer Stelle bewegte sich das Gras. Ein Tier verschwand zwischen den Halmen. Eine Maus oder ein Eichhörnchen, dachte er und ging weiter. Bald würde die graue Dunkelheit sich über die Landschaft senken, wie ein dichter Umhang. Und später an diesem Abend, in der Nacht oder am nächsten Morgen, würde er zurückgehen.

»Wenn die Dinge so einfach sind, dass die Polizei sie nicht sieht, dann ist man genial.« Cato Isaksen murmelte es noch einmal. Dann sah er Marian an. »Bitte, sprich nicht in Rätseln«, sagte er. »Es ist auch so schon kompliziert genug. Was ist mit Vera Mattson?«

»Vera Mattson«, wiederholte sie.

»Was meinst du eigentlich?«

»Ich hätte niemals gedacht, dass ich das jemandem sagen würde.« Marian sah plötzlich wütend aus. Ihr Mund wurde schmal und hässlich.

»Was denn?« Cato Isaksen musterte sie überrascht. Was wollte sie ihm denn jetzt wieder vorwerfen?

»Was ist mit ihr, was denn«, äffte sie ihn nach. »Kannst du nicht mal für einen Moment die Klappe halten?« Sie sah ihn verächtlich an, beugte sich vor, stemmte in einer maskulinen Geste die Ellbogen auf die Knie, stützte ihr Kinn auf ihre Fäuste, starrte einen Punkt an der Wand an und fing an zu reden. »Als ich aus Korea hergekommen bin, war ich drei Jahre alt. Alle glauben, Kinder, die adoptiert werden, kommen in Familien, die Geborgenheit schenken. Bei mir war das nicht so.« Sie wiegte sich unmerklich hin und her. »Als du in Lettland so wütend auf mich warst, als ich diese ganzen Sachen für Fanja Druzika gekauft hatte, das war wegen der Kleinen. Der jüngsten Schwester, der mit den dunklen Augen, die hinten beim Herd saß.«

»Sie war auch drei Jahre alt.« Cato Isaksen sah sie mit ernster Miene an.

»Kannst du nicht die Klappe halten, wenn ich rede?« Marian Dahle sprang auf, ging drei Schritte zum Fenster und fuhr sich wütend mit der Hand durch die Haare. »Ich werde dir etwas erzählen, das ich noch keinem verdammten Arsch erzählt habe, und da brauchst du nicht jedes Wort von mir zu kommentieren.«

Cato Isaksen starrte verblüfft ihren breiten Rücken an, für einen Moment wusste er nicht, wie er sich verhalten sollte, ob sie ihn bewusst demütigte, oder ob es ihr wirklich ernst war. Er ließ sich zurücksinken und seufzte tief.

Sie drehte sich zu ihm um. »Meine Mutter war neununddreißig, als ich gekommen bin, mein Vater zweiundvierzig. Sie waren ein klägliches Paar. Ich kam in ein Hochhaus in Stovner, zu einer Mutter, die psychisch krank war. Mein Vater wusste das, aber er hatte wohl gedacht, ein Kind könnte helfen.«

Sie starrte ihn an. Cato Isaksen hatte die Hände auf den Schoß gelegt. Sie hielt seinen Blick fest. Sie schien fast zu hoffen, dass er sie wieder unterbrechen würde, dachte er, damit sie noch einmal abweichen, ihn anpöbeln könnte. Denn er begriff, dass sie ihm etwas erzählte, das sie ihm eigentlich gar nicht erzählen wollte.

Marian setzte sich wieder. »Es half meiner Mutter nichts, ein Kind zu bekommen«, sagte sie dann. »Sie hatte keine Diagnose, damals noch nicht. Die kam dann zehn Jahre später. Sie ist schizophren.«

Marian legte die Hände auf ihre Oberschenkel. Die Finger mit den kurzen Nägeln spreizten sich und sahen aus wie zwei Fächer. Ein Insekt umflog lautlos die weiße Lampe unter der Decke.

»Ich habe viele Jahre gebraucht, um zu begreifen, dass ich sie nicht leiden konnte. Viele Jahre und viele schlimme Runden. Ich konnte erst entkommen, als mir aufging, dass man sich nicht aussuchen kann, woher man kommt, aber dass man sich aussuchen kann, wohin man gehen will. Es fällt mir schwer, andere zu mögen, das hast du sicher bemerkt. Ich könnte gut so eine sein, die auf Karl Johan sitzt und bettelt, oder die in Treppenhäusern schläft und alte Leute überfällt. Du kannst sagen, dass ich in all diesen Jahren meine eigene Psychologin gewesen bin. Ich habe mein eigenes Muster durchschaut, um das mal so zu sagen. Alles besteht nur aus Unsicherheit und Angst. Und das löst Wut in mir aus, wenn ich das Gefühl habe, dass alles nicht so wird, wie ich mir das vorgestellt habe.«

Nach ihren letzten Worten breitete sich Stille aus.

Nach einer Weile fragte Cato Isaksen: »Soll ich jetzt etwas sagen?«

»Nein«, erwiderte sie kurz. »Ich werde mich niemals ändern. Ich bin so, wie ich bin, aber jetzt werde ich zu meinem Punkt kommen. Als wir vor einigen Tagen bei Vera Mattson waren, habe ich etwas erkannt, von mir aus kannst du das einen Geruch nennen. Oder eine Geste, die sie gemacht hat, oder die Art, auf die sie unordentlich war.«

Marian hob die Hände von den Oberschenkeln und fing an zu gestikulieren. »Das Chaos im Spülbecken ... die schmutzige Wolldecke, auf der die Katze saß. Die alten Zeitungen. Der Geruch im Haus, nicht zuletzt der. Ich bin ein Spürhund, wenn es um Stimmungen geht. Vielleicht sondern Schizophrene einen eigenen Geruch ab, so, wie manche Hunde Menschen wittern, die Krebs haben, wittere ich Schizophrenie. Und in ihrem Haus riecht es nach Wahnsinn.«

»Schizophrenie?« Cato Isaksen runzelte die Stirn, er wollte schon sagen, »na und«, konnte sich diese Bemerkung aber verkneifen.

»Ja«, sagte Marian. »Ich weiß, dass wir hier auf der Abteilung allesamt Intuition für einen Scheiß halten, aber es geht mir darum, dass Vera Mattson wirklich schizophren ist, ich habe mich nämlich erkundigt. Mein Gefühl trifft also zu. Ich habe festgestellt, dass sie zwei Jahre in der Klinik Dikemark verbracht hat. Als sie eingewiesen wurde, war sie sechsundvierzig. Ich habe mich kundig gemacht. Du warst so schrecklich sauer, als ich gesagt habe, dass ich Fachliteratur läse, aber das war wirk-

lich Fachliteratur. Ich wollte mich über Vera Mattson informieren. Ich wollte dir das auf ordentliche Weise vorlegen. Damit war ich beschäftigt, als du gesagt hast, ich sollte umschalten.«
Sie bückte sich, griff nach dem Papierstapel und zog ihn zu sich hin. Legte sich die Unterlagen auf den Schoß und durchblätterte eilig die obersten Blätter. »Es gibt sehr unterschiedliche Symptome«, sagte sie dann. »Es gibt Grundsymptome und Randsymptome. Dazu gehören Assoziationsstörungen und Denkstörungen.«

»Schlechte Impulskontrolle«, fügte Cato Isaksen hinzu und starrte sie an. Marian redete so, wie er oft dachte, einsam, wenn ein Fall dem Ende entgegenging. Sie arbeiteten *zusammen.*

»Erbliche Faktoren und Milieu spielen eine Rolle«, sagte sie jetzt. »Ambivalenz, die dafür sorgt, dass die Patientin sich gegensätzlichen Impulsen und Bedürfnissen ausgesetzt fühlt. Kleine Mädchen zu schlagen, zum Beispiel: zu strafen. Sie hat ja gesagt, dass sie diese Trampolinspringerei verabscheut.«

»Verfolgungswahn«, sagte Cato Isaksen und dachte an die kleinen Jungen im Garten, Vera Mattsons Wut darüber, dass sie ihren Garten als Abkürzung nutzten.

»Ja«, sagte sie. »Zwangsvorstellungen, Verfolgungswahn. Dass ich sie als Pulverfass bezeichnet habe, kann sich durchaus als zutreffend erweisen. Das mit den Hunden, das muss nicht unbedingt das Einzige sein. Vielleicht hat die Sache mit den Hunden sie inspiriert. Der Junge ist auch verschwunden, nicht wahr? Das Problem ist verschwunden.« Sie legte die Papiere wieder auf den Tisch.

Cato Isaksen betrachtete sie sprachlos. »Aber Wiggo Nyman hat doch zugegeben, dass er Patrik Øye mitgenommen hat«, sagte er schließlich. »Und dann kann es zu spät sein.«

Marian Dahle starrte über seine Schulter, auf einen Punkt an der Wand. »Wieso denn zu spät? Lass uns einen imaginären Handlungsverlauf zusammenstellen. Es steht nicht fest, dass Wiggo Nyman die Wahrheit sagt. Vielleicht hat er nur Unsinn geredet, um sich weitere Vernehmungen zu ersparen, um das zu erklären, was in dem Brief steht. Das Einzige, was ihm wichtig war, war doch, rauchen zu dürfen. Und wir wissen ja nicht, was die beiden Mädchen in dem Brief wirklich sagen wollten. Das steht doch nicht schwarz auf weiß da, meine ich. Wir müssen versuchen, in zwei Bahnen zu denken, Cato. Es ist gut möglich, dass das stimmt, das mit der Schultasche, dass Wiggo sie wirklich nicht gesehen hat. Meine Theorie ist, dass Vera Mattson sie an sich genommen hat, dass sie auf dem Hofplatz liegengeblieben ist, als der Eiswagen losgefahren ist.«

Cato Isaksen griff zum Telefon. »Ich rufe Roger an. Der wird stocksauer sein. Wenn er schon ein Bier getrunken hat, muss er jemand anders zum Burudvann schicken, um mit Louise Ek und Ina Bergum zu sprechen. Das kann jetzt einfach nicht mehr warten. Wir hätten die Mädchen sofort herholen müssen.«

✷

»Er war wirklich sauer«, sagte Cato Isaksen, als das Telefongespräch beendet war. »Randi fährt. Roger hatte natürlich schon einen gekippt.«

Marian sagte: »Ich war heute morgen in Dikemark. Ich hatte Zugang zu den Archiven. Ich habe einige Kopien gemacht.« Sie hob das oberste Blatt hoch. »Mattson ist als schizophren diagnostiziert und es gibt noch eine Unterdiagnose. Sie leidet außerdem an einer dissozialen Persönlichkeitsstörung. Die zeigt sich darin, dass eine Person sozialen Verpflichtungen gegenüber gleichgültig ist, dass sie kein Verständnis für die Gefühle anderer hat und dass sie über eine extrem geringe Frustrationstoleranz verfügt. Und nicht zuletzt hat sie eine niedrige Schwelle für Aggressionsausbrüche und Gewalttätigkeit.«

»Aber warum hat sie uns nichts gesagt, wenn sie die ganze Zeit gewusst hat, dass Wiggo Patrik Øye mitgenommen hat?«

Marian Dahle seufzte. »Ich weiß es ehrlich gesagt nicht«, sagte sie. »Aber du kennst doch den Charakter der Krankheit.

Vielleicht fand sie es ja nur gut, dass der Junge weg war, immerhin ein Drecksbengel weniger, der durch ihren Garten läuft. Und vielleicht war es ihr einfach die Mühe nicht wert, uns zu informieren. So eiskalt kann eine Schizophrene nämlich sein. Trust me, I know. Und sie hat sich doch auch über die beiden Mädchen geärgert. Weil die gerufen und Krach gemacht haben. Dicht vor ihrem Küchenfenster. Und dann ist da noch etwas.«
»Noch etwas?«
»Ja«, sagte sie. »*Noch etwas.*«

Ein erfolgreicher Verbrecher muss seine Grenzen kennen. Henning Nyman merkte plötzlich, wie hungrig er war. Er sah die Teller seiner Mutter vor sich, mit den blauen Blumen und dem gerillten Rand. Die gekochten Kartoffeln und die braune Soße. Vielleicht wusste sie ja, was er hier machte. Das Gefühl war so stark, dass er sich fast übergeben musste.

Die Mädchen waren im Keller eingesperrt. Wiggo saß im Gefängnis, Helmer Ruud lag im Krankenhaus. Aber bald könnte sich alles ändern. Von einem auf den nächsten Tag könnten Wiggo und Helmer Ruud wieder zurück sein, und bis dahin musste er die beiden Mädchen aus dem Weg geräumt haben.

Jedes Mal, wenn er die verschlissenen Turnschuhe auf den Waldboden setzte, war ein leises Dröhnen zu hören. Als sei der Boden unter ihm hohl. Auf beiden Seiten des Weges wuchs dichtes Farngestrüpp.

Es war ein Zufall, der ihn hergeführt hatte. So weit hinaus. Die Mädchen mussten verschwinden. Für immer. Das Einzige, was er aus dieser Situation behalten durfte, war eine Erinnerung. Etwas, das er immer wieder hervorholen könnte. Denn es musste bei diesem einen Mal bleiben. Das hier war nichts, das er sich zur Gewohnheit machen durfte.

Es würde ihnen nicht gefallen, oder vielleicht würde es ihnen gefallen. Solche Mädchen, wenn sie hysterisch kicherten, er glaubte vielleicht, dass sie, zu einem Zeitpunkt in ihrem Leben, wenn sie noch klein waren, nicht so recht wussten, ob ihnen etwas gefiel oder nicht. Er hatte sie gestreichelt, wie um sie zu trösten. Sie waren erstarrt und ganz still geworden. Er hatte die Kleider der Dicken gestreichelt, war aber an Hals und Armen ihrer Haut nahegekommen.

Als er in ihrem Alter gewesen war, hatte er einmal einen halbtoten Spatz gefunden. Seine Mutter hatte gesagt, es wäre Tierquälerei, ihn am Leben zu halten. Also hatte er den Vogel in die Hand genommen und zerdrückt, aber danach hatte er die ganze Nacht geweint und geträumt, dass der Spatz ihm den Schnabel in den Hals stach, dort, wo die Haut am dünnsten war, um sich zu rächen.

Er musste versuchen, sich zu beruhigen. Er blieb am Ende des Ackers stehen, ehe er den Weg zum Haus einschlug. Der Sommerhimmel war weiß. Hier und dort waren schwache Sterne darauf verstreut wie bleiche Fingerabdrücke.

*

Seine Mutter saß hinter dem Tisch und sah ihn an. Er verzehrte eine große Portion Frikadellen mit Selleriesoße. In der Soße schwammen kleine Möhrenstücke und die Kartoffeln waren zerkocht. Er salzte rasch und trank den gelben Saft in langen Zügen.

»Stimmt irgendwas nicht, Henning?«

»Nein.«

»Es ist das mit Wiggo, nicht wahr? Ich verstehe ja nicht, was Wiggo getan haben soll«, sagte die Mutter. »Warum hat die Polizei ihn noch einmal geholt? Auch, wenn es spät ist, will ich jetzt zur Wache fahren.«

»Das ist keine Wache. Das ist das Polizeigebäude. Und wir fahren nicht hin.«

»Weißt du etwas, Henning, das ich nicht weiß?«

»Nein. Was sollte das denn sein?«

»Warum sollte er Elna überfahren haben? Warum?«

»Das stimmt nicht«, murmelte Henning. »Die irren sich, warte nur. Sie ist von einem roten Auto angefahren worden. Wiggos Auto ist weiß.«

»Aber was ist mit Helmer Ruuds Auto«, meinte die Mutter.

»Was soll damit sein?«

»Das ist rot.«

Henning kaute sorgfältig und trank einen Schluck Saft. Er wandte den Kopf halb ab und starrte aus dem Küchenfenster. »Aber Wiggo fährt doch nicht mit dem Auto.«

»An dem Tag hat er das getan.«

Henning schloss den Mund und fuhr mit der Zunge über seine Vorderzähne. »Nein«, sagte er.

»Doch, das hat er. Ich habe ihn gesehen. Ich stand unten am Gartenzaun, ich habe gesehen, wie er mit dem Volvo den Waldweg hochgefahren ist. Kurz darauf kam er zurück, in dem roten Auto.« Der Blick der Mutter war düster. »Und er wollte, dass ich sage, dass er hier gewesen ist.«

»Er ist nicht mit diesem Auto gefahren«, sagte Henning mit scharfer Stimme. Die Mutter spielte mit zwei Krümeln auf der Spitzendecke herum und schlug die Augen nieder. Henning sprach sonst nie in diesem Ton mit ihr.

»Vera Mattsons Mann«, sagte Marian mit kalter Stimme. »Der ist vor zehn Jahren verschwunden und nie wieder gesehen worden. Sie hat ihn in Dikemark kennengelernt, auch er war dort Patient. Sie ist zu ihm gezogen, aus ihrer kleinen Mietwohnung im Zentrum von Sandvika und in sein Haus im Selvikvei. Romantisch, nicht wahr? Romantisch, aber nicht ganz ungefährlich.«

Cato Isaksen sah Marian Dahle an. Sie war tüchtig, vielleicht beinahe zu tüchtig. Birka kam durch die Tür hereingetrottet, schwanzwedelnd legte sie sich mitten ins Zimmer, gähnte laut und starrte ihn bewundernd an. Widerwillig nahm er die Wärme im Hundeblick wahr.

Marian Dahle blätterte weiter in den Papieren auf ihrem Schoß. »Aage Mattson, geboren am 7. Mai 1944. Er war Frührentner und lebte von Imkerei.«

»Imkerei?«

»Ja, von Imkerei. Er war sechs Jahre jünger als sie. Vera Mattson ist Jahrgang 38.«

Sie beugte sich vor und legte einige Blätter auf den Schreibtisch. »Diese Papiere sind chronologisch geordnet.«

Cato Isaksen hob eins auf und las den letzten Bericht, der in Zusammenhang mit Aage Mattsons Verschwinden verfasst worden war.

»Damals wurde ausgiebig nach ihm gesucht«, sagte Marian jetzt. »Aber gefunden wurde er nicht.«

Sie legte eine Fotokopie einer handgeschriebenen Anzeige, die Vera Mattson bei der Polizei in Sandvika eingereicht hatte, auf den Bericht, den Cato Isaksen gerade las. Sein Blick jagte über das Blatt. »*Den 5. Juni. Mein Mann ist seit zwei Tagen ver-*

*misst. Er wollte nur einen Abendspaziergang machen. Können Sie mir helfen, ihn zu finden?*

»Ich habe mit den Nachbarn in dem gelben Haus gesprochen«, sagte Marian. »Ich habe sie angerufen.«

»Ohne mir Bescheid zu sagen?« Cato Isaksen sah sie gereizt an.

»Ja«, sagte sie. »Ohne dir Bescheid zu sagen. Ich musste doch erst feststellen, ob das überhaupt von Bedeutung sein könnte. Ich sah keinen Grund, dich damit zu belästigen, wo du doch mit dem Haftbegehren für Wiggo Nyman beschäftigt warst. Die Nachbarn haben vor zehn Jahren noch nicht dort gewohnt, aber sie haben mir den Namen des früheren Besitzers genannt. Aage Mattson ist abends nie spazieren gegangen. Er war immer im Garten, haben die früheren Besitzer gesagt. Er hat sich dauernd mit Pflanzen und Büschen und Bäumen beschäftigt. Und natürlich mit seinen Bienenkörben.«

»Bienenkörben? In dem Garten gibt's doch gar keine Bienenkörbe.«

»Doch, sicher, ganz hinten. Die sind nur zugewachsen. Da wimmelt es doch nur so von Bäumen und Blättern und jeder Sorte Wildnis. Die Blätter wirken wie ein dicker Bühnenvorhang.« Sie lächelte kurz. »Na ja, das klingt ja ein bisschen literarisch, wenn ich das so sage.«

»Aber was haben die Bienenkörbe mit dem Fall zu tun?«

»Sicher nichts. Ich will dir sagen, was ich glaube«, sagte sie nachdenklich. »Es geht auch um Tiere.«

»Um Tiere?«

»Ja, weißt du noch, was ...«

»O verdammt, ja ... die Köter! Der Hund der Nachbarn.«

Marian Dahle nickte.

»Vera Mattson hat den Hund vermutlich umgebracht, weil er eine von ihren Katzen getötet hatte.«

»Den kleinen Bichon frisé?«

»Vielleicht hat er den Katzen nur angst gemacht, was weiß

ich denn. Aber ich habe mich in der Nachbarschaft noch weiter umgehört. Andere glauben, dass Mattson etwas mit dieser Hundesache zu tun hatte, aber sie haben natürlich keine Beweise. Der eine Hund wurde tot aufgefunden, wie gesagt. Die anderen sind einfach verschwunden.«

Sein Telefon klingelte. Cato Isaksen meldete sich. Es war Randi.
»Roger meinte, wir könnten doch den Lehrer der Mädchen anrufen, statt hochzufahren«, sagte sie.
»Roger meinte ... hat er nicht gehört, was ich gesagt habe? Holt die Mädchen, habe ich gesagt.«
»Ja, aber sie sind gar nicht im Zeltlager ... wir haben zuerst die Eltern von Louise Ek angerufen, aber beide Handys waren ausgeschaltet, und da ...«
»Und da was, zum Teufel?«
»Na ja, wir haben den Vater der anderen angerufen, den von Ina Bergum. Der hat uns die Nummer des Lehrers gegeben. Denn die Mädchen sind telefonisch auch nicht zu erreichen. Der Lehrer sagt, der Vater der einen habe angerufen und die beiden krank gemeldet ... Roger meint ...«
»Roger ... was zum Teufel meint der ...«
Der plötzlich aufgetretene Stress löste eine Wut aus, über die er keine Kontrolle hatte.
»Ja, aber sie sind nun mal nicht da oben, Cato«, sagte Randi. »Aber sie haben sicher einfach etwas anderes unternommen. Wir können nur warten, bis Louise Eks Eltern nach Hause kommen, und sie fragen. Vielleicht wissen die, wo die Mädchen stecken, vielleicht sind sie ja ganz einfach mit ihnen zusammen.«
Cato Isaksen drückte das Gespräch weg. Marian Dahle hatte die Lage erfasst. »Meine Intuition sagt mir, dass wir uns Vera Mattsons Keller ansehen sollten. Ich habe ein starkes Gefühl von ... irgendetwas. Patrik Øye ... oder alle drei.«
»Bist du verrückt?« Cato Isaksen starrte Marian Dahle wütend an. »Jetzt muss hier mal Schluss mit der Intuition sein.

Wiggo Nyman hat doch gesagt, dass er den Jungen im Auto mitgenommen hat.«

»Ja«, sagte sie. »Kann schon sein, dass ich verrückt bin, dass das total daneben ist, aber ich bin einfach so unruhig. Ich bin als Kind selbst eingesperrt worden. Ich glaube, Wiggo Nyman lügt. Ich habe neulich, als wir da draußen waren, versucht, durch ihr Kellerfenster zu schauen, aber die Fenster sind total abgedichtet Und ich habe so ein widerliches Gefühl.«

Cato Isaksen öffnete den Mund, um etwas zu sagen. »Nein«, fiel sie ihm ins Wort. »Nicht fragen.«

»Aber dann müssen wir zum Teufel nochmal machen, dass wir hinkommen«, sagte er, sprang auf und riss die Autoschlüssel an sich.

Der Hund hob den Kopf und starrte ihn abwartend an, während sein Schwanz vorsichtig zu vibrieren begann.

»Nein«, sagte Cato Isaksen verkniffen. »Wir machen keinen Spaziergang, du Vieh.«

»Komm, Birka«, sagte Marian und löste die Hundeleine, die sie sich um die Taille gebunden hatte. »Jetzt komm, mein Mädel. Wir gehen Gassi.«

*

Marian Dahle fuhr. Sie ließ den zivilen Dienstwagen ein Stück weiter unten im Selvikvei stehen. Die Wolken lagen stahlgrau und schwer über den Hausdächern. Die ganze Nachbarschaft war still, keine Kinder, keine Geräusche. Nur das Rauschen der Schnellstraße, das gleichmäßig und dumpf aus der Ferne zu hören war, durchbrach die Stille. Ein schmaler Sonnenstreifen hatte sich durch die Wolkendecke gebohrt, sich um die Ecke des gelben Hauses gewunden und war dann über die Reihe der Mülltonnen am Kiesweg gewandert. Hinten beim Trampolin flatterte eine vergessene Illustrierte im Abendwind.

Marian ließ Birka aus dem Auto und nahm sie an die Leine. Sie gingen durch das letzte Stück der Sackgasse und blieben einen Moment stehen, um das braune Haus in dem überwucherten Garten anzusehen. Die Fenster waren schwarz oder grau, je nachdem, wie das Licht darauf auftraf. Für den Bruchteil einer Sekunde hörte Cato Isaksen einen hohen Ton. Ein Summen, das sich mit dem Bild des Hauses vermischte. Seine Kopfhaut wurde eiskalt. Das Geräusch schien aus dem Haus zu kommen, wie eine Art Warnung.

Marian sah ihn an. »Stimmt was nicht?«

»Nein, nein«, sagte er und schüttelte den Kopf. »Ich glaube, es wird Regen geben.« Er hob beide Handflächen nach oben. »Gewitter.« Ein plötzlicher Windstoß riss an der Reihe der alten Fliederbüsche und ließ die Blüten auf und ab wippen.

Marian band Birka an einen Fliederbusch hinter der Hausecke, dicht vor der Wand, sodass der Hund vom Fenster aus nicht zu sehen war.

Sie klingelten. Lange blieb es ganz still. Birka fiepte leise. Marian versuchte, den Hund zum Schweigen zu bringen. Dann stand plötzlich Vera Mattson in der Türöffnung. Sie schob den Kopf vor und betrachtete die beiden, ohne ein Wort zu sagen. Der Wind riss an ihren Haaren, ihr Knoten löste sich und die Strähnen irrten hin und her, über ihre breite Stirn und vor ihre Augen.

»Wir würden gern noch einmal kurz mit Ihnen sprechen«, sagte Cato Isaksen.

Wie beim ersten Mal blieben sie in der Küche stehen. Sie wurden nicht weiter ins Haus hineingebeten. Die weiße Katze saß majestätisch auf der Fensterbank. Sie drehte sich um und starrte die Gäste aus ihren gelben Augen an. Neben ihr stand eine Schale mit bunten Drops. »Geht es schon wieder um diesen Bengel?«, fragte Vera Mattson. Sie redete wie eine Maschine, fing immer wieder mit demselben Spruch an. »Ich habe nichts gegen Kinder, aber heute finde ich viele doch ungezogen. Hier habe ich gleich vor meinem Fenster ein riesiges Trampolin. Sehen Sie nur.« Sie beugte sich vor und schob die durchsichtige Spitzengardine zur Seite. Marian sprach ein Stoßgebet, dass sie ja den Hund, der gleich unter dem Fenster angebunden war, nicht entdecken sollte. »Seltsam, nicht wahr, dass Eltern nicht begreifen, dass ihre Kinder eine Plage sein können. Diese Mädchen heulen und kreischen, das geht einer armen Frau wie mir durch Mark und Bein.«

Cato Isaksen sah sie an. »Sie waren doch die Letzte, die Patrik Øye gesehen hat?«

»Ja, das sagen sie, die Polizei. Aber irgendwer muss ihn doch nach mir noch gesehen haben, um das mal so zu sagen. Verdammtes Ungeziefer, einfach herzukommen und zu glauben, man könnte machen, was man will. Privatbesitz. Zulangen, Platz erheischen. Wie nennt man das noch? Egoismus, Egozentrik oder einfach pure, schiere Unverschämtheit.«

»Wir haben mit dem Fahrer des Eiswagens gesprochen. Der konnte uns etwas Neues sagen.«

»Wie oft soll ich das noch wiederholen, der Eiswagen ist jeden Montag hier. Ein schreckliches Spektakel. Er fährt durch die Wohnstraßen hier und bimmelt und macht stundenlang Krach. Montag ist der Horrortag, jede Menge Störungen. Die Müllabfuhr kommt auch am Montag.«

Marian Dahle sah sie an. »Darf ich mal Ihre Toilette benutzen? Cato kann ja inzwischen mit Ihnen reden. Mir geht es nicht so gut. Tut mir leid.«

Vera Mattson bedachte sie mit einem missbilligenden Blick. Es war deutlich, dass diese Bitte ihr ungelegen kam. »Ich weiß nicht so recht …«, sagte sie zögerlich. »Es ist nicht ganz sauber.«

»Spielt keine Rolle«, sagte Marian rasch und öffnete die Tür zum Gang hinter der Küche, ehe Vera Mattson noch etwas sagen konnte. Dann zog sie die Tür ganz schnell hinter sich zu.

*

Die weiße Katze starrte aus dem Fenster. Cato Isaksen dachte an den vor dem Haus angebundenen Boxer. »Feine Katze«, sagte er rasch.

»Ich bin ein Katzenmensch.« Vera Mattson sagte es mit einem neutralen Gesichtsausdruck. »Hunde muss man immer wieder bremsen. Die rennen ganz ohne Kontrolle herum.«

»Gibt es viele Hunde hier in der Gegend?«

Vera Mattson machte ein misstrauisches Gesicht. »Wie meinen Sie das?«, fragte sie scharf.

*

Marian war bei ihrem letzten Besuch die Toilettentür aufgefallen. Die Kellertreppe musste sich hinter der nächsten Tür befinden. Die sah ein wenig anders aus als die übrigen Türen, nicht angestrichen und mit einer lockeren abgegriffenen Eisenklinke. Marian drückte auf die Klinke und öffnete die Tür, die leise knirschte. Die Treppe war steil und dunkel und stickiger Schwefelgeruch schlug ihr entgegen. Langsam tastete sie sich nach unten. Die Treppe knackte laut, als sie auf die fünfte Stufe trat. Die war so glatt, dass sie fast ausgerutscht wäre. Das Geländer rettete sie. Sie kam unten an und stellte die Füße auf den Steinboden. Irgendwo musste es einen Lichtschalter geben.

»Hallo«, flüsterte sie, als müsse hier unten jemand sein. Sie blieb stehen und lauschte, hörte Schritte über sich, oben aus der Küche. Sie hoffte, dass Cato Isaksen Marian Dahle beschäftigen würde, während sie hier unten ihre Untersuchungen vornahm.

Plötzlich streifte ihre Hand einen Lichtschalter und sie schaltete das Licht ein. Eine nackte weiße Glühbirne hing von der Decke. Sie stand in einem großen, mit Abfällen vollgestopften Kellergang. Ein alter Holzstapel an der einen Wand, ein Fahrrad, einige graue Holzkästen und ein einsamer altmodischer Skistock aus Holz, der in einer Ecke lehnte.

✳

»Wie viele Katzen haben Sie denn?«, fragte Cato Isaksen und starrte die offene Kuchendose auf dem Küchentisch an.

»Ich habe nur eine, hätte gern mehrere, aber die sterben ja immer. Ich kann es nicht ertragen, wenn sie sterben.« Die weiße Katze leckte sich mit geschlossenen Augen die Pfoten. Cato Isaksen war froh, so lange sie still sitzen blieb.

»Sie haben also keine eigenen Kinder?«

»Nein. Ich habe nichts gegen Kinder, wie schon gesagt, aber viele finde ich heutzutage ungezogen. Es gibt so viele schwache Menschen. Die lassen sich einfach treiben, ohne etwas zu tun, ohne etwas zu meinen.« Sie starrte hinüber in den Garten der Nachbarn, wo das abendgrüne Gras von querliegenden Schatten zerteilt wurde. Es war ein unnatürliches Licht, das gleich wieder verschwand. *Bald wird es regnen*, dachte sie. Der Winter war ihr lieber. Im Winter war alles still und das Trampolin war verschwunden. Wenn es schneite, schien die ganze Landschaft in eine feuchte graue Wolldecke eingepackt zu werden. Und die Zweige der Bäume trugen den Schnee wie ein Fell. Beschützend, dachte sie. Einsamer Winter ohne Geräusche oder Bewegungen. Stillstand, Friede.

✳

Cato Isaksen betrachtete Vera Mattson. Sie ließ sich auf einen ihrer abgenutzten Küchenstühle sinken. Plötzlich sah er, dass sie nichts an den Füßen trug, keine Schuhe, sondern nur dicke braune Strümpfe mit Löchern an den Zehen. Beide große Zehen lugten hervor, mit wachsgelben übergroßen Nägeln.

*Wo bleibt Marian nur so lange?*

Vera Mattson redete weiter, fast zu sich selbst. »Es wird nicht besser«, sagte sie. »Das ist das Alter. Zu sehen, wie der eigene

Körper in sich zusammensinkt und zugleich aufquillt. Alles ist so sinnlos.«

*

Marians Handflächen waren schweißnass. Sie riss die Tür auf und betrat den eigentlichen Keller. Das Licht hinter ihr zeichnete ein weißes Viereck auf den Boden. Die schmalen Fenster unter der Decke waren mit Packpapier verklebt. Mitten im Keller gab es einen großen Kartoffelkoben. Der stank einfach unbeschreiblich widerlich. Die Kartoffeln lagen sicher schon seit einer Ewigkeit dort. In einem Holzregal standen viele Honiggläser nebeneinander. Sie trugen Etiketten mit Jahreszahlen. 1994. 1995 und 1996 stand dort in kindlicher Schrift. Ein Dröhnen von oben ließ sie zusammenfahren.

*

Die Katze war von der Fensterbank gesprungen und saß jetzt vor der Haustür. »Schau her«, lockte Vera Mattson und erhob sich mühsam von ihrem Stuhl. »Komm, dann darfst du raus. Raus, sage ich, nun komm schon.«

Cato Isaksen ging in die Hocke und lockte die Katze, um Zeit zu gewinnen. Sie durfte nicht zum Hund hinausgelassen werden. Er streichelte den weichen Katzenrücken, fuhr mit der Hand über den Schwanz und aufwärts, bis seine Hand abrutschte und ein kleines Fellbüschel zur Seite und zum Boden fiel.

Er richtete sich wieder auf. Vera Mattson war fast so groß wie er. Eine widerliche alte Kuh, dachte er. *Was zum Teufel trieb Marian nur so lange da unten im Keller?*

Das Wort *ungezogen* hatte sich in seinem Unterbewusstsein festgesetzt. Ungezogene Kinder. Er wusste, er müsste sich an etwas erinnern, aber es rutschte immer wieder weg. Es war ein Wechsel von Ausdrücken, wie ein Gleiswechsel bei einer Eisenbahnlinie. Es war etwas, das er hätte auffangen müssen, eine Erinnerung. Er konnte sich nur nicht daran erinnern, was es war.

Plötzlich fauchte die Katze und Cato Isaksen zog rasch sein Bein zurück. Sie durften die Katze nicht aus dem Haus lassen. Sonst würde Birka sofort mit ihrem Gebell loslegen.

Er legte Vera Mattson die Hand auf die Schulter und hielt sie zurück. »Gehen wir ins Wohnzimmer«, sagte er energisch.

»Warum das?«

»Weil ich es sage.« Ihre Art hatte etwas Beunruhigendes. Sie war naiv, gerissen und unheimlich zugleich.

Sie starrte ihn abwartend an. Dann öffnete sie die Tür und ging vor ihm her in das mit Möbeln vollgestopfte Zimmer.

Cato Isaksen schaute sich um. »Als die Polizei an einem der ersten Tage versucht hat, Patrik Øye von einem Hund suchen zu lassen, haben sie auf Ihrem Hofplatz ein Hähnchenbein gefunden.«

Vera Mattson sah ihn mit leerem Blick an. »Ich weiß nicht«, sagte sie.

»Doch, es steht im Bericht, dass sie ein Hähnchenbein gefunden haben und dass der Hund davon abgelenkt worden ist. Sollte das so ein?«

»Die Müllabfuhr war an dem Tag da«, sagte sie monoton. »Das muss herausgefallen sein, als die Müllmänner die Mülltonnen geleert haben. Die sind so unachtsam, diese Männer.«

»Aber Sie haben doch gesagt, dass Sie niemals Lebensmittel wegwerfen.«

Vera Mattson sah wieder misstrauisch aus. »Das habe ich gesagt? Wann habe ich das gesagt?«

»Als ich das erste Mal hier war«, antwortete Cato Isaksen.

»Das tue ich auch nicht«, sagte sie mürrisch.

»Aber warum lag dann auf Ihrem Hofplatz ein frisches Hähnchenbein? Hatten Sie ein frisches Hähnchenbein weggeworfen?«

»Sie wissen doch gar nicht, ob das frisch war. Vielleicht war es schon verdorben. Und verdorbene Sachen esse ich nicht, das können Sie sich ja wohl denken.«

Vera Mattson war nicht mehr kooperativ. Jetzt blaffte sie ihn an.

»Wo steckt denn eigentlich Ihre Kollegin?«

»Äh, der geht es nicht so gut. Magengrippe«, erklärte er. »Tut mir leid, sie wird sicher gleich wieder hier sein.«

✷

Keine Mädchen, kein Patrik Øye. Nichts, abgesehen von dem furchtbaren Gestank im Kartoffelkoben. Sie beugte sich über den Koben und erbrach sich, während sie mit beiden Händen zwischen die verfaulten Kartoffeln griff und darin herumwühlte. Dort lag etwas, das merkte sie sofort. Etwas, das in einen schwarzen Müllsack gewickelt war. Etwas Kleines. Ihr Herz hämmerte. Sie öffnete den Sack. Es war ein Tierkadaver. Vermutlich die Überreste eines Hundes. Für einen Moment war sie fast glücklich. Sie hatte sich nicht geirrt.

Sie schleppte sich die Treppe hoch. Ihre Hände waren überzogen von klebrigem Schleim. Sie stieß die Kellertür mit der Schulter zu. Sie hatte vergessen, das Licht auszuknipsen, aber daran konnte sie jetzt nichts mehr ändern. Sie lief zur Badezimmertür und öffnete sie lautlos. Stürzte hinein und schloss die Tür.

In dem kleinen hellgrünen, altmodischen Badezimmer blieb sie für einen Moment stehen und lauschte. Sie hörte nur ihr eigenes Blut, das Rauschen des Pulses, der ihr Blut pochen ließ.

Das Waschbecken aus Porzellan hatte dunkle Schmutzränder an der Kante. Die Unregelmäßigkeiten in den Wänden zeichneten sich in dem abgeblätterten Anstrich ab. Sie drehte den Wasserhahn auf und befreite sich von dem Kartoffelschleim. Ließ das Wasser über ihre Handgelenke laufen, während sie ihren normalen Atemrhythmus wiederfand. Sie trocknete sich mit dem schmutzigen Handtuch ab und ging leise hinaus.

Marian hörte Catos Stimme im Wohnzimmer, öffnete die Tür und ging ruhig hinein. Er schaute sie fragend an. Sie zuckte vorsichtig mit den Schultern, während sie zugleich versuchte, ihm zu vermitteln, dass sie etwas gefunden hatte.

Sie merkte, dass der Fund unten im Keller ihr Nervensystem fast vergiftet hatte. Dort unten lag kein Kind, aber immerhin ein toter Hund. Ihre Brust drohte vor Wut zu bersten. Diese alte Hexe war immerhin eine Tierquälerin.

Vera Mattson nahm ein Bild von der Wand. »Hier war es einmal sehr schön. Sehen Sie sich nur dieses Bild an.«

Marian Dahle nahm das Bild, das eine junge Frau mit breitem Gesicht und groben Brauen zeigte. Für einen Moment fühlte sie sich an sich selbst erinnert. Das hing mit der breiten Stirn zusammen. Sie fand sich absolut nicht hübsch. Es war ihr schon als kleines Kind eingeprägt worden, dass sie zweitklassig sei, eine Notlösung. Natürlich war das nicht offen gesagt worden, sondern nur mit Andeutungen. *Wo dir Kleider doch eigentlich nicht stehen, solltest du dir vielleicht lieber eine Hose kaufen.*

Sie gingen wieder in die Küche, alle drei.

Plötzlich sagte Marian: »Sie waren in Dikemark, nicht wahr?«

Vera Mattson starrte die Kuchendose an, die auf dem Küchentisch stand, starrte ernsthaft hinein, verzog jedoch keine Miene. Die Dose war nur halbvoll, und sie sah im Boden ein Zerrbild ihres Gesichts. Sie ließ ihren Blick zum Brotmesser wandern, das in einem Behälter an der Wand steckte. Dann fuhr sie sich mit den dicken Fingern über die Stirn. »Ich bin da eingewiesen worden, weil der Boden sich unter mir teilte. Das hing mit meiner Umgebung zusammen, mit meiner Familie. Es war nicht meine Schuld. Mein Vater war ein kalter und gefühlloser Mann«, sagt sie. »Außerdem mochte er Hunde. Können Sie sich das vorstellen? Ich verabscheue diese schrecklichen Biester.«

Marian Dahle und Cato Isaksen tauschten einen Blick.

»Schizophrenie ist keine Krankheit, die immer gleich auftritt«, sagte Vera Mattson jetzt monoton. »Das wissen Sie sicher. Ich kann heute gut mit meiner Krankheit leben. Die Symptome sind verschwunden, ich zerstöre nichts mehr. Das habe ich nur *dort draußen* getan. Um es ihnen zu zeigen.«

Marian Dahle sah Cato Isaksen an. »Um ihnen was zu zeigen?«

»Dass ich verzweifelt war.«

Die Stille flutete durch das Zimmer. »Ich wusste nicht, dass Sie *dort draußen* etwas zerstört haben«, sagte Marian.

Vera Mattson sah sie an. Ihre Stärke schien darauf zu beruhen, dass ihr Selbstbetrug echt war.

»Was ist mit Ihrem Mann, der ist doch verschwunden?«

»Ja, der ist verschwunden«, sagte Vera Mattson und ließ Wasser in einen durchsichtigen Krug laufen. Sie wollte nichts mehr über den Wahnsinn hören. Wollte nicht, dass die Schmerzen zurückkehrten. Sie hatte mit aller Mühe versucht, sich von den Kraftlinien zu entfernen. Die waren wie dunkle, mit altem Blut gefüllte Adern.

»Sie haben sein Verschwinden erst nach zwei Tagen gemeldet. Er ist vor zehn Jahren am 3. Juni verschwunden, aber Sie haben ihn erst am 5. vermisst gemeldet.«

»Es ist der pure Zufall, dass es der 3. Juni war«, sagte Vera Mattson. Der Frost jagte durch ihren Körper. Die Polizistin kam ihr nicht gerade mitfühlend vor. Der Mann war spazieren gegangen und niemals zurückgekehrt. »Er ist spazieren gegangen«, sagte sie.

»Es gibt Zeugenaussagen, nach denen er niemals spazieren gegangen ist, und was soll das heißen, dass es Zufall war?«

Vera Mattson stellte den Krug auf den Küchentisch. Das Wasser schwappte hin und her. Glas und Wasser – schwierig eigentlich, den Unterschied zu sehen. Jedes auf seine Weise gefährlich. Sie drehte sich zu Cato Isaksen um, der schon lange nichts mehr gesagt hatte. »Das hat die Polizei damals auch behauptet. Aber an diesem Abend wollte Aage eben spazieren gehen. Er hat oft darüber gesprochen, Dutzende von Kilometern zu laufen. Das Problem war nur, dass er sich fast nicht aus dem Haus getraut hat. Er war ein stiller und ungewöhnlicher Mann. Ich habe ihn in Dikemark kennengelernt, aber das wissen Sie ja. Sie wissen ja alles. Wir wurden ungefähr gleichzeitig entlassen. Er wohnte damals schon hier, er hatte das Haus von seinen Eltern geerbt. Es war entsetzlich schmutzig, als ich gekommen bin, aber an dem Abend ist er also losgegangen. Und die Polizei hat sich nicht gerade Mühe gegeben, um ihn zu finden, das kann ich Ihnen sagen. Sie sind einfach ein paar Runden gefahren, Sie wissen schon, ein ehemaliger psychiatrischer Patient. Sie haben sich nicht gerade überschlagen. Haben damals auch keine Spürhunde eingesetzt.«

Sie nahm ein dickes Saftglas aus dem Schrank und reichte es Cato Isaksen. Der Ermittler nahm das Glas entgegen. »Was glauben Sie denn, was mit ihm passiert ist?«

Marian wollte plötzlich unbedingt ins Freie. »Ich brauche frische Luft. Es geht mir nicht besonders gut«, sagte sie, öffnete die Tür und ging hinaus.

»Ich glaube, er ist irgendwo liegen geblieben«, sagte Vera Mattson und goss Wasser in Cato Isaksens Glas. »Ganz allein«, fügte sie hinzu. »Ich glaube, er ist langsam verwest, wie ein Stück verdorbenes Fleisch. Ich wollte doch nicht, dass das passiert.«

Cato Isaksen trank höflich einen Schluck aus dem Glas.

Vera Mattson stellte den Krug wieder auf den Tisch und ging ins Wohnzimmer. Cato Isaksen ging hinterher. Er hielt noch immer das Glas in der Hand. Vera Mattson schaute zur Gartentür hinüber und sah ihr Spiegelbild in der Glasscheibe. Sah die weiße Haut und die dunklen Augenlöcher. Den zu kurzen Pullover, der sich über den üppigen Brüsten hochschob. Der

Büstenhalter war eigentlich zu klein, und er war alt. Die Gummireste sahen aus wie graue Würmer.

»Die Bienenkörbe hinten im Garten ...«

»Da sind keine Bienenkörbe mehr, das war früher.« Ihr Magen knurrte.

*

Im Nachhinein sollten die nächsten Minuten Cato Isaksen endlos erscheinen. Er hatte versucht zu erraten, was Marian unten im Keller gefunden haben konnte. Etwas stimmte hier nicht, aber das begriff er zu spät.

Durch das Fenster sah er seine Kollegin und Birka. Marian hatte den Hund losgelassen und war auf dem Weg in die Wildnis, in Richtung einiger alter Apfelbäume. Der Hund lief hin und her. Cato Isaksen wusste sofort, dass die beiden die Bienenkörbe suchten.

»Die Polizei ist mit diesem Hund jeden Millimeter des Gartens durchgegangen«, sagte Vera Mattson. »Entsetzliche Biester, solche Schäferhunde. Ist auch nicht gerade auf Samtpfoten gelaufen.« Sie ging zur Gartentür und starrte hinaus. Dann öffnete sie sie und lauschte. Die weiße Katze jagte wie ein Strich durch die Tür.

Vera Mattsons Blick wurde plötzlich schärfer. Was bewegte sich da hinter den Apfelbäumen, hinter den hochgewachsenen alten Johannisbeersträuchern, die keine Beeren mehr trugen? Die dichten Zweige wippten im Wind auf und ab und schienen zu sagen: »Auf Wiedersehen für dieses Jahr«, und dabei hatte der Sommer doch eben erst angefangen. »Da ist doch ein Hund im Garten«, rief sie plötzlich und fuhr zu Cato Isaksen herum. Ihr Blick wirkte wahnsinnig. »Weg damit, die Katze ist draußen. Bringen Sie den Hund weg!«

Vera Mattson regte sich auf. Cato Isaksen lief gerade durch die Gartentür, als Vera Mattson auf einmal herumfuhr und rasch durch das Zimmer lief.

»Lassen sie die Bienenkörbe meines Mannes in Ruhe. Da werden Sie nichts finden!«, schrie sie hinter ihm her.

Sie watschelte rückwärts auf das verschlissene Sofa zu, bückte sich blitzschnell, zog etwas heraus und versteckte es hinter ihrem Rücken.

Die weiße Katze kniff die Augen zusammen. Marian stand neben dem höchsten Johannisbeerstrauch und wollte gerade die Zweige teilen, als die Tiere aneinandergerieten. Plötzlich lag die Katze unter dem Hund. Sie drehte sich im Fallen um, fuhr die Krallen aus und schlug sie in den Hundeleib. »Nein«, schrie Marian. »Pfui, Birka, pfui!«

Sie sah, dass die Katze entkommen war, dass sie sich in Sekundenschnelle in einen weißen Pfeil verwandelte und unter dem Drahtzaun hindurchjagte. »Pfui, Birka«, rief sie noch einmal, während der Hund am Zaun stand und heiser und enttäuscht bellte, weil seine Beute verschwunden war.

Danach wurde es ganz still. Der Wind schlug gegen eine Plane, die halbwegs einen Holzstapel bedeckte. Das Geräusch störte sie. Gleich über ihrem Kopf, zwischen zwei groben Zweigen des halb morschen Apfelbaumes, hatte eine Spinne ein silbernes Netz gesponnen. Dicke weiße Fäden mit Tautropfen. Plötzlich dröhnte es am Himmel auf. Der Donnerschlag sorgte dafür, dass sie Cato Isaksen nicht rufen hörte.

Plötzlich sah sie sie. Die Bienenkörbe standen halb im Gestrüpp versteckt da, nicht sehr weit voneinander entfernt. Das Holz war verfault, und sie waren mit grauer Dachpappe bedeckt.

Sie ging zu dem Korb, der ihr am nächsten stand und riss und zerrte am Deckel. Der bewegte sich nicht, und sie ging weiter zum nächsten. Die Brennnesseln waren hoch und grün, mit gezackten Blättern und groben Stängeln. Sie verbrannten ihr die Handgelenke. Sofort hatte sie rote Blasen mit weißen Ringen in der Mitte. Sie packte den Deckel des dritten Korbes, ging in die Knie und zog mit aller Kraft. Warf den Deckel auf den

Boden und starrte auf einige vertrocknete Waben. Ein nichtssagender Geruch, wie Fragmente von altem gelben Honig, der längst verschwunden war.

Sie zog die Waben weg. Und dann sah sie sie. Die Gewissheit traf sie mitten im Leib. Sie kannte die Beschreibung auswendig. Schwarz und beige mit einem grünen Querstreifen. Es war Patrik Øyes Schultasche.

Vera Mattson hielt einen Baseballschläger in den Händen. »Dieser verdammte Köter«, schrie sie. »Den schlag ich tot!«

Durch das Fenster sah sie, wie Cato Isaksen versuchte, den Hund zu fangen. Die Wut wogte in ihr auf wie eine Welle. Vertraut, hart und dynamisch, aus dem Nichts. Sie würde diesen Hund umbringen. Der Hass schlug wie immer ein wie ein Blitz, entzündete einen Brand, der nicht gelöscht werden konnte. Sie hatte das Gefühl, in ein schwarzes Loch zu rennen, es gab keine Bremsen. Es gab nur diese vielen scharfen Gefühle. Die Hände, die gehoben wurden, die Muskeln, die sich bewegten, und die Hitze im Hass, wenn der Schlag fällt. Verdammtes Ungeziefer, einfach herzukommen und zu glauben, man könne machen, was man will, hier in ihrem Garten. Zulangen, Platz erheischen. Wie nennt man das noch? Egoismus, Egozentrik oder einfach pure, schiere Unverschämtheit.

Sie lief aus der Küche. Der Baseballschläger ruhte schwer in ihrer Hand. Als sie am Tisch vorbeiging, hob sie ihn und zerschlug den Wasserkrug. Der zerbrach, noch ehe er auf den Boden aufgetroffen war. Das Wasser lief über die Tischplatte und tropfte auf den Boden. Es hatte dieselbe Farbe wie Glas. Jetzt vermischte es sich mit den Glasscherben auf dem Boden. Sie war vor Wut fast am Zerplatzen angelangt. Nichts war so, wie es aussah. Wasser war kein Glas.

\*

Alles geschah so schnell, dass Cato Isaksen erst reagieren konnte, als es schon zu spät war. Er hörte irgendwo im Haus Glas klirren. Die Gartentür schlug im Wind hin und her. Er ging wieder hinein, aber Vera Mattson war nicht mehr im Wohnzimmer. Rasch lief er in die Küche. Er hatte das schreckliche Gefühl, dass etwas nicht stimmte, und nun sah er, dass er recht hatte. Der Boden war bedeckt von Glasscherben und Wasser. Er schaute in den kleinen Gang. Die Tür war offen. Plötzlich ließ ein heftiger Durchzug die Tür krachend ins Schloss fallen. Cato Isaksen blieb für einen Moment wie gelähmt stehen. Wo war sie? Er lief wieder ins Wohnzimmer und weiter zur Gartentür. Vera Mattson war draußen im Garten. Er sah ihren Rücken unten beim Apfelbaum. Was machte sie da eigentlich? Und was hielt sie in der Hand? Cato Isaksen rief Marian eine Warnung zu. »Pass auf, verdammt! Pass auf!«

Plötzlich tauchte Birka direkt vor Vera Mattson auf. Stand dort, wedelte mit eingeknickten Hinterbeinen mit dem Schwanz und legte den Kopf schräg. Als bitte sie darum, dass noch mehr witzige Dinge passieren sollten. Ehe Cato Isaksen sie zurückhalten konnte, hatte Vera Mattson auch schon die Hände gehoben. Sie zielte mit dem Baseballschläger auf den Hund. Der Schlag traf Birka seitlich am Kopf. Ein dumpfes hartes Geräusch war zu hören. Birka wimmerte und fiel in den Kies.

Marian brach durch die Zweige des Apfelbaums. Ein spitzer morscher Zweig hatte ihre Wange zerkratzt. Sie blutete. Hob die Arme beschützend vor ihr Gesicht. »Nein«, schrie sie. »Nein!« Aber der Baseballschläger war schon unterwegs. Er fegte zweimal durch die Luft, dann traf er ihren Arm gleich unter dem Ellbogen. Cato Isaksen konnte nicht mehr rechtzeitig eingreifen. Marian krümmte sich vor Schmerz. Und dann war der Baseballschläger wieder da. Über ihrem Nacken. Neben dem Kopf. Cato Isaksen rannte auf die beiden Frauen zu. Wie viel ist nötig, dachte er, ehe ein Mensch zerbricht? Marian schrie vor Schmerz. Sie fiel im Gras auf die Knie, Vera Mattson bückte sich. Krümmte den Rücken und schlug mechanisch auf Marians Hüften ein. Sie schlug und schlug und schlug. Bewegte sich um ihr Opfer und starrte es aus weit aufgerissenen Augen an. Cato Isaksen warf sich über Vera Mattsons umfangreichen Körper, entriss ihr den Baseballschläger und versetzte ihm einen Tritt. Er spürte, wie Angst und Wut ihn erfüllten. Er blieb auf ihr liegen, genau an der Grenze zwischen Gras und Kies.

»Bleib weg von meinen Honigfallen«, fauchte sie unter ihm. »Die haben mit gar nichts etwas zu tun. Ich hab es ihm gesagt ... verdammtes Pack, diese Bienen. Ich bin die Rächerin und die Zerstörerin. Haben nur Schmerzen und Unruhe gebracht, diese ... verdammten Insekten. Wenn sie auf Abwege kamen ... wenn sie wütend waren und stachen. Ich habe die Bienen gehasst. Es ist ... es ist keine mehr da«, rief sie mit brüchiger Stimme. »Alle sind weg, hört ihr!«

Der Hund lag wimmernd auf dem Boden. Das Gras war blutverschmiert. Cato Isaksen merkte, wie ihm das Unbehagen eiskalt über das Rückgrat lief. Marian schluchzte. Das

Weinen kam in schweren Stößen aus ihrer Kehle. Blut lief von ihrer Schläfe über ihr Gesicht. Endlich drehte sie sich zitternd um und blieb einen Moment auf allen vieren liegen, um sich zu sammeln, dann schleppte sie sich weiter zu dem verletzten Hund.

Birka lag noch immer auf der Seite. Sie atmete nur mühsam. Sie schluckte und schluckte und keuchte und keuchte. Fiepte und starrte ihre Besitzerin aus flehenden, weit aufgerissenen Augen an.

Cato Isaksen richtete sich langsam auf. Die alte Frau lag neben ihm auf dem Boden und schrie. Speichel tropfte aus ihrem Mundwinkel. »Sterben! Sterben!«

Marian beugte sich über den Hund und weinte. »Das überlebt sie nicht ... überlebt sie nicht ...« Sie kam mühsam auf die Beine und hob mit großer Anstrengung den Hund auf. »Ich muss Birka retten«, weinte sie. »Hilf mir, Cato. Hilf mir! Du musst den Wagen aufschließen.«

Cato Isaksen sah, dass sie stark blutete. Das Blut lief über ihr Gesicht und tropfte auf ihre Arme. »Ich werde aufschließen«, sagte er, schob die Hand in ihre Tasche und zog die Wagenschlüssel heraus. Marian lief gekrümmt und mit dem verletzten Hund auf den Armen neben ihm her. »Schließ die Hecktür auf. Beeil dich. Und schau in den Bienenkörben nach, Cato. Schau verdammt nochmal in den Bienenkörben nach. Und halt sie fest. Diese Irre. Ich rufe vom Auto aus Hilfe.«

Vera Mattson richtete sich langsam auf. Marian fuhr los, und Cato Isaksen rannte zurück. Er zog die Verrückte mit hartem Ruck zur Treppe hinüber und eine Stufe hinunter. Dort blieb er halb unter ihr liegen und presste sie an sich. Er bat sie mehrmals, sich ruhig zu verhalten. »So kommen Sie nicht weiter«, sagte er verbissen. »Die Sache ist gelaufen, Vera Mattson.« Ihr harscher Geruch zwang ihn, sich abzuwenden. Sie atmete schwer, sagte aber nichts. Marian hatte gesagt, in Vera Mattsons Haus rieche es nach Wahnsinn. Sie hatte die ganze Zeit recht gehabt. Verdammt recht.

»Der Zorn kommt wie eine Welle angerollt, verstehst du«, flüsterte sie plötzlich. »Hart und dynamisch, von nirgendwoher. Sie schlägt ein wie ein Blitz, entzündet einen Brand, der nicht gelöscht werden kann. Es ist ein Gefühl, wie in ein schwarzes Loch hineinzutreten, keine Bremsen. Nur diese vielen reißenden Gefühle, die Hände, die erhoben werden, die Muskeln, die sich bewegen, die Hitze im Hass, wenn der Schlag fällt.«

Cato Isaksen verfluchte die Kollegen, die einfach nicht eintreffen wollten. Wie lang sollte das denn noch dauern, verdammt nochmal?

»Halt die Fresse«, knurrte er, in dem Moment, in dem ein Streifenwagen aus Asker und Bærum mit Sirenengeheul durch den Selvikvei fuhr. Der Wagen bog auf den Hofplatz ein und bremste. Cato Isaksen lag noch immer halb auf der rötlichen Steintreppe und hatte den Arm um Vera Mattsons Hals gelegt.

»Wir bringen sie sofort auf die Wache«, sagte einer der Polizisten, der sich als Roar Andersen vorstellte.

»Lasst sie ja nicht aus den Augen«, befahl Cato Isaksen mit harter Stimme. »Bringt sie zum Arzt und von dort direkt nach

Dikemark. Sie muss rund um die Uhr überwacht werden«, fügte er hinzu. »Hier kann es um einen Mord gehen.«

»Alles klar«, sagte der Polizist und führte Vera Mattson zum Auto. Sie trottete auf Strümpfen über den Kies. Sie sah wirklich verrückt aus. Ihr Haarknoten hatte sich gänzlich aufgelöst und die kräftigen grauen Haare verdeckten ihr halbes Gesicht.

»Und was ist mit dir?«, fragte der junge Polizist, als sie im Auto saßen.

»Ich bleibe hier«, sagte Cato Isaksen. »Fahrt ihr nur.«

Als der Streifenwagen verschwunden war, rief Cato Isaksen Roger Høibakk an. Er brüllte in sein Telefon: »Mach zum Teufel nochmal, dass du sofort nach Høvik kommst!«

Im Hintergrund hörte er Gläserklirren und Stimmen und wusste, dass die anderen noch immer in der Kneipe waren. »Ich habe Bier getrunken, Chef, aber ich schicke Randi und Tony«, sagte Roger Høibakk beschämt.

Louise Eks Eltern kamen in dem Moment in den Selvikvei gefahren, als der Streifenwagen ihn gerade verließ. Sie hielten vor dem gelben Haus und Gunnhild Ek sprang aus dem Auto, während ihr Mann in die Garage weiterfuhr.

Cato Isaksen sah, dass sie über die Straße gelaufen kam, auf ihn zu.

»Was ist passiert?«, rief sie schon aus der Ferne. »Wir waren im Kino. Was ist passiert?«

»Warum ist Louise nicht mit ihrer Klasse zum Burudvann gefahren?«, fragte er.

»Aber das ist sie doch. Das ist sie doch!«, wiederholte die Mutter mit lauter Stimme und zog ihre dünne Sommerjacke fester um sich zusammen. »Was soll das heißen? Was sagen Sie da überhaupt?«

»Sie ist nicht dort«, sagte Cato Isaksen und merkte, dass einige dünne Regenfäden vom Himmel fielen. »Wir haben mit ihrem Klassenlehrer gesprochen«, sagte er. »Sie ist nicht am Burudvann.«

Gunnhild Ek starrte ihn einen Moment lang wütend an. Dann hob die die Hände an den Mund und brach in hysterisches Geschrei aus. In dem Moment schloss ihr Mann die Garagentür mit einem Knall.

Einige Nachbarn gingen langsam auf das braune Haus zu, murmelten verwirrt untereinander und hätten gern gewusst, was dort passiert sein mochte.

Cato Isaksen bat alle, Ruhe zu bewahren und nach Hause zu gehen. »Machen Sie nicht alles noch schlimmer«, rief er. Zu Louise Eks Eltern sagte er, es wäre das Beste, sich ganz ruhig zu verhalten, vermutlich hätten die beiden Mädchen einfach *etwas anderes* unternehmen wollen. Er sah, dass sie ihm nicht glaubten. Gunnhild Ek war leichenblass, aber er wiederholte seinen Rat noch einmal und sagte, sie würden Bescheid bekommen, sowie die Polizei mehr wüsste.

»Was denn für einen Bescheid?«, schrie Gunnhild Ek verzweifelt und versuchte, sich aus dem beruhigenden Griff ihres Ehemannes zu reißen.

Cato Isaksen atmete schwer und fuhr sich über die Stirn. Nachdem die Nachbarn sich zurückgezogen hatten, dachte er, er müsse die Zeit bis zum Eintreffen von Randi und Tony gut nutzen.

Er starrte zu Vera Mattsons windschiefer Garage aus Wellblech hinüber. Diese Garage. Was, wenn darin ein roter Mazda stand? Daran hatte er noch gar nicht gedacht. Alte Damen hatten solche Wagen, Mazdas. Er fröstelte, lief über den Platz und riss die Garagentür auf. Die Garage war leer. Bis auf einige alte Gartenmöbel und Schrott und Abfälle. Er drehte sich um und starrte zu dem gelben Haus hinüber. Die Stille dort war ohrenbetäubend.

Wie hatte noch die SMS in Wiggo Nymans Handy gelautet? *Wann sehen wir uns heute Abend?*, hatte dort gestanden. Louise hatte sich mit ihm verabredet. *Wann sehen wir uns heute Abend?* Nyman hatte garantiert etwas mit dem Verschwinden der Mädchen zu tun.

Cato Isaksen zog die Garagentür nach unten und überquerte den Hofplatz. Er stieg durch das hohe Gras und wich den groben Zweigen der alten Apfelbäume aus. Wie ein Bühnenvorhang. Fünf morsche Bienenkörbe standen auf einem kleinen Platz, der von Brennnesseln und Margeriten fast überwuchert war. Nur ein Korb hatte keinen Deckel. Den hatte Marian heruntergerissen und auf den Boden geschleudert.

Cato Isaksen lief hinüber und schaute hinein. Der Anblick war unbegreiflich. Sein Herz hämmerte in seiner Brust. Dort, dort unten im Bienenkorb, lag Patrik Øyes Schultasche. Sie musste es sein. Schwarz und beige, mit einem grünen Querstreifen. Er bückte sich, um sie aufzuheben, überlegte sich die Sache aber anders. Beweise und Spuren, er durfte nichts zerstören. Ellen Grue musste so schnell wie möglich herkommen.

Er ging in die Knie und versuchte, den Deckel vom nächsten Bienenkorb zu reißen. Er musste dazu all seine Kraft aufbieten. Am Ende schaffte er es, den Deckel herunterzureißen und zwischen die Brennnesseln fallen zu lassen. Nun bot sich ihm ein ekelerregender Anblick. Er verspürte hinter seiner Stirn einen stechenden Schmerz, der in seinen Hinterkopf jagte. Sein Gehirn analysierte den Anblick. Eine altmodische graue Hornbrille und vier Hundehalsbänder. Zwei blanke, ein braunes mit der Inschrift »Targo« und ein kleines rotes, auf dem der Name »Dennis« ins Leder eingestanzt war. Er hob das rote auf und wiegte es in der Hand. Vera Mattson hatte also wirklich Louise Eks Hund getötet. Und die Brille, die musste Aage Mattson gehört haben.

Er lief zurück zum Haus. Im Kies lag der blutige Baseballschläger. Er ging durch die offene Gartentür, durch das Wohnzimmer, in den Gang und die Kellertreppe hinunter. Ein ekelerregender Geruch schlug ihm entgegen. Was mochte Marian dort unten gesehen haben?

Der entsetzliche Gestank wurde immer schlimmer. Cato Isaksen lief durch die Kellerräume, fand aber nichts. Abgesehen von einem großen Koben voller alter Kartoffeln.

Er lief wieder nach oben und fing an, in der Küche Schubladen und Schränke aufzureißen. Alles war vollgestopft, mit Tischdecken und Gläsern und Tellern. Und Papieren.

Ein kleines schwarzes Buch, eigentlich ein Schreibheft, lag in der untersten Küchenschublade. Es war mit Aufklebern verziert, gelben und schwarzen Bienen. **DIE HONIGFALLE** stand dort in kindlichen Buchstaben, die aus gelbem Papier ausgeschnitten und dort aufgeklebt worden waren.

Cato Isaksen schauderte es, als er das Heft aufschlug und rasch darin blätterte. Zuerst konnte er nicht begreifen, was er da las. Es war zu absurd, zu unglaublich. Er blätterte zurück zur ersten Seite und fing an zu lesen. Vera Mattson hatte eine kindliche Handschrift.

*Aage ist am 3. Juni 1997 verschwunden.*

*Sie waren Fallen, diese Bienenkörbe. Sie waren Honigfallen. Niemand kann mir Vorwürfe machen, weil ich es nicht mehr ausgehalten habe. Wenn Insekten wertvoller sind als Menschen, stimmt etwas überhaupt nicht. Aage hat diesen Baseballschläger in der siebten Klasse im Werkunterricht hergestellt. Er war so blödsinnig stolz darauf. Das Einzige, was er vom Leben bekommen hat, war dieser Baseballschläger. Und der wurde für ihn zur Falle.*

*Der braune Hund ist am 15. Dezember zwischen 14:23 Uhr und 14:28 Uhr in meinem Garten.*

*Der braune Hund ist am 18. Dezember 1998 um 17:03 Uhr wieder hier.*

*Der braune Hund jagt Nusse und tötet sie am 23. Dezember 1998.*

*Der braune Hund verschwand am 8. Januar 1999.*

*Ich habe ihn erschlagen. Die Wut kam wie eine Welle angerollt. Vertraut, hart und dynamisch, von nirgendwoher. Sie schlug wie immer wie ein Blitz ein, entzündete einen Brand, der nicht gelöscht werden konnte. Es war, wie in ein schwarzes Loch hineinzutreten, ohne Bremsen. Nur diese reißenden Gefühle. Die Hände, die erhoben werden, die Muskeln, die sich bewegen, die Hitze im Hass, wenn der Schlag fällt. Verdammtes Ungeziefer, einfach herzukommen und zu glauben, man könne machen, was man will. Zulangen, Platz erheischen. Wie nennt man das noch? Egoismus, Egozentrik oder pure, schiere Frechheit. Das Wasser in der Kanne hat dieselbe Farbe wie Glas. So ist es immer. Die Dinge sind nicht so, wie sie aussehen. Wasser ist kein Glas.*

*Der schwarze Hund verschwand am 25. März 2002.*

*Kalle stirbt am 15. Juli 2004. Er wurde 12 Jahre alt. Das ist ein langes Leben für einen nicht kastrierten Kater. Ich habe ihn im Korb zum Tierarzt gebracht, aber es war zu spät.*

*Die Jungen gehen am 30. Januar 2007 um 15:43 Uhr durch den Garten.*

*Der weiße Hund verschwand am 13. April 2007 (inzwischen gilt Leinenzwang).*

*Der blonde Junge verschwand am 3. Juni 2007.*

*Die Polizei war hier. Es ist der 4. Juni, 08:05 Uhr.*

*Die Polizei ist wieder hier. 5. Juni, 09:12 Uhr.*

*Das rothaarige Mädchen holt am 10. Juni um 18:09 Uhr einen Ball von meinem Hofplatz.*
    *Die Blonde steht auf dem Trampolin und feixt mich an. Ich sehe das. Sie steckt sich beide Zeigefinger in den Mund und zieht eine Grimasse. Es ist der 12. Juni.*

*Die Mutter des verschwundenen Jungen hat an meiner Tür geklingelt. Ich habe nicht aufgemacht. Wollte nicht aufmachen. Ich habe über sie in der Zeitung gelesen.*

*Am 14. Juni um 13:04 Uhr ist ein Polizist im Garten der Nachbarn.*

Ganz hinten war ein Blatt Papier in das Heft geschoben. Es war ein Brief.

*Lieber Eismann.*
*Wir haben die Auskunft angerufen und die Nummer von deiner Arbeit bekommen. Direkt-Eis, du weißt schon! Und da haben wir nach deiner Adresse und wie du heißt gefragt. Wir haben gesagt, eine von uns hätte ihre Mütze in deinem Auto vergessen. Aber das stimmt doch überhaupt nicht, Mensch. Im Sommer tragen wir doch keine Mütze. Aber wir haben ganz oft Eis von dir gekauft. Wir haben nichts von du weißt schon gesagt. Aber an dem Tag haben wir alles gesehen.*

*PS. Patrik war ungezogen. Wir mochten ihn nicht, deshalb werden wir nichts sagen. Aber du musst uns Gratis-Eis geben. Ha, ha!*
*Zwei Nixen.*

Die Gewissheit durchfuhr ihn. Das hier war einfach der pure Wahnsinn. Der Bogen ganz hinten im Heft war weiß, nicht rosa mit Nixen am Rand. Aber es war derselbe Brief. Vera Mattson hatte in ihrem Wohnzimmer Rechner und Drucker stehen. Natürlich stammte der Brief nicht von den beiden Mädchen. Keine Elfjährige hätte das Wort *ungezogen* benutzt. Sie hätten gesagt, Patrik sei mies oder zum Kotzen. Aber nicht ungezogen. So unglaublich das auch sein mochte, der Brief musste von Vera Mattson geschrieben worden sein. Nicht von Louise Ek und Ina Bergum.

\*

Cato Isaksen stand draußen auf dem Hofplatz, als Randi Johansen mit dem zivilen Dienstwagen kam. Neben ihr saß Tony Hansen.

Cato Isaksen riss die Tür auf und befahl Tony Hansen, auszusteigen. »Du musst hier Wache halten, Tony, bis die Technik eingetroffen ist. Vera Mattson hat Patrik Øye umgebracht, vermutlich mit dem Baseballschläger, der da hinten im Gras liegt. Nichts anfassen, einfach Wache halten, okay? Nicht ins Haus gehen, einfach hier draußen stehen. Wir rufen Ellen vom Auto aus an, okay?«

Tony Hansen nickte verwirrt.

Randi wollte schon aussteigen, aber Cato Isaksen hob abwehrend die Hand und bat sie, sitzen zu bleiben. »Wir müssen sofort fahren, Randi. Es eilt.« Er knallte die Tür zu. »Dieses Haus muss noch heute Abend durchsucht und dann versiegelt werden«, sagte er und schwenkte das schwarze Schreibheft. »Das hier ist ein Haus des Bösen.« Während sie zurücksetzte, erklärte er Randi in kurzen Zügen, was geschehen war. Sie konzentrierte sich aufs Fahren.

Ihre Miene wurde immer verwirrter. »Ich verstehe nicht ...«

Cato Isaksen fiel ihr ins Wort. »Und Marian, weiß irgendwer, wie es ihr geht?«

»Sie ist in der Tierklinik«, sagte Randi Johansen. »Und da wird offenbar auch Marian zusammengeflickt, nicht nur die Töle.« Sie lächelte kurz. »Um Birka steht es offenbar schlimm. Sie wird wohl nicht überleben. Aber Patrik Øye, ist er ... habt ihr seine Überreste gefunden?«

»Nein, ich habe keine Ahnung, was mit ihm passiert ist, aber sie muss doch damit zu tun haben. Das muss sie einfach! Wir müssen zu Vera Mattson, jetzt sofort. Ins Krankenhaus von Bærum, glaube ich. Wir können Wiggo Nyman jetzt nicht vernehmen«, sagt Cato Isaksen. »Es gibt hier einen Zusammenhang, den ich nicht durchschaue. Warum hat sie die Schultasche in diesem Bienenkorb versteckt? Ich kann diese vielen Fäden einfach nicht zusammenbringen. Mattson hat den Nixenbrief geschrieben. Alles ist einfach total zusammenhanglos. Sag Ellen und den anderen per Funk Bescheid, Randi, dann rufe ich Asker und Bærum an und stelle fest, wo Mattson sich im Moment befindet, ob sie noch beim Notarzt ist oder ob sie sie schon nach Dikemark bringen. Schick auch sofort jemanden zu den Eltern von Louis Ek und Ina Bergum. Und was zum Teufel macht eigentlich Roger?«

»Der hat nur zwei Bier getrunken. Ich bitte Asle, ihn sofort zu holen«, sagte Randi Johansen und schaltete das Blaulicht ein.

Henning stand draußen auf dem Hofplatz. Er war von Unruhe erfüllt. Seine Mutter war überaus energisch gewesen und hatte gesagt, er müsse sie bitteschön zum Polizeigebäude fahren. Sie wollte unbedingt mit Wiggo sprechen. Jetzt saß sie vor dem Telefontisch im Gang und rief bei der Polizei an. Er hätte sie gern getröstet. Hätte gern die Hände über ihre Augen gelegt. Er durfte nicht zusammenbrechen. Er durfte nichts sagen. Musste dafür sorgen, dass kein Wort aus seinem Mund drang.

Seine Knie zitterten, er merkte, wie das Bild der Mädchen in Helmer Ruuds Keller sein Herz bis hoch in seinen Hals schlagen ließ. Er sah ihre Gesichter vor sich ... diese maskenhafte Ausdruckslosigkeit. Die, die nach der Angst kam. Sie hatten aufgegeben.

Er schaute an sich nach unten. Seine Hose hatte vorn dunkle Flecken und die Feuchtigkeit verbreitete sich im linken Hosenbein. Er schlug die Hände vor den Mund. Das sah ihm wirklich nicht ähnlich.

Er fuhr herum und ging auf die Scheune zu, über die Laufplanke und in den warmen, trockenen Raum hinein. Dort roch es nach Sonne. Er sah Blutabdrücke auf dem Boden, dünne Striche eher als Blutstropfen. Von der Falle und zum Heuhaufen hinüber.

»Nein«, stöhnte er und schlug die Hände vors Gesicht. Er fuhr abermals herum. Der Schweiß troff aus seinen Achselhöhlen. Er musste die Hose wechseln. Etwas flackerte in seinem Bewusstsein, etwas, das fast bis an die Oberfläche gelangte. Aber dann glitt es wieder davon. Er wollte nicht daran denken. Er musste die Hose wechseln. Er musste duschen. Dann musste er der Mutter diesen Plan ausreden, in die Stadt zu fahren und mit Wiggo zu sprechen. Worüber wollte sie denn mit Wiggo sprechen? Er musste sie dazu bringen, ins Bett zu gehen. Ihr etwas zu trinken geben, damit sie sich beruhigte.

In seinem Kopf hörte er die Bewegungen der Mädchen. Ihr Geräusch, ihren Rhythmus. Wie er sie in die Arme nahm und sie zu Boden schleuderte. Wie er ihnen die Kleider vom Leib riss und wie sie jammerten. Inas winzige Brüste und die kreideweiße Haut. Die weichen Formen. Er würde sie in die Schulter beißen. An ihr knabbern. Er würde sie anbrummen, wie ein großer gefährlicher Bär. Und würde mit den Fallen drohen, wenn sie nicht gehorchten. Ihnen erzählen, wie scharf die Fuchseisen waren. Er würde ihre Beine auseinanderreißen und es so lange genießen, wie möglich. Er hatte Angst, dass es zu schnell gehen würde. Das Warten war eine schreckliche Belastung. Er hörte plötzlich ein Tiergeräusch aus dem Wald und fuhr herum, konnte aber nichts sehen. Jetzt musste er die Hose ausziehen und duschen und die Mutter beruhigen und so tun, als sei er ein ganz normaler Mensch. Wenn er die Mutter nicht beruhigen könnte, würde er nicht in das Haus im Wald zurückgehen können.

Vera Mattson war ins Krankenhaus von Bærum gebracht worden. Cato Isaksen und Randi Johansen liefen durch den Wartesaal der Notaufnahme. Es war schon nach 22:45 Uhr. Zwei oder drei Patienten warteten und blätterten in Illustrierten. Vera Mattson war nicht dort, sie saß in einem kleinen Vorzimmer zu einem Operationssaal auf einem weißen Plastikstuhl zwischen den beiden Polizisten aus Asker und Bærum. Ein Arzt schrieb gerade die Zwangseinweisung in die Klinik Dikemark aus.

Am Ende des Ganges gab es ein großes Fenster. Draußen strömte lautlos der Sommerregen vom Himmel. Auf einem kleinen Tisch ein Stück weiter hinten standen ein Wasserkrug und einige Plastikgläser.

Die alte Frau setzte sich gerade, als sie Cato Isaksen erblickte. Sie sah nicht müde aus, nur vergrämt. Ihre Haare waren noch immer ein einziger Wirrwarr. Sie hatte Reste von vertrocknetem Blut auf den Unterarmen und ihrem viel zu engen Pullover. Sie saß weiterhin in Strümpfen da.

Cato Isaksen hielt das schwarze Heft in der Hand. »Wir sollten wohl besser sofort miteinander reden, wir zwei, Vera Mattson«, sagte er und setzte sich auf den Stuhl, den der eine Polizist soeben verlassen hatte. Vera Mattson verzog keine Miene.

In diesem Moment brachte der Arzt den Einweisungsschein. Er blickte Cato Isaksen über den Brillenrand hinweg an. »Ich glaube, die Patientin benötigt jetzt vollständige Ruhe«, sagte er. »Sie können sie nach Dikemark fahren und eventuelle Vernehmungen später durchführen, wenn jemand von den Kollegen dort draußen ihren psychischen Zustand bewertet hat.«

»Nein«, sagte Cato Isaksen und erhob sich. »Ich werde jetzt mit ihr sprechen.«

Der Arzt wollte energisch protestieren, aber Cato Isaksen ließ ihn nicht zu Wort kommen. »Patrik Øye, der Siebenjährige, der seit fast drei Wochen vermisst wird. Sie weiß etwas über ihn. Außerdem scheinen heute Nachmittag zwei weitere Kinder verschwunden zu sein«, fügte er hinzu. »Also kommen Sie mir nicht so ...«

Der Arzt gab sich sofort geschlagen, nickte und zog sich zurück. Cato Isaksen bat die Kollegen aus Asker und Bærum, draußen zu warten, im Wartezimmer.

Cato Isaksen zog die beiden freigewordenen Plastikstühle weiter vor, damit er und Randi im Sitzen Vera Mattson anschauen konnten. Bente hatte drei Mitteilungen hinterlassen und um seinen Rückruf gebeten. Es war ein Tag vor Mittsommer. Bente würde mit den Söhnen in die Hütte fahren. Gerade rief sie wieder an. Cato Isaksen meldete sich. »Nicht jetzt, Bente«, sagte er, schaltete das Telefon aus und schaute das schwarze Heft auf seinen Knien an. Er dachte an den Fall, den er im Frühling bearbeitet hatte. Hörte die Stimme des jungen Mörders. *Ich bin kreativ an der Grenze zu etwas anderem. Verbrechen sind gar nichts, verstehen Sie, man muss nur ein wenig tiefer denken. Wenn die Dinge so einfach sind, dass die Polizei sie nicht sieht, dann ist man genial.*

Marian Dahle hatte Vera Mattson durchschaut. Jetzt saß sie vor ihnen auf ihrem Stuhl und starrte ihn und Randi fast höhnisch an.

»Diese beiden Mädchen, Louise und Ina ...«, begann Cato Isaksen.

»Was ist mit denen?«

»Sie müssen unbedingt die Wahrheit sagen. Sie *müssen* die Wahrheit sagen. Die Sache ist jetzt gelaufen, Vera Mattson. Ich habe Ihr schwarzes Heft gefunden.«

Sie starrte vor sich hin. »Die Wahrheit ist, dass ich nichts über die Mädchen weiß. Ich bin nicht dumm genug, die Gören der Nachbarn umzubringen. Ich will doch dort wohnen. Den Hund der Blonden dagegen, den habe ich getötet. Der war so albern, dieses Vieh. Anders als Katzen kommen Hunde, wenn man sie ruft. Das ist ein großer Vorteil, wenn man sie umbringen will.«

»Diese Bienenkörbe ...«

Sie fiel ihm ins Wort. »Diese verfaulten Körbe sind jetzt so leer. Die Waben sind ausgetrocknet. Bienen sind ganz besondere Tiere. Ich weiß, dass man sie eigentlich nicht Tiere nennen darf. Das hat mein Mann auch gesagt. Sie sind keine Tiere, hat er gesagt, sondern Insekten. Aber für mich sind Spinnen Insekten. Bienen sind ... Tiere. Er konnte nichts anderes, mein Mann, als sich mit diesem verflixten Honig abzugeben. Er konnte stundenlang dort draußen stehen. Er liebte diese Bienen. Er fand sie schön. Aber es waren einfach Biester, diese Insekten. Ich bin immer wieder gestochen worden. So ein Bienenstich brennt schrecklich. Brennt und brennt, es nimmt nie ein Ende. Er lief den ganzen Winter hin und her, schaute aus dem Fenster. Stand da und schaute aus zusammengekniffenen Augen durch seine scheußliche Brille und wartete darauf, dass der Schnee schmolz und die Bienen erwachten. Oft bahnte er sich einen Weg zu den Bienenkörben und redete mit ihnen. Bückte sich und redete mit ihnen wie mit Kindern. Könnt ihr euch einen lächerlicheren Anblick vorstellen? Ich selbst bin ein Wintermensch. Ich fühle mich am wohlsten, wenn es still und kalt ist. Wisst ihr, warum?«

Cato Isaksen musterte sie. Das breite Gesicht, die leeren Augen mit den buschigen Brauen. »Ja«, sagte er. »Ich glaube, ich weiß, warum.«

»Störungen, weißt du«, sagte sie jetzt mürrisch. »Störungen setzen sich bei uns armen Wesen im Körper fest.«

»Sie müssen uns jetzt helfen, Vera Mattson«, unterbrach Cato Isaksen sie freundlich und lächelte. »Denn Sie haben Patrik Øye umgebracht, nicht wahr? Haben ihn mit dem

Baseballschläger getötet, weil er durch Ihren Garten gegangen ist?«

Plötzlich schien Vera Mattson zu begreifen, wo sie war. Die Neonröhre unter der Decke verbreitete ein weißes, scharfes Licht über den weißen Wänden. Sie legte die großen Hände in ihren Schoß.

»Ich hatte nicht nachgedacht«, sagte sie hart. »Ich hatte keine Zeit zum Nachdenken. Die Wut kam angerollt wie eine Welle. Vertraut, hart und dynamisch, von nirgendwoher.«

»Ja, ja, ja. Das haben wir jetzt oft genug gehört.«

»Ich habe einfach geschlagen und geschlagen. Ich habe nicht nachgedacht.« Vera Mattson schüttelte den Kopf. »Der Drecksbengel lag da und starb auf meinem Grundstück. Plötzlich musste ich eine Leiche entsorgen. Er blutete an der Seite.« Sie hob die Hand an die Schläfe. »Hier, auf der Seite des Kopfes. Mir war wohl klar, dass er tot war. Denn er lag einfach nur da. Als ich ihn hochhob, fiel seine Schultasche hinunter. Auf den Boden. Ich konnte sie ihm nicht wieder überstreifen. Also musste ich sie später verstecken.«

»Im Bienenkorb?«

»Zuerst nicht. So blöd bin ich doch nicht. Der Köter, den die Polizei bei sich hatte, hat tagelang auf meinem Grundstück herumgeschnüffelt. Ich wusste einfach, dass sie mit Kötern kommen würden, deshalb habe ich die Tasche in mein Bett gelegt, unter die Decke. Ja … ich glaube, es hat eine Woche gedauert, bis die Polizei nicht mehr kam. Erst da habe ich die Tasche im Bienenkorb versteckt. Aber ich hatte schon da das Gefühl, dass es eine Falle war. Seit zehn Jahren hat niemand mehr diese Honigfallen geöffnet, also … bssss.« Vera Mattson hatte jetzt ein krankhaftes Leuchten in den Augen. Sie machte mit zwei Fingern jeder Hand Bienen und ließ sie hin und her summen. Randi ließ sich auf ihrem Stuhl zurücksinken.

Vera Mattson drehte sich zu dem Krug mit Wasser hin, der auf dem Tisch stand. »Das ist genau wie mit Wasser«, sagte sie.

»Das sieht aus wie etwas anderes. Es sieht aus wie Glas, nicht wahr, als sei der ganze Krug aus Glas. Aber es ist kein Glas, es ist Wasser. Ein Garten kann eine Falle sein. Man soll nicht glauben, dass alles in einem Garten einfach nur grün und schön ist.«

Cato Isaksen hörte, wie Randi schluckte. »Was haben Sie mit dem toten Kind gemacht?«

Jetzt lächelte Vera Mattson. »Ich bin auf eine geniale Idee gekommen, und ich musste rasch überlegen, denn alles passierte fast gleichzeitig. Es ging um Minuten, müsst ihr wissen.«

Vera Mattson ließ ihre schweren Arme sinken. »Ich habe den Eisalarm fast im selben Moment gehört, in dem der Junge gestorben ist. Denn das ist er; ein Alarm. Fast jedes Mal, wenn der Eiswagen auf meinem Hofplatz wendet, laufe ich hinaus und fuchtele mit den Armen und schlage gegen seine Seite. Das habe ich auch am 3. Juni getan. Nur habe ich dann die kleine Leiche hochgehoben und auf die Seite gelegt, auf der die Leberblümchen wachsen. Ja, ich weiß ja nicht, ob sie wirklich Leberblümchen heißen, aber so nenne ich sie eben. Ich sehe, wo die Wagenspuren verlaufen, wo der Wagen fährt. Er hat den Jungen überfahren. Mit einem heftigen Ruck. Das Fenster war offen, er hörte volle Kanne Musik, volle Kanne, das ist so ein moderner Ausdruck. *Run Softly, Blue River.* ›Hallo, hallo‹, schrie ich. ›Du hast einen kleinen Jungen überfahren.‹ Der Fahrer geriet in Panik. Er fuhr rasch wieder vorwärts und überfuhr den Jungen ein weiteres Mal. Dann sprang er aus dem Wagen. Er hatte einen wahnsinnigen Blick. Patrik Øye lag da, blutig. Dieser widerliche Fahrer glaubte wirklich, den Jungen beim Zurücksetzen getötet zu haben. So einfach war das alles.«

Cato Isaksen war sprachlos. Er merkte, wie Randi unruhig auf ihrem Stuhl herumrutschte.

»Aber wie konnten Sie das wagen? Warum haben Sie den Jungen nicht selbst versteckt?«

»Aber der Eismann hat ja nicht die Polizei angerufen«, sagte sie mit tiefer Stimme.

»Nein«, sagte Cato Isaksen langsam. »Nein, er muss wirklich geglaubt haben, dass er den Jungen umgebracht hatte, aber wie konnten Sie es wagen …? Und Sie waren für ihn doch jedenfalls eine gefährliche Zeugin. Wie … was haben Sie gedacht?«

»Ich sehe doch schließlich, wer eine *verfaulte* Seele hat. Wiggo Nyman hat eine *verfaulte* Seele. Er hat den Jungen in den Wagen gelegt und ist mit ihm weggefahren.«

»Und dann haben sie den Brief geschickt, der von den Nachbarsmädchen stammen sollte. Sie dachten, eins werde das andere ergeben und der Eismann werde auch die beiden Mädchen beseitigen.«

»Ja. Mit den Eltern konnte ich nicht sprechen, das habe ich probiert. Der Vater hat mich beschuldigt, ihren Hund umgebracht zu haben. Er wusste es, aber er hatte keine Beweise. Also habe ich bei der Eisfirma angerufen und mir den Namen des Eismannes nennen lassen.«

Cato Isaksen konnte sich nicht beherrschen, obwohl er wusste, wie wichtig jetzt ein freundlicher Tonfall war. »Aber das ist doch der pure Wahnwitz. Haben Sie wirklich gedacht, Wiggo Nyman würde die beiden Mädchen für Sie umbringen, damit Sie vom Lärm beim Trampolinspringen befreit wären?«

Vera Mattson lächelte schnell. »Was glauben Sie, wo die Mädchen jetzt sind? Ich habe sie nicht. Es ist nicht schwer, Leute das tun zu lassen, was man will, und er hat doch auch seine Freundin umgebracht, nicht wahr? Das habe ich in der Zeitung gelesen. Wenn man sie erst auf den richtigen Weg gebracht hat, dann erledigt sich der Rest von selbst. Sie glauben, dass sie keine Wahl haben. Der Brief war gut geschrieben, nicht wahr? Niemand würde glauben, dass er von einer alten Frau stammte.«

Cato Isaksen musterte sie wortlos.

»Ich bin stolz auf mich, ich besitze Intuition. Ich lese jeden Tag die Jugendseite in Aftenposten, wo die jungen Leute E-Mails hinschicken, die gedruckt werden. Ich habe mehrere von diesen Seiten aufbewahrt. Diese jungen Leute reden frisch von der Leber weg. Das ist verdammt gut. Deshalb kann ich ihre Sprache, deshalb habe ich den Brief eben so geschrieben. Und ja, ich habe das Hähnchenbein für den Polizeihund ausgelegt«, fügte sie hinzu. »Ich bin ja nicht blöd. Auf dem Kies war Blut, deshalb habe ich einen Spaten geholt und alles weggehoben und es in den Mülleimer in meiner Küche geworfen. Dann habe ich den Kies wieder verteilt und mit den Fingern darin herumgewühlt und danach das Hähnchenbein hingelegt.« Sie schaute Cato Isaksen und Randi Johansen voller Stolz an.

»Es hat ja gewirkt.«

»Aber die Jungen ... Patrik, der war doch so klein.«

»So klein war er nun auch wieder nicht. Er wusste genau, was er tat. Er hat es ganz bewusst getan. Er wusste, dass sie mich schikanierten, die beiden anderen ... ja, die waren vielleicht schlimmer, aber sie sind schneller gerannt als er. Verdammtes Ungeziefer. Sie haben nicht kehrtgemacht, sie sind einfach weitergerannt. Aber er hat kehrtgemacht. Er hat sich in meinem Garten ausgebreitet. Ich bestimme, wer in meinem Garten sein darf. Ein Siebenjähriger hat einen ziemlich weichen Kopf.«

Cato Isaksen fuhr sich über die Augen. »Und Ihr Mann?«

»Die Dinge sind nicht so, wie sie aussehen«, sagte sie plötzlich müde.

Cato Isaksen sah ihre großen Hände an. »Haben Sie viel an Patrik Øye gedacht, an seine Mutter ...«

»Nein«, sagte Vera Mattson. »Ich weiß, was die Nachbarn über mich sagen, dass ich kalt und unfreundlich bin. Aber ich kann nicht immer an andere denken. Wer gestorben ist, ist eben tot. Genau wie meine Katzen, als der Hund sie geholt hat. Ich konnte nicht um sie trauern, ich habe sie einfach begraben und mich gezwungen, an etwas anderes zu denken. Manchmal will ich einfach zuschlagen. Das kommt vom Hass. Der ist das Einzige, was ich habe, aber es ist gar nicht so wenig. Und dann habe ich meine Katze.«

Die Presse wusste, dass etwas passierte. Die Journalisten belagerten den Haupteingang des Polizeigebäudes. Sie hatten Wind von der ungewöhnlichen Wendung bekommen, die der Fall genommen hatte. Es war 23:55 Uhr. Die Polizeijuristin Marie Sagen hatte alle Hände voll zu tun, um alle Fragen zu beantworten. »Die Frau wird von psychiatrischen Sachverständigen untersucht werden«, sagte sie immer wieder. Asle Tengs versuchte, die Fragen nach den beiden Mädchen zu beantworten. Es war wichtig, die Sensationslust zu dämpfen. Er versuchte es mit der Theorie, dass Louise Ek und Ina Bergum vielleicht einfach etwas anderes unternommen hatten, als mit auf Klassenfahrt zu gehen. »Mädchen in dem Alter und so weiter«, sagte er. Bisher könne noch niemand wissen, ob ein Verbrechen vorliege. Es gebe für nichts irgendeinen Hinweis, sagte er. Keinerlei Grund zu der Annahme, dass beide Fälle miteinander zu tun hätten. Und auch der Fall Patrik Øye sei noch nicht aufgeklärt. Der Junge sei bisher nicht gefunden worden. Die Polizei könne ihre Informationen noch nicht an die Öffentlichkeit geben, sagte er. »Wir haben noch sehr viel Ermittlungsarbeit zu leisten. Ich kann Sie nur um Geduld bitten.«

\*

Auf den Gängen herrschte Hektik. Randi Johansen, Roger Høibakk und Tony Hansen versammelten sich um den ovalen Tisch im Besprechungsraum. Cato Isaksen stand hinten am Fenster und trank aus einer Flasche Mineralwasser. »Kinder und Tölen und Männer«, meinte er. »Das ist doch der pure Wahnwitz!«

»Als ob sie ein Spiel gespielt hätte«, sagte Randi Johansen.

»Dominosteine. Einer nach dem anderen. Eine Reihe von Ereignissen.«

»In ein System gebracht und von bösen Absichten gelenkt«, ergänzte Roger Høibakk.

Tony Hansen sah sie an und hielt den Mund. Er war von seinem Posten im Selvikvei abgelöst worden, als die Technik mit Ellen Grue an der Spitze angerückt war. Jetzt wurde das Haus durchsucht. Sein Vokabular befand sich auch auf einem anderen Niveau als die Wörter, die im Moment über den Tisch hin und her geworfen wurden. Er hätte sagen können, die Alte sei eine miese Kuh, aber er hielt wohlweislich den Mund. Dann aber überlegte er sich die Sache anders. »Die kleinen Schnitten«, sagte er. »Wollen wir Nyman nicht zu denen befragen?«

Cato Isaksen stellte die Wasserflasche auf die Fensterbank. »Wir warten auf diesen verdammten Thomas Fuglesang. Marie Sagen gibt uns Nyman nicht raus, solange sein Anwalt nicht hier ist. Er wird aus seiner Zelle geholt werden, sowie Herr Fuglesang eingetroffen ist. Louise Ek und Ina Bergum«, sagte Cato Isaksen besorgt. »Wir haben garantiert verdammt wenig Zeit. Wenn es nicht schon zu spät ist.« Mehr konnte er nicht sagen, denn nun betraten Marie Sagen und Asle Tengs den Raum.

Die Juristin sah Cato Isaksen gestresst an. Sie war diesmal nicht mehr so adrett angezogen, hatte offensichtlich einfach einen weißen Pullover und eine Jeans übergestreift, ehe sie zum Polizeigebäude zurückgestürzt war.

»Das Problem ist, dass ihr keine Leiche habt«, sagte sie und zog sich einen Stuhl heran. »Wir haben nur Vera Mattsons Aussage. Und auf die ist doch eigentlich kein Verlass. Sie muss ja nicht einmal die Wahrheit sagen. Aber, meine Güte, wenn Nyman etwas mit dem Verschwinden der beiden Mädchen zu tun hat, dann wird er sich dafür verantworten müssen. Wenn sein Anwalt auftaucht. Wir dürfen jetzt bloß nicht durch formale Fehler alles durcheinanderbringen.« Sie schaute auf die Uhr.

»Wiggo Nyman hat schon zugegeben, dass er den Jungen im Eiswagen mitgenommen hat«, sagte Asle Tengs.

»Aber er hat nicht zugegeben, dass der Kleine tot war, er hat nur gesagt, dass er ihn mitgenommen und dann später abgesetzt hat, unten beim Oddenvei«, sagte Roger Høibakk.

»Verdammt, du stinkst nach Bier, Roger«, sagte Cato Isaksen gereizt in dem Moment, in dem Marian Dahle plötzlich in der Tür stand. Die eine Seite ihres Gesichts war mit Pflastern bedeckt. Ihr T-Shirt war blutdurchtränkt und ihre Jeans von Gras und Erde befleckt.

»Aber Herrgott!«, sagte Randi Johansen und sprang auf. »Wie siehst du denn aus? Warst du auf der Unfallstation?«

»Nein«, sagte Marian Dahle und ließ sich auf den Stuhl fallen, den Asle Tengs für sie zurechtgerückt hatte.

»Ich bin in der Tierklinik zusammengeflickt worden.«

»Und Birka?« Cato Isaksen hörte sich die Frage stellen, die er niemals von sich erwartet hätte.

»Ich weiß nicht, es sieht schlimm aus. Bitte, fragt mich nicht nach ihr. Wie sieht es denn hier aus?«

»Wir warten auf Wiggo Nymans Anwalt«, sagte Marie Sagen.

»Ellen hat angerufen«, sagte Cato Isaksen. »Der Baseballschläger wird ins Labor gebracht. Er weist alte Blutreste auf, die ins Holz eingesickert sind. Hundeblut und Kinderblut, you name it. Vera Mattson hat zugegeben, dass sie Patrik Øye ermordet hat.«

»Ja, genau. Und ich habe im Kartoffelkoben einen toten Hund gefunden.«

Cato Isaksen fluchte leise.

Randi sah Marian an. »Möchtest du etwas essen oder trinken?«

»Etwas zu trinken wäre schön.«

Randi stand auf und holte eine Flasche Wasser. »Was ist mit ihrem Mann? Was glaubst du da?«

Marian Dahle verzog den Mund. »Etwas stimmt nicht mit den Bienenkörben. Dahinter schien der Boden frisch bestellt zu sein. Als ob jemand sie weggehoben und im Boden gegraben, gesät und die hintersten Körbe wieder zurückgestellt hätte. Es war eine hellere Stelle, ohne Brennnesseln oder Unkraut. Aber diese Stelle ist viele Jahre alt, da kann Patrik Øye also nicht liegen.«

»Voriges Mal hat deine Intuition gestimmt«, erwiderte Cato Isaksen. »Was Patrik Øye angeht, hat Mattson zugegeben, dass sie ihn ermordet und die Leiche dem Eiswagen mitgegeben hat.«

»Ach Herrgott«, sagte Marian Dahle und nahm die Wasserflasche, die Randi ihr reichte. Ihre Miene hatte sich verändert. »Dem Eiswagen mitgegeben, wie raffiniert und unglaublich!«

Sie drehte den Verschluss der Flasche, und im selben Moment betrat Thomas Fuglesang den Raum.

Marian Dahle starrte Wiggo Nyman tief in die Augen. »Da sitzen wir nun wieder hier«, meinte sie. »Sie ahnen vielleicht, warum?«

Wiggo Nyman gähnte. »Es ist nach zwölf«, sagte er und konnte seinen Blick nicht von dem Pflaster auf Marian Dahles Wange und dem Blut auf ihren Kleidern losreißen.

»Das stimmt«, sagte Marian Dahle. »Es ist nach zwölf. Deshalb wäre es nett, wenn wir nicht die ganze Nacht hier sitzen müssten.«

»Ich weiß nicht so recht, ob Sie uns alles gesagt haben«, sagte Cato Isaksen. »Es ist nämlich so, dass wir ein wenig mehr wissen, als Sie glauben. Die Lage hat sich verändert, so könnten wir das sagen.«

Thomas Fuglesang rutschte unruhig auf seinem Stuhl hin und her.

Wiggo Nyman wurde plötzlich wachsam. »Ich verstehe nicht, was Sie meinen«, sagte er unsicher.

»Sie haben Patrik Øye im Eiswagen mitgenommen, wie Sie uns vorhin erzählt haben. Aber jetzt wissen wir, dass er nicht mehr lebte, als Sie ihn in den Wagen gelegt haben. Wir wissen, dass er tot war«, sagte Cato Isaksen.

Wiggo Nyman war verblüfft und verwirrt.

»Sie glauben, dass Sie zurückgesetzt sind und Patrik Øye dabei überfahren haben, als sie am 3. Juni auf dem Hofplatz am Ende des Selvikvei gewendet haben. Sie haben den Jungen zweimal überfahren. Zuerst beim Zurücksetzen und dann beim Vorwärtsfahren. Sie sind aus dem Auto ausgestiegen, weil die Frau, die dort oben wohnt, gerufen hatte, Sie sollten anhalten. Sie haben angehalten und sind ausgestiegen, vielleicht haben

Sie die Anlage und Johnny Cash ausgeschaltet. Und hinter dem Auto lag der Junge. Der bereits tot war.«

Wiggo Nyman senkte den Kopf.

»Wir wissen, dass das hier schwer für Sie ist, denn wenn Sie das zugeben, kann es ja zu anderen Dingen führen«, sagte Marian Dahle. »Unsere Theorie ist, dass Elna Druzika auf irgendeine Weise erfahren hatte, dass Sie Patrik Øye überfahren hatten.«

»Ich habe kein rotes Auto. Wie oft soll ich das denn noch sagen? In der Zeitung hat gestanden, dass sie von einem roten Auto überfahren worden ist.«

»Aber Sie könnten eins gestohlen oder geliehen haben.«

Wiggo Nyman starrte Cato Isaksen an. »Glauben Sie mir«, flehte er. »Gestohlen, du meine Güte. Woher hätte ich das denn nehmen sollen? Ist Ihnen vielleicht der Diebstahl eines roten Autos gemeldet worden?«

Cato Isaksen merkte plötzlich, wie hungrig er war. »Vera Mattson – die, die in dem braunen Haus hinten im Selvikvei wohnt – hat zugegeben, dass sie Patrik Øye umgebracht hat. Und sie hat Sie dahingehend manipuliert zu glauben, dass Sie es getan hätten. Dass Sie an seinem Tod schuld seien. Sie hat ihn hinter den Wagen gelegt, sodass Sie ihn überfahren mussten. Das erklärt ja auch, warum Ihr Wagen keine Schäden aufwies. Wenn Sie ihn überfahren hätten, hätten Sie das gehört. Oder gespürt. Er lag schon auf dem Boden, als Sie ihn überfahren haben.«

Wiggo Nyman starrte ihn an. Er warf kurze, unsichere Blicke zu seinem Anwalt hinüber. Er hatte nicht vor, irgendetwas zuzugeben.

»Sie glauben, dass Sie Patrik Øye angefahren haben, und Sie glauben, dass er an seinen Verletzungen gestorben ist«, sagte Cato Isaksen jetzt. »Niemand kann Sie zu einem Geständnis zwingen, aber vielleicht würden Sie davon profitieren. Wir werden ohnehin alles klären.«

»Wenn Sie sich als kooperativ erweisen, ist Ihre Lage gleich ganz anders«, warf Marian Dahle ein. »Vermutlich entspricht es nicht Ihrer Persönlichkeit, aber Sie hörten ja, dass wir von der Theorie ausgehen, dass Sie manipuliert worden sind. Sie können ja Ihren Anwalt fragen, welche Chance Sie vor Gericht haben, wenn wir unsere Ermittlungen damit beenden, dass wir Patrik Øyes Leichnam finden und Sie uns nicht helfen wollten.«

»Ja, aber haben Sie denn einen konkreten Verdacht«, fragte der Anwalt, »darüber, wo dieser Leichnam sich befinden soll? Bedeutet das, dass sie eine Fundstätte haben?«

Cato Isaksen und Marian Dahle wechselten einen Blick. Jetzt mussten sie das Richtige sagen, die anderen in dem Glauben lassen, dass sie mehr wussten, als tatsächlich der Fall war.

»Sagen wir es mal so«, sagte Cato Isaksen. »Wir haben die Mörderin gefangen. Aber es gibt noch andere Richtungen …«

»Und diese Richtungen führen zu meinem Mandanten«, schloss der Anwalt.

Cato Isaksen nickte.

Wiggo Nyman war es schlecht. Es gab zu viele schwierige Wörter; Leichnam und Theorie und manipuliert. Und was meinte die dunkle Polizistin damit, dass etwas nicht seiner Persönlichkeit entsprach? Meinte sie damit seine *dunkle* Seite? Die, die er selbst nicht durchschaute? Bedeutete das, dass er kein guter Mensch war? Durchschaute die Polizei all das Hoffnungslose, was er zu verbergen versucht hatte? Hatte jemand die beiden Steine gefunden?

Cato Isaksen erhob sich und lief im Zimmer hin und her. Er sah Wiggo Nyman mit plötzlichem Wohlwollen an. »Sie müssen sich klar vor Augen halten, dass wir den Fall Elna Druzika nicht in diese Sache hineinziehen, Wiggo. Weil die Lage sich geändert hat. Wir haben das Geständnis einer kalten und unberechenbaren Frau. Sie sagt, dass Sie sie dazu gebracht hat, zu glauben, dass Sie Patrik Øye angefahren und getötet haben.

Wenn das stimmt, dann sind Sie ja unschuldig, nicht wahr? Zugleich haben wir den starken Verdacht, dass Sie den Leichnam vergraben haben ...«

Der Anwalt räusperte sich und sprach in kurzen, abgehackten Sätzen. »Haben Sie wirklich einen konkreten Ort in Verdacht?«, fragte er noch einmal.

Marian Dahle kam Cato Isaksen zu Hilfe. »Müssen wir Ihnen das wirklich mit Teelöffeln einflößen? Verstehen Sie nicht, dass wir versuchen, Ihrem jungen Mandanten zu dem Geständnis zu verhelfen, dass er Patrik Øye eben nicht umgebracht hat?«

Der Anwalt sah für einen Moment unsicher aus. »Herr Nyman sagt doch, dass er mit der Sache nichts zu tun hat. Wenn Sie etwas Konkretes wissen, dann rücken Sie jetzt raus damit.«

Marian Dahle merkte, wie müde sie war. »Wollen Sie das Beste für Ihren Mandanten, oder wollen Sie ihn daran hindern, mit einem blauen Auge aus dieser schwierigen Lage herauszukommen? Wollen Sie die Verantwortung dafür übernehmen, dass er ... dass diese Sache ihn sein Leben lang verfolgen wird?«

Wiggo Nyman starrte abwechselnd auf die Tischplatte und in die Luft. Er ließ sich plötzlich vornüber sinken und legte den Kopf auf die Arme.

Der junge Anwalt hob abwehrend die Hände. »Nein«, sagte er entschieden. »Jetzt gehen Sie aber viel zu schnell vor. Wer manipuliert hier eigentlich wen?«

Die Vernehmung wollte kein Ende nehmen. Wiggo Nyman und der junge Anwalt waren harte Gegner. Wiggo Nyman gab gar nichts zu.

Am Ende sagte Marian: »Ich bin von einer wahnsinnigen Mörderin am Kopf verletzt worden. Dieselbe wahnsinnige Mörderin hat vermutlich Patrik Øye umgebracht. Sie müssen uns helfen, diese Frau ins Gefängnis zu bringen. Wollen Sie denn, dass sie ungeschoren davonkommt?«

Wiggo Nyman merkte, wie das Geräusch seines Atems in seinen Ohren dröhnte. *Ich bin wie Eisen. Ich bin so stark, Mama.*

*Aber ich war es nicht.* Er setzte sich gerade und legte die Hände zwischen die Knie. Die Gedanken wirbelten durch seinen Kopf. Er musste sich vorsehen, das hier konnte eine Fangfrage sein. Wie lange würde er eigentlich hier bleiben müssen? Ob er danach nach Hause fahren dürfte? Es war nicht seine Schuld, nichts war seine Schuld. »Ich kann diese vielen Fragen einfach nicht mehr ertragen«, sagte er plötzlich.

Als er das Gesicht seines Anwalts sah, verstummte er wieder.

»Sie verstehen doch, was wir zu sagen versuchen?« Marian Dahle setzte sich ihm gegenüber. »Wir versuchen zu sagen, dass Sie die Schuld für etwas tragen müssen, das Sie nicht getan haben. Wir wollen nur, dass Sie unsere Fragen beantworten. Wir wollen Ihr Bestes. Vielleicht decken Sie unbewusst etwas, das eine verrückte alte Frau getan hat. Davon hat niemand etwas. Glauben Sie, dass Sie davon etwas haben?«

Wiggo Nyman schüttelte den Kopf, merkte, dass es unten in seinem Kreuz kitzelte. »Nein«, sagte er verbissen und drehte sich zu Cato Isaksen um. Er würde aus allem herauskommen. Er spürte schon die Veränderung, die Erleichterung, die ihn durchwogte, wenn er nur daran dachte.

»Haben Sie die Steine gefunden?«, fragte er.

Die Stille, die folgte, war absolut. Cato Isaksen, Thomas Fuglesang und Marian Dahle hielten den Atem an.

»Ich dachte nur, es könnte gut sein, dass ich genau weiß, wo das ist. Falls etwas passiert. Nicht, dass ich geglaubt hätte, das würde nötig werden oder so. Aber ich habe ein Muster aus Steinen gemacht.«

Randi Johansen starrte durch die Glasscheibe, hinaus auf die beiden Personen, die vor dem Bereitschaftszimmer standen. Es waren Wiggo Nymans Mutter und sein Bruder. Henning Nyman war grau im Gesicht. Tony Hansen ging zu den beiden hinaus.

Randi Johansen telefonierte mit Gunnhild Ek. Die war total hysterisch und wollte unbedingt auf die Wache kommen.

Åsa Nyman sah den Polizisten an. Er trug einen Ring im Ohr. Was musste man eigentlich alles hinnehmen? Was waren diese Ermittler eigentlich für Menschen? Ihre Stimme brach. »Wie lange wollt ihr Wiggo noch behalten? Wir wollen ihn jetzt abholen. Ihr könnt doch nicht einfach alles glauben, was so eine alte Frau sagt. Wiggo hat mir von ihr erzählt, dass sie hinter dem Eiswagen herläuft und danach schlägt. Gegen die Seite hämmert, sodass das ganze Auto bebt.«

»Das hier ist keine Fernsehserie aus den USA, Frau Nyman«, sagte Tony Hansen kalt. »Es geht auf ein Uhr nachts zu. Sie müssen jetzt wieder nach Hause fahren. Wiggo wird gerade vernommen.«

»Jetzt, so spät noch?« Åsa Nyman sah den jungen Polizisten erschrocken an. Was sollte das heißen, dass das hier keine Fernsehserie aus den USA war? »Aber wir haben in den Nachrichten gehört, dass die alte Dame …«

»Die Presse spuckt alles Mögliche aus, Frau Nyman. Nicht alles, was Sie im Radio oder im Fernsehen hören, muss stimmen.«

Henning Nyman sagte nichts, er zupfte seine Mutter nur vorsichtig am Arm. »Komm«, sagte er. »Wir fahren wieder nach Hause. Morgen lassen sie ihn sicher laufen. Sie haben nichts. Wiggo hat nichts verbrochen.«

»Nein«, sagte Åsa Nyman. »Wiggo hat nichts verbrochen. Es ist nicht seine Schuld. Morgen wird er wieder frei sein.« Sie legte ihre dünne Hand auf Hennings Arm. Wiggo hatte versprochen, Inga mitzubringen. Bei seinem nächsten Besuch. Alles würde sich finden und wieder wie vorher sein.

Inga war ein liebes und normales Mädchen. So gut wie Elna. Zu ihrer Verwunderung hatte Åsa Nyman gemerkt, wie ihre Trauer um Elna während der vergangenen Tage nachgelassen hatte. Als sei alles von einem auf den anderen Moment plötzlich vorüber gewesen. Weil sie wollte, dass es vorüber war. Es gab zu viele andere Störungen. Es wurde alles viel zu viel.

Plötzlich stand Wiggo da. Vor ihr auf dem Gang, zwischen zwei Polizisten. Wie ein Gespenst. Er hatte Schweißperlen auf der Stirn und sein Mund zitterte.

Åsa Nyman verspürte einen tiefen Schmerz. Versuchte, ruhig zu atmen und sich auf etwas anderes zu konzentrieren. Sie hatte ihren Söhnen beim Pfuschen geholfen. Als sie klein gewesen und mit anderen Kindern gespielt hatten. Sie versuchte, sich auf diese Erinnerung zu konzentrieren.

»Ich darf jetzt eine rauchen«, sagte Wiggo und sah seine Mutter an. »Es war nicht meine Schuld, Mama! Das weißt du!«

*

»Ich habe einen Spaten aus der Scheune mitgenommen«, sagte Wiggo Nyman und legte die Hände auf den Tisch. »Sind meine Mutter und mein Bruder wieder weg? Oder kann ich mit ihnen fahren?«

»Sie können nicht mit ihnen fahren«, sagte Cato Isaksen mit harter Stimme.

»Aber jetzt, wo …«

»Wo haben Sie ihn vergraben?«

Wiggo Nyman sackte in sich zusammen. »Hinter der Schranke und ein Stück weiter am Waldweg«, sagte er. »Oben in Maridalen. An einer Stelle, wo Henning und ich als Kinder gespielt haben. Ich habe ihn bei einem Graben vergraben, nicht darin, aber daneben. Da war der Boden besonders weich. Ich habe ein Loch gegraben und ihn hineingelegt. Er ist in einen schwarzen Plastiksack eingewickelt. Ich habe ihn mit Erde zugedeckt und die Grube noch mit großen Stücken Waldboden belegt, mit Blaubeersträuchern und braunen Tannennadeln. Ich habe sie mit dem Spaten abgeschnitten. Dann habe ich Blätter geholt, mehrere Hände voll, und über alles gestreut. Als ich fertig war, dachte ich, ein Tier könnte kommen. Deshalb habe ich alles wieder weggenommen und einen großen Stein in das Loch gerollt. Auf ihn. Dann habe ich noch einmal alles zugeschaufelt und den Waldboden wieder darübergelegt. Und ich habe zwei Steine fünf Schritte weiter ausgelegt, damit ich das Grab immer wieder finden könnte. Niemand kann sehen, wo es ist. Nur ich. Man biegt auf dem Waldweg nach links ab, gleich vor dem Acker mit dem gelben Korn. Dann geht man zweihundert Schritte in den Wald hinein. Da kommt sonst nie jemand hin. Man muss zuerst einen Gürtel aus Farnblättern durchqueren und dann über den Graben steigen. Und da ist es dann.«

Zwei zivile Dienstwagen fuhren an dem roten Fertighaus vorbei. Es war so dunkel, wie es das an einem verregneten Sommerabend überhaupt nur werden kann. Grau überall, abgesehen vom Licht der Lampe über der Haustür, die sich in den Pfützen im Kies auf dem Hofplatz spiegelte und darin zu vielen Lichtern wurde.

Cato Isaksen sah den großen Traktor an, der vor dem roten Haus stand. »Wer wohnt hier?«, fragte er.

Wiggo Nyman gähnte. »Das Haus gehört Helmer Ruud. Er ist im Krankenhaus. Das Haus steht so lange leer. Wir wissen nicht, ob er überhaupt wieder zurückkommt.«

Marian Dahle starrte vor sich hin. Die Leute in der Tierklinik hatten versprochen, ihr sofort Bescheid zu sagen, wenn Birka starb. Sie hätte jetzt bei ihrem Hund sein müssen, aber sie saß neben Wiggo Nyman auf dem Rücksitz, fummelte an ihrem Telefon herum und versuchte, ihre Angst zu verdrängen. Sie war so müde. Wenn Birka starb, würde sie niemanden mehr haben. Sie starrte Cato Isaksens Nacken an und hatte eine lebendige wie schuldbewusste Erinnerung an ihre erste Begegnung. Sie dachte an ihre Persönlichkeit und an ihre Vergangenheit. Der Morgen würde kommen, sie würde diesen Fall überstehen müssen. Es war schwer, sich die Tage ohne Birka vorzustellen. Sie konnte den Gedanken daran nicht ertragen. Diese schreckliche stechende Angst setzte sich wieder in ihr fest.

Der Wagen fuhr durch die offene Schranke und einige hundert Meter weiter über den schmalen Weg. Dann bat Wiggo Nyman sie plötzlich, anzuhalten.

Cato Isaksen, Marian Dahle und zwei Kollegen von der

Technik folgten Wiggo Nyman in den Wald. Sie befanden sich an der Grenze zwischen Nacht und Tag. Die Dunkelheit entfernte sich jetzt langsam vom Waldboden. Vögel fingen an zu zwitschern, erst einer, dann zwei. Dann viele.

Marian Dahle ging vorweg, zusammen mit Wiggo Nyman. Cato Isaksen hielt sich dicht hinter ihnen, die beiden Kollegen lagen an die zwanzig Meter zurück.

Plötzlich hielt Wiggo Nyman inne. Stand einfach da und schien Witterung zu nehmen. »Da hinten ist es. Da ist das Grab«, sagte er. »Gleich bei den zwei Steinen.«

»Okay«, sagte Cato Isaksen und sah Marian Dahle an. Sie hatte einen fast kranken Gesichtsausdruck. »Weitergehen«, sagte er.

Wiggo Nyman setzte sich wieder in Bewegung. Cato Isaksen ging ein Stück weit neben Marian Dahle her.

»Jackass«, flüsterte sie müde. »Wie gesagt, der ist wirklich ein Pulverfass.«

Wiggo Nyman redete und redete im Gehen. Er kam den anderen fast lustig vor. Er verspürte Erleichterung und dachte darüber nach, wie viel Glück er trotz allem gehabt hatte. Er könnte es schaffen, aus allem herauszukommen, ohne dass wirklich etwas passiert wäre. Denn er hatte Patrik Øye nicht getötet. Es war nicht seine Schuld gewesen. Und die Polizei wusste nicht, welches Auto er gefahren hatte. Er war stark wie Eisen. »Der Junge hat aus dem Kopf und aus der Nase geblutet«, plapperte er. »Ich wusste einfach nicht, was ich machen sollte. Ich bin in Panik geraten. Sie hat gekreischt und geschrien, hat gesagt, ich hätte den Kleinen umgebracht und so. Miese alte Kuh. Immer sauer«, fügte er hinzu.

Cato Isaksen ging direkt hinter ihm. »Hat er noch gelebt, was glauben Sie, als Sie ihn ins Auto gelegt haben?«

»Nein, er war tot. Also habe ich ihn ins Auto gelegt, auf einen Müllsack. Ich habe immer eine Rolle Müllsäcke im Auto.«

»In welchem Auto haben Sie die Leiche weggebracht?«, fragte Cato Isaksen plötzlich. »Die Hunde haben weder im Volvo noch im Eiswagen reagiert.«

»Ich hab doch schon gesagt, dass es der Eiswagen war. Aber den habe ich danach gewaschen.«

»Sind Sie mit dem Eiswagen auch hierhergefahren?«

Wiggo Nyman drehte sich um und sah ihn düster an.

»Sie hätten sofort die Wahrheit sagen müssen«, sagte Cato Isaksen jetzt. »Wir hätten Ihnen geglaubt. Wir können feststellen, wie jemand ums Leben gekommen ist. Und am Eiswagen war nichts zu sehen. Vielleicht ein wenig Blut an den Rädern, aber das haben Sie sicher abgewaschen? Vera Mattson ist eine überaus beherrschte, kalte und gefühllose Person«, sagte er dann. »Sie müssen sich doch gefragt haben, warum sie nicht zur Polizei gegangen ist?«

Wiggo Nyman blieb stehen.

»Weitergehen«, sagte Cato Isaksen »Und dann kam der Brief von den Nachbarsmädchen.«

»Ja.«

»Wo sind die Mädchen jetzt?«

»Das weiß ich nicht, das habe ich doch schon gesagt. Woher soll ich das wissen?«

»Sie haben gestern Nachmittag eine SMS von Louise Ek bekommen, und darin stand: Wann sehen wir uns heute Abend?«

»Darauf habe ich nicht geantwortet, auch das habe ich schon gesagt.«

»Aber die Mädchen sind verschwunden.«

Wiggo Nyman senkte den Kopf. »Was hat das mit mir zu tun?«

»Nicht die beiden Mädchen haben den Brief geschrieben. Die haben überhaupt nichts gesehen.«

Wiggo Nyman blieb stehen. »Hä?«

»Nein. Den Brief hat Vera Mattson geschrieben. Die Mädchen waren das nicht.«

»Jetzt lügen Sie.«

»Nein, es stimmt. Haben Sie irgendwem von dem Brief erzählt, Ihrer Mutter oder Ihrem Bruder?«

Wiggo Nyman schüttelte den Kopf. Er machte ein nachdenkliches Gesicht. »Jetzt begreif ich überhaupt nichts mehr«, sagte er.

»Sonst weiß also niemand von dem Brief?«

»Nein.«

Marian Dahle seufzte tief und sah Cato Isaksen resigniert an. »Jetzt müssen Sie uns die Stelle zeigen«, sagte sie ungeduldig.

»Da hinten«, erwiderte Wiggo Nyman und zeigte darauf.

»Wie konnten Sie leben ... die ganz normalen Dinge tun?« Cato Isaksen ließ nicht locker.

»Ich ... ich habe mir gesagt, dass es nicht stimmte, dass das alles gelogen war. Dass ich nichts getan hätte.«

»Nichts.«

»Nichts«, wiederholte Wiggo Nyman.

»Auch nicht das mit Elna Druzika?«

»Nein«, sagte er. »Ich habe Elna nicht umgebracht. Ich weiß nichts darüber. Das sagt auch mein Anwalt. Ich habe den Jungen für einige Stunden im Kühllager versteckt. Fast einen ganzen Tag.«

»Und dann hat Elna Druzika die Leiche entdeckt?«

Wiggo Nyman wurde wütend. »Nein!«, schrie er.

»Mit welchem Auto haben Sie die Leiche weggebracht?«, fragte Cato Isaksen noch einmal mit harter Stimme.

»Halten Sie die Fresse!«, schrie Wiggo Nyman so laut, dass es zwischen den Bäumen widerhallte.

Cato Isaksen sah ihn müde an. »Na gut«, sagte er. »Können Sie uns jetzt zeigen, wo Sie den Jungen vergraben haben?«

»Das ist hier«, sagte Wiggo Nyman. »Genau hier, wo wir jetzt stehen.«

\*

Als Cato Isaksen, Marian Dahle und Wiggo Nyman sich wieder ins Auto setzten, war es inzwischen 03:36 Uhr. Die beiden Männer von der Technik waren noch immer damit beschäftigt, an dem Grab im Wald Spuren zu sichern. Wiggo Nyman war müde und bleich. »Jetzt muss ich schlafen«, sagte er.

Sie fuhren an der Schranke vorbei.

»Welches Auto haben Sie benutzt?«, fragte Cato Isaksen wieder und starrte ihn im Rückspiegel an. Marian Dahle wandte sich ab.

Wiggo Nyman gab keine Antwort.

Marian Dahle merkte, dass sie fror. Plötzlich sah sie einen Mann, der am Waldweg entlangging. Der Mann wandte sich ab, als er den Motor hörte.

»Ein Mann mitten in der Nacht«, bemerkte sie.

Cato Isaksen fuhr langsamer und sah, wie der Mann im Wald verschwand.

Wiggo Nyman starrte vor sich hin.

»War das nicht Ihr Bruder?«

Cato Isaksen hielt an und drehte sich um.

Wiggo Nyman zuckte gleichgültig mit den Schultern und starrte weiterhin vor sich hin. »Nein«, sagte er müde.

»Das war nicht Ihr Bruder? Er sah Ihnen aber ähnlich. Sind die Leute hier um diese Zeit immer wach?«

»Weiß ich doch nicht«, knurrte Wiggo Nyman verärgert. »Woher soll ich das wissen?«

»Jetzt fahr endlich«, sagte Marian Dahle müde. »Wir müssen nach Hause. Es ist schon nach halb vier.«

Sie fuhren an dem roten Fertighaus vorbei und dann weiter über den Waldweg, bis zur Kreuzung an der Hauptstraße. Wiggo Nyman sollte wieder in die Kahlzelle gesteckt werden.

Cato Isaksen konnte sich nicht beherrschen. »Vera Mattson hat Ihnen eingeredet, Sie hätten Patrik umgebracht. Wir glauben, dass Elna Druzika das entdeckt hat. Das muss so gewesen sein. Wiggo, das muss so gewesen sein?«

Wiggo Nyman begegnete im Rückspiegel Cato Isaksens Blick. Er schüttelte müde den Kopf. »Können Sie nicht verdammt nochmal bald mit dem Gequengel aufhören?«, fragte er wütend.

Louise hörte draußen plötzlich ein Auto, aber dann verschwand das Motorengeräusch wieder. Und es wurde ganz still. Vielleicht hatte sie ja nur ihren eigenen Atem gehört. Ina schlief, sie lag neben ihr auf dem Boden. Sie atmete in kleinen harten Zügen, ein und aus. Louise konnte nicht mehr weinen. Niemand wusste, wo sie waren. Niemand. Die Tür ließ sich nicht bewegen, egal, wie sehr sie auch daran gezogen und dagegen getreten hatten, und Ina hatte sie mit Kälte in den Augen angestarrt, als sei sie gefährlich. Als sei Louise hier diejenige, die gefährlich war.

Louise sah hinten in der Ecke einen Schatten, doch dann merkte sie, dass es keiner war. Sie schrie laut auf. Der Schrei durchschnitt die graue Stille. Ina fuhr keuchend hoch. »Der Schatten«, rief Louise und zeigte darauf.

»Wo?«, schrie Ina.

Aber Louise starrte Ina nur an. Ihr Gesicht war in tiefer Verachtung verzerrt. Und es waren keine Schatten, nur schwarze Flecken, die sich in ihren Augen bildeten, als die über die Mauern und den grauen Boden glitten.

Sie schlug die Hände vor die Augen. Ihr Magen knurrte vor Hunger. Würden sie nicht bald etwas zu essen bekommen? Vielleicht würde Wiggos Bruder ihnen Essen bringen. Und Wasser.

Louise kehrte Ina den Rücken zu und ließ die Hände sinken. Plötzlich war Bittelise da, auf dem Boden vor ihr. Sie griff nach ihrer Puppe. Doch die Luftpuppe löste sich auf und war verschwunden. Sie dachte an ihren Hund, an Dennis. Erinnerte sich daran, wie sein Fell gerochen hatte, wenn es feucht gewesen war. An seine niedlichen Augen. Und an seine Schnauze.

Plötzlich rieselte etwas durch ein Rohr, ein dünnes feines Geräusch in der Wand. Die beiden Mädchen fuhren zusammen. War jemand im Haus? War Henning da? Kam er bald?

Louise richtete ihre Augen auf einen kleinen Punkt. Der wuchs, wenn sie die Augen schloss und wieder öffnete. Je schneller sie das machte, umso größer wurde der Punkt.

Sie war so müde, aber sie hatte Angst vor dem Schlafen. Angst davor, nicht da zu sein, wenn die Kellertür sich öffnete.

Sie hob die Hände an den Hals, spürte das Blut, das durch ihre Schlagader pochte. Hörte, wie Ina aufstand.

Ihre Eltern würden sie suchen. Aber erst am Sonntagabend, wenn sie begriffen, dass sie doch nicht mit auf die Klassenfahrt gegangen war. Aber wo sollten sie suchen?

Ina stand hinten bei der Tür. Louise legte sich auf den Boden. Zuerst auf den Rücken. Sie mochte nicht auf dem Rücken liegen. Nichts konnte sie dann beschützen, wenn jemand kam. Sie drehte sich auf die Seite. Der Boden war so hart. Ihre Hüftknochen taten weh. Und es war kalt. Sie hörte nichts. Nur Stille. Oder war das ein Geräusch? Kam da jemand die Treppe herunter? Sie drehte sich um und sah Ina an. Plötzlich schrie Ina, laut und beängstigend: »Mama! Mama! Mama!«

Die Presseleute warteten noch immer vor dem Polizeigebäude. Als Cato Isaksen und Marian Dahle mit Wiggo Nyman auf dem Rücksitz in die Garage fahren wollten, wurden sie von einem Journalisten aufgehalten. Am Ende musste Cato Isaksen das Fenster herunterkurbeln und den Mann bitten, sich zu entfernen. Er sagte, alle würden nach dem Haftprüfungstermin um zwölf Uhr informiert werden. So lange müsse die Presse warten.

»Aber wo waren Sie denn mitten in der Nacht?«, rief der Journalist hinter dem Auto her. »Haben Sie etwas Neues erfahren? Haben Sie den verschwundenen Jungen gefunden? Oder die beiden Mädchen?«

Cato Isaksen schüttelte den Kopf. »Kommen Sie zum Gericht«, rief er durch das Fenster und trat aufs Gaspedal.

Wiggo Nyman wurde wieder in die Kahlzelle gesperrt. Oben in der Abteilung warteten Roger Høibakk und Randi Johansen mit Pizza und frischgekochtem Kaffee. Sie gratulierten zu dem Fund. »Ich schicke in einer Stunde jemanden zu Patrik Øyes Eltern«, sagte Randi.

»Kannst du nicht selbst fahren?« Cato Isaksen sah sie müde an. Randi nickte. »Ich nehme Roger mit.«

»Vera Mattson streitet energisch ab, etwas mit dem Verschwinden der beiden Mädchen zu tun zu haben«, sagte Roger Høibakk und trank einen tiefen Schluck Kaffee aus einem Plastikbecher.

»Wart ihr schon in Dikemark?«

»Das kannst du dir doch denken«, sagte er und sah Asle Tengs an. »Ich glaube wirklich, sie würde es zugeben, wenn sie etwas mit den beiden Mädchen zu tun hätte. Sie war so stolz auf das andere. Dass sie an Patriks Tod schuld ist. Sie war stolz darauf, dieser kranke Schwachkopf.«

Marian sah Roger müde an. »Nichts Neues über Birka, Marian?«, fragte er. Sie gab keine Antwort. Wandte sich nur ab und schüttelte den Kopf.

»Aber du kannst doch immerhin antworten«, sagte Cato Isaksen gereizt. Marian schüttelte wieder den Kopf und bat ihn, die Klappe zu halten. Dann lief sie zur Toilette.

»Die tauchen ja vielleicht wieder auf«, sagte Randi. »Die Mädchen. Wir wissen ja nicht … aber Wiggo … der …«

»Ja, sicher«, sagte Cato Isaksen. »Ich werde Nyman wegen der Mädchen weiter in die Mangel nehmen. Der Junge ist immerhin gefunden. Ich muss nur vorher ein wenig schlafen.«

Roger Høibakk und Asle Tengs standen auf und verließen den Raum. Tony Hansen lief draußen über den Gang. Er blieb stehen, überlegte sich die Sache dann aber anders und ging weiter.

Randi machte sich wütend auf ihrem Block Notizen. »Wie lange werden die Mädchen schon vermisst?«

»Seit gestern«, sagte Cato Isaksen. »Vielleicht haben sie nur einen Tag Schule geschwänzt, um sich wichtig zu machen. Lasst uns das mal ganz fest hoffen. Danke«, sagte er dann plötzlich, beugte sich zu ihr vor, nahm ihre Hand und drückte sie rasch.

»Wofür denn?« Randi Johansen lächelte ihn verwundert an. Es war eine sehr unerwartete Geste von ihrem Chef.

»Für alles«, sage er. »Dafür, dass du die richtigen Dinge sagst. Dass du nicht dauernd quengelst«, fügte er hinzu, sah sie an und lächelte.

»Marian«, sagte sie und sah ihm voller Wärme in die Augen. »Du denkst gerade an sie.«

»Ja.«

»Sie ist eigentlich ungeheuer nett und sympathisch. Und tüchtig …«

»Sicher, sicher, sicher. Aber nicht alle können es so bunt treiben wie sie. Ich bin froh, dass du nicht dauernd solche Bemerkungen ausspuckst.«

»Das tun wirklich nicht alle, weißt du.«

»Nein, eben, das wollte ich doch gerade sagen. Zehn Minuten, Randi, weckst du mich dann? In meinem Kopf dreht sich einfach alles. Ich kann nicht denken. Es ist ja auch schon fünf.«

\*

Cato Isaksen legte sich auf das Sofa im Foyer. Die Fenster standen offen. Er hörte die Nachtgeräusche der Stadt, die mit der kühlen Luft hereinströmten. Er schloss die Augen, sah seine Familie vor sich. Er hatte Bente nicht zurückgerufen. Sie mussten einsehen, dass die Lage ernst war. Sie hatten es doch trotz allem gut. Er hatte es gut – oder genauer gesagt, er hätte es gut haben können, wenn er das nur gewollt hätte. Ob sie nun Sommerferien machen könnten oder nicht, das hing davon ab, was weiter passieren würde. Ob sie die beiden Mädchen fanden oder nicht. Er war fast eingeschlafen, zuckte dann aber plötzlich zusammen. Plötzlich sah er den überwucherten Garten vor sich. Die Rotdornhecke bei der Garage, dicht und von Efeu durchwoben. Er hatte Marian ignoriert, als sie ihre Analysen und Gedanken vorgetragen hatte, dabei hatte sie die ganze Zeit recht gehabt. Und jetzt würde ihr Hund vielleicht sterben. Der plötzliche Schmerz machte ihm Angst. Bilder wirbelten durch seinen Kopf. Die braunen Hundeaugen mit den leuchtenden Flecken aus Licht, das durch das Fenster fiel. Der Garten tauchte wieder vor ihm auf. Das Gras, das Flechtwerk aus Efeu. Die Brennnesseln. Das Blut am Baseballschläger. Der Blick des Hundes und sein wehes Wimmern. Und Marians Weinen.

Das tote Kind wurde am frühen Morgen mit dem Krankenwagen zur Gerichtsmedizin gebracht. Der Wagen fuhr vor dem Krankenhaus vor, wendete und setzte vor dem Eingang zurück, dann blieb er stehen. Zwei Polizisten standen schon bereit. Sie zogen die kleine Bahre heraus und trugen sie durch die breite Tür, weiter zum Fahrstuhl und nach unten in die gerichtsmedizinische Abteilung.

Zwanzig Minuten später beugte Professor Wangen sich über das, was einmal Patrik Øye gewesen war. Der Plastiksack war vorsichtig entfernt worden, aber einige kleine Klumpen hellbrauner Erde lagen noch auf dem Tisch.

Ellen Grue wusste nicht, wie viele Obduktionen sie schon mitgemacht hatte. Sie seufzte müde und starrte die kleinen Arme des Jungen an, die neben seinem halb verwesten Körper lagen. Seine Hautfarbe variierte zwischen hell- und dunkelblau, braun und grün. Ellen trug unter der Mundbinde eine Nasenklammer, aber der Geruch sickerte trotzdem in ihr System ein.

»Er ist von einem schweren Fahrzeug überfahren worden«, sagte der Professor, stellte die kleine Lampe ein und kniff die Augen zusammen. »Aber das war nicht die Todesursache.« Er setze sich auf den Stuhl und schob ihn an den Tisch vor, nahm eine lange Pinzette und einen Wattebausch aus einem Behälter und beugte sein Gesicht über das Kind. »Der Schädel ist von links her kräftig eingeschlagen worden.«

Ellen hätte den Gerichtsmediziner gern gebeten, sich zu beeilen und die Untersuchung hinter sich zu bringen. Der Fall war ja aufgeklärt. Zum Glück brauchten die Eltern des Jungen ihn nicht zu identifizieren. Fotos und Zahnarztunterlagen machten das unnötig. Der Junge war von einer verrückten alten Frau mit einem Baseballschläger umgebracht worden. Das wussten sie ja bereits, aber es musste aktenkundig gemacht werden, wie sie das nannten. Ellen Grue spürte, wie die Übelkeit wie eine Welle aus ihrem Magen aufstieg. Ihr brach der kalte Schweiß aus. Sie erbrach sich lautlos hinter ihrer Mundbinde.

Dass sie schwanger war, hatte in ihr ganz andere Gefühle als Freude ausgelöst. Der Junge auf dem Tisch verstärkte diese Gefühle noch. Der Schwangerschaftstest hatte einen deutlichen dunkelblauen Streifen gezeigt. Der blaue Streifen hatte sich zusammen mit einem starken Schmerz in ihrem Kopf eingeätzt. Sie versuchte, sich auf den Leichnam zu konzentrieren. Die Hände des Jungen sahen aus wie feine kleine Klauen. Vor nicht langer Zeit war er ein eifriger kleiner Mensch gewesen, jetzt fand sie keine Worte dafür, was er war. Seine arme Mutter. Sie hatte selbst eine Woche zuvor das Kind einer Freundin im Arm gehalten. Hatte es an sich gedrückt, hatte das weiche Köpfchen mit den feinen Flaumhaaren gespürt, die an ihren Lippen kitzelten.

»Der Verwesungsprozess ist schon sehr weit gediehen«, sagte Professor Wangen. »Du weißt ... in dieser Hitze.«

»Ja«, sagte sie. »Er ist ein Kadaver.«

Plötzlich wurden ihre Augen feucht. Sie wandte sich ab, richtete ihren Blick auf die blanke kleine Dose mit den Wattebäuschchen. *Sie würde niemals Mutter werden. Wenn dieser Beruf sie eins gelehrt hatte, dann das.* Die bloße Vorstellung, was Kindern passieren konnte, einfach dann, wenn ein Kind durch einen fremden Garten ging.

Plötzlich strömten ihr die Tränen über die Wangen und unter die Mundbinde. Hier stand sie, die härteste der polizeilichen Fußsoldatinnen. Die tüchtigste Tatorttechnikerin. Hier stand sie und war verzweifelt, weil vor ihr auf dem Tisch ein kleines Kind lag. Aus ihrer Kehle stieg ein verräterisches Schluchzen.

Professor Wangen hob das Gesicht und sah sie verwundert an. Der Lichtring der kleinen Lampe legte sich über seine Augen. Er schob sie rasch zurück. »Ellen ...« Er legte die Pinzette auf den blanken Tisch und stand auf.

Ellen Grue hob die mit dem Plastikhandschuh überzogene Hand an den Mund, drehte sich um und stürzte durch den weißen Raum hinaus auf den Flur. Sie schaffte es gerade noch bis zum Waschbecken in der gefliesten Garderobe, ehe ihr Magen sich wieder und wieder umstülpte. Sie beugte sich vor und spürte, wie die Magenkrämpfe zunahmen. Sie zog die Handschuhe aus, warf sie auf den Boden und registrierte gleichzeitig, dass der Gerichtsmediziner dicht hinter ihr stand. Die Schamesröte stieg ihr ins Gesicht. »Alles in Ordnung«, sagte sie eilig, drehte den Hahn auf und spritzte sich kaltes Wasser ins Gesicht. Sie richtete sich auf, riss ein Stück Papier aus dem Behälter an der Wand und wischte sich sorgfältig den Mund ab. Starrte mit leerem Blick in den Spiegel und drehte sich zu Professor Wangen um. »Ich bin schwanger«, sagte sie so gleichgültig sie konnte. »Nur deshalb. Und ich war die ganze Nacht in dem Haus in Høvik im Einsatz. Ich bin direkt hergekommen.«

Professor Wangen hatte seine Mundbinde nach unten geschoben. Er sah ernst und nachdenklich aus. Jetzt streifte auch er die Handschuhe ab. Sie hob abwehrend die Hand, wollte nicht, dass er sie berührte. Wollte kein Mitleid, nicht von ihm, von niemandem. »Niemand weiß davon«, sagte sie rasch. »Nicht einmal mein Mann. ... Er ist viel älter als ich ... er hat schon erwachsene Kinder.«

Der Gerichtsmediziner musterte die Technikerin mitfühlend, dann nickte er langsam.

»Ich will es nicht behalten«, sagte sie mit harter Stimme, sah aber gleichzeitig ein, dass sie genau das tun würde. Sie würde das Kind behalten.

»Das ist absolut in Ordnung, Ellen«, sagte er. »Du kannst dich hundertprozentig auf mich verlassen. Wollen wir jetzt wieder reingehen und weitermachen?« Ellen Grue nickte dankbar. »Ich komme in einer halben Minute«, sagte sie, beugte sich wieder über das Waschbecken und ließ Wasser über ihre Handgelenke laufen. Sie schluchzte zweimal hart auf und starrte ihr Spiegelbild an. Dann wischte sie sich die Oberlippe ab. Sie würde das Kind behalten. Sie hatte so viel Kraft darauf verwendet, es nicht haben zu wollen, jede Stunde in den vergangenen drei Wochen. Aber jetzt, genau dort im Saal vor dem Obduktionstisch, hatte sie ihren Entschluss gefasst. Sie verspürte eine ungeheure Erleichterung. Die Gewissheit, dass nichts wieder so sein würde wie vorher, füllte ihre Gedanken. Ihr Kind würde groß werden und aus der Schule nach Hause kommen, Tag für Tag. Es würde die Tür öffnen und sie rufen. Und sie würde antworten. Tag für Tag für Tag.

Cato Isaksen schlief drei Stunden. Dann fuhr er aus dem Schlaf hoch, setzte sich verwirrt auf und schaute auf die Uhr. Es war fünf vor acht. Er stand auf und fuhr sich rasch über die Augen. Sein Mund war wie ausgedörrt. Die Haare waren ein einziger Wirrwarr. Bruchstücke von Bildern aus dem Wald jagten durch seinen Kopf. Die hohen Bäume, der Kiesweg bei der Schranke. Die Vögel und ihr scharfes Zwitschern. Er hörte Wiggo Nymans Stimme, hörte, wie diese sich über das kleine Grab verbreitete. Sah, wie er den Waldboden arrangiert hatte. Fast geschmückt mit Blaubeersträuchern und den braunen Tannennadeln. Sein Bruder, der plötzlich die Straße entlangging. Denn es war sein Bruder gewesen. Es war Henning Nyman gewesen – oder hatte er das nur geträumt?

Cato Isaksen versuchte, sich auf die Fahrt durch den Wald zu konzentrieren, während er zur Kaffeemaschine lief. Seine Gedanken pendelten zwischen zwei Punkten. Zwischen der Überzeugung seines Gehirns, dass es ein Traum gewesen sein müsse, und dem nagenden Zweifel, dass das nicht stimmen könne. Er musste Marian fragen. Denn wo konnte Henning Nyman hingewollt haben. Oder woher war er gekommen?

Im Wald hatte es nur das rote Fertighaus gegeben. Es gab nichts, wohin man hätte gehen können. *Das Haus gehört Helmer Ruud. Er ist im Krankenhaus. Das Haus steht so lange leer. Wir wissen nicht, ob er überhaupt wieder zurückkommt.*

*Jackass.* Wie Marian dieses Wort ausgesprochen hatte.

Warum war Henning Nyman mitten in der Nacht auf dem Waldweg unterwegs gewesen? *Wir wissen nicht, ob er überhaupt wieder zurückkommt.*

Ingeborg Myklebust kam in hohem Tempo über den Gang. »Meinen Glückwunsch, Cato«, sagte sie. »Phantastisch, dass ihr ihn gefunden habt. Schlimm, dass der Junge tot ist, aber das war ja nicht anders zu erwarten.«

Cato Isaksen trank einen Schluck Kaffee. »Wo sind die anderen alle? Ist der Hund tot?«

»Randi und Roger sind zu Patrik Øyes Mutter gefahren. Danach wollten sie zu seinem Vater. Marian schläft in einem Vernehmungsraum.«

»Ach«, sagte er zerstreut. Seine Gedanken kehrten zu seiner Traumhypothese zurück. »Ich muss etwas essen«, sagte er.

Tony Hansen kam aus dem Fahrstuhl. »Warst du zu Hause?« Cato Isaksen musterte ihn empört.

»Nur ganz kurz«, sagte Tony Hansen. »Ich habe zwei Stunden geschlafen und dann das Kleine in den Kindergarten gebracht.«

»Komm«, meinte Cato Isaksen. »Hol dir einen Kaffee und ein paar Rosinenbrötchen aus der Kantine. Und dann kommst du mit mir zu Wiggo Nyman.«

»Jetzt?«

»Ja, jetzt, zum Teufel.«

*

Wiggo Nyman lag laut schnarchend auf der Pritsche. »Setzen Sie sich«, sagte Cato Isaksen kalt.

Wiggo Nyman sah die beiden Polizisten an. Was sollte das denn jetzt schon wieder? Hatte er denn immer noch nicht genug gesagt?

Cato Isaksen eröffnete das Gespräch. »Der in dem roten Haus ... Sie haben gesagt, dass der, der in dem roten Haus wohnt ...«

»Was ist mit dem?«, fragte Wiggo Nyman gähnend und merkte, dass er sich am ganzen Körper wie gerädert fühlte.

»Ein Nachbar, habe ich gesagt. Ein alter Mann. Liegt im Krankenhaus. Er hat sich den Oberschenkelhals gebrochen, habe ich doch gesagt.«

»Dieser Mann, der heute Nacht am Weg entlang gegangen ist ...«

»Ja?«

»Das war Ihr Bruder, nicht wahr?«

Wiggo Nyman fuhr sich durch die Haare und rieb sich die Augen. Dann seufzte er.

»Das war Ihr Bruder, nicht wahr?«

»Ja.«

»Was wollte Ihr Bruder ausgerechnet dort? Was wollte er im Wald?«

»Woher soll ich das wissen?«

»Sie wissen also nicht, warum Ihr Bruder mitten in der Nacht im Wald unterwegs ist? Er schien zu dem roten Haus unterwegs zu sein, aber als er uns gesehen hat, hat er sich die Sache offenbar anders überlegt. So sah es jedenfalls aus. Kann das stimmen?«

Wiggo Nyman wandte sich ab und starrte die Wand an. Dann gähnte er noch einmal, bis sein Kiefer knackte.

Cato Isaksen musterte ihn. Plötzlich tauchte ein kleines Funkeln in seinen Augen auf. Ein Augenblick der Konzentration. Nur eine Sekunde, als sei ihm etwas eingefallen.

»Haben Sie Ihrem Bruder den Brief der Mädchen gezeigt? Den Brief, der Ihrer Meinung nach von den Mädchen stammte? Haben Sie das getan, Wiggo? Haben Sie Ihren Bruder um Hilfe gebeten?«

Wiggo Nymans Gesichtsausdruck veränderte sich. Für einen Moment hatte seine Miene etwas uneingeschränkt Fragendes. Tief unten im Unterbewusstsein des Ermittlers nahm etwas Form an.

»Ja«, sagte Wiggo Nyman endlich. »Das wohl, aber ...«

Plötzlich wusste Louise einfach, dass er im Zimmer war. Die Glühbirne unter der Decke war erloschen. Sie hatte das Gefühl, ihr ganzes kurzes Leben lang gewusst zu haben, dass dies hier passieren würde. Irgendwann. Das hier hatte nachts ihre Albträume erfüllt, als sie noch klein gewesen war und nicht gewagt hatte, aufzustehen und zu ihren Eltern zu laufen. Das Allerallerschlimmste. Wie in Wasser zu laufen, verfolgt vom Teufel. Wo war Wiggo-Sternen-Eismann jetzt? Das hellblaue Auto mit der dunkelblauen und rosa Schrift, alles war verschwunden. Das Geräusch, das durch alle Gärten mit dem grünen Gras bimmelte. Alles war verschwunden.

Obwohl ihre Augen weit geöffnet waren, sah sie nichts, und der Geruch der feuchten Mauer tat ihrer Nase weh. Das Geräusch des Mannes vor ihr strömte über sie hinweg wie kaltes Wasser. Ina schrie auf einmal auf, den Mund an die Mauer gepresst.

*

Henning Nyman blieb ganz still bei der Tür stehen. Er nahm Bruchstücke seines eigenen maskulinen Geruchs wahr. Durch den feuchten grauen Kellergeruch strömte noch ein anderer Geruch, nach Haut.

Die Rothaarige schrie. Er erkannte ihre Stimme. Der Schrei störte ihn. Er merkte, wie die Wut sich durch seinen Körper voranarbeitete. Er schaltete das Licht ein und registrierte, dass die Rothaarige an der Wand nach unten gerutscht war, dass sie dort saß wie eine nach vorn gekippte Stoffpuppe und dass sie leise schluchzte. »Fresse halten«, brüllte er. »Du hast rosa Nagellack auf den Fingern und schwarzen Dreck um die Augen. Nutte«, rief er.

Er konnte jetzt nicht mehr zurück, es war zu weit gegangen. Er musste sich ihrer danach entledigen, sie irgendwo vergraben, wo sie niemals gefunden werden würden. Das hier könnte er nicht mehrmals machen. Es musste bei diesem einen Mal bleiben. Es war nicht seine Schuld. Wiggo hatte das Ganze in Gang gesetzt. Die beiden Autos, die nachts auf dem Waldweg unterwegs gewesen waren, hatten sie mit allem etwas zu tun? Sie hatten ihn dazu gebracht, über das Feld zu fliehen. Er hatte nicht riskieren können, dass jemand ihn das Haus betreten sah.

Er setzte sich auf den Boden und versuchte, die Rothaarige zu sich zu ziehen. Dann biss er ihr in den Nacken. Nicht hart, nur versuchsweise, wie er das in den Zeitschriften gesehen hatte. Sie schrie wie besessen.

Die Mädchen hatten die Arme miteinander verflochten, wie Fäden in einer Strickarbeit. Er riss sie auseinander und zog die Blonde an sich, auf seinen Schoß. Er schloss die Hände um sie, spürte, wie ihr Herz hinter ihren weichen Rippen hämmerte. Ein Schauder jagte von seinem Hals in seine Geschlechtsorgane hinunter. Er lockerte seinen Griff um die Blonde und beugte sie vornüber. Jetzt würde sie ja sehen. Jetzt würde sie wirklich sehen! Doch in diesem Moment wurde energisch oben an der Tür geklingelt.

Ein Strich im Kies, als ob jemand mit dem Fuß ein Zeichen habe hinterlassen wollen. Einen Bogen, sonst nichts. Cato Isaksen klingelte noch einmal. Ein leichter Wind kam aus dem Wald. Das Regenwetter war mit der Morgensonne vertrieben worden. Cato Isaksen sah Tony Hansen an. »Geh mal um das Haus herum und schau durch die Fenster.«

Tony Hansen verschwand hinter dem Haus. Cato Isaksen wartete vor der Eingangstür. Tony kam wieder zurück.

»Scheint niemand zu Hause zu sein. Es ist ganz still. Zwischen den Vorhängen war ein Spalt offen.«

Cato Isaksen klingelte zum dritten Mal an der Tür. Dann schlug er mit der Faust dagegen und rief: »Wir wissen, dass Sie da sind, Nyman. Machen Sie auf!«

Er drehte sich um und schaute zum Traktor und der Garage hinüber. Der Traktor war zu groß für die Garage. Cato Isaksen ging hinüber zur Garagentür. Die war verschlossen.

Plötzlich wurde eine Haustür geöffnet. Henning Nyman kam heraus und zog rasch und mit einem kleinen Klicken die Tür hinter sich zu. Er starrte die Polizisten ängstlich an. »Ich muss weg«, sagte er. »Mir ist schlecht.«

»Schlecht? Wieso denn schlecht? Warten Sie einen Moment.« Cato Isaksen ging auf ihn zu. »Wovor haben Sie Angst? Was machen Sie eigentlich in diesem Haus?«

»Nichts. Ich bringe nur für Helmer Ruud etwas in Ordnung. Das ist eine Abmachung ... wir sind doch alte Bekannte. Ist das vielleicht verboten? Ich muss ...«

»Moment, Moment, Moment. Gießen Sie Blumen oder so was?«

»Nein, nein. Helmer Ruud hat keine Blumen.«

Cato Isaksen trat einen Schritt näher. Tony Hansen musterte die beiden. Er sah, dass Henning Nyman sich die Hose nass gemacht hatte. Er sah erbärmlich aus. Erbärmlich und zitternd und plappernd.

»Kommen Sie, wir gehen ins Haus«, befahl Cato Isaksen.

»Nein.«

»Warum wollen Sie nicht wieder ins Haus gehen?«

»Was sollen wir denn da? Ich muss mich gleich übergeben«, sagte Henning Nyman, lief ein Stück weiter, blieb stehen und würgte, doch nichts kam heraus.

»Super«, sagte Cato Isaksen ironisch. »Total super«, wiederholte er und starrte Tony Hansen verzweifelt an.

Tony Hansen ging zu Henning Nyman. »Jetzt sagen Sie schon, wovor Sie Angst haben. Geben Sie mir den Schlüssel zum Haus«, fauchte er.

Sie betraten den dunklen Windfang. Das beige Linoleum war von dicken Schmutzspuren übersät. Spuren von groben Schuhen oder Gummistiefeln. Die Spuren führten zu einer Holztür auf der rechten Seite.

»Und die«, fragte Cato Isaksen. »Wohin führt die?«

»In die Waschküche«, sagte Henning Nyman und öffnete die Wohnzimmertür. Sein Gesicht war flammendrot. »Ich kann alles erklären.«

Cato Isaksen starrte ins Wohnzimmer. Der Geruch von aufgestauter Sonnenwärme, Plüschvorhängen und abgenutzten Möbeln schlug ihm entgegen. »Hier ist ja alles total dicht«, sagte er.

Henning Nyman spürte Cato Isaksens forschenden Blick. Vom Gesicht bis zu den Füßen. Cato Isaksen erkannte die Ausstrahlung des Mannes, der da vor ihm stand. »Was machen Sie hier eigentlich, in dem leeren Haus?«

»Nichts, das schwöre ich. Ich wollte für meine Mutter etwas holen.«

»Was denn?«

»Eine Katze«, sagte Henning Nyman rasch.

»Helmer Ruud hat eine Katze, die meine Mutter versorgen soll.«

»Und wo ist die?«

»Das ist es ja gerade, sie ist nicht hier. Deshalb wollte ich ja wieder gehen.«

Cato Isaksen und Tony Hansen wechselten einen Blick.

»Ach«, meinte Cato Isaksen.

»Ja, ich gehe dann gleich zurück.« Henning Nymans Gesicht wirkte jetzt plötzlich ruhiger.

»Und das ist alles?«

»Das ist alles.

*

Die Angst bohrte sich durch seine Brust. Sein Herz schlug wie nach einem schnellen Lauf. Niemals hatte er solche Angst gehabt. Im Keller gab es etwas, das stank und Geräusche verursachte. Er hatte die Rucksäcke und das Zelt der Mädchen weggeräumt, ehe er die Tür geöffnet hatte. Hatte sie in die Waschküche geworfen und die Tür geschlossen. Die Kellerräume waren Labyrinthe. Die Polizisten durften die Bunnymädels nicht finden. Für zwei Sekunden konnte er sich nicht erinnern, wo er war. Der Schmerz wogte durch seinen Magen. Sie durften nicht … sie durften nicht … den süßlichen Geruch der Beute wittern, wie Vanille. Honig und roter Klee.

Henning Nyman starrte die Rücken der Polizisten an, als diese wieder den Gang betraten. Der junge Blonde mit dem Ring im Ohr ging vorweg. Der andere, der zweimal mit Hennings Mutter gesprochen hatte, drehte sich um und sah ihn seltsam an. Dann verschwanden die beiden durch die Haustür.

Henning Nyman zog die Haustür hinter sich zu und ging auf den Wald zu. »Hallo, übrigens«, rief Cato Isaksen hinter ihm her. Nyman blieb stehen.

»Können Sie die Garage aufmachen? Haben Sie den Schlüssel?«

»Nein.«

Tony Hansen hatte jetzt offenbar genug. Er marschierte auf Henning Nyman zu und packte ihn am Arm. »Jetzt schließen Sie verdammt nochmal die Garage auf!«

Henning Nymans Blick irrte zwischen den Polizisten hin und her. Er erwiderte für eine Sekunde Cato Isaksens Blick, dann wagte er noch einen seitlichen auf Tony Hansen. »Ich lüge nicht. Ich habe keinen Schlüssel.«

»Dann lassen Sie uns wieder ins Haus«, sagte Cato Isaksen.

»Jetzt?«

»Ja, jetzt, natürlich.«

»Hören Sie mal, die Garage ist seit vielen Jahren nicht mehr benutzt worden.«

»Machen Sie die Tür auf.«

Sie gingen wieder ins Haus. Cato Isaksen griff nach den Wagenschlüsseln auf der braunen Kommode. »Hier sind die Schlüssel ja«, bemerkte er schroff. Henning Nyman erwiderte seinen Blick. Dann zuckte er mit den Schultern. Wandte sich ab, um hinauszugehen, langsam, damit es nicht auffällig wirkte. Die Lage hatte sich wieder umgedreht. Das war nicht seine Schuld. Wiggo hatte den Wagen benutzt, um Elna umzubringen.

Er schloss die Haustür noch einmal, hinter Cato Isaksen. Als er dann durch das Buckelglas in der Tür hinausschaute, hörte er auf zu existieren. Er hörte, wie Cato Isaksen durch den Kies auf dem Hofplatz zur Garage ging. Henning schloss die Augen. In der Dunkelheit hinter seinen Augenlidern sah er die schwarzen Augen der Füchsin und in seinem Kopf erklangen vier Wörter. *Ich übe nur Vergeltung.* Auf dem Weg hierher hatte er im

Wald eine Eichel gefunden, mit einer grünen Zipfelmütze. Er hatte sie aufgehoben und plötzlich war ihm etwas eingefallen. Helmer Ruud hatte mit den Kindern der Umgebung Weihnachtsschmuck gebastelt, als sie noch klein gewesen waren. Vor Wiggos Geburt. Mit Henning und zwei anderen Jungen, die ein wenig weiter unten im Tal wohnten. Er wusste nicht, ob *etwas* passiert war. Und doch, er hatte gesehen, wie die Katzen sich verhielten, wenn der Fuchs kam. Er war sieben. Er hatte mit offenen Augen geschlafen, noch lange nachher. Und vollständig angezogen. Helmer Ruud hatte ihn aufgefordert, zurückzukommen. Aber er hatte nicht geglaubt, dass er das jemals wieder tun würde. Doch Helmer Ruud hatte ihm gesagt, er würde ihm die Tierfallen zeigen, es sei leichter, damit einen Fuchs zu fangen.

\*

Louise Ek hörte die Schritte über ihrem Kopf. Wie viele mochten da oben sein? Henning würde sicher zurückkommen. Er war gemein. Sie hörte Stimmen. Waren da oben noch andere gefährliche Männer? Vielleicht auch Wiggo? Beide würden zurückkommen. *Wer war Wiggo eigentlich?*

Louise zitterte am ganzen Leib, ihre Augen hafteten an der Kellertür und den Stimmen, die sich draußen näherten. Ihr Nacken brannte und pochte nach Hennings hartem Griff.

Sie sprang auf und packte Ina. »Hoch mit dir«, sagte sie und zog die Sommerjacke zusammen, die er in Stücke gerissen hatte. Sie wichen von der Tür zurück, zur Mauer hinter ihnen. Louise hob schützend die eine Hand vor ihr Gesicht. Vor die Augen. Sie wusste, dass jetzt das Schlimmste geschehen würde. Alles war vorbei. Bald würde alles vorüber sein und sie würde sich in einem Zustand vollkommener Zeitlosigkeit befinden. Dort, wo es keinen Schmerz gab.

\*

Cato Isaksens Hände ruhten bewegungslos auf der braunen Kommode. »Wiggo hat den roten Mazda gefahren, nicht wahr?«

Henning Nymans Gesicht erbleichte noch mehr.

»Wieviel haben Sie gewusst?«

»Nichts«, sagte Henning Nyman. »Mir hat er gar nichts gesagt, aber er ist mit dem Mazda gefahren, an dem Tag, an dem Elna getötet worden ist.«

»Gehen wir wieder ins Wohnzimmer«, sagte Cato Isaksen auffallend freundlich.

Tony Hansen fiel auf die Knie und schaute unter das Sofa. Plötzlich entdeckte er den Stapel von Zeitschriften, die halbwegs unter eine Decke geschoben worden waren. Er schob die Hand hinein und zog zwei heraus.

»Sieh an, Chef«, sagte er. »Kinderporno.«

Cato Isaksen schaute von den Zeitungen zu Henning Nyman hinüber. Nach kurzem Schweigen sagte er. »Möchten Sie uns irgendetwas sagen?«

»Bitte«, jammerte Henning Nyman. Jetzt weinte er. »Nein, das hat nichts zu bedeuten. Es ist nicht meine Schuld.«

Cato Isaksen atmete tief durch.

»Wir gehen das ganze Haus durch«, sagte Tony Hansen und warf die Zeitungen auf den Tisch. »Na los«, sagte er und sah Henning Nyman an. »Sie müssen mitkommen.«

Henning Nyman starrte aus der offenen Haustür. Er sah die Schwalben, die sich auf den Stromleitungen sammelten, wie dunkle Noten unter dem Sommerhimmel verteilt.

Die Ermittler waren auf dem Weg zur Waschküche. In ihm kam alles zum Stillstand. Sie durften nicht … Was sollte er nur machen? Er schloss die Augen und schlug die Hände vors Gesicht.

Cato Isaksen öffnete die Tür zur Waschküche. Dort standen die Rucksäcke und das Zelt der Mädchen.

Henning Nyman ging vor den Polizisten her die Treppe hinunter. Körper sind nur Nerven, dachte er, so dicht wie Substanz.

*

Louise und Ina. Ina und Louise. Sie waren jetzt *ein* Körper. Standen zusammen, eng, die Arme umeinandergelegt, und jede roch die Haare der anderen. Weit entfernt hörten sie die Unruhe auf der Treppe. Füße, die auf den Eisenstufen sangen. Mehrere waren unterwegs zu ihnen. Ihre Augen standen voll Tränen. Eine ebene Wasserfläche, die die Augäpfel bedeckte. Louises Wangen waren heiß, ihr Körper kalt. Die Zeit war eine Falle, die sich um sie wand, wie eine Spirale.

Dann wurde die Tür aufgerissen. Louise kniff die Augen zusammen. Tränen strömten über ihre Wangen. Sie spürte Inas Herz an ihrem Körper.

Sie öffnete die Augen. In der Tür stand ein Mann. Ihr Gehirn arbeitet heftig: Es war ein anderer Mann. Ein anderer. Sie kannte sein Gesicht. Es war der Polizist aus der Schule. Der, mit dem sie gesprochen hatten, hinten beim Bagger. Der ganz normal angezogen war, weil *die Polizei nicht immer Uniform trägt*. Und hinter ihm stand Henning. Sie konnte sein kariertes Flanellhemd ahnen. Und hinter ihm stand noch ein anderer Mann.

Die Rollen wurden vertauscht. Dieses Zimmer konnte verlassen werden. Sie ließ Ina los. Und Ina ließ sie los. Schwerelos und formlos bewegte sie sich auf die Polizisten zu. Sie ahnte das Licht. Irgendwo draußen im Kellergang, hinten bei einer der untersten Stufen, lag ein Streifen aus Licht.

Tony Hansen stieß Henning Nyman vorbei an den Mädchen und in den Kellerraum. »Nimm die Mädchen mit nach oben, Cato. Ich bleibe so lange mit ihm hier unten. Das wird verdammt schiefgehen. Wenn ich dir eins versprechen kann, dann das.«

»Wir wissen, dass Sie Elna Druzika umgebracht haben. Wir haben den Wagen gefunden, den Sie dabei benutzt haben. In Helmer Ruuds Garage. Den roten Mazda.«

Wiggo Nyman saß auf der harten Pritsche und sah Cato Isaksen mit leerem Blick an. Er schien mittlerweile alles aufgegeben zu haben, aller Anstand schien verschwunden zu sein, als er geglaubt hatte, Patrik Øye getötet zu haben. Es ist erschreckend, dachte Cato Isaksen, wozu Schuldgefühle einen Menschen treiben können. Marian hatte die ganze Zeit recht gehabt. Er hatte sich gemerkt, dass sie schon nach der ersten Vernehmung gesagt hatte, dass Wiggo Nyman ein kalter Fisch und ein berechnendes Pulverfass sei. Er wusste noch genau, dass sie sich wortwörtlich so ausgedrückt hatte.

»Sie hätten mit einem blauen Auge aus der Sache herauskommen können«, sagte Cato Isaksen und sah Wiggo Nyman an. »Vera Mattson hat Ihnen eingeredet, Sie hätten Patrik Øye umgebracht, aber wir wissen ja, dass Sie das nicht getan haben. Aber jetzt«, sagte er ernst, »jetzt ist es zu spät. Denn Sie haben Elna Druzika überfahren und getötet. Das war so geplant. Sie haben es getan, weil sie die Leiche entdeckt hatte, nicht wahr? Sie sind ein gerissener Fuchs, Wiggo Nyman. Sie haben Helmer Ruuds Auto geholt, um Patrik Øyes Leichnam wegzuschaffen. Denn Sie wussten ja, dass wir Ihren Volvo untersuchen würden. Und deshalb wurde diese Geschichte zur unendlichen. Traurig, aber wahr. Sie hätten mit einem blauen Auge aus der Sache herauskommen können«, wiederholte er. »Wenn Sie der Polizei geholfen hätten. Aber Sie haben sich für einen anderen Ausweg entschieden. Was haben Sie dazu zu sagen?«

Wiggo Nyman senkte den Kopf. In klaren Bildern sah er

die Leiche des kleinen Jungen im Kofferraum vor sich. Das Bild zerschnitt ihn mit einem harten Schmerz. Der halboffene Mund, das gerinnende Blut. Der Müllsack, der gerissen war, als er ihn acht Tage darauf aus dem Gefrierlager geholt hatte. Er hatte zwei Tage im Wagen gelegen, in Helmer Ruuds Garage. Dann hatte er spätnachts das Auto geholt und den Jungen im Wald vergraben.

»Was haben Sie zu sagen«, fragte Cato Isaksen ein weiteres Mal.

»Da gibt es nicht sehr viel zu sagen«, antwortete Wiggo Nyman mit monotoner Stimme.

»Haben Sie gewusst, dass Ihr Bruder die beiden Mädchen in Helmer Ruuds Keller gesperrt hatte?«

Wiggo Nyman sah den Ermittler mit seinen blauen Augen an. »Also echt«, sagte er. »Sie können glauben, was Sie verdammt nochmal wollen, aber jetzt lügen Sie.«

»Nein«, sagte Cato Isaksen. »Das tue ich nicht. Er hat sich in diesem leeren Haus schon länger mit allerlei Dingen beschäftigt. Da liegt jede Menge verbotener Zeitschriften herum. Das müssen Sie doch wissen.«

»Halten Sie die Fresse«, brüllte Wiggo Nyman. »Das ist krankhaft!« Er hielt sich die Ohren zu. »Gleich kotze ich. Das wusste ich nicht. Ich will nichts davon hören. Ich wollte Elna nicht umbringen. Ich wollte, dass sie sich ins Auto setzt. Aber sie wollte nicht. Sie hat mit Inga über alles gesprochen. Ich musste verhindern, dass sie mit Inga redet. Es hat nur zwei Sekunden gedauert. Plötzlich war Elna tot. Und ich hatte Patrik Øye im Kofferraum.«

Wiggo Nyman lehnte den Kopf an die grüne Mauer und ließ die Hände hilflos in seinen Schoß sinken. Alles war zerbrochen. Und Henning, der immer gelbäugige, zitternde Tiere gefangen hatte. »Was hat er mit ihnen gemacht?«

Cato Isaksen merkte plötzlich, wie müde er war. »Nichts. Wir sind rechtzeitig gekommen.«

Wiggo Nyman standen Tränen in den Augen. »Zum Teufel mit allem«, schrie er dann. »Ich bin kein Mörder. Es hat sich einfach so ergeben. Alles hat sich einfach so ergeben. Wenn ich den Jungen nicht überfahren hätte. ... dann wäre Elna jetzt noch am Leben.«

»Sie haben den Jungen überfahren, aber da war er schon tot.«

»Diese verdammte Alte hat nichts verraten. Ich wusste ja nicht, warum sie der Polizei nichts gesagt hat. Ich dachte ... eigentlich habe ich nur gedacht, dass sie nicht begriffen hätte, dass der Junge tot war, dass sie dachte, er sei nur leicht verletzt. Wenn ich mir das jetzt überlege, dann fällt mir ein, dass ich irgend so etwas gesagt habe, dass ich ihn ins Krankenhaus bringen würde. Oder vielleicht hat sie das auch gesagt. Und danach, als er vermisst gemeldet wurde, dachte ich, jetzt kommt es. Jetzt geht sie zur Polizei. Aber dann ist nichts passiert. Und ich dachte, sie sei vielleicht nicht ganz normal, habe nicht verstanden, was passiert war.«

»Sie hat es verstanden«, sagte Cato Isaksen. »Es ist eine traurige Geschichte.«

»Ich habe sie durch die offene Küchentür gesehen, eine Woche später. Sie saß einfach da, am Tisch. Schaute nicht einmal auf. War nicht sauer auf mich oder so, und dabei rennt sie doch sonst hinter dem Auto her und schlägt mit Fäusten darauf ein.«

Wiggo Nyman schloss die Augen. Wenn Henning auch ins Gefängnis kam ... was sollte die Mutter dann machen? Die Mutter würde das nicht ertragen. »Habt ihr denn überhaupt an meine Mutter gedacht«, fragte er und dachte an die Katzen, die alles anfauchten, was sich bewegte.

Plötzlich entdeckte der Mann mit der Kamera sie. Er blieb stehen, verließ den Weg und ging ein Stück in den Wald hinein, hob die Kamera vor sein Auge und schaute durch die Linse. Seine Hände zitterten. Sie trug nur eine dünne weiße Jacke über dem rosa Sommerkleid. An mehreren Stellen am Ufer waren Holzhaufen aufgeschichtet. Es war der Mittsommerabend und das sollte gefeiert werden. Er spürte, dass seine Stirn vor Angst zu bersten drohte. Schaute sich eilig um, nahm den maskulinen Duft der Kiefern wahr. Spürte die Trauer wie eine Nadel im Herzen.

*

Signe Marie Øye lief. Über den Weg, unter den hohen Bäumen. Die Stämme standen wie Pfosten hintereinander. Die Baumkronen brausten grün über ihrem Kopf. Das Licht fiel in geraden Streifen über den üppigen Waldboden, über den schmalen Weg und dann weiter zum Wasser, wo die Konturen des Lichts im Wasser verwischt wurden. Die Felsen zeigten Spuren des Eises, das Jahrmillionen zuvor seine Abdrücke dort hinterlassen hatte.

Ihre Gedanken waren eine einzige große dunkle Fläche. Der Schrei war in ihrem Hals steckengeblieben. Steckte dort und tat weh, schrecklich weh. Die Polizei hatte ihn gefunden. Er war in einem Müllsack in einem Erdloch vergraben gewesen. Ihr Patrik, in Maridalen, nicht weit von einem Bach entfernt.

Sie lief noch ein Stück weiter, dann blieb sie stehen. Sie konnte plötzlich nicht mehr atmen. Ihre Lunge war zu eng geworden.

Es war Mittsommer. Aber bald, dachte sie, kommt der

Herbst, und die Blätter fallen zu Boden und verfaulen, werden zu einer zähen braunen Masse. Dann kommt der Frost und bedeckt alles wie ein durchsichtiges Leichentuch. Alles ist jetzt vorbei. Für immer.

Sie war wirbellos, ohne Körper, ihr Gesicht war mit einem anderen vertauscht worden. Sie spürte ihr Herz. Sie lebte. Aber es gab nichts mehr. Vor ihr lagen nur die endlosen Tage, die Zeit genannt werden.

Sie drehte sich zum Wasser um. Sie hatte seine Schultasche bekommen. Darin lag alles ordentlich aufeinander. Die leere Dose für das Pausenbrot, mit Brotkrümeln. Das blaue Mäppchen, drei Hefte mit blankem gewachsten Umschlag. Mit Pferden bedruckt.

Jetzt könnte sie hinauswaten und sich im Wasser versinken lassen. Wie schön wäre es, einfach mit Atmen aufhören zu können, die Lunge mit Wasser zu füllen. Nichts würde sie noch erreichen. Der Schmerz würde verschwinden.

Plötzlich fuhr sie zurück. Auf dem Weg, einige Meter vor ihr, stand ein schwarzer Hund mit einem langen Stöckchen im Maul. Der Hund glänzte vor Nässe.

»Tapas«, fragte sie, »bist du das? Lieber Tapas.« Sie fiel auf die Knie, und der Hund ließ schwanzwedelnd sein Stöckchen fallen und kam glücklich auf sie zugerannt. Er machte sich mit seiner nassen Zunge über sie her. Er fiepte und wedelte mit dem Schwanz.

Und plötzlich sah sie ihn, Patriks Vater. Er kam aus dem Wald heraus und blieb vor ihr auf dem Weg stehen, in seiner braunen Cordhose und den braunen Schuhen, denselben braunen Schuhen. Sie schaute durch Tränen zu ihm auf und streichelte krampfhaft den muskulösen schwarzen Nacken des Hundes. Alles wogte wässrig hin und her. Sein Gesicht ganz oben, die Hände, die hilflos nach unten hingen. Und die Kamera um seinen Hals.

Er schaute auf sie herunter, während sie den Hund anstarrte und weinte. Ein Lichtstreifen lag über dem Waldboden und wanderte über ihren Körper, weiter, über ihre Schulter. Über ihren Hals und vorbei an ihren Haaren. Die äußersten Haarsträhnen waren vor der Erde auf dem Weg weiß. Er hob die Kamera und drückte auf den Auslöser. Gerade dieser Augenblick wurde für alle Ewigkeit in der Linse gefangen. Einige Sekunden später war der Augenblick bereits vergangen. Er bückte sich und zog sie hoch.

Signe Marie Øye sah ihren Mann an. Sein Gesichtsausdruck ließ ihre Tränen erneut fließen. Sie waren um die halbe Welt gereist, nicht in der Entfernung, sondern im Schmerz. Als sie mit Patrik schwanger gewesen war, waren sie gerade hier entlanggegangen. Hier über diesen Weg, Hand in Hand. Sie hatten von dem Märchen phantasiert, das jetzt beginnen würde.

»Das Märchen ist aus«, schluchzte sie. »Alle Tage sind zu Ende.«

Er räusperte sich, schaute zu Boden. »Ich dachte, du wolltest nicht mit mir reden. Dachte, ich müsste mich im Wald verstecken.«

»Es war meine Schuld«, sagte sie. »Ich habe alles zerstört ... wollte, dass er bei mir war. Ich weiß, dass ...«

»Pst ... wir brauchen jetzt keine Angst mehr zu haben«, sagte er.

»Wir brauchen keine Angst mehr zu haben«, weinte sie.

»Wir können neu anfangen. Ich meine nicht als Mann und Frau. Ich meine ...«

»Ich weiß, dass du das nicht so meinst ... das weiß ich.«

»Ich habe Bilder gemacht«, sagte er. »Jeden Tag, seit Patrik verschwunden ist. Von allen seinen Alltagsorten. Dem Weg zwischen dem gelben und dem braunen Haus. Ich habe die Bäume fotografiert, wie sie sich jeden Tag verändern. Die Stellen, wo er gespielt hat. Die Blumen am Wegesrand. Den Schulhof, deinen Garten. Ich habe deinen Garten in dieser Woche mehrere Male fotografiert. Weißt du, dass wir uns heimlich getroffen haben, Patrik und ich? Und Tapas«, fügte er hinzu. »Einige Male haben wir uns nach der Schule getroffen und sind am Wasser spazieren gegangen, wir hatten doch nicht genug Zeit zusammen. Patrik und ich.«

Sie schloss die Augen und lehnte sich an seine Schulter. Spürte seine großen Hände in ihrem Nacken und die Kamera als harten Klumpen an ihrer Brust. Als säße der Schmerz dort gefangen.

Es tat weh, von den Fotos zu hören, die er gemacht hatte. Vom Weg, dem Kies, dem Gras und dem Himmel.

»Wir müssen über Blumen sprechen«, schluchzte sie. »Für seinen Sarg.«

»Ja«, sagte er. »Und ich werde dir die Bilder zeigen.«

Ein Bild ist nur ein Bild, dachte sie, aber es war schön von ihm. Sie spürte plötzlich, wie sich eine kurze, unerwartete Freude durch den Schmerz schnitt. Vielleicht konnte durch die Bilder *etwas* ein Ende nehmen.

Er streichelte ihre Haare. Ein kleines Gefühl von Befreiung streifte sie. Eine scharfe Gewissheit. Nicht jetzt, aber später. Das Leben würde zurückkommen.

Sie schaute über das Wasser. Der Himmel war nicht mehr blau, sondern weißlich. Das Wasser wogte langsam hin und her. Hin und her. Der Horizont war ein dunkler Strich. Wie war seine Stimme gewesen? Würde sie deren Klang verlieren? Nein, der würde für immer in ihrem Kopf sein. Sie sah Patrik vor sich, so, wie er immer gewesen war, wenn er morgens erwachte. So, wie er war, wenn er auf der Auffahrt stand und darauf wartete, dass sie mit dem Auto vorfuhr. So, wie er im Sonnenschein war, wenn die Strahlen seine weißen Haare leuchten ließen.

»Diese unendliche Geschichte wird offenbar noch länger.« Ingeborg Myklebusts Stimme schrillte durch das Telefon. »Die Technik hat draußen im Selvikvei einen positiven Fund gemacht, unter den Bienenkörben. Sie haben vermutlich die Überreste von Aage Mattson gefunden. Wo steckst du übrigens?«

»Im Auto«, sagte Cato Isaksen. »Ich will nur kurz Marian vom Polizeigebäude abholen. Dann fahren wir weiter zum Selvikvei.«

»Ich habe einen Bericht über Henning Nyman erhalten«, sagte Myklebust. »Was ist in diesem Haus im Wald eigentlich passiert? Er war ja fast totgeschlagen.«

»Er hat sich offenbar heftig zur Wehr gesetzt«, sagte Cato Isaksen. »Tony hat so etwas erwähnt. Du kannst ja mit ihm sprechen.«

»Er hat sich den Kiefer gebrochen«, sagte Ingeborg Myklebust.

»Tony?«

»Nein, Henning Nyman.«

»Ja, verdammt«, sagte Cato Isaksen. »Wie konnte das denn bloß passieren?«

»Das ist ja eine wahnsinnige Kausalkette, Cato. Zum Anfang bringt Vera Mattson Patrik Øye um und redet Wiggo Nyman ein, er sei schuld. Er bringt nun Elna Druzika um, weil sie Patrik Øyes Leichnam im Kühlraum entdeckt hat. Und sein Bruder, der pädophile Tendenzen hat, entführt Louise Ek und Ina Bergum. Weil Wiggo Nyman glaubt, die Mädchen hätten etwas gesehen. Aber ich habe, ehrlich gesagt, keine Ahnung, ob es Henning Nyman klar war, dass sein Bruder Elna umgebracht hatte. Anfangs sicher nicht. Und dann stellt es sich heraus, dass die verrückte Vera den Brief geschrieben hat, der dafür sorgt, dass die beiden Mädchen um ein Haar ums Leben gekommen wären. Was für ein Mensch! Das alles ist doch absurd. Und die drei wissen allesamt nicht, was die anderen beiden treiben. Drei Handlungsverläufe, die nebeneinander hergleiten. Drei Schurken und drei Tote. Herrgott, Cato. Das ist doch einfach unheimlich. So einen Fall hatten wir noch nie.«

»Nein«, sagte Cato Isaksen müde. Er konnte nicht mehr. »Aber vergiss nicht, dass es auch zwei Lebende gibt. Tony hat Louise Ek und Ina Bergum ins Krankenhaus gefahren. Ihnen ist nichts passiert, es ist nur sicherheitshalber. Die Eltern warten dort schon auf sie. Sie sind natürlich überglücklich.«

Marian Dahle wartete schon auf ihn. »Wir müssen bei der Tierklinik in Lysaker vorbeischauen und Birka holen, ehe wir nach Høvik weiterfahren können«, sagte sie mit einem müden Lächeln. Ihre Augen funkelten.

Cato Isaksen verspürte eine plötzlich auflodernde Freude. »Sie lebt also?«

»Sie ist ebenso zäh wie ich.«

Er schien die Freude nicht an sich heranlassen zu wollen. Als könne eine Finsternis gleich um die Ecke auf der Lauer liegen. Etwas, das nur darauf wartete, dass er sich entspannte, damit es wieder über ihn herfallen könnte. »Aber wir haben jetzt keine Zeit, um irgendwelche Tölen abzuholen«, sagte er. »Das muss bis nachher warten.«

Cato Isaksen sah sie an, wie sie sich stocksteif an den Türrahmen lehnte. »Tölen, du meine Güte. Wir holen Birka jetzt gleich ab«, erklärte Marian Dahle energisch. Das Leuchten in ihrem Blick war erloschen.

Er drängte sich an ihr vorbei und ging zum Fahrstuhl. Er wusste, dass die Schlacht schon längst verloren war. Dass er sie schon bei ihrer ersten Begegnung verloren hatte. Sie war so verdammt frech. *Er* war doch der Chef. Sie kam hinter ihm her gerannt und warf sich in den Fahrstuhl, als die blanke Metalltür sich bereits schloss. »Warum kannst du nicht mal ein bisschen locker sein?«, fragte sie. »Man kann nicht immer nur stark sein. Nicht die ganze Zeit.«

Cato Isaksen steckte seinen Kaugummi in den Mund. Er war nur müde. Das gelbe Licht im Fahrstuhl gab Marians Gesicht mit den vielen Narben eine noch kränklichere Erscheinung.

Sie fuhren mit dem Fahrstuhl in die Tiefgarage, ohne auch nur ein einziges Wort zu wechseln.

Als sie im Wagen saßen und Cato Isaksen seinen Ausweis durch den Scanner schob und die Schranke hochging, sagte Marian: »Ich bin nicht gut darin, mit anderen zusammen zu sein. Ich habe keinen Humor. Bring es nicht, zu juxen und die Wogen zu glätten.«

»Ich kann keine weiteren persönlichen Geständnisse von dir ertragen«, seufzte er. »Bitte.«

Aber sie redete weiter. »Ich lache fast nie. Das ist, als ob mein Nervensystem vergiftet wäre. Ich ärgere mich so wahnsinnig schnell. Warum kannst du mich nicht einfach in Ruhe lassen?«

Cato Isaksen unterdrückte ein Lächeln. »Was glaubst du eigentlich, was ich die ganze Zeit versuche, verdammt nochmal? Es ist doch eine Vollzeitbeschäftigung, dir und deinem Gequengel ausgeliefert zu sein.« Er trat auf die Bremse, weil ein Auto von rechts kam.

Marian ließ den Hinterkopf an die Nackenstütze sinken und atmete mehrere Male tief durch. »Du verlangst Vertrauen von mir, aber du gibst keins zurück. Hast du dir das schon mal überlegt?«

Cato Isaksen kurbelte das Fenster herunter und spuckte seinen Kaugummi aus. »Vertrauen, was meinst du damit, zum Teufel?« Er hatte diese Gespräche mit Marian so satt. Konnte sie nicht ein einziges Mal die Klappe halten?

Sie schloss die Augen und machte sie wieder auf. »Hast du dir schon mal überlegt, dass du mir nie etwas zurückgibst?«

»Was zum Teufel soll ich dir denn zurückgeben?«

»Etwas von dir selbst erzählen, zum Beispiel. Vertrauen zu mir haben, Cato.«

»Meine liebe Kleine«, sagte er. »Vertrauen kann dich verletzlich machen. Vertrauen kann bei der nächsten Gelegenheit gegen dich verwendet werden.«

»Feigling«, sagte Marian Dahle und verschränkte die Arme. Sie starrte verbissen durch die Windschutzscheibe.

Cato Isaksen trat vor der Tierklinik auf die Bremse. »Ich warte genau zwei Minuten«, sagte er und schaute auf die Uhr.

Nach fünf Minuten kam Marian Dahle strahlend die Treppe herunter, Birka sprang an der Leine neben ihr her. Der Boxer war mit einigen groben Stichen gleich unter dem Ohr genäht worden.

Marian öffnete die Hintertür. »Die Decke!«, rief Cato Isaksen.

Marian hob die graue Decke vom Boden auf und breitete sie über den Rücksitz.

Der Hund sprang herein. Er prustete und drehte sich um sich selbst, lief auf der Rückbank hin und her. Sein Schwanz bewegte sich eifrig.

Marian öffnete die Tür zum Beifahrersitz und stieg ein. Sie schloss den Sicherheitsgurt und drehte sich zu ihrem Hund um. »Jetzt fahren wir nach Hause«, sagte sie liebevoll und streichelte den Kopf des Boxers. »Ja, meine Gute, jetzt kommt Birka nach Hause. Ja, wir fahren nach Hause«, wiederholte sie noch einmal.

»Das wird sie jetzt ja wohl kapiert haben. Aber wir fahren nicht nach Hause. Wir fahren nach Høvik«, sagte Cato Isaksen und ließ den Motor an.

»Das weiß ich doch, du Idiot.«

Er merkte plötzlich, dass der Hund an seinem Nacken schnüffelte.

»Runter«, rief er, während er vom Parkplatz fuhr.

Marian Dahle starrte aus der Windschutzscheibe. »Birka und ich ... es ist viel mehr als die Beziehung zwischen Mensch und Hund.«

»Kann ich mir vorstellen, ja.« Cato Isaksen strich sich demonstrativ mit der linken Hand über den Nacken.

»Verdammt verrotztes Viech«, sagte er dann und starrte die

Straße an. »Bild' dir ja nicht ein, dass die Töle weiterhin mit zur Arbeit kommen darf. Nur deswegen, meine ich«, fügte er hinzu. »Du bist die Einzige in der Abteilung ... die jemals ...« Cato Isaksen schaltete in den dritten Gang und fuhr auf die Schnellstraße hinaus. »Es ist krankhaft, sich so an so ein blödes Vieh zu hängen.«

Marian Dahle hatte die Arme noch immer verschränkt. »Birka hat aber etwas geleistet. Sie hat Vera Mattson dazu gebracht, den Baseballschläger zu holen. Hast du dir das schon überlegt? Dass eigentlich sie den Fall aufgeklärt hat?«

»Ach verdammt, Marian.« Cato Isaksen lachte laut. »Und welchen Titel hat die Töle? Kriminalchefin?«

»Ich habe kein Vertrauen zu Menschen, die Hunde nicht leiden können, Cato. Sieh dir nur an, was Patrik Øye und Aage Mattson passiert ist, die wurden von einer Hundehasserin ermordet.«

»Selbst wenn ich Hunde nicht mag, werde ich sie trotzdem nicht umbringen. Ich bringe nicht alle um, die ich nicht leiden kann, so, wie Vera Mattson das gemacht hat.«

»Nein, zum Glück nicht«, sagte Marian Dahle. »Dann wären nicht mehr viele von uns übrig.«

»Nein, eben.« Cato Isaksen lächelte kurz.

»Wir müssen übrigens nachher Vera Mattsons Katze mitnehmen.« Marians Blick trübte sich.

»Nicht in meinem Wagen«, widersprach Cato Isaksen verärgert. »Warum zum Teufel sollen wir die Katze mitnehmen?«

»Die ist eben ein lebendes Tier.« Marian drehte sich zu ihm hin. »Hast du nicht daran gedacht, dass sie Futter und Pflege braucht? Wir müssen sie nach Maridalen bringen, zu Åsa Nyman. Die muss sich um sie kümmern.«

»Das hier ist kein verdammter Tiertransport.« Cato Isaksen gähnte gereizt.

Marian Dahle seufzte tief. »Was sollen wir denn sonst mit ihr machen?«

»Louise Ek kann sie übernehmen, sie hat erzählt, dass Henning Nyman sie mit Hundebabys gelockt hat und dass sie mitgegangen ist, weil sie so gern ein Tier hätte. Vielleicht ist ihr eine Katze ebenso willkommen wie ein Hund. Das wäre doch die einfachste Lösung.«

»Ach nein«, sagte Marian Dahle, noch immer mit verschränkten Armen. »Katzen und Hunde sind zwei ganz unterschiedliche Dinge.«

Cato Isaksen drehte sich zu ihr um. Sein Gesicht öffnete sich zu einem strahlenden Lächeln, das sie im ganzen Körper spürte. »Genau wie wir beide, meinst du.«

»Ja«, sagte sie. »Genau. Wie Hund und Katze.«

Plötzlich pustete der Hund ihm wieder in den Nacken. Er legte ihm den Kopf auf die Schulter, stieß einige diffuse tiefe Geräusche aus und leckte ihn dann energisch hinter dem Ohr. Cato Isaksen hob die rechte Hand vom Lenkrad und versuchte, den braungesprenkelten Boxer mit dem Ellbogen wegzuschieben. Er nahm den warmen, stinkenden Atem wahr, der langsam über seine eine Wange wehte. »Die gehorcht ja nicht, verdammt nochmal«, sagte er und bog in den Selvikvei ab.

In diesem Moment nieste Birka heftig und Cato Isaksen spürte, wie die warmen Tropfen über seinen Kopf und Nacken regneten.

»Scheiße«, rief er wütend. »Jetzt ist es aber genug!«

Marian Dahle gab sich alle Mühe, ihr perlendes Lachen zu unterdrücken. Das Lächeln wärmte ihr Gesicht und ihre schmalen Augen wurden noch schmaler. Am Ende konnte sie sich einfach nicht mehr beherrschen. Sie beugte sich vor. Ihr lautes Lachen steckte ihn an. Cato Isaksen hatte noch niemals etwas so Ansteckendes erlebt.

*Danke an Eva B. Ragde von der Osloer Polizei für besonders gute Hilfe.*
*Und Danke an die absolut lebendige echte Birka.*

Unni Lindell
**Spurlos in der Nacht**
Krimi
Aus dem Norwegischen von Gabriele Haefs
Band 16300

Ein junges Mädchen verschwindet spurlos. Eine Autofahrerin hat das Mädchen spät in der Nacht am Eingang des Oslofjordtunnels stehen sehen. Einige Tage später wird ihre Großmutter in einer Osloer Gartenstadt ermordet. Kommissar Cato Isaksen glaubt, dass es einen Zusammenhang gibt zwischen den beiden Vorfällen – aber welchen? In einem dramatischen Wettlauf mit der Zeit versucht er, das Mädchen lebend zu finden und den Mörder der alten Frau zu entlarven.

Fischer Taschenbuch Verlag

Unni Lindell
**Was als Spiel begann**
Krimi
Aus dem Norwegischen von Gabriele Haefs
Band 17269

»Das ist mal wieder ein Krimi,
den man nicht mehr aus der Hand legen mag.«
*Rheinische Post*

Siv Ellen ist Musikerin. Eines Abends wird sie nach einem Konzert erstochen. Für Inspektor Cato Isaksen gibt es zwei Verdächtige: Den Ehemann, von dem Siv Ellen seit einiger Zeit getrennt lebte und mit dem es heftige Auseinandersetzungen über Geld gegeben hatte. Und da ist noch ein Musiker aus dem Orchester, der ihr immer wieder heiße Liebesbriefe geschrieben hat. Aber beide Männer haben ein Alibi für die Tatzeit. Überzeugt das Inspektor Cato Isaksen?

Fischer Taschenbuch Verlag